Avec toi, les rêves fleurissent sous la neige

Mhairi McFarlane

Avec toi, les rêves fleurissent sous la neige

ROMAN

Traduit de l'anglais (Royaume-Uni) par
LAURIANE CRETTENAND

Titre original :
LAST NIGHT

Publié avec l'aimable autorisation de HarperCollins Publishers, Limited, UK.

HARPERCOLLINS FRANCE
83-85, boulevard Vincent-Auriol, 75646 PARIS CEDEX 13.

www.harlequin.fr

ISBN 978-2-2804-6072-9 — ISSN 2271-0256

Pour Kristy, qui aime autant que moi les robes gothiques et les chats marrants.

But I thought in spite of dreams / You'd be sitting somewhere here with me

Being Boring, *Pet Shop Boys*

Après

Tu étais de nouveau en vie cette nuit.

Je me réveille avec le sursaut de la conscience soudaine, et reste allongée dans le noir sans bouger, mon cerveau fourrageant pour reconstituer la réalité. Ce n'était pas un cauchemar – ça, j'en ai fait des tas –, c'était juste un autre monde, parfaitement identique à celui-ci, à un affreux détail près. Ta présence. Ta présence, que je tenais pour acquise.

Dans cet autre monde, j'étais assise à un bureau d'école, à tes côtés, au bord d'une autoroute très fréquentée, et nous organisions gaiement des vacances au ski. Les voitures qui passaient à toute vitesse faisaient trembler la table, mais cela ne nous dérangeait pas. « Et pourquoi pas la Suisse ? » demandais-tu. Nous avions des projets.

Je nous imagine échanger des messages, moi qui te raconte mon rêve plus tard dans la matinée, pour te distraire sur le trajet du boulot. Tu répondais toujours en quelques minutes.

Ha, jamais tu n'irais au ski, Eve. « Ça, des vacances ? Aller de mon plein gré dans un endroit très froid pour faire du sport ? Il faut être fou pour regarder une pente raide glacée et se dire : je sais, je vais me mettre des trucs aux pieds pour la dévaler encore plus vite. » Etc.

Mais tellement ! Manifestement mon subconscient me trolle. Et aussi : pourquoi les rêves sont si intéressants pour celui qui les fait et si chiants pour tous les autres ? Est-ce parce qu'on est impressionné d'avoir créé une histoire, alors que pour les autres, l'intrigue n'a aucun enjeu ?

Oui, et double points rasoir pour ceux qui trouvent ça génial quand c'est surréaliste, comme si les rêves pouvaient être logiques. « Je regardais la chèvre mais oh mon Dieu, ensuite j'ai compris que la chèvre, c'était MOI. »

Ça a l'air assez génial, en vrai. La métamorphose en chèvre, ça bat le ski, de loin.

Pouah, pourquoi je n'ai pas marché deux minutes de plus pour aller au Caffè Nero, je suis trop une feignasse. Le flat white de Starbucks, c'est un milkshake pour enfants trop sucré et bien dégueu. Bière après le taf ?

Bière après le taf ! Bisous

Tu me manques.

Je déteste devoir t'inventer, écrire tes répliques, à défaut d'avoir le modèle original. Je suis ce que ma mère appelle, sarcastiquement – parce que j'imitais son second mari à la perfection –, « une imitatrice née ».

Mais la facilité avec laquelle je te convoque me fait l'effet d'une malédiction. C'est un tour de passe-passe, mais macabre, une parodie. C'est comme danser la valse avec un pantin.

Je me tapis sous la chaleur des couvertures et écoute la pluie qui bombarde le toit. Je suis assez gothique pour apprécier le déluge quand je ne suis pas obligée de le subir, et c'est un déluge de qualité : il est bien lourd, éclabousse, gorge la terre, on entend la pluie rebondir sur les feuilles. Seuls les insomniaques, les livreurs de lait, la lie des boîtes de nuit et les travailleurs de l'aube sauront qu'il a existé. C'est un secret que nous partageons tandis que le reste de la ville ronfle.

Mon cœur s'arrête de battre lorsque les rideaux bougent. Roger se faufile par la fenêtre et miaule, indigné. On l'a arrosé d'eau froide depuis le ciel, alors qu'il s'éclatait à chasser des rats.

À la lueur de la lampe de chevet que tu m'as achetée – un champignon Disney en céramique, avec une tige blanche et un chapeau à pois rouges (« À l'image de ce champignon vénéneux, tes accessoires cucul la praline anéantiront tes espoirs de te dégoter un petit ami. »), je vois Roger s'installer au pied du lit, ses poils hérissés par la pluie.

On m'a dit un jour que la naissance était simultanément l'expérience la plus ordinaire et la plus extraordinaire d'une vie, et c'est pareil pour la mort. L'évidence de la tienne est posée là, implacable, à la fois banale et d'une étrangeté sidérante.

J'ai fini par comprendre qu'il en sera toujours ainsi. La douleur est permanente, elle fait partie de mon corps à présent. Il faut s'y faire.

J'attends sans cesse de passer à autre chose. De « tourner la page », de l'absorber, de la mettre de côté, de la comprendre, de la digérer. Qu'elle soit, en quelque sorte, « derrière » moi. *Et après ?* me demandé-je continuellement avec une douleur au ventre, comme si on l'avait ouvert en deux. Après... il n'y a pas d'après, idiote. C'est ça, le truc. C'est fini, pour toujours, il faut arrêter d'attendre que la personne revienne. Sans s'en rendre compte, on est bloqué sur pause, comme si sa non-présence pouvait fluctuer.

Voilà ce que je ne savais pas : quand on perd quelqu'un, il est aussi question de ce que l'on gagne. On porte soudain un poids que l'on n'avait jamais porté. Ce n'est jamais derrière soi. Cela vous accompagne.

« Pour l'éternité » : les mariés le disent systématiquement dans leurs vœux, comme s'ils comprenaient ce que cela veut dire. Mais l'éternité, la vraie ? C'est immense, putain.

1

Avant

— On va gagner ce soir, annonce Ed. Je le sens. Je le sais. L'odeur de notre victoire imminente plane dans l'air, si dense qu'on pourrait la découper comme une frittata. Respirez-moi ça, mes salauds.

Il fait semblant de humer l'air, comme les gamins sur les pubs Bisto.

— T'es sûr que c'est pas Leonard ? demande Justin. Il a mangé du chili con carne au dîner. Il a sauté sur le plan de travail et fourré sa tronche dans la casserole avant que je puisse l'en empêcher, cet abruti. Ses pets ont un parfum bœuf épicé depuis.

— Peut-être que c'est ça, l'odeur de la victoire : de la viande hachée et des haricots rouges en train de descendre dans le système digestif d'un chien minuscule, dis-je en même temps que Susie lâche un « BEURK ». Comment pourrait-on savoir ce que ça a comme odeur, après tout ? Aucun d'entre nous n'a jamais connu le succès, ajouté-je en m'adressant à Ed.

— Parle pour toi. Mon médecin dit qu'en trente ans d'exercice il n'avait jamais vu d'hémorroïdes aussi saillantes que les miennes.

Je m'esclaffe. (C'est une blague récurrente avec Ed ; je pars du principe que son derrière va bien.)

Je tends machinalement la main pour caresser Leonard, qui a sa propre chaise et est installé sur le manteau de Justin, pour protéger le tissu de l'assise.

Leonard est un chorkie – un chihuahua croisé avec un Yorkshire. Il a des yeux globuleux sous une frange loufoque de poils gris-blanc, effilée au centre comme s'il s'était fait la coupe mod[1] de Paul Weller, des oreilles de chauve-souris et un sourire de traviole, rempli de petites dents pointues.

Il ressemble, d'après Ed, à « un rat de dessin animé audacieux, qui ferait un genre de cosplay canin furtif ». On a été infiltrés par un maître rongeur criminel.

Leonard, bestiole omnivore et pénible pisseur surprise, est l'un des amours de ma vie. (Les autres sont autour de, et parfois sous, cette table.)

— Tu le dis toutes les semaines, qu'on va gagner le quiz, Ed, soupire Suzie en fixant d'un œil inquiet son sous-verre, qu'elle a déchiqueté en éclats moelleux de carton. Et on se fait toujours baiser par les cinq mêmes mecs déterminés, en anoraks compressibles Lands' End.

— Là, tu décris mes meilleures vacances au Pays de Galles, dit Justin.

Justin se définit lui-même comme « un vantard soûlant et cadet performatif » et c'est l'un des hommes les plus drôles qu'il vous sera donné de rencontrer, mais ce n'est pas à lui qu'il faut s'adresser question bon goût.

La voix de l'animateur du jeu retentit, interrompant notre conversation telle la Voix de Dieu :

— Question DIX. Qui est Michael Owuo ? *Qui est, Michael Owuo ?*

Le silence post-question habituel se fait.

— Est-ce que c'est… le député de la circonscription de Kingston upon Hull East ? chuchote Ed, faussement sérieux.

— Vraiment ? répond Susie.

— Mais non, dis-je en levant les yeux au ciel.

Ed se tapote la lèvre avec son stylo Bic et me décoche un clin d'œil.

1. Sous-culture vestimentaire et musicale des années 1960, caractérisée par un look BCBG. (Toutes les notes sont de la traductrice).

— Rassurez-moi, vous *savez* qui c'est, hein ? demande Justin en marquant un temps d'arrêt. Pff. C'est officiel, nous sommes le casting de centenaires de *Last of the Summer Wine*[1].

— Est-ce que c'est le méchant du dernier James Bond ? je demande, et Ed s'écrie :

— OUI ! Le « Dr Pardon ». C'était quoi sa particularité, déjà ?

— Il a un appareil auditif en strass, dis-je. Et un déambulateur machiavélique décoré de guirlandes de Noël.

Ed éclate de rire. J'adore sa façon de rire : ça part de ses épaules.

— Ok, y'en a qui se foutent de notre gueule, lance Susie. On se demande qui, ajoute-t-elle en nous faisant la grimace, à Ed et moi. Tu sais vraiment qui c'est, Justin ?

— C'est Stormzy, siffle-t-il. Purée, ça se voit que vous avez trente-quatre ans, les gars.

— Tu as trente-quatre ans, Justin, fait remarquer Susie.

— Il y a ceux qui ont trente-quatre ans, et il y a, genre, ceux qui ont trente-quatre ans *et* qui demandent « Qui sont les Stormzys ? », dit Justin en faisant une tête de vieux croulant.

— Un « Stormzy », dites-vous. Quoi que ça veuille dire, plaisante Ed en prenant une voix grinçante digne d'un juge de la Cour suprême, et il écrit « M. Storm Zee » sur la feuille.

Ed a de très belles mains. J'ai un faible pour les belles mains. Il fait beaucoup de vélo et sait réparer des trucs, et je suis aujourd'hui suffisamment mature pour apprécier ce genre de talent pratique.

Susie arrache le stylo à Ed, rature ce qu'il a écrit et note Stormzy correctement.

Je demande à Ed :

— Tes élèves ne te tiennent pas au courant de ce genre de choses ? L'est à la ramasse, le daron ?

1. Série télévisée britannique diffusée de 1973 à 2010, racontant la vie de trois hommes âgés vivant dans le Yorkshire.

— C'est mon boulot de leur enseigner Dickens, ce n'est pas le leur de m'enseigner la *street*.

Ed est responsable du département d'anglais dans une sympathique école du comté. Vous savez qu'on dit que certaines personnes ont des têtes de flic ? Ed a une tête de prof, avec sa force tranquille rassurante et ses cheveux blond vénitien coupés court – le cliché du jeune prof brillant de série ou de film. Dans une situation de crise, au milieu d'une foule d'inconnus, le visage d'Ed serait le visage gentil et fiable qu'on espère trouver. Il serait le type qui propose sa cravate pour faire un garrot improvisé.

Ce qui, selon moi, participe du plaisir de ce rendez-vous hebdomadaire de défaite au quiz du pub, c'est de définir et de faire ressortir tous les rôles de notre quatuor. Ed et moi faisons les andouilles, Justin arbitre avec son esprit caustique et Susie joue les mères exaspérées.

Parfois je me mets en retrait de la conversation et je me contente de fredonner joyeusement en moi-même : j'apprécie notre proximité, notre façon d'émettre sur la même fréquence. Je nous observe du dehors.

« … elle n'a pas épousé le chanteur des Mumfords ? Je préfère encore être une épouse de Daech. » *(Susie)*

« … cette Stolichnaya à la cerise que Hester a rapportée du duty free, elle est incroyable, elle a un goût de sirop pour bébé. C'est ce que m'ont dit les bébés en tout cas. » *(Ed)*

« … c'était un vrai Poil de carotte ronchon. Je lui ai dit, tu sais pourquoi le rouquinisme est le dernier préjugé encore acceptable ? Parce que c'est acceptable. » *(Justin, bien entendu)*

— Chuuuut, dis-je comme le maître du jeu ajuste ses binocles et plisse les yeux sur sa feuille A4.

— Question ONZE. Le mot « CHRONOPHAGE » est un mot du grec ancien devenu une expression courante. Mais qu'est-ce que ça signifie ? Un indice : votre téléphone portable peut le faire. Cela ne veut pas dire que vous avez le droit de chercher la réponse sur vos téléphones, hahaha !

L'animateur expire dans un souffle, directement dans le micro, et on entend ses postillons.

À en croire l'expression sur les visages de nos ennemis jurés encagoulés, ils sont bien plus confiants sur cette question que sur M. Stormzy.

— « Chrono » veut dire temps…, murmure Ed. Montres chronographes.

— Chronologique, confirme Susie. Dans l'ordre temporel.

— « Phage », dis-je. Hmmm. La coprophagie, c'est manger des crottes. Je suis presque sûre que copro c'est les crottes, donc phagie, ça doit vouloir dire manger.

— Eve ! aboie Susie, une chips à la crevette Scampi Fries à moitié dans la bouche. Comment tu sais ça, d'ailleurs ?

— J'ai eu une vie bien remplie.

— J'en ai partagé la majeure partie, donc je *sais* que ce n'est pas vrai. Remplie à un quart, au mieux.

— … *manger le temps ?* siffle Justin. Ça doit vouloir dire que ça mange le temps. Le téléphone le fait. Boum. Écris.

Ed obéit.

Nous venons au Gladstone tous les jeudis. Je dirais sans faute, mais nous sommes des trentenaires avec des vies, des métiers, d'autres amis et – pour certains d'entre nous – des partenaires, donc il arrive qu'il y ait des ratés. Mais nous sommes là souvent.

— Question DOUZE, avant de faire une petite pause. Qu'est-ce que Marcus Garvey, Rudyard Kipling, Ernest Hemingway et Alice Cooper ont en commun ? Je vous donne un indice. Ça implique une erreur.

On se regarde avec des yeux ronds. Les Anoraks compressibles échangent des murmures effrénés au lieu d'écrire ou de prendre leur air satisfait-sournois, ce qui veut dire qu'ils doutent, eux aussi.

— Est-ce leur choix de première femme ? C'est-à-dire qu'ils en ont eu plus qu'une ? propose Ed.

— Aujourd'hui, on n'appelle plus les gens dont on divorce « des erreurs », souligne Susie.

— Ma mère, si, dis-je.

— Vous vous souvenez quand notre prof de caté disait « Les gens divorcent trop vite, de nos jours », et que tu as répondu « Moi je les trouve trop lents » et que tu t'es fait coller pour ça ? demande Susie, et j'éclate de rire.

— Ah, la voilà, dit Ed comme la porte s'ouvre pour laisser apparaître Hester, sa petite amie, qui plisse le nez de dégoût en sentant l'air vicié du pub, parfum « aisselle ».

Mon cœur se serre un poil mais je l'ignore et affiche un sourire franc et accueillant.

Pour être honnête, il est vrai que le Gladdy a un certain *arôme* parfois, avec son sol collant, mais ça fait partie de son charme. C'est un pub style fléchettes et habitués.

J'adore y venir toute l'année, avec son jardin bétonné désordonné et les pots de fleurs sur l'escalier de secours, censés recréer une « oasis urbaine verdoyante » dans une cour débordant de bière et de fumeurs. Mais c'est en automne et en hiver qu'on atteint le summum : paillis de feuilles givrées et cieux noirs aux étoiles brillantes au-delà des vitres couvertes de buée. On peut pratiquer le *hygge*[1], de ce côté du carreau.

Enfin, la plupart du temps.

Hester a déménagé à Nottingham pour Ed, fait qu'elle aime remettre en litige environ une fois par mois.

Quand elle arrive, c'est comme si une image colorisée était entrée dans un film en noir et blanc du mouvement *kitchen-sink realism* : peau couleur pêche mûre et chevelure brillante blond champagne. C'est un Bellini sous forme humaine.

Ses poings serrés sont plantés dans les poches de son manteau, un Barbour avec un col en velours côtelé fauve, comme si elle venait d'entrer dans un saloon et s'apprêtait à dégainer deux flingues.

1. Bonheur à la danoise, un art de vivre reposant sur le bien-être de la vie en intérieur et le confort domestique.

Ce n'est pas que je n'*apprécie* pas Hester…

— Alors, vous êtes déjà tous bourrés ? dit-elle avec arrogance, avant de poser les yeux sur moi. Eve a l'air bourrée.

Oh ! pourquoi je m'emmerde à faire semblant. Je déteste Hester.

— Et je répète une dernière fois pour ceux du fond ! Qu'ont en commun Marcus Garvey, Rudyard Kipling, Ernest Hemingway et Alice Cooper ? Ça implique une erreur. Une *erreur*. Une méprise. Bien, c'est l'heure de la pause.

— Hemingway a eu un accident d'avion, est-ce que les autres aussi ? dis-je.

— C'est un peu poussé d'appeler un crash aérien une « erreur », non ? murmure Ed et je hausse les épaules, le lui concédant d'un hochement de tête.

— Et Rudyard Kipling est un peu trop du temps jadis pour les avions, non ? intervient Justin. Pas vraiment du genre « non mais allô quoi » ou à faire une story sur Insta avec une flûte de Prosecco à la main au bar de l'aéroport.

Il mime une tentative de photographier sa pinte, et Susie pouffe.

— On leur a attribué à tort des prix qui ont dû leur être retirés, dit Hester en retirant son manteau. Où est le stylo ?

Justin affiche une expression sceptique et Ed essaie d'adopter un air neutre convaincant en lui tendant le stylo. Ce n'est pas que son sens de l'humour disparaît en présence de Hester, mais il devient plus policé, du genre non-bien-sûr-que-je-ne-le-pensais-pas.

Hester nous rejoint en retard ce soir parce qu'elle était de sortie avec des amis dans un restaurant de tapas, et naturellement, avec la brassée de bébés que son cercle comptabilise, ils ont fini leur soirée à 21 heures. Hester ne nous rejoint aux soirées quiz du Gladdy qu'occasionnellement, de toute façon. « Parfois c'est lassant, toutes ces blagues entre vous », dit-elle. Même si, en tant que petite amie d'Ed, elle nous connaît tous depuis longtemps, alors je ne vois pas bien comment il peut y avoir un « entre nous » dont elle ne ferait pas partie.

— Tu es sûre ? demande Suzie.

— Oui je suis sûre, répond Hester, avant de nuancer : Enfin, tu as une meilleure proposition ?

— Sûre-sûre, ou sûre-avec-quatre-Prosecco-dans-le-bide-et-on-n'a-pas-trouvé-mieux ? s'obstine Susie avec un sourire digne d'une reine maléfique munie d'une pomme rouge.

Je n'oserais absolument pas provoquer Hester comme elle le fait. Susie provoque la plupart des gens. Et la plupart des gens n'osent pas répliquer.

Susie a de longs cheveux blond-brun qu'elle porte en queue-de-cheval, tel un étalon, ou détachés et emmêlés dans une écharpe, comme Barbara Streisand dans un film des années soixante-dix. Elle a une bouche pleine, avec une moue prononcée, et sa lèvre supérieure semble être rehaussée par son nez creusé, qu'elle appelle « retroussé ».

— Quel prix a gagné Marcus Garvey ? demande Justin.

— Cul de l'année ? dis-je, et Ed pousse un « hou-hou » pour valider ma blague.

Hester fulmine, je le sais.

— OK, alors ignorez ce que je viens de dire ! lâche-t-elle. Pardon d'essayer de participer, les amis.

— Non, non ! C'est bien ! Je pense que tu as raison, s'empresse de dire Ed. On n'a pas mieux. Écris-le.

Je respecte toujours Ed d'accourir de manière si chevaleresque à la défense de Hester, tout en regrettant que ce ne soit pas pour quelqu'un qui le mériterait davantage.

Hester griffonne pendant que Justin, Susie et moi faisons de notre mieux pour ne pas croiser nos regards.

— Faut commander d'autres verres, je crois, qu'est-ce que vous voulez ? demande Justin avant de se lever pour aller au bar.

Je vais aux toilettes et, après avoir tiré la chasse, je vois que j'ai un SMS de Susie. (Et non un message WhatsApp, qui risquerait d'apparaître en entier sur l'écran verrouillé. Malin.)

Quand je l'ouvre, je remarque qu'elle l'a envoyé aussi à Justin. Je sais qu'ils triangulent le signal, de l'autre côté de la porte – Justin étudiant nonchalamment son téléphone en attendant d'être servi, Susie s'écartant légèrement du couple, feignant de consulter ses messages.

Susie : ELLE A BESOIN D'ÊTRE AUSSI AUTORITAIRE CETTE CONNASSE

Justin : On lui passe tout à cause de ses seins fabuleux, ma chère

Susie : J'ai des seins super, c'est pas pour ça que ça affecte ma personnalité. Elle a donné une mauvaise réponse, C'EST SÛR. Et pourquoi Ed est aussi dégonflé. Oh oui écris cette connerie, mon précieux petit chou empoisonné. ARGH

Justin : Je répète, les seins

Eve : Les choux empoisonnés

Susie : Je jure qu'elle sait que c'est la mauvaise réponse et qu'elle le fait juste pour nous faire chier

Je m'appuie contre le mur agréablement frais des toilettes et tape, un sourire aux lèvres.

Ayant été transie d'amour pour l'autre moitié de Hester pendant la majeure partie de ces vingt dernières années, je ne sais jamais quelle part de mon aversion est imputable à cette bonne vieille jalousie. Susie et Justin ne cessent de me répéter que je l'aurais détestée de toute façon – sans réaliser que cela me conforte dans mon aversion, parce qu'ils ne se doutent de rien. Je joue souvent au Gentil Flic quand il est question de Hester, pour donner le change.

Eve : Vous verrez, elle va avoir raison et ça nous apprendra

Susie : Elle n'a pas raison, elle ne sait même pas qui est Marcus Garvey, ça s'est vu quand Justin l'a questionnée

Justin : Elle pense certainement qu'il a gagné le Grammy du Meilleur Clip en 2007

Susie : Lol. Et je voudrais souligner que la suggestion d'Eve a été descendue en flèche et qu'elle n'a pas pris la mouche, elle

Eve : Qu'est-ce que ça dit de mes seins…

Susie : Seulement qu'ils ne sont pas un stratagème pour compenser le fait que t'es une teigne

Justin : *soupire* Bourrons-nous la gueule.

2

Justin et Susie ont des personnalités qui, dans l'ensemble, ne versent pas dans la culpabilité. Cela les ralentirait considérablement. De mon côté, je bois la culpabilité comme un smoothie au petit déjeuner, et j'ai beau me délecter de nos commentaires continuels faits en douce sur Hester, je sais que je ne devrais pas.

Cependant, comme je l'ai expliqué un jour à une collègue : certaines personnes sont intolérables, la vie exige qu'on les tolère, et il n'y a que deux moyens de relâcher la pression. Soit en s'en prenant à l'individu qui vous agace, soit en lui bavant dessus sans pitié dans son dos.

L'option numéro deux n'a peut-être rien de franc ni de noble, mais elle a moins d'impact sur le contrat social.

Nous savons tous très bien que rabrouer ouvertement Hester endommagerait salement notre amitié avec Ed. On n'a pas de droit de veto sur les partenaires de nos amis et de nos proches. Je suis bien placée pour le savoir. J'aurais pu éviter le désastre qu'a été le deuxième mariage de maman, sinon.

Une fois de retour à table, je sens qu'au rythme auquel nous buvons l'acuité de notre culture G va en prendre un coup. Sagement, Leonard s'est roulé en boule et endormi. Plus qu'une journée de boulot à affronter demain, avant le week-end.

— Tu peux dire que tu es en vacances, suggère Susie à Ed. Eh, Eve. Tu as bien dit l'autre jour que Mark a eu un gamin ?

— Oh ! oui, dis-je en avalant difficilement ma gorgée d'Estrella toute fraîche. (*Ah, charmante bière anesthésiante.*) Il a posté des photos la semaine dernière. Ezra. Chouette prénom.

Mark est mon ex, le seul petit ami sérieux que j'ai eu. Il est parti pour Londres quand nous avions vingt-neuf ans pour se faire un nom dans le journalisme, et comme je n'ai pas déménagé avec lui, nous avons entretenu une relation longue-distance. Assez vite, il a jugé que ma réticence à déménager signifiait que je n'étais pas suffisamment impliquée – il avait raison – et il a rompu. Il travaille à présent pour *Time Out* à San Francisco, il est marié, citoyen américain, et papa. Pendant ce temps, moi, j'ai pris un chat.

Des regrets, j'en ai quelques-uns, peut-être. Mes tripes me disent que nous n'étions pas parfaits l'un pour l'autre, mais une voix dans ma tête persiste à dire que je ne trouverai jamais mieux et que j'ai été stupide. Comme par hasard, c'est aussi ce que répète ma mère.

— Ça fait bizarre de songer qu'il venait ici avec nous et que, maintenant, il est là-bas pour toujours. Ça ne t'embête pas ? demande Susie.

— Euh, non. Ça me paraît très lointain, tu sais. Dans tous les sens du terme.

— Comment tu l'as su ?

— Il s'est mis à me suivre sur Instagram il y a quelques mois et je l'ai suivi à mon tour.

— Aha. Il ne t'a pas complètement oubliée, alors, dit Ed. Il veut que tu voies qu'il a tourné la page, et regarder ce que tu fais, toi. Ce qui est la preuve qu'il n'est pas tout à fait passé à autre chose.

— Hah. J'en doute. Le quartier chic de Lower Haight, à huit mille kilomètres d'ici, est la définition même de « passer à autre chose ».

(Bien sûr, je tiens tout ça de mes fouilles nébuleuses à force de scroller à une heure et demie du matin.)

— J'en suis certain. Passer à autre chose, ça se passe ici et ici, riposte Ed en pointant sa tête puis son cœur.

Il me regarde intensément et je cligne des yeux ; un moment infime, presque imperceptible, se produit entre nous, et je le range mentalement dans un de mes bocaux à formol.

— … je parie qu'il regarde les photos de Roger et toi et qu'il se dit, punaise, elle me manque, cette crise de nerfs ambulante avec ses yeux de Cléopâtre.

— *Crise de nerfs ! ?*

Mais je rougis, un peu.

— Eh… c'est bien trouvé. « Crise de nerfs ambulante avec ses yeux de Cléopâtre », on dirait des paroles de Lloyd Cole ou un truc dans le genre.

— C'est quand même marrant de se servir des réseaux sociaux pour épier les autres alors que tout le monde y ment plus ou moins, fait remarquer Justin. Y a cette photo d'un hôtel Trivago qui a tourné, parce qu'ils avaient effacé la centrale nucléaire qui est derrière. Mais si on y réfléchit, est-ce qu'on n'efface pas *tous* nos centrales nucléaires ?

Je ris.

— Ouais, tout le monde présente sa vie comme si c'était une destination touristique, dis-je. Enfin, l'endroit où Mark habite est *vraiment* une destination touristique.

— Je me dis toujours que quand un ex est super heureux avec une autre, il devrait te remercier d'avoir mis fin à votre relation, intervient Susie. Manifestement, vous avez bien fait de vous séparer. Pourquoi c'est toujours *ouais, prends ça, dans ta gueule, je suis au top du top !* Sans dec', mec, c'est pour ça que j'ai suggéré qu'on serait mieux l'un sans l'autre, pendant que tu protestais en hurlant que c'était la fin du monde. Peut-être que des excuses s'imposent, en réalité. Pourquoi croit-il prouver ainsi qu'il avait raison, et pas que toi, tu avais raison ?

J'éclate de rire, c'est du pur Susie Hart.

— Techniquement, c'est Mark qui m'a quittée, donc il ne peut que se féliciter.

— Oui, mais seulement parce que tu as choisi de rester ici.

— Qui pourrait quitter tout ça ? dis-je en levant mon verre à la pièce, puis à Leonard.

Nous rions, mais je sais qu'à l'approche de nos trente-cinq ans ce rire sonne un peu creux.

Nous sentons que, si nous n'avons pas encore fait d'erreurs irréversibles, nous sommes sur le point de les faire. Hester a fait remarquer récemment que nous « stagnons au point mort », mutuellement. Et que « vous avoir les uns les autres vous empêche de chercher plus. Codépendance. Vous êtes tous complémentaires, du coup vous ne vous embarrassez pas de relations extérieures ».

À part Ed et elle-même, bien entendu. Punaise, un vrai rayon de soleil, cette fille.

Le problème avec Hester, c'est qu'il y a un trou béant à l'endroit où devrait se trouver sa gentillesse. Mais elle est tout le reste : séduisante, dynamique, gagne bien sa vie, organisée, sûre d'elle, fait des efforts, sociable, bonne ménagère, se souvient des anniversaires, intelligente. Alors je comprends très bien ce qu'il lui trouve. Il faut être très attentif pour voir au-delà de ces qualités.

Et Ed est très loyal. Parfois les gens naturellement loyaux n'arrivent pas à sentir quand il faudrait ne pas l'être.

— En parlant de disparaître dans la nature. Où est passée Hester ? demande Ed en regardant le siège vide de sa moitié.

Justin marmonne « elle nous manque pas », juste assez bas pour que Susie et moi l'entendions, mais pas Ed.

Notre conversation est alors interrompue par un son métallique strident, larsen de l'équipement audio qui foire et force toutes les épaules à se voûter par réflexe, et les bouches à se tordre.

— Ouuups ! Laissez-moi régler ça. Voilà. Bonsoir ! Avant que nous reprenions le quiz, cette jeune femme veut se servir de mon matos… si je puis dire, haha ! Je passe donc la main à… Esther ? *Hester*, pardon.

Interloqués, nous tournons la tête et fronçons les sourcils. Hester, debout à l'autre bout du bar, brandit le micro avec une expression d'anticipation béate, comme si elle s'apprêtait à s'égosiller sur *Total Eclipse of the Heart* en karaoké ou à annoncer les scores de la Suède à l'Eurovision dès qu'elle aura le « Go » de son producteur dans l'oreillette.

— Bonsoir tout le monde, dit-elle dans le silence qui se fait dans le bar. Ça fait quelque temps que je me demande quel serait le meilleur moment pour me lancer, et j'ai eu une soudaine inspiration divine. C'est son endroit préféré, il y a un micro…

Elle l'agite comme une sucette qu'elle s'apprête à lécher, et je sens que cela éveille toute l'attention de certains mâles dans la pièce. La présence de Hester a souvent cet effet. C'est comme quand vous êtes intéressés par un produit sur eBay et qu'on vous dit que « Quatre autres personnes sont en train de regarder cet article ».

— Voilà… Cet homme là-bas…, commence-t-elle en désignant Ed, qui a l'air mal à l'aise, un peu fiérot, mais surtout déstabilisé, est l'homme de ma vie.

Elle marque une pause pour laisser la vague de *ohhhhh* parcourir la salle, puis elle ferme les yeux une seconde en hochant la tête. Mon ventre se serre.

— Eh oui. Même avec cette chemise !

Un rire. Hester nous offre sa meilleure Gwyneth acceptant son Oscar, captant impérieusement l'attention de la salle.

— Oui. On est ensemble depuis… – elle fait semblant de réfléchir, compte sur ses doigts – seize ans ! On est sur le point de sortir de la « jeunesse » en termes de démographie, mon cher. Trente-quatre ans, c'est la limite. Je le sais parce que je travaille dans la publicité.

Un autre rire.

Tu travailles pour une agence de marketing. Je t'ai entendue corriger sèchement des gens qui appelaient ça de la pub.

— L'automne où j'ai rencontré Ed, ça ne faisait que quelques mois qu'on sortait ensemble et… il a fait un truc inouï.

Bon sang, je suis trop british pour ne pas trouver ça insupportable. J'imagine qu'Ed ressent la même chose.

— … Ma sœur était atteinte d'une grave maladie et on n'était pas sûrs qu'elle s'en sorte, pendant un temps. Ed et moi étions un tout jeune couple. La plupart des mecs auraient fui face à l'engagement émotionnel dont j'avais besoin. Pas Ed.

Elle le regarde, les yeux brillants, et toute la salle retient son souffle.

— Il est venu séjourner dans ma famille pour Noël, il a cuisiné pour nous, il s'est occupé de mes parents, et il a promis de toujours être là…

Oh ! *vraiment*. Enfin, c'est possible qu'elle exagère, Hester adore édifier sa propre légende.

— Et c'est à cet instant précis que j'ai su que j'avais trouvé une personne vraiment très spéciale.

La salle s'est à moitié liquéfiée.

— Maintenant que nous avons trente-quatre ans, ce que je me demande, Ed Cooper… après seize merveilleuses années, de hauts et de bas, de rires et de larmes, c'est… veux-tu m'épouser ?

Une pause, puis un rugissement de réactions débonnaires s'élève du pub bondé.

Susie, Justin et moi regardons Ed, sous le choc, qui se tourne momentanément vers nous et nous dévisage, comme s'il voulait notre appui ou notre permission. Je vois littéralement passer sur son visage la réflexion qu'il aura de gros ennuis s'il prend plus d'une seconde à soupeser l'offre de Hester.

— Oui ! dit Ed, puis plus fort : Oui, je veux t'épouser !

Il se lève pour s'élancer vers le bar, par-dessus lequel il se penche, et Hester et lui échangent un petit baiser tandis que la salle applaudit et les acclame.

Regardant autour de nous, Susie, Justin et moi prenons conscience que nous devrions faire de même, et nous nous joignons machinalement aux hourras de la foule.

J'entends Ed demander à Hester « Qu'est-ce que tu… ? Qu'est-ce qui t'a pris ? » pendant qu'elle lève les deux paumes en l'air d'un air ravi, l'air de dire « oh ! tu me connais, que veux-tu que je te dise », et Justin, Susie et moi buvons nos verres sans piper mot au milieu de tout ce charivari.

Ed et Hester continuent de chuchoter, Ed est manifestement en train d'exprimer à Hester à quel point il est ébahi par son audace romantique. Je m'arrache à cette vision et me tourne vers mes amis.

— Je ne l'ai pas vue venir, celle-là ! dit Justin d'un ton égal, faussement enjoué. Au quiz du Gladdy, qui plus est. Au diable les gondoles à Venise, et les couchers de soleil à Marrakech, c'est ici que ça se passe. Je vais noter de faire ma demande la prochaine fois qu'on se prend des kebabs à Panko's Fish Bar. Qu'est-ce que t'en penses, Leonard, ça te botte de porter les alliances ?

Leonard se réveille et regarde son maître avant de se rendormir aussitôt, tête baissée sur ses pattes avant touffues. *Ouais, tout pareil, Leonard.*

Susie et moi acquiesçons poliment dans un murmure et il est juste de dire, pour une fois, que nous sommes toutes deux sans voix.

Ed et Hester reviennent à la table et nous émettons des bruits non spécifiques mais emphatiques tels que « Waouh ! » et « Félicitations ! » ou encore « Oh mon Dieu ! ».

Dans ces moments-là – d'accord, il n'y en a pas eu beaucoup, mais dans les moments en général où nous sommes censés témoigner un enthousiasme naturel et sincère envers leur relation –, je m'étonne qu'une personne aussi perspicace qu'Ed ne remarque pas que nous ne sommes manifestement pas fans. Ou peut-être qu'il le sait mais choisit de l'ignorer.

Dès que la question de leur mariage se posait, Ed se servait de l'achat de leur maison à retaper comme dérivatif. « On a *déjà* une bonne raison de dépenser vingt mille livres, grâce à Crapston Villas[1]. » J'espérais malgré tout que sa réticence n'était pas seulement une question d'argent.

1. Série animée satirique britannique en stop motion, dont les personnages en pâte à modeler vivent dans un immeuble délabré.

— Eh bien ! Nous y voilà !

Pour fêter ça, Hester plante une bouteille de cava sur la feuille du quiz, Ed jonglant avec cinq flûtes, tandis que nous roucoulons notre émerveillement factice. Ed a le visage cramoisi par la surprise, la joie et l'alcool. Hester retire l'aluminium et se bat avec le bouchon de la bouteille. Lorsqu'il saute avec un « pfiout », les bulles débordent et le liquide coule sur les flancs de la bouteille, éclaboussant notre bulletin de réponses.

— Oups !

Je tends la main pour le sauver, mais Hester soulève la bouteille et en essuie le cul avec la feuille de papier. L'encre qui se diffuse transforme les mots en taches Rorschach indéchiffrables. Oh. Lorsque je la récupère, elle est aussi flasque qu'un mouchoir.

— Je la mets là pour la faire sécher, dis-je en l'étalant sur le dossier de la chaise.

— Il va falloir des traducteurs de la British Library pour la décrypter, commente Justin de son ton incisif mais léger, grâce auquel on lui passe tout.

Je ne peux m'empêcher de jeter un coup d'œil à Susie, qui m'adresse un regard entendu puis tourne la tête.

Nous sirotons nos bulles et trinquons tout en nous exclamant : « Joyeuses fiançailles ! » aussi chaleureusement que possible.

— Ce n'était pas prévu, en plus ? ! dit Hester. J'ai eu un de ces moments d'inspiration. Vous savez que je les suis toujours.

Je le sais. Hester nous a raconté un jour qu'elle avait convaincu ses beaux-parents de faire un bain de minuit avec elle, lors de vacances en famille dans les Cornouailles, une histoire qui perdure dans mes cauchemars. (« Ne fais jamais confiance à ceux qui sont physiquement désinhibés » – seul conseil fiable que mon père m'ait jamais donné.)

— L'étape suivante, c'est la bague, dit Justin. Il faudra y laisser un mois de salaire, c'est ça ?

Ed fait la grimace.

— Heureusement que mon salaire mensuel, c'est deux cents livres sterling et un sachet de couennes de porc frites.

— Oh ! Edward. Il va falloir mettre de côté ! Celle que je veux, c'est une Cartier ! réplique Hester.

« Pas prévu », qu'elle dit.

— Bon Dieu, ça coûte combien ça ? !

Ed déverrouille son téléphone et cherche sur Google. Lorsqu'il finit par trouver la bonne page, il fait mine de s'éponger le front avec son écharpe.

— H, il n'y a même pas les prix sur le site. Je dois – il prend une expression à la James Bond – « contacter un ambassadeur Cartier pour demander le prix. »

Hester gazouille de bonheur et je sais qu'Ed a le feu vert pour blaguer pour le reste de la soirée. Voire pour le reste de sa vie.

— S'ils ne veulent pas divulguer le prix à l'avance, on est dans une situation « dans le vif et sans lubrifiant » ? renchérit Justin. (Je vous ai prévenus du bon goût de Justin.) Ouille.

— Ouais, ils démarrent au-dessus de cinq mille, dit Susie, qui s'y connaît mieux que nous tous en matière de luxe. Prépare ton rein pour le marché noir, Eduardo !

Ed feint d'avoir la nausée et Hester lisse ses cheveux et baisse les yeux dans un geste à la Lady Di. J'ai la nausée aussi, alors que ce ne sont même pas mes économies.

— Je songeais à un mariage au printemps prochain, reprend Hester. Je déteste les longues fiançailles, ça ne sert à rien. C'est pour les gens qui veulent avoir le temps de changer d'avis, hahaha.

— Ou d'économiser, dis-je d'une voix tendue.

Mes émotions commencent à remonter à la surface.

— Eve, dit Hester en se tournant vers moi, Susie, dit-elle en se tournant vers Susie.

Hester fera une magnifique mariée. Le printemps. Couronne de perce-neige et dos-nu en satin fluide, telle une princesse médiévale, avec bougies chauffe-plats dans des lampes-tempête.

— J'ai quelque chose à vous demander. Au moment du mariage,

ma meilleure amie en sera à six mois de grossesse et, si je me fie à la fois précédente, elle ressemblera à un œuf.

Waouh.

— … Et ma sœur dit que c'est gênant d'être demoiselle d'honneur pour une femme de son âge encore célibataire.

Elle marque une pause théâtrale pendant laquelle je me fais la réflexion que, d'après mes souvenirs, sa sœur n'a que deux ans de plus que nous.

— Je me demandais. Vous voulez bien être mes demoiselles d'honneur ?

Nous restons pantoises un instant puis Susie braille « Tu plaisantes oh mon Dieu bien sûr avec grand plaisir ! » et je l'imite du mieux que je peux.

Nous trinquons de nouveau et Ed dit :

— Waouh, H, c'est tellement adorable. Deux de mes meilleures amies, demoiselles d'honneur ! Ça me rend si heureux.

Jamais je n'ai vu Ed si dévoué. J'avoue avoir été à l'affût de micro-indices qui prouveraient que cette embuscade les lui brise, mais je n'en ai repéré aucun.

— Cela m'a semblé sympa pour vous deux, pour que vous vous sentiez incluses, nous dit Hester comme si nous étions des fillettes participant à un voyage scolaire grâce à un financement de secours exceptionnel.

Je souris, un sourire faux-cul large comme une banane. Je suis si contente d'être pétée. Chapeau, Hester, tu as bien joué le coup.

— Et cela va sans dire… voici mon témoin ! clame Ed en désignant Justin.

Ils s'étreignent. Le gang au complet.

Dans la discussion floue qui suit concernant les lieux ayant suffisamment d'espace extérieur pour accueillir les noces, je songe à l'obligation d'aller faire des essayages avec Hester, durant lesquels elle me forcera à mettre et enlever des robes couleur roudoudous, en se donnant la liberté de commenter mon apparence. Je suis réputée pour vivre en noir, porter des bottines mastoc et, comme le dit Ed, rester fidèle à mon maquillage gothique vieillissant.

Au lieu de me terrer au dernier rang de ce mariage avec une mignonnette de gin, un Valium et mes espoirs déchus au fond d'une pochette en satin noir, je serai sur le devant de la scène et obligée de sourire sur toutes les photos officielles.

Le Mariage de mon meilleur ami était peut-être une comédie, mais revivre l'intrigue du film ne me fait pas rire du tout.

— … Question DOUZE. Nous vous avons demandé ce que Marcus Gravey, Rudyard Kipling, Ernest Hemingway et Alice Cooper avaient en commun. Cela inclut une erreur. La réponse est : ils ont tous lu leur propre nécrologie, publiée par erreur avant leur mort.

— Ah, c'était ça, le lien ! dis-je, mais personne ne m'écoute.

Les hommes en anoraks compressibles l'emportent.

3

J'en suis à ce stade d'ivresse où je plane légèrement en dehors de moi-même et écoute le bruit de mes pas qui martèlent lourdement le béton luisant de glace, comme si c'étaient ceux d'un autre.

L'asphalte de la route semble magique quand il est moucheté de blanc et qu'il a cet éclat translucide, comme une boule à facettes, ou de la nacre. Et pourtant il est traître. La chaussée est-elle une métaphore du mariage d'Ed avec Hester ? Ou suis-je simplement soûle ?

Tous les autres membres du groupe rentrent du Gladstone en taxi, Susie dans une banlieue, Ed et Hester dans une autre, Justin en ville. Moi, j'ai le même code postal que le pub, celui de Carrington, une minuscule banlieue aux rues sinueuses et aux maisons victoriennes excentriques en brique rouge ; certaines ont des tourelles qui leur donnent des airs de centres de correction pour mineurs, ou de maisons en pain d'épice de sorcières de contes de fée. Ça tombe bien, sorcière de conte de fée, c'est pile mon look. Il y a des tas de vieux arbres surplombant la rue qui dispersent leur pollen tels des confettis une fois par an.

Et des chats. C'est infesté de chats. Roger est engagé dans une amère lutte territoriale avec un matou non stérilisé du quartier, Dirk. (Moi non plus, je ne sais pas pourquoi un chat errant a un nom – à cause de sa notoriété, due aux panneaux d'affichage de la collectivité, je présume. Dirk est un individualiste farouche, un super méchant aux moustaches blanches, et personne ne pourra lui prendre sa liberté, ni ses couilles.)

Mon téléphone tinte ; c'est un message de Susie. Elle ne l'a pas envoyé à Justin, seulement à moi, ce qui m'intrigue. Cela suggère une profonde discussion-entre-filles, et il y a peu de discussions entre nous desquelles Justin est exclu. Il a demandé à Susie de le laisser en dehors de son témoignage cru sur le retrait de son stérilet, mais c'est à peu près tout.

HOMME À TERRE. J'ai mon opinion sur l'atrocité de ce soir, il y a beaucoup à en dire. On se parle vite. xx

Peut-être que c'est parce que nous sommes les demoiselles d'honneur maudites. Je n'ai pas hâte de me souvenir de ce fait consternant quand je me réveillerai avec la gueule de bois. Est-il possible de refuser d'être la demoiselle d'honneur de la fiancée de l'un de vos meilleurs amis sans les vexer mortellement ? Pourrais-je feindre une blessure ? Jamais Hester ne laisserait quelqu'un avec des bottes de marche claudiquer jusqu'à l'autel, ça gâcherait le spectacle. Mais si je me blessais pour la cérémonie, cela voudrait dire que j'aurais déjà passé l'étape des essayages, et cela leur ferait perdre de l'argent. Pfff.

Comme le dit Justin, une conscience, ça pèse trop lourd.

Je répondrais bien à Susie, mais son message laisse entendre qu'elle est sur le point de se coucher ; je lui écrirai quand nous soignerons nos migraines, demain.

Même si je sais que c'est contraire aux protocoles de sécurité quand on est une femme dehors tard le soir et en état d'ébriété, je lance ma musique sur la dernière chanson écoutée. *Can't Get You Out of My Head* de Kylie Minogue retentit dans mes oreilles, ce qui me donne l'impression que Kylie est au courant de la situation.

La la la, lah la la lah

La musique interagit avec l'alcool dans mon sang, je me sens soudain arrogante, et j'ai une idée.

La la la, lah la la lah

Une idée très mauvaise, certainement, mais subitement irrésistible.

Je sors mon téléphone et remonte mes conversations WhatsApp jusqu'à trouver son nom : Zack. Susie l'appelle « Bébé Yoda ». (Elle chuchote systématiquement : « L'enfant ! Il devrait retourner auprès des siens » quand je finis de papoter avec lui, et je la fais taire.)

Zack travaille non loin, dans un bar du quartier, le genre d'endroit aussi grand qu'une cuisine linéaire, décoré de guirlandes lumineuses et d'art ironique. De faux Warhol représentant Ena Sharples avec son filet à cheveux, entourés de piments en plastique illuminés, des porte-parapluies flamants roses, ce genre de choses. L'endroit où vous échouez toujours pour boire les cinquième et sixième verres déconseillés lors d'une sortie imprévue.

Zack a un man bun, le ventre plat et une circulation sanguine l'obligeant à être en T-shirt manches relevées toute l'année.

Chaque fois qu'on vient, il s'assoit avec nous, tourne d'avant en arrière sur sa chaise, et nous « explique » nos cocktails. Il insiste pour que j'en prenne une gorgée pendant qu'il m'expose l'importance de l'effet acide du zeste de citron dans mon expérience olfactive. Je n'ai jamais eu le cœur de lui dire : « Zack, j'ai déjà bu un litre de gin premier prix, ça pourrait être du décapant, ce serait pareil. »

La dernière fois, après qu'il nous a enfin laissées boire tranquille, Susie m'a soufflé : « S'il te plaît, couche avec lui avant que je sois obligée de subir un autre Ted Talk sur l'invention du tom collins, je le supporterais pas, putain. »

Je n'ai pas pris sa remarque au sérieux – moi ? lui ? – mais, au moment de partir, Zack m'a lancé, avec l'insouciance propre aux hommes de vingt-quatre ans au ventre plat : « Eh, Eva. Donne-moi ton numéro pour que je te prévienne quand j'aurai cette liqueur de noisette dont je te parlais. »

Les coups d'un soir, ce n'est pas mon truc, d'habitude. Enfin, ça ne l'a jamais été, à part avec un Canadien qui ressemblait à un agent de la police montée, rencontré pendant un week-end de formation quand j'avais vingt-trois ans. Juste après, il a plaisanté, disant qu'il allait me faire entrer dans son sac North Face à son étage, ce qui, en fait, n'était pas une blague, et je suis partie dès que je l'ai compris. C'était comme si Dieu savait que j'allais contre ma nature et avait décidé de me piéger.

Je sais que c'est faible, mais j'ai trente-quatre ans, et je redoute l'horizon « ne se fait plus draguer ouvertement par des barmans de moins de trente ans ». À l'image des soldes chez Next le lendemain de Noël, ça m'intéresse soudain de choper un truc qui ne me va pas et que je vais vite regretter, juste parce que je peux l'avoir.

Ce soir, j'ai besoin de validation. Je veux faire quelque chose qui prouve que je suis encore désirable. Que je suis là, sur le front des célibataires-cools-avec-des-options, à agir avec spontanéité. Pas déjà à me languir.

Une voix me susurre : *Tu fais ça pour le dire à Ed, pour le rendre jaloux. Tu fais ça juste pour pouvoir lui raconter et lui faire éprouver de la peine en retour,* et je fais taire la voix. Je ne veux pas être cette personne, et ce ne peut pas être vrai ; si je ne le pense pas, ce n'est pas vrai.

Salut ! Je ne sais pas si tu bosses ce soir mais je me demandais si tu voulais prendre un verre après ton service ? E x

Bon sang de bonsoir, Eve, tu es déjà ronde comme une queue de pelle et il est minuit. Rentre chez toi, prends un bon café bien fort et deux paracétamols et rends-toi compte que tu es une abrutie.

La réponse est quasi immédiate, mon destin est scellé.

Oui ! Je finis à l'instant en réalité. Tu veux passer ? L'expert en mixologie est à ton service…

Je suis juste devant chez moi et ce serait bien plus facile que lui vienne ici mais, cyniquement, je préfère que cela se passe hors-site, pour ne pas avoir à me réveiller avec Zack et le mettre dehors demain. Pas un coup d'un soir, un coup d'un demi-soir. Berk. La féministe en moi déteste quand ma mère dit : « Franchement, les femmes sont les nouveaux hommes ! », mais j'ai un peu honte de mes cruels calculs.

Zack s'impressionne lui-même, et je vais faire semblant d'être moi aussi impressionnée, aussi longtemps qu'il le faudra pour retirer ce que je veux de cette entente. Puis ciao. C'est de la manipulation, sans nul doute. Le fait que je ne veuille rien de plus avec lui est exactement la raison pour laquelle il est parfait pour ça. Et puis, peut-être qu'il ressent la même chose. Mais ce n'est pas comme si j'allais le vérifier.

J'entends Susie dans ma tête : *Eve, proposer un coup d'un soir à un homme, ce n'est pas l'exploiter, bordel. C'est ça ton problème, tu imagines que tu es émotionnellement responsable du premier venu qui aime l'escalade, brasser sa propre kombucha et poster des trucs sur Facebook du style « le nouveau Tame Impala est planant ».*

Je m'imagine répondre : *C'est ambitieux de dire que c'est ça, mon problème*, et Susie pouffer : *Certes.*

J'arrive !

4

Je passe chez moi en vitesse pour me brosser les dents, changer de pantalon et me refaire une beauté. Je pensais que ce n'était que pour booster mon ego, jusqu'à ce que je me voie dans le miroir en pleine lumière, la gueule de travers et couverte de sueur. À l'arrière-plan, la robe de chambre que je devrais être en train d'enfiler est pendue à la barre de douche. Ma maison silencieuse est pleine de reproches.

Me jaugeant dans la glace sans pitié, je crains que mes cheveux noirs, que j'ai toujours portés plutôt longs et lisses et que je cale derrière mes oreilles, ne me donnent un air trop dur. À la limite de la « vieille bique ». Je me remets de l'eye-liner en me demandant si c'est pour ça qu'on voit des vieilles dames devenir des répliques tapageuses de celles qu'elles étaient plus jeunes. Parce qu'elles ont refusé de renoncer à leur style trente ans plus tôt. Parce qu'elles n'ont pas repéré les signes disant qu'il était temps de dire bye-bye à la coloration noire et au blush rose pavot.

Lové sur le canapé, Roger le Rayé se réveille et crie « MWAOH ? » en me voyant repartir. C'est une question légitime.

— Ne me juge pas, Tourtière, dis-je, brandissant son nom de naissance comme un talisman.

La vieille dame qui l'a donné à l'association de protection animale acceptait de me le laisser l'adopter uniquement si je promettais de garder son nom.

— Tu n'es pas réellement obligée de le faire, m'avait dit Susie en me ramenant chez moi avec mon panier à chat remuant. Comment le saura-t-elle ? Quand elle verra son nom dans les bans de mariage du *Times* ?

— On aurait dit une vieille sorcière prête à me maudire si je ne tenais pas parole.

— C'est lui qu'elle a maudit. *Tourtière*, bordel.

J'ai trouvé un compromis avec Roger Tourtière Harris, qui pourrait être le nom d'un comédien dénoncé comme pédophile dans les années 1970.

Je me traîne jusqu'à la porte du bar mais, une fois devant, dans l'obscurité presque totale et en songeant que mes amis sont en train de dormir – ou de fêter leurs fiançailles mais, en tout cas, ils sont au lit –, ma stupidité m'apparaît soudain clairement. Ma soif d'aventure sexuelle a disparu. J'ai fait la queue mais je n'ai plus envie de monter dans le manège.

Je frappe timidement à la lourde porte en bois et j'entends un bruit de clés de l'autre côté. Nous serons enfermés ensemble. Je prends conscience que ce rencard n'est pas follement sécure non plus. Je ne connais pas Zack, c'est le milieu de la nuit et personne ne sait que je suis ici. Puisque aucun de mes amis n'est susceptible de voir mes messages avant demain, un SMS aiderait a posteriori l'enquête, mais ne me sauverait pas.

— Salut, Eva, lance Zack. Bienvenue dans mon humble hacienda !

Oh ! purée.

— Bonsoir, dis-je. Waouh, c'est différent dans le noir.

Flippant. C'est flippant, voilà ce que je veux dire. Et silencieux.

J'entre et me retiens de tressaillir lorsqu'il verrouille la porte derrière moi, bien que cela me rassure un peu de voir qu'il laisse le trousseau de clés dans la serrure.

— Ouais, attends, je vais allumer quelques lampes. Il ne faut pas que le bar ait l'air trop ouvert pour éviter que des poivrots viennent frapper à la porte ou que les poulets de mes deux nous coincent pour ouverture hors horaires.

Je ris, sans savoir si son commentaire sur les poulets de ses deux était censé être drôle.

Il éclaire la salle et je me détends un peu.

— Assieds-toi là, je te prépare ton Martini à la lavande, dit Zack en désignant les tabourets alignés devant le bar rétro-éclairé, avec son affiche Banksy de deux policiers en train de s'embrasser. Si c'est ce qui te fait envie ?

Je hoche vigoureusement la tête. En réalité je n'en veux pas, j'ai suffisamment retrouvé mes esprits pour me rendre compte que 1) la dernière chose dont j'ai besoin est un Martini et 2) la dernière chose dont j'ai envie est ce mec au lit, mais c'est un peu tard pour s'en rendre compte.

Ce n'est pas trop tard en soi, je le sais. Je suis habillée, émancipée, et techniquement en mesure de partir.

Je déteste me sentir obligée à quoi que ce soit parce que j'ai été assez stupide pour engager cette situation. Je contesterais avec ardeur et passion toute idée d'être tenue à un quelconque acte sexuel, si je débattais seulement de l'hypothèse et, surtout, s'il s'agissait de quelqu'un d'autre. C'est une de ces situations de vie déplaisantes où l'on est confronté au fait que les croyances théoriques et le comportement pratique peuvent être en total décalage.

Solennel, Zack frotte délicatement des brins de lavande entre ses mains pour « révéler leur parfum », puis il les enfile sur des pics à cocktail avec des rondelles de citron. La complexité du verre à elle seule me semble être une dette à payer. Je pensais qu'après avoir fini de bosser il décapsulerait des bières.

— Tu veux un peu de musique ? demande-t-il.

— D'accord.

— Nomme-moi un album.

— Quoi, n'importe lequel ?

— Oui.

— Hum…

Pff, un test de coolitude, et je veux éviter le malaise d'une musique trop sensuelle.

— Fleetwood Mac ? *Tusk ?*

Zack se penche et parle comme à un pot de fleurs sur le bar.

— Alexa, joue Fleetwood Mac, *Tusk*.

— C'est ton bar ? dis-je quand la musique se lance, surprise que Zack puisse m'inviter sur place en toute insouciance.

— Non, Ted, le propriétaire, est à Lanzarote. Il y vit une partie de l'année, quand il fait froid ici. Je tiens le bar quand il n'est pas là. C'est comme un oncle pour moi.

Zack pose un sous-verre devant moi en le faisant tourner, puis y place le Martini.

— Merci !

— T'en es où, alors, madame *Étrange Noël de M. Jack* ?

— Étrange Noël de… ?

— Le film de Tim Burton, le dessin animé. Tu ressembles à la fille. De grands yeux et une robe blanche en loques. Un peu flippante.

— C'est la mariée, c'est ça ?

— Elle s'appelle Sally.

— Ah. Où j'en suis… ?

— T'es mariée, t'as un mec ? Une nana ? Une âme sœur plus un plan cul ?

— Je serais là si j'en avais un ? dis-je, déroutée.

Puis je me rends compte que ça rend le but de ma petite visite un peu trop explicite, même si, après tout, ce n'est pas ma faute s'il a posé une question si directe. Je brode :

— Dans un bar fermé au beau milieu de la nuit. À boire des cocktails aux herbes.

— Eh, je ne suis pas là pour juger, répond Zack en levant les mains en l'air.

Il a réussi à me donner l'impression d'être Shirley Valentine[1] qui drague un serveur en Grèce parce qu'elle a besoin de changer d'air. Il me traite avec condescendance, non ? Aurait-il posé les mêmes questions à une femme de son âge ? C'est fort possible : Zack semble avoir le don d'énerver les gens sans le vouloir.

— Et toi, tu as une copine ? dis-je.

J'espère que mon intonation laisse bien entendre que je m'en contrefiche. Même si… si la réponse est oui, ce serait une échappatoire bien commode pour moi. Zack penche la tête d'un air songeur.

— Nan. C'est compliqué, mais nan.

« C'est compliqué » veut dire « je mène quelqu'un en bateau et je crois que ça me rend intéressant », selon Susie.

— Tu ne prends rien, toi ? dis-je en voyant Zack rincer le shaker au lieu de se préparer un verre.

— Je me suis ouvert une Asahi, répond-il en montrant la bouteille sur le comptoir, puis il se sèche les mains, fait le tour du bar et s'installe sur le tabouret à côté de moi. Ça te plaît ? demande-t-il en regardant le Martini.

— Oui, incroyable, dis-je poliment avant de prendre une autre gorgée, me retenant d'en retirer la salade de fruits pour avoir un accès plus facile à la boisson car je ne veux pas le vexer.

Nous discutons festivals de musique, restaurants branchés et voyous du coin qui se sont mis à faire des courses de dragsters dans la rue principale.

Je remarque, une nouvelle fois, qu'on se sent plus seule en étant mal accompagnée que dans une solitude assumée. Je ne me pose pas de questions existentielles quand je partage une pizza avec Roger.

La curiosité de Zack à mon égard a, semble-t-il, connu son début et sa fin avec sa question sur mon statut amoureux.

1. Personnage du film du même nom, qui part en Grèce pour échapper à sa vie anglaise monotone.

Quand j'ouvre la bouche pour parler de moi, après un long monologue de Zack sur les avantages de son possible déménagement en Australie – proféré de manière lasse et répétée comme s'il était fatigué de devoir expliquer ses choix de vie à ses groupies avides –, Zack me coupe la parole.

— Je loge dans l'appartement à l'étage. J'espérais un peu que le cocktail te plaise tellement que tu le boirais vite, pour qu'on puisse monter ensemble.

Il essaie de me faire un regard aguicheur, langoureux.

Paf. Nous y voilà. Je descends la majeure partie de mon Martini d'un trait et me demande s'il est réaliste de croire que je vais aller au travail demain.

Que puis-je dire à Zack ? « Maintenant que j'ai deux degrés d'alcool en moins dans le sang et passé vingt minutes de plus en ta compagnie, je préfère rentrer chez moi. » ? Oui, je pourrais et devrais en dire au moins une partie, mais je ne le ferai pas. Combien d'erreurs la simple peur d'être impoli nous fait-elle commettre ?

— Je te suis.

J'aurais pu dire « C'est parti pour le Brexit » avec le même enthousiasme.

Zack se laisse glisser de son tabouret avec un sourire en coin et me fait signe de le suivre à travers une porte située derrière le bar, menant à un escalier exigu et grinçant. Le budget déco est manifestement passé dans le café kitsch. Le salon de l'étage sent la bouffe réchauffée au micro-ondes et la tristesse. Il y a un étendoir en plastique avec des pantalons et des chaussettes de sport, une table basse couverte d'accessoires de cigarette électronique, de télécommandes et de bouteilles de sauce Nando PERi-PERi avec des bougies plantées dedans, un peu comme les bougeoirs-bouteilles-de-vin-en-osier des trattorias.

Zack désigne le gros fauteuil inclinable en skaï gris pâle près de la télévision.

— On peut le faire ici ? chuchote-t-il. Je me sens pas à l'aise dans le lit de Ted. Sa femme est morte l'an dernier.

— Pourquoi on chuchote ? Elle nous écoute ?

— Peut-être, répond Zack.

— … Quoi ?

— Elle est *décédée* dans ce lit, dit Zack en montrant la pièce voisine avec des yeux ronds. Ça me fout les jetons. Je sens le fantôme de Linda planer au-dessus de moi. Elle est morte d'une crise cardiaque et je ressens cette douleur dans ma poitrine, comme si elle était assise sur moi. À essayer d'en provoquer une.

— Une crise cardiaque, tu veux dire, j'espère ?

— Oui.

La situation est d'un tragi-comique sinistre, et il est si sérieux que je dois me concentrer pour ne pas rire.

— Tu sais que ça pourrait être psychosomatique ? dis-je. C'est parce que tu penses à elle que tu as l'impression de la sentir sur toi ?

— Elle ne m'attirait pas ! Elle avait, genre, soixante piges ! Berk.

— Non… Je… OK.

Je m'apprête à coucher avec un homme qui croit aux fantômes et ne comprend pas le mot « psychosomatique ».

— Ça m'est aussi arrivé de l'entendre marcher dans l'appartement, poursuit Zack, mains sur les hanches, en lançant un regard soupçonneux autour de lui.

On ne l'arrête plus sur la Légende de Linda.

— Comment tu sais que c'est elle ? dis-je. C'est un vieil immeuble. Ça pourrait être un autre mort.

— Parce qu'elle avait des chaussures à talons qui faisaient un bruit de sabot. Comme une chèvre. Brrr.

Zack frissonne.

— Je ne crois pas aux fantômes, dis-je.

— Moi si. C'est scientifique, dit Zack.

— Je suis presque sûre que c'est tout sauf scientifique.

— Si. C'est un principe physique, une énergie ne peut pas être détruite, seulement changer de forme, on est d'accord ?

— Euh… oui ?

— Donc quand quelqu'un meurt, où va son énergie ? Dans une autre forme. Les fantômes.

— Eh bah, non, si t'es enterré et que tu te décomposes dans la terre, tu nourris les vers. C'est ça le transfert d'énergie. Dans la terre.

— Énergie de nourriture pour vers.

— Oui.

— Et la crémation alors ? Elle devient quoi cette énergie-là ?

— Du feu ?

— Waouh… (Zack réfléchit un instant.) Je crois quand même que ça existe, l'énergie spirituelle. Et elle doit bien aller quelque part.

Ce sont de piètres préliminaires, il faut le reconnaître, et mon énergie de ver est sévèrement en déclin.

Je considère le fauteuil et me demande si c'est ici que Zack ramène les femmes qu'il rencontre au bar. Heureusement, il se met à m'embrasser avec ferveur et ça m'empêche de cogiter.

Je le pousse dans le fauteuil et me mets à califourchon sur lui tandis qu'il me tâte les seins de manière agressive et peu prometteuse, comme s'il vérifiait la fraîcheur d'un fruit au marché. Comme Rick Stein[1] en train de choisir deux grenades dans un souk de Fez. Bientôt, il va se mettre à les renifler.

J'avais oublié à quel point c'était stressant de coucher avec un nouveau partenaire. Cette pression de jouer la nana sexy naturellement douée au lit, maîtresse ès érotisme à temps partiel. Les ridicules jetés de cheveux, la cambrure du dos. Comme s'il y avait un jury qui vous observait derrière un miroir sans tain, évaluant votre performance et brandissant leurs panonceaux pour vous noter. Tout cela est un peu antagonique au plaisir personnel.

« Le sexe, c'est intrinsèquement ridicule. On devient bien meilleur

1. Chef anglais, présentateur de sa propre série télé culinaire.

une fois qu'on accepte ce postulat. » Je n'ai pas tellement envie de penser aux mantras d'Ed dans l'immédiat. Et si… j'imagine que Zack est…

— Oh merde. J'aurais dû te prévenir, dit Zack en reprenant son souffle, l'air inquiet soudain, ses grandes mains chaudes plantées sur mes cuisses gainées à soixante-dix deniers.

— T'inquiète, dis-je avec un petit sourire, en ramenant mes cheveux sur une épaule d'une manière que j'espère séduisante. J'ai des préservatifs.

Ha, tu crois sérieusement que je m'en serais remise à toi et/ou au hasard pour ça ?

— Non, dit-il. J'aime pas les poils.

— De quoi ?

Moi qui croyais le séduire avec mon mouvement de cheveux.

— Les poils, répète-t-il avec un mouvement de tête en direction de mon entrejambe en lycra, à la toile tendue comme un trampoline.

— … Au maillot ?

— Ouais, dit Zack. Tu t'épiles ?

… Hein ? *Sérieux ?* Un contrat prénuptial pour les poils. Oh punaise, je me sens vieille. J'ai soudain l'impression que ce ne sont pas dix ans qui nous séparent, mais des générations. J'ai voyagé dans le temps. J'essaie de me taper mon petit-fils.

— Non ?

— Oh. Désolé. J'aurais dû te le dire, réplique Zack sur le ton de la conversation, comme s'il m'indiquait un raccourci pour aller au supermarché. Je le précise direct d'habitude, sur Tinder, mais bon. Tu m'as envoyé un message ce soir. Et je me suis juste dit, ouais, elle est canon.

Zack marque une pause pour guetter ma réaction. Je comprends que je suis censée y voir du positif dans le négatif. Là où je suis positive, Zack, c'est dans la conviction que je n'ai pas envie de coucher avec toi, dans tous les cas.

— Mais là je viens de réaliser que je n'ai pas prévenu pour les poils. Ouais, déso, mais, pas de poils pour moi. Je peux pas.

— Quoi, tu veux dire… tu ne peux pas bander ?

— Euh. Ouais, j'imagine. J'ai un pote qui aime le… tu sais… le porno avec les belles-mères, lui il aime les poils. Mais pas moi.

— *Porno avec les belles-mères ?!*

Zack écarquille les yeux, l'air de dire « waouh, t'es vraiment dépassée, hein » (ce qui étaye mes propos).

— *Bordel.* Belle-mères. En voilà une belle pour son psy.

Zack n'a peut-être pas inventé l'eau chaude mais il saisit mon cynisme. Il me fait descendre de ses genoux et dit :

— Ça n'a rien de personnel, d'accord, chacun son truc. Bon, prends bien soin de toi.

— Oui, on dirait bien qu'il va falloir, hein.

Zack, le regard vide, ne saisit pas la blague.

— Mais tu es… le cul, c'est le cul. Tu ne pourrais pas faire avec et te lancer ? dis-je. Où est ton esprit Blitz[1] ?

Mon besoin de résoudre cette énigme est aux prises avec mon besoin de ne pas lui faire croire que je crève d'envie qu'il se lance, parce que tout ce que je veux de lui, ce sont des réponses.

Zack hausse les épaules.

— C'est comme ça. Les touffes, ça me dégoûte. Certains mecs aiment les blondes. Certains mecs aiment… les mecs.

— Que se passerait-il si tu avais oublié de me prévenir et que tu voyais soudain mes poils ? Tu te mettrais à crier, comme si j'avais le rat de *Ratatouille* dans ma culotte ?

— Euh, pour être honnête, Eva, j'ai l'impression que tu me juges.

— C'est toi qui as ajourné notre relation sexuelle parce que mon corps n'est pas comme tu voudrais, alors je crois que tu es mal placé pour parler.

Une pause. Je demande :

— Tu as des poils, toi ?

1. Expression passée dans le langage courant en Angleterre, héritée de l'esprit de résistance et de solidarité au moment du Blitz.

Zack secoue la tête ; l'élastique s'évade de son chignon, et il le rattache.

— Non, j'ai tout épilé. Nickel chrome. Même l'anus.

Il a l'air fier, comme si c'était une grande réussite personnelle. Comme s'il pouvait inscrire « Anus imberbe » dans la rubrique « Qu'est-ce qui vous rend parfait pour ce poste » sur son C.V.

Rares sont les fois où j'ai réussi à m'affirmer dans la vie. Susie a encore des étoiles dans les yeux quand elle parle du jour où j'ai osé répondre à ma prof d'enseignement ménager qui m'avait engueulée à cause de mes scones au fromage qu'elle était complice du contrôle patriarcal, comme Serena Joy dans *La Servante écarlate*.

Mme McNab m'a traitée de « Mademoiselle Je-sais-tout », j'ai rétorqué « Eh bien manifestement j'en sais plus que vous ». Dix jours de retenue. Dix jours complets.

Le rejet de Zack m'inspire cette même bouffée de ferveur révolutionnaire.

— Et donc les poils féminins, c'est sale ?

— Ouais, enfin, c'est une question d'hygiène. Et puis d'apparence.

— C'est quand même dingue d'admettre que tu n'aimes pas l'apparence naturelle des femmes, non ?

— Écoute, je comprends que tu sois déçue, maintenant que t'es excitée et tout, dit Zack. Si t'es si vexée, je pourrais… je sais pas. Jouer avec tes seins ou un truc dans le genre.

Oh ! merde alors. À mesure que l'horreur de cette situation s'intensifie, son potentiel anecdotique explose, comme deux lignes de différentes couleurs qui divergent sur un graphique.

— Je ne suis pas déçue, je ne suis certainement pas excitée, et je n'ai aucune envie que tu me tripotes les seins par dépit. C'est juste que je trouve ça glauque de vouloir que les femmes ressemblent à des pré-ados.

— Y'a plein de filles de mon âge qui se font l'épilation intégrale, dit Zack. C'est à la mode. C'est différent pour vous, j'imagine ?

J'te tiens.

— C'est qui, ce « vous » ?

Zach a soudain le regard fuyant. Il sait qu'il a merdé en disant ça et il ne veut pas m'énerver davantage. La belle-mère des cavernes furax.

— Les gens de ton âge ?

— De quel âge ?

— Je sais pas ! Trente ans ? Je savais que t'avais pas mon âge parce que ton amie avait une carte Gold Credit Suisse. Pas la peine de t'exciter, OK ?

Je ris, puis soupire. Foutue Susie et sa prospérité.

Si je suis venue ici, c'était pour affirmer avec fierté que je suis capable d'avoir un coup d'un soir torride avec un inconnu.

Dans cet appartement froid et humide, face à un mec qui a regardé trop de porno, un inexpérimenté mollasson, je prends conscience de la futilité de mon acte. J'essayais d'amoindrir la peine de ne pas avoir celui que je voulais en ayant un rapport décevant avec le petit frère immature de quelqu'un.

Oh ! Eve. Tout ça pour pouvoir vivre cet instant dans quelques semaines où Susie dira de sa voix rauque alcoolisée : « On ne peut pas retourner dans ce bar, n'est-ce pas, Evelyn ? » et où je croiserai le regard involontaire d'Ed, pour y déceler un éclat de peine ou de doute. Comme si tout cela pouvait changer le cours de l'histoire.

Reviens sur terre : Ed va se marier, et tu aurais pu rentrer chez toi, pleurer dans un coussin et t'autoriser à éprouver ce désespoir. Ce qu'on s'inflige pour éviter une difficulté est souvent bien pire que la difficulté en elle-même.

— Je ne vais pas m'exciter, je vais juste partir. J'espère que Linda s'assiéra sur toi. C'est plus de contact avec une femme que tu n'en mérites, cela dit.

J'attrape mon sac, ramasse mon manteau, et dévale les marches au galop. *Eh ben, Susie,* me dis-je en serpentant entre les chaises et tables désertes, au son de *Tusk*, toujours diffusé par les enceintes invisibles. *Tu vas adorer.* Je sais ce qu'elle va dire : qu'avec ma touffe, on dirait que je suis à cheval sur Scratch, le chien de Denis la Malice.

— Eva ! me lance Zack, qui apparaît dans le rectangle de lumière de la cage d'escalier au moment où je tourne la clé pour ouvrir la porte du bar. Tu peux régler ton verre, s'il te plaît ?

Je me retourne brusquement.

— T'es pas sérieux ?

Il a l'air sincèrement déconcerté que je proteste.

— Si. C'est cinq livres.

Il s'avance, prend un menu sur le bar et l'agite devant moi en guise de preuve.

Sous le choc, et parce que je ne suis jamais partie sans payer, je cherche un billet dans mon sac.

Je m'en voudrais de terminer sur une telle défaite. En plaquant le billet sur le bar, je demande, pour mettre au clair qu'entre nous deux ce n'est pas à moi d'avoir honte :

— Au fait, pourquoi tu n'as pas vérifié que ça ne me dérangeait pas, les couilles imberbes ?

— Quoi ?

— Tu voulais savoir à l'avance, toi. Et si j'avais eu un mouvement de recul ?

— Tu aurais pu poser la question. Mais jamais je n'ai vu une fille exiger des bonbons velus, hahaha.

— Je parie que tu n'as jamais vu une fille exiger quoi que ce soit en termes d'hygiène personnelle, réfléchis-y un peu.

— Chut !

Zack ouvre grand les yeux. Il plaque un doigt en travers de ses lèvres et pointe son index sur le plafond au-dessus de nos têtes.

— Linda, articule-t-il.

Je tends l'oreille… j'entends un léger martèlement.

J'ai besoin d'une sortie triomphale.

— Alexa, joue *Looking for Linda* de Hue and Cry, TRÈS FORT, dis-je avant de claquer la porte derrière moi.

5

Être amoureux d'une personne qu'on ne peut pas avoir, c'est l'enfer.

Attention : ce n'est pas la même chose que d'être amoureux de quelqu'un qui ne vous aime pas en retour, parce que 1) Ed m'aime aussi, en tout cas il m'aimait, j'ai de quoi le prouver et 2) même si ça doit faire mal, j'imagine que lorsque ce n'est pas réciproque, tôt ou tard, un mécanisme de survie émotionnelle s'enclenche et on arrête de hurler à la lune.

La nature veut qu'on se reprenne en main, pour qu'on se reproduise un jour. Elle met les hormones du chagrin d'amour en veilleuse. Mais quand les sentiments sont partagés, on perd pied. Comme moi.

Mon cas n'a rien d'exceptionnel, mais les gens ne parlent jamais de ces choses-là, du fait de ne pas finir avec celui ou celle qu'on voulait vraiment. Une fois casé, c'est impossible à admettre. Alors on se contente de l'exprimer à travers nos choix de musique, de livres ou de films.

Que dit cette phrase déjà ? « Quatre-vingt-dix-neuf pour cent des amoureux du monde ne sont pas avec leur premier choix. C'est ce qui fait tourner le jukebox. »

Voilà un bien joli mensonge auquel le monde aimerait nous faire croire : « Il n'est jamais trop tard. » Il est trop tard, tout le temps, pour des tas de choses. Nous ferions mieux de nous magner, comme le lapin avec sa montre à gousset dans *Alice au pays des merveilles*.

La vérité, c'est que dans la vie, les opportunités sont comme des portes qui s'ouvrent d'un coup et se referment aussi sec, et pour de bon. On ne le remarque pas forcément quand elles sont ouvertes, et personne ne nous prévient quand elles sont sur le point de se refermer. Si on ne les traverse pas en vitesse quand on peut, tant pis pour nous.

Seulement voilà, personne ne veut s'entendre dire que ses chances d'être heureux sont éphémères. Parfois, le *diem* n'est plus celui qu'il faut *carpe*, mais à quoi bon affronter ce constat ? Cela n'a même pas valeur de mème inspirant, personne ne va écrire cet adage avec une police élégante à côté d'un aigle en plein vol.

L'histoire d'Ed Cooper et moi est celle d'une porte qui s'ouvre et se ferme.

Susie et moi venions d'entrer en première. Alors qu'on traînait dans le foyer du lycée par un après-midi ensoleillé, Justin et lui sont arrivés, flânant pendant une heure de pause. Dans notre immense établissement scolaire, je n'avais pas prêté grande attention à leur existence en tant que spécimens présentables de la gent masculine.

Lovée sur un siège, en faisant attention que mes Doc Martens ne touchent pas le tissu, j'essayais de me concentrer sur ma lecture de *La Dernière Leçon*. Susie, allongée contre moi, lisait son horoscope à haute voix dans le magazine *Heat*. C'était un jour favorable pour les Bélier.

— Salut. On ne se connaît pas, mais vous semblez bien moins bruyantes que les autres, vous deux. On peut s'asseoir avec vous ? a demandé Justin. Je ne représente pas une menace, je suis gay. Lui ne l'est pas, a-t-il ajouté en désignant Ed, mais soyons honnêtes, sexuellement, il ne représente aucune menace non plus.

Susie et moi nous avons éclaté de rire et leur avons fait de la place. Nous le ne savions pas encore mais, à cet instant, nos deux duos venaient de fusionner pour l'éternité.

Justin et Ed fonctionnaient bien ensemble, bien qu'Ed soit hétéro, et ils étaient tous les deux très drôles, comme le sont les garçons qui se sont beaucoup entraînés.

Pointant mon livre du doigt, Ed a demandé :

— Ça te plaît ?

— Oui. Enfin, c'est triste, mais c'est intéressant.

Susie a levé les yeux au ciel et lancé :

— Eve est de nature morbide. Elle aime les chansons sans refrain, les créatures à tête de mulot qui vivent dans des trous, le total look veuve de la mafia, les temps humides et les livres où les gens meurent de maladies rares.

— Ce n'est pas déprimant, c'est inspirant et ça nous pousse à profiter de la vie ! me suis-je défendue.

— On m'a dit que je semblais déprimée, un jour, et tu as affirmé que je n'étais pas assez profonde pour l'être, a dit Susie, l'air boudeur, et tout le monde a éclaté de rire.

J'ai soufflé « oh-mon-Dieu-désolée ». (Cet exemple illustrait bien la force de notre duo : nous étions incisives chacune à notre manière, mais ne prenions jamais les moqueries de l'autre au sérieux.)

— Ce qui est déprimant, c'est de se retrouver le mardi, a dit Ed. Si ton prof te rabâche qu'il faut vivre chaque jour comme le dernier, autant que ce soit un vendredi, pour aller se pinter au pub après. Franchement, qui sur cette terre croit qu'on peut vivre un mardi comme si c'était son dernier jour ? Comment on ferait ? Au mieux, je pourrais me faire un poulet à la Kiev pour dîner.

J'ai ri.

— Ça doit être pour ça que la gothique par excellence s'appelle Mercredi Addams.

— Ahah, oui, Samedi Addams aurait été trop fêtarde.

— J'en conclus que tu as lu *La Dernière Leçon* ? ai-je demandé.

— Oui, a répondu Ed.

— Oh !

J'étais doublement surprise : primo qu'il l'ait lu, secundo qu'il m'ait demandé ce que j'en avais pensé sans me donner sa propre opinion au préalable.

Puis on a discuté deuxièmes prénoms ; celui d'Ed était Randall.

— Edward Randall Cooper. On dirait un journaliste des années 1930, ai-je dit avant d'imiter une voix masculine snob et pincée : Bonjour, nous sommes en crise, le roi a abdiqué, longue vie au roi, je suis Edward Randall Cooper, bonne soirée, à vous les studios.

— Je te l'avais bien dit que celle qui ressemble à un croisement entre Jolimie des Moomins et Winona dans *Fatal Games* aurait de la repartie, a lancé Justin à Ed, qui me sourit.

C'était la première fois que j'entendais quelqu'un me décrire ainsi. En m'assignant un personnage, comme au Cluedo. Ça me plaisait bien.

— Et moi, je ressemble à quoi ? a demandé Susie, avec la sérénité des gens extrêmement photogéniques.

— Mmm.

Justin a plissé ses intenses yeux gris pâle. Il avait les cheveux ras et un beau visage de voyou, du genre charmant pickpocket de l'époque victorienne.

— Tu es à mi-chemin entre l'Emma de Jane Austen et la Laura Palmer qu'ils n'ont pas pu tuer.

Susie s'est égosillée, faussement outrée et parfaitement ravie, et je l'ai vue se prendre pour lui d'un amour platonique en une fraction de seconde.

Nous avons passé l'heure qui suivit à rire, première rencontre entre quatre personnalités qui s'assemblaient à la perfection, telle une mosaïque.

— Eh, ça le fait. Ally Sheedy, a dit Justin en me montrant du doigt, Molly Ringwald (en montrant Susie), Anthony Michael Hall (en montrant Ed). Et moi, le Judd Nelson gay. Le *Breakfast Club*, au rabais.

Je me rappelle être allée en cours de sociologie d'un pas léger avec un sourire niais aux lèvres, songeant que se faire des amis quand on était adulte, c'était du gâteau. Le truc, quand on est jeune, c'est qu'on n'a aucun point de comparaison, sur rien.

Au fil des mois, j'ai eu le sentiment que nous tenions une chose de rare, au sein de notre quatuor si resserré. Il n'y avait ni rivalités ni véritables disputes, simplement une alchimie magique où chaque personnalité équilibrait et complétait celle de l'autre. À l'école, j'avais toujours voulu qu'on me laisse tranquille, je n'en demandais pas plus ; mais je pris peu à peu conscience qu'à présent que nous formions une équipe, nous étions considérés comme des personnes à la fois cools et à n'emmerder sous aucun prétexte.

L'absence d'intrigues amoureuses entre nous n'y était pas pour rien.

Justin n'était pas dans la course, et Ed… eh bien, Ed était un pote. Un pote un peu roux ! Selon la lumière.

A l'époque, je n'aimais que les enfoirés ténébreux et défoncés à pommettes saillantes. L'objet de mon désir était alors Jez, dealer d'herbe vedette, sosie négligé de River Phoenix, fréquentant un établissement voisin, avec qui j'avais perdu ma virginité de manière profondément insatisfaisante quelques mois plus tôt. (J'entends encore Susie me dire : « River Phoenix, phoenix de rivière… vraiment ? Phoenix de canal, oui ! Pigeon de canal, même. ») Franchement, j'avais encore un peu de mal à me remettre du fait qu'un acte obsédant quatre-vingt-dix pour cent de la pop culture soit si décevant.

Susie et moi avons un jour discuté de l'Editude d'Ed : sur le papier, il était techniquement séduisant – il aurait pu décrocher facilement un rôle dans *Dawson* –, d'une taille appréciable, et nous adorions passer du temps avec lui. Alors pourquoi n'y avait-il entre nous aucun « groin groin », comme nous nommions si délicatement la chose ?

— Il est trop sage, non ? a dit Susie en retirant un bout de glaçage de son Magnum.

Nous étions assises sur des transats dans son gigantesque jardin. La pelouse ressemblait à un grand bassin vert au contour ondulant, cerné d'hortensias rose vif. (Chaque fois que je disais à ma mère que tout était joli chez Susie, elle rétorquait sèchement : « Ça a plutôt intérêt à être joli, les Hart ont une femme de ménage et un jardinier, alors même que Jeannette ne travaille pas. » Je ne le disais pas contre elle, mais elle le prenait toujours personnellement.)

Susie ne voulait rien avoir à faire avec les garçons de notre âge, et entretenait à l'époque une relation avec un médecin de trente-deux ans, un âge qui nous semblait d'une incroyable maturité. Il l'avait même laissée tester la morphine, ce qui était l'éclate totale à nos yeux. Avec le recul, je me rends compte que c'était un genre de pédophile qui aurait dû être radié.

— C'est comme s'il n'y avait pas de piment avec lui, pas de mystère. Il est Ed-ulcoré.

— Hm, oui, ai-je concédé à la silhouette indistincte de Susie, avant de chausser mes grandes lunettes de soleil, lassée de plisser les yeux.

— Et puis, il dit qu'il est blond vénitien mais, selon la lumière, il est presque roux.

— J'aime les roux vraiment roux. Je veux un beau brasier, pas une carotte pourrie.

— Oui, parce que tu es obtuse, a répliqué Susie. Plus tard, tu vas faire les choix les plus bizarres en matière d'hommes, c'est sûr. Je parie que ton mari sera un génie reclus qui pissera dans des bocaux en verre.

On a gloussé comme des oies.

— Ed est comme un frère idéal, ai-je repris. Il fera un petit ami parfait. Il est si facile à vivre et tellement à l'écoute. On a l'impression de pouvoir tout lui dire.

C'était aussi pour cette raison qu'il m'aurait été impossible de sortir avec Ed – on partageait toutes sortes de choses embarrassantes en riant grassement. Quand je m'intéressais à un homme, je m'efforçais de rester mystérieuse, je ne baissais jamais la garde. Je ne lui avouais pas avoir un jour fait un « caca mousseux ».

— Voilà, mais tu n'imaginerais jamais tes chevilles de part et d'autre de son visage, avait conclu Susie, et je m'étais récriée, horrifiée et terriblement mal à l'aise à cette idée.

Il s'agit d'Ed, là. Notre ami. Il n'a pas de rapports sexuels, et mes parents non plus. (Cette dernière supposition s'est d'ailleurs révélée exacte.)

6

Dieu doit bien rigoler quand nous lui exposons nos projets, et se fendre la poire quand il nous entend affirmer certaines choses avec certitude – que nous n'éprouverons jamais de sentiments pour telle personne, par exemple.

(Oui, pour moi, Dieu est un homme, je me sens ainsi plus à l'aise pour rejeter la faute sur Lui.)

Nous avions tous les quatre été acceptés à l'université – tous dans le nord, à part Susie, qui s'est sentie obligée de faire sa Susie et d'aller à Londres – et nous étions excités et angoissés par notre séparation, le mal du pays et le vaste monde.

Conformément aux lubies de nos différentes institutions, Justin et Susie partirent quelques jours avant Ed et moi. Ces quelques jours de désolation nous ont paru des mois, et pour vous représenter à quel point Ed et moi l'avons bien vécu, imaginez un montage vidéo de pénible pérégrination avec des poneys de bât à travers blizzards et déserts.

« Abandonnés, ils nous auront déjà oubliés ! » gémissions-nous. Nous avions tué le temps à coups de cafés, de cinés pour voir des films d'action de fond de tiroir, et nous comparions qui de nous deux avait reçu les messages les plus concis lors des bulletins d'informations envoyés par Justin ou Susie. (Je crois que c'est Ed qui a gagné, avec le débriefing de Justin qui disait juste : « JUS COMME SAUCE DE

PÂTES ! ») Notre ville était une ville fantôme sans nos alter ego, tous nos contemporains s'en étaient allés dans des halls de résidences à travers le pays. Personne ne s'apitoie sur son propre sort comme un adolescent.

— Tu fais quoi demain ? ai-je demandé à Ed avant notre dernier jour au purgatoire.

Nous étions en train de manger des frites dans des cornets en papier, nos souffles créant des ectoplasmes de buée, et j'étais très reconnaissante à Ed d'être à mes côtés. Il était l'incarnation de la fiabilité.

— Oh ! gros match avec mon équipe de foot à cinq et après on va se bourrer la gueule au Trip.

— Quoi ? ! Je vais faire quoi, moi ? ai-je gémi, et Ed a répondu :

— Viens ! Viens avec nous. Le match ne sera pas si long.

D'habitude je ne voulais pas être de trop, ni pot de colle, mais la perspective de rester enfermée chez moi à ne rien faire à part me prendre le bec avec ma mère et mon petit frère, Kieran, était pire.

Le match se tenait dans un parc sur une colline, au nord de la ville, non loin de ma maison actuelle. Le terrain était sur une pente descendant vers la rue principale, et je patientais en haut de la butte avec un magazine *Viz* pendant qu'ils couraient dans tous les sens.

J'observais Ed avec ses coéquipiers – sa bonne humeur, son autorité naturelle, ses capacités de concentration. Ses jambes musclées. Voir quelqu'un qu'on connaît bien dans un contexte complètement différent est toujours déroutant et étrangement impressionnant. On se rend compte qu'on l'a pour soi en location, à côté des autres vies qu'il mène.

Il m'adressait de temps en temps un salut militaire et je lui faisais un signe de la main. La séparation augmente la valeur des choses à vos yeux, et je mesurais enfin l'ampleur de mon attachement à Ed et combien il me manquerait. Comme si un projecteur s'était allumé dans une pièce en moi.

Je pris conscience, à un niveau subliminal, que j'étais partie du principe que mon avenir serait rempli d'Ed – mais, et si ce n'était pas le cas ?

Ed changea de T-shirt à la fin du match et je me retrouvai curieusement captivée par les lignes de son torse, que je ne connaissais pas, et sa façon d'enfiler le vêtement propre. Quelque chose s'éveilla en moi. Je devais avoir les émotions à vif pour mater le ventre laiteux – bien qu'étonnamment sculpté – d'Ed Cooper. Cela ferait rire Susie quand je lui raconterais.

On est allés au bar The Trip to Jerusalem et on a bu des breuvages mousseux et amers sortis de tonneaux, servis dans des chopes alvéolées. Nos adieux imminents et nos avenirs inconnus nous remplissaient de joie, d'angoisse et d'émotivité. À dix-huit ans, on n'a encore jamais connu d'émoi si poignant.

La mère d'Ed avait insisté pour venir le chercher afin de vérifier qu'il n'avait pas trop bu, à la veille de leur départ pour Newcastle. Alors que nous sortions du pub, je la vis se garer au bout de la rue. Nous étions bien trop loin pour qu'elle nous voie.

— Tu es sûre que tu ne veux pas qu'on te ramène ? demanda Ed. C'est un peu tard pour prendre le bus.

— Oui. T'inquiète. Je veux prendre l'air, ai-je dit.

En réalité, je savais que j'allais me mettre à pleurer, et je ne voulais personne pour le voir.

— Punaise. C'est le moment, alors, a déclaré Ed en me dévisageant dans le crépuscule, avec un sourire triste.

J'ai senti les larmes me monter aux yeux et menacer de me serrer la gorge. En m'éventant le visage comme si j'avais trop chaud, j'ai dit d'une voix voilée :

— Oh bon sang, c'est trop bête, on sera de retour à la maison dans quelques semaines !

La douleur de la séparation était intense, non parce que la géographie était insurmontable ou parce que les vacances de Noël étaient trop lointaines, mais parce que nous ne savions pas quelles personnes nous étions sur le point de devenir.

Peut-être ne serions-nous plus amis, ou plus si proches. Et si on revenait tous en clamant « c'était tellement génial » et qu'on se comportait un peu différemment, pour montrer que les priorités et les intimités avaient évolué ? Et si, sans que rien ne change ostensiblement, une nouvelle distance s'instaurait autour de chacun d'entre nous, comme des douves autour d'un château ? Par exemple, à travers des allusions à des inconnus avec qui nous aurions forgé de nouvelles alliances mystérieuses, excitantes et impénétrables ? Rien ne renferme autant de pouvoir et de mystique que l'inconnu.

— Putain, tu vas énormément me manquer, Evelyn Rose Harris, a dit Ed.

Son visage s'était décomposé et jamais je ne l'avais entendu parler sur un ton si maussade. D'ordinaire, Ed était M. Rayon-de-soleil.

Peu de gens connaissaient mon nom complet. Il y avait une certaine tendresse à ce qu'il l'emploie à cet instant.

— Tu vas me manquer aussi, ai-je répondu. Tu vas me faire pleurer !

— C'est vrai ? Je vais te manquer ?

— Oui, bien sûr.

J'ai dégluti et tenté de déchiffrer son expression intense.

Ed a jeté un coup d'œil vers la voiture de ses parents et soupiré en gonflant ses joues.

— Fais-leur la misère dans le Yorkshire, d'accord ? a-t-il déclaré. Je ne sais pas pourquoi je dis ça, je sais que tu vas déchirer.

Il m'a lancé un sourire espiègle et mon ventre s'est noué. Était-il en train de… flirter ? Il était un peu transpirant et carrément mignon sous l'orange disco du lampadaire. Ed avait une beauté classique, vraiment, je ne sais pas pourquoi je m'étais acharnée à nier ce fait.

Pour une fois, je ne savais pas quoi dire. J'étais juste capable de mettre mes cheveux derrière mon oreille et de rougir.

— Putain. Eve, a repris Ed en secouant la tête. Je t'aime, d'accord. Je suis amoureux de toi. Je ne sais pas trop ce que j'attends que tu fasses de cette information. Mais voilà. J'ai l'impression de ne pas pouvoir te laisser partir sans te le dire.

J'étais abasourdie.

— Dis quelque chose ! … Ça te dégoûte ? a-t-il demandé, l'air à la fois traqué, timide, et pourtant fier d'avoir eu le cran de me l'avouer.

En guise de réponse, sans même réfléchir, je me suis hissée sur la pointe des pieds et je l'ai embrassé. Ed m'a rendu mon baiser sans hésiter, avec l'ardeur de l'espoir et de l'attente qui l'animaient. Il a passé ses bras autour de moi et alors que nos langues se mêlaient, j'ai eu pour la première fois de ma vie le sentiment d'être exactement là où je devais me trouver dans l'univers.

Une seconde : c'était *ça* qu'on devait ressentir quand on tombait amoureux, d'une passion authentique ? Je n'avais pas été attirée par Jez le Dealer de façon aussi organique, mais seulement sur le principe. Son personnage m'attirait. Je voulais qu'il soit attiré par moi, en gros. En une fraction de seconde avec Ed, j'ai compris qu'il existait la possibilité d'une expérience bien plus instinctive, entière et multi-sensorielle.

— Oh mon Dieu, je ne pensais pas que je te plaisais ! a murmuré Ed quand on a repris notre souffle.

Évidemment, je n'ai pas répondu « eh bien moi non plus, jusqu'à il y a quelques heures ».

— Je ne savais pas non plus que je te plaisais ! ai-je dit, ce qui m'évitait ce piège, et avait l'avantage d'être vrai.

— Oh ! à moi et tout un régiment. On est beaucoup à avoir un faible pour la « mystérieuse Evelyn Harris » et je n'y échappe pas.

Cela me sidérait, sur plusieurs niveaux. C'était Susie qui devait plaire à tout le monde, non ? Eve Harris était donc populaire ?

— Personne n'ose se déclarer, tu es si intelligente et réservée. On craint de se faire méchamment rembarrer.

Je ris, stupéfaite que mon monde ait ainsi été bouleversé en l'espace de quelques secondes.

TUT TUT.

On a tourné la tête ; sa mère nous faisait des appels de phare et essayait de percer l'obscurité du regard par-dessus le volant.

— Tu m'écriras ? s'est empressé de demander Ed en m'agrippant par la taille. Tu as mon adresse ?

— Oui, et tu as la mienne. Écris-moi !

— Sans faute, a-t-il dit, ses yeux brillant dans le noir.

Il m'a embrassée une nouvelle fois, vite mais avec force, puis il a couru vers la voiture. J'ai eu l'impression que mon cœur allait exploser de joie et mon entrejambe de désir.

Waouh. C'était quoi, ÇA ? Je venais de décider que j'étais amoureuse d'un de mes meilleurs amis à la veille de notre départ dans deux villes différentes pour trois ans ?

Ce soir-là, j'ai ri aux éclats dans le crépuscule – le timing semblait tordant.

Alors que c'était tout le contraire : une véritable catastrophe.

7

J'ai encore la lettre, la seule preuve – à mettre sous sachet plastique en tant qu'indice, ou sous verre et en lumière dans un musée. Elle est écrite sur du papier ligné soigneusement arraché d'un carnet A4. Quand j'ai un élan de nostalgie – ou quand je suis assez en colère pour avoir besoin de légitimation –, j'ouvre l'enveloppe, déplie les feuilles, et je suis propulsée dans ma chambre-placard à Leeds, les mains tremblantes. Il l'avait envoyée dès la première semaine, sans chercher à se la jouer cool.

Voici l'inscription, au stylo Bic noir, qui prouve que le cœur d'Ed Cooper m'a un jour appartenu.

Ma très chère Eve, (E. R. H.)

Comme promis ! Salut. Waouh, j'avais trop hâte de t'écrire et voilà que j'ai l'angoisse de la page blanche, comme les écrivains. Sauf que moi je suis assis dans le réfectoire à mâchouiller mon chewing-gum en craignant de passer pour un vrai débile. Bon, soit... j'ai bien choisi mon moment, hein ? J'espère que tu es bien installée. Newcastle me plaît beaucoup, mais il fait froid, et Eve n'est pas là, ce qui rend tout plus froid encore.

Tu te demandes certainement pourquoi j'ai attendu les trois dernières minutes avant de partir pour me déclarer. Ça tient en un mot : lâcheté. J'avais trop peur du rejet et je n'avais aucun espoir ni indice prouvant que tu ressentais la même chose que moi. (Tu ris à mes blagues, mais ce pouvait être de la pitié.)

Et puis, je chéris vraiment notre bande. Je ne voulais rien faire qui risquerait de la fragiliser. Je n'arrêtais pas de me dire : et si tu étais (à juste titre) rebutée et flippée, et que ça gâchait tout ? Je savais que ça changerait les choses entre nous tous, que tu ressentes la même chose ou non. Surtout si ce n'était pas le cas.

Et puis ce soir-là au Trip, je t'ai regardée. Tu parlais avec Nick Hennigan de son miniscooter, ce qui requiert beaucoup de patience et un grand cœur. J'étais incapable de te quitter des yeux – ta façon de sourire et de baisser les yeux quand tu te mets à rire, comme si tu faisais une chose que tu n'étais pas censée faire. Je ne vis que pour ce sourire. (Désolé, je suis nul pour ça. C'est comme ça que ça marche, une lettre d'amour, non ? On s'humilie affreusement ?)

Et je me suis rendu compte que je ne supporterais pas de te laisser partir sans te faire savoir ce que je ressentais, quelles qu'en soient les conséquences. Je devais le dire, juste une fois.

Au fait, E, je ne veux pas que tu penses que c'était une impulsion sur un coup de tête, à cause de notre séparation. Ça fait deux ans que je suis amoureux de toi. (Est-ce que ça fait pervers de dire ça ? J'ai l'air pervers, hein ?) Ce que j'essaie de dire, c'est : tu es *tout* pour moi. Si tu veux être à moi, eh bien, je suis déjà à toi.

Réponds-moi.

Ed xxxx

P.-S. : je me rends compte que si tu trouves que c'est trop lourd, ou trop tout court, et que cette petite pelle – après 4 pintes de cidre trouble Bidenlair ou Brut de Bourre à 6.5 % ou je sais pas trop quoi – ne voulait rien dire de plus que « oui, d'accord, bye-bye, Ed » – je comprends. Je comprends aussi que tu te sentes mal à l'aise de devoir te justifier. Si tu veux qu'on redevienne amis, à Noël – ne réponds pas à cette lettre, je comprendrai le message.

Hah. J'avais déjà fait le plein chez Ryman de papier vert menthe spécialement pour ça, et m'étais aussitôt embarquée dans un récit de cinq pages. Malgré de nombreuses reformulations, la réponse était postée le jour même avant la dernière levée, le rabat de l'enveloppe scellé avec du scotch pour assurer sécurité et confidentialité.

Ed ne m'a jamais plus écrit. Et même si cela me tracassait, je savais ce qu'il ressentait, et ce que je ressentais. Et je relativisais : peut-être était-il à la fois amoureux et submergé par le premier trimestre.

Cela intensifiait l'anticipation de nos retrouvailles. Pour être sûre, je lui envoyais de courts textos pour lui parler de ma vie à la fac, signés d'un « xx » osé, chaque « x » représentant un bisou. Il répondait toujours très vite, de la même manière, avec un « xx » à la fin également. Alors tout allait bien ? Je le pensais. Je l'espérais.

Envoyer une autre lettre, alors que la précédente était si fébrile et détaillée, semblait too much. Était-ce ma prose enfiévrée, en avais-je fait trop ? Non, je ne pense pas. Je me souvenais de l'intensité de ce baiser, de son regard. J'étais une adolescente nerveuse et peu sûre d'elle, mais pas au point de penser qu'un homme amoureux n'aurait pas envie de savoir qu'une fille avait envie de lui sauter dessus.

Peut-être pourrais-je l'appeler ? Je me suis armée de courage à l'aide de deux bières au cassis, tout ça pour tomber sur son répondeur. Il m'a rappelée le lendemain, mais j'ai loupé son coup de fil, même si le fait qu'il laisse vingt-quatre heures complètes s'écouler m'avait déjà effrayée. Pourquoi ne pas m'avoir rappelée quand il avait vu l'appel ? Puis beaucoup de SMS en mode « Quelle vie ! », Ed me servant du : « Lol, peut-être que c'était mieux de se parler en face à face ? » Et toujours, deux bisous.

Merci pour ta lettre xx

Ai-je fini par envoyer, espérant accélérer un peu les choses, et ne recevant qu'un :

... xxx

en retour, ce qui était presque digne d'un « F. Scott Fitzgerald pour Zelda ».

Je devais prendre le taureau par les cornes, je le savais, mais je manquais cruellement d'expérience avec les taureaux, les cornes, et comment prendre les bêtes par celles-ci.

C'était étrange. C'était comme s'il m'évitait, alors que son ton était affectueux. Ça aurait fait pot de colle de pousser davantage. « Si tu veux être à moi, eh bien, je suis déjà à toi. » Il l'avait dit, j'avais mon serment d'allégeance.

Nos retrouvailles à la maison eurent lieu un soir de décembre, par un froid de canard. Tandis que j'appliquais mon eye-liner de travers tant bien que mal, m'y reprenant à plusieurs fois, je dus admettre que mon excitation s'était transformée en appréhension. Quelque chose ne collait pas, pas du tout.

Ed n'aurait-il pas dû demander à ce qu'on se retrouve tous les deux seuls pour d'émouvantes retrouvailles, tapis dans le coin d'un pub aux fenêtres à meneaux, à se faire ce que les tabloïds appellent « des mamours » ?

Susie est arrivée avant les garçons. Après s'être échangé des histoires salaces de premières années, Susie a dit :

— Je n'arrive pas à croire qu'Ed a déjà une petite amie.

Elle ne me regardait pas, elle tapotait ses poches d'un air absent à la recherche de sa blague à tabac, inconsciente qu'elle venait de me planter verbalement avec un couteau dentelé long de vingt centimètres.

Une petite amie une petite amie c'est quoi ce bordel... UNE QUOI ? ! hurlait mon moi intérieur, fou furieux.

Susie était occupée à rouler sa clope sur la table en métal couverte de cendres devant le bar d'une grande chaîne que nous avions choisi pour nos retrouvailles. C'était le genre d'endroit bruyant avec des pichets de Sea Breeze à dix livres où on ne met plus jamais les pieds après trente-trois ans. *Waterfalls* de TLC s'échappait par la porte.

C'est marrant comme un traumatisme vous aide à vous souvenir des moindres détails.

Mon cœur faisait boum-boum comme les basses d'une voiture.

— Une petite amie ? ai-je demandé d'une toute petite voix.

Un espoir vain : voulait-elle parler de moi ? Ed avait-il décidé présomptueusement d'annoncer notre nouvelle, omettant mon identité pour faire une révélation choc ? Mes tripes connaissaient déjà la réponse.

J'avais eu peur qu'il ne veuille plus de moi, mais j'avais été trop naïve, trop confiante, trop *réciproquement amoureuse* pour imaginer qu'il pouvait y avoir une rivale.

Je tirais fébrilement sur ma Vogue Menthol, mon sourire nerveux telle une ligne en dents de scie sur un polygraphe. (Je m'essayais à être fumeuse pour six mois, jusqu'à ce que je me mette à tousser et m'autodiagnostique un cancer des poumons. Susie me l'interdit après ça. « Tu aimes penser que tu es du genre à prendre des risques mais c'est faux, Eve. Tu aimes l'uniforme, mais pas le job. »)

— Oui, il ne te l'a pas dit ? *Hester.* C'est très Ed de se tailler et de se trouver sa future femme en première année, n'est-ce pas ? C'était écrit. Ça devait arriver. Comme le fait qu'il se retrouve président de tous les clubs.

Hester. *Hester ?* J'étais sans voix. Incapable de répondre. Éviscérée par cette cruauté désinvolte. Ed possédait mon cœur et il avait joué les Hannibal Lecter avec.

Ma mère aimait me répéter que je ne savais pas à quel point les hommes pouvaient être des salauds – le fait que mon père ait émigré juste après le divorce rendait les choses claires pour moi mais, manifestement, ma mère pensait que cette décision était moins blessante quand on la subissait en tant que fille plutôt qu'en tant qu'épouse.

À cet instant précis, j'ai senti toute la force de cette menace maternelle s'abattre sur moi. Que quelqu'un d'aussi gentil, que je connaissais bien et que je pensais sincère soit capable de faire ça ? C'était incompréhensible. C'était *violent*.

— Ah, les voilà, nos époux de fait ! a dit Susie alors qu'Ed et Justin arrivaient en roulant des mécaniques dans la foule du vendredi soir.

Ouais, mon époux de fait bigame.

Ed osait à peine croiser mon regard, même quand on s'est pris dans les bras pour se dire bonjour, en réussissant par miracle à n'avoir aucun contact physique. Il respirait la culpabilité.

— On se les gèle, a dit Justin en soufflant sur ses mains. Au diable vos mauvaises habitudes, on va à l'intérieur.

(Il s'est mis à fumer un mois plus tard, suivant la règle selon laquelle il meurt d'envie de faire tout ce qu'il prétend censurer.)

— Eduardo, comment tu as pu te mettre en couple si vite ? ! a demandé Susie sans perdre de temps, une fois qu'on a été servis.

Ed a marmonné de vagues explications sur le fait qu'ils avaient beaucoup de TD ensemble. Je gardais les yeux furieusement rivés sur la marque fantôme de rouge à lèvres rose qui ne m'appartenait pas, sur le côté de mon verre.

— Et tu vas dans les Cornouailles pour passer Noël dans sa famille ? !

Waouh. Ed m'avait bel et bien laissée en dehors de la boucle.

— Ta ta ta ta-da-da-ta, a fredonné Justin – *Under Pressure* de Queen.

J'avais une grosse boule dans la gorge et des pierres dans le ventre.

— Sa grande sœur est très malade, elle a une encéphalite, et ses parents passent leur temps à l'hôpital. Je me suis porté volontaire pour leur préparer le repas de Noël.

Oh ! c'est tellement Ed. Quelle générosité !

— Ils ne savent pas trop si elle guérira un jour, apparemment, a-t-il ajouté.

Il s'est risqué à me regarder dans les yeux, espérant peut-être que j'y voie une démarche juste et nécessaire. J'ai failli cracher : *elle pourrait avoir sept sœurs malades, tu resterais un sale menteur.*

— T'as une photo ? On veut la voir ! Je n'arrive pas à imaginer cette femme fatale d'un autre monde qui t'a mis le grappin dessus si vite, a dit Susie.

Susie ne se doutait pas qu'elle intensifiait mon supplice aussi durement que si elle serrait les vis d'une étagère. Ce qui me consolait – une consolation bien maigre, amère – c'est que, d'après l'expression réticente d'Ed, il était en train de prier pour qu'un portail tourbillonnant s'ouvre devant le bar, à côté du panneau des happy hours, pour l'emporter vers une autre dimension.

À contrecœur, il a sorti un Polaroid de son portefeuille et j'ai contemplé, inexpressive, une tache de lumière dorée et pâle, une tache qui arrivait quand même à avoir des pommettes phénoménales et une grande bouche sexy. Elle était belle, et elle ne me ressemblait pas du tout. Bien sûr. Satan ne fait pas les choses à moitié.

« Une Marilyn qui sera la Jackie d'Ed » a commenté Justin, et Ed a répondu « Ah, on se calme » et Susie a dit « Je parie que c'est vrai, je parie que tu vas l'épouser ». J'étais incapable de formuler la moindre phrase.

J'avais envie de me lamenter, envie de crier, de gifler Ed – une baffe cinglante du plat de la main comme les femmes bafouées dans les vieux films, avec l'homme qui se touche le visage en clignant des yeux. Au lieu de ça je suis allée aux toilettes, après avoir laissé passer suffisamment de temps pour que cela paraisse anodin, et j'ai fait un minivomi humiliant.

Il fallut une heure avant que Susie aille à son tour aux toilettes au moment où Justin était au bar. Ed et moi nous sommes enfin retrouvés seuls.

Il y a d'abord eu un moment insupportable où Ed me regardait et essayait de parler sans y parvenir, ouvrant et fermant la bouche. Je m'étais anesthésiée à la piquette ; elle m'avait d'abord aidée à engourdir ma gorge et à me faire taire, mais j'avais à présent envie de libérer ma parole, sans réfléchir.

— Tu aurais pu me le dire, ai-je fait quand il est devenu évident qu'Ed allait gâcher la précieuse minute que nous pouvions consacrer à ses explications bancales avec sa terreur muette. Pourquoi tu m'as écrit cette lettre ? Tu aurais pu t'en dispenser. « Je t'aime », et puis ça ?

J'étais brutale, directe. Hypocrite.

— Tu n'as pas répondu, a retorqué Ed, relevant brusquement la tête d'un air coupable, bouche bée. J'avais dit que si tu ne répondais pas, je saurais que tu ne… voulais pas…

— Quoi ? Mais je t'ai répondu.

On s'est regardés l'un l'autre, perplexes. Bien sûr, j'avais le cœur brisé. Mais que ce puisse être à cause d'un raté administratif, et non par pure méchanceté, était une nouvelle pièce dans cet enfer dont je n'avais pas même envisagé l'existence.

— Je ne l'ai pas reçue, a dit Ed en secouant la tête, l'air dévasté. Eve. Tu dois me croire, je ne l'ai pas reçue. Je n'aurais pas…

Il se tut.

— Je te l'ai envoyée le jour où j'ai reçu la tienne. En prioritaire. Je l'ai postée une heure et demi après. Elle aurait dû arriver le lendemain.

C'était affreusement gênant d'admettre mon empressement, mais essentiel.

— Où est-elle passée ? s'est interrogé Ed, et ce n'était pas moi qui allais l'aider à résoudre cette énigme. Attends… c'était en quel mois…, a-t-il repris, réfléchissant à voix haute, sa main ébouriffant ses cheveux tandis qu'il parlait. Putain ! Il y a eu un dégât des eaux dans la cuisine… on a jeté plein de trucs abîmés par l'eau et Raf a dit qu'il y avait des lettres dans le tas. Les noms avaient été complètement brouillés et il ne savait pas qui avait perdu quoi. Je ne pensais pas que tu me répondrais si vite, sinon je t'aurais demandé si tu m'avais envoyé une lettre… je n'ai pas pensé une seule seconde que j'aurais une réponse de toi si vite.

— Eh bien, si.

Je me mordis l'intérieur de la bouche pour ne pas pleurer.

— Je suis tellement désolé, a dit Ed. Je n'arrive pas à y croire. Je n'avais jamais…

— Eu une petite amie sérieuse ? ai-je répliqué, moqueuse et amère.

— Je ne sais pas si c'est sérieux.

Il m'a regardée droit dans les yeux, réévaluant notre situation. Mais la cause était perdue, je le savais. S'il me lançait une bouée de sauvetage, ce n'était que pour soulager sa gêne, pas parce qu'elle représentait un moyen de revenir à ce que nous étions.

— Sidecars coquins à la sambuca ! s'est écrié Justin, de retour parmi nous, en posant violemment un plateau sur la table.

Et voilà. La porte avec Ed Cooper s'était refermée.

Je me suis répété, entre les larmes et les dix kilos perdus au cours des semaines suivantes : *tu vas tourner la page, tu vas rencontrer quelqu'un pour qui tu ressentiras la même chose, avec qui tu t'entendras aussi bien. Amour adolescent. Un de perdu, dix de retrouvés.* J'essayais d'être à la fois mon propre courrier du cœur, mon propre adulte responsable, et ma propre voix de la sagesse.

Sauf que je ne me suis pas assagie, ni alors ni depuis. Il y a des fois où c'est moins douloureux, d'autres où ça l'est plus, mais c'est toujours là, et la peine aussi.

Comme Ed et moi sommes restés des amis proches, les rappels de notre relation non améliorable sont constants. Je ne l'ai jamais dit à Susie, ni à Justin : à quoi bon compliquer les choses pour rien ?

Je me suis demandé mille fois si la circonstance de la lettre disparue empirait ou améliorait cette situation.

C'était préférable, dans le sens où j'ai retrouvé mon Ed, qui n'a jamais été le méchant de l'histoire. Mais peut-être avais-je besoin de la simplicité d'une telle bassesse pour être débarrassée de ce béguin. Lettre ou pas lettre, il ne m'aimait pas assez pour mettre un terme à sa relation avec Hester, quelques mois plus tard. Elle était un parti sensationnel, je le savais bien. Il semblait normal qu'Ed reste auprès d'elle pendant l'année de convalescence de sa sœur, et puis voilà, leur couple était une affaire conclue.

De temps en temps, Ed baisse la garde et j'ai la preuve que ses sentiments pour moi sont encore là, quelque part. Cela arrive assez souvent pour que je ne perde jamais espoir.

Quand il soutient mon regard un peu trop longtemps, après qu'on a ri ensemble. Quand il craint qu'un mec que j'ai rencontré sur Internet ne se révèle être un tueur en série. Quand il détourne le regard si je porte un vêtement plus court ou plus moulant que d'habitude, chose qu'il ne semble pas faire avec les autres femmes. Ou sa façon de rester en retrait, sans rien dire, quand Justin et Susie font des blagues crues sur ma vie amoureuse. Son scepticisme général et la distance discrète mais notable qu'il gardait vis-à-vis de mon ex, Mark. Ses appels pour me parler de problèmes familiaux ou de boulot, et la certitude, sans aucun doute possible, qu'il considère mes opinions comme plus fiables que celles de la versatile Hester. « Tu es de si bon conseil », dit-il toujours.

Sa façon de me faire clairement comprendre que si j'ai besoin de lui, il laissera tout en plan. Et tout le monde. Presque tout le monde.

Parfois, mon amitié avec Ed me semble formidable et bénéfique, parce que c'est bon de savoir que je peux me sentir si bien avec quelqu'un, et de le voir m'adorer en retour. D'autres fois, c'est comme en faire des caisses lors d'un entretien d'embauche pour un poste déjà pourvu.

Je sais ce qu'une personne sensée dirait d'Ed Cooper si je me confiais à elle (bien que je ne l'aie jamais fait). « Si c'était vraiment le bon, s'il ressentait pour toi ce qu'il devrait ressentir, il l'aurait quittée. »

Peut-être est-ce vrai, peut-être est-ce une faiblesse de caractère. Peut-être éprouve-t-il plus de sentiments pour Hester qu'il n'en a jamais ressentis pour moi, et qu'après tout il n'y a aucune façon sympa de l'exprimer ?

Mais croire que, puisqu'il ne voulait pas de moi assez fort, alors il aurait été incapable de me rendre heureuse, n'est-ce pas du dépit, en plus chic ? Une façon de se convaincre que nos déceptions ne sont pas vraiment fondées ? « Si ça doit arriver, ça arrivera. » Tout le monde sait que c'est un mythe pour nous consoler, et que plein de choses qui devraient nous arriver ne nous arrivent jamais.

Oh ! et la confidente imaginaire me dit aussi que, si une plomberie de merde n'avait pas bousillé ma lettre et qu'Ed et moi avions partagé des moments intimes maladroits mais excitants pendant le premier trimestre de fac, notre relation serait partie en fumée avant nos vingt ans, puisque les amours de jeunesse ont tendance à ne pas durer.

Peut-être, peut-être pas. Ou alors, ce serait nous qui serions fiancés aujourd'hui ? Hester a duré. Ed est capable de monogamie et d'engagement.

Ma conclusion est la suivante : aucune règle ne dit que la personne indisponible pour qui vous vous gâchez la vie en vous obstinant à l'aimer doit être la personne la plus incroyable que vous rencontrerez de votre vie.

Ce n'en est pas moins douloureux de la perdre.

8

Le bruit du réveil numérique me transperce le crâne et me fait mal *physiquement*, comme si on m'enfonçait une baguette dans l'oreille.

Je connais bien cette demi-seconde affreuse où je ne sais pas pourquoi je me sens si mal, avant de me rappeler vaguement tout ce que j'ai bu et l'heure à laquelle je me suis couchée, et de réaliser que je ne peux m'en prendre qu'à moi-même si je suis au fond du trou toute la journée.

Je pourrais me faire porter pâle, mais mon boulot est un peu précaire, et comme il ne reste que huit heures avant le week-end, je ferais mieux de tenir bon, dopée au Coca Light, aux Frazzles et à la honte bien relevée.

Je travaille pour un site Internet qui couvre ce que nous appelons librement le monde du divertissement, intitulé *La Ville la nuit* – depuis longtemps rebaptisé « La Ville l'ennui » par le personnel imaginatif.

En tant qu'utilisateur, après avoir réglé des frais d'abonnement, vous pouvez vous connecter, entrer une date, et le site vous indique les événements pour lesquels il reste des places, ou la disponibilité d'une table pour quatre au restaurant, ce genre de choses. « Comme Last Minute Point Com, pour votre vie sociale ! » clame notre slogan. Ici, nous couvrons les Midlands de l'Est mais c'est un service national.

L'équipe se compose de deux employés que nous pourrions poliment appeler des reporters et qui sont, plus exactement, des bêtes à collecte de données brutes, Lucy et Seth, la petite vingtaine, et de deux autres employés, Phil et moi, que nous pourrions appeler secrétaires de rédaction qui sont, plus exactement, deux ex-journaleux, une bonne-trentenaire et un bon-quinquagénaire, qui n'ont trouvé aucun autre moyen de faire usage de leurs compétences quasi redondantes.

Je vérifie les articles en termes de risques juridiques et de langue, puis les balance en ligne avec des photos et un titre bien pute à clic, branleur de millenials, genre « eh regarde donc moi ça ». Comme :

> Mon petit ami se dit prêt à me quitter pour cette sauce à la cacahuète du nouveau restaurant japonais de Leicester : dois-je m'inquiéter ?

Ou :

> Qu'est-ce qui est mieux qu'un rendez-vous avec Lewis Capaldi à la Nottingham Arena ? En plein dans le mille : DEUX rendez-vous (pas « zéro », comment osez-vous ?)

Non, je n'ai pas beaucoup d'amour-propre, ni un niveau record de satisfaction créative, merci de poser la question.

Avant ça, j'étais rédactrice pour le journal local. Sentant l'industrie papier couler, j'ai sauté sur ce bateau-ci, qui semblait légèrement plus à flot.

Mon ex, Mark, n'arrêtait pas de me dire que si je voulais un tremplin vers un meilleur job, je devais aller à Londres pour travailler dans un quotidien national. Il avait raison. Il avait raison sur plein de choses, ce qui me fait craindre qu'il n'ait aussi eu raison là où j'étais certaine qu'il se trompait.

Roger n'a aucun respect pour ma fragilité et, quand j'entre dans la cuisine, je le trouve debout sur la table en train de rugir pour nous convoquer, moi et son repas.

Je prends une boîte de Whiskas dans le placard et réprime des haut-le-cœur tandis qu'un rectangle de morceaux de pâtée pris dans de la gelée ambrée sentant fort les abats vient s'écraser dans la gamelle de Roger, qui y fourre son museau en faisant les bruits du Cookie Monster.

Je monte à l'étage d'un pas lourd, retire mon pyjama et me plante sous une douche très chaude. Je ne peux me retenir de baisser les yeux d'un air abattu vers mon pubis touffu apparemment révoltant. J'avais entendu parler de cette catégorie imberbe d'hommes qui exigent la réciproque, mais j'imaginais qu'ils vivaient dans des salles de sport et/ou dans les quartiers branchés de la capitale.

C'est un peu trop karmique à mon goût qu'un coup d'un soir, que je tentais en partie par orgueil – *regardez comme c'est facile pour moi de m'envoyer en l'air* –, m'ait au final donné l'impression d'être un animal galeux resté à la fourrière. J'ai la chatte galeuse.

Je choisis une robe plus jolie que d'habitude car, aujourd'hui plus que jamais, mon ego ne supporterait pas d'être habillée comme « Crapaud en fuite déguisé en blanchisseuse », selon l'expression que nous employons Susie et moi pour décrire notre style des jours sans.

Pendant le trajet de bus cahotant jusqu'en ville, j'envisage d'envoyer un message à Susie pour lui teaser mon anecdote sur Zack-les-couilles-chauves (Zackouille ?) et oublier ma nausée, mais les appels persistants d'un numéro de fixe que je ne connais pas m'en empêchent. Seuls les néophytes répondent aux numéros inconnus, on peut se faire embourber dans toutes sortes de conversations indésirables.

Mon bureau se trouve dans une zone bobo du centre-ville, Hockley, mais – et c'est moins sympa – en sous-sol. On ne se rend compte à quel point l'être humain a besoin de la lumière du soleil que lorsqu'on en manque. Même les gothiques comme moi.

— Salut, les pétasses ! lance Phil, mon co-bureau, lorsque ma jeune collègue Lucy et moi entrons. Holà, grosse soirée hier soir, hein, Eve ? Tu es aussi verte qu'un petit pois en conserve.

— Merci.

— Un pois adorable, j'insiste. Un pois féminin. Pas une vieille peau style « méchante sorcière du *Magicien d'Oz* ».

— Un petit pois féminin. C'est moi.

Je me sers un café noir à la carafe à filtration posée sur le buffet. Phil approche les soixante ans et il a ce que ma collègue Lucy appelle « une barbe de réunion du conseil », ce qui, bizarrement, me fait mourir de rire. (« Tu sais, comme Bill Oddie[1] ou Jeremy Corbyn[2]. Pas le genre de barbe qui va avec un bonnet et des bras tatoués. »)

Phil confond « bassesse injurieuse » et « super sens de l'humour et forte personnalité ». Cela ne nous empêche pas de bien nous entendre, globalement, grâce à ma décision pragmatique de ne m'offusquer de rien. Je préfère mille fois un Phil caustique mais franc à une alternative sournoise et perfide.

— Tu fais les articles sur le roller disco ? demande-t-il, et je confirme.

Puisque je suis physiquement anéantie, je vais y aller sur les jeux de mots. Les Roues de la Fortune ? Roule à facettes ? Oh mon Dieu que c'est mauvais. Rock 'N' Roller ?

Le nom d'Ed s'affiche sur mon téléphone portable. Eurk, c'est inhabituel qu'il m'appelle à cette heure et c'est certainement pour parler de la demande en mariage. Je suis la dernière personne à devoir le conforter dans sa décision d'avoir dit oui. Non. Hors de question. Je fais sortir deux Nurofen Plus de leurs bulles plastiques en jetant un regard noir à mon écran éclairé.

— C'est jeter de l'argent par les fenêtres, tu sais, dit Phil en désignant les cachets d'un signe de la tête. C'est de l'ibuprofène. Tu paies beaucoup plus cher pour la marque.

— J'adore le capitalisme tardif, et être endettée, dis-je.

— Tu dois aimer ce boulot, alors.

— De tout mon cœur.

— Les politiciens devraient se pencher sur le phénomène Nurofen. Les gens gaspillent leur fric juste pour un logo sur un paquet.

— Comment sais-tu qu'ils ne l'ont pas déjà fait ?

1. Écrivain, comédien, musicien et présentateur télé anglais.

2. Homme politique anglais.

Phil continue de fixer le Nurofen les yeux plissés, agacé par mon refus de mordre à l'hameçon du débat.

— Tiens, écoute ce commentaire sur le site, dit-il à une salle comble de deux femmes qui boivent leur café sans l'écouter. « Un article sur les MEILLEURS RESTAURANTS ROMANTIQUES nous isole trop, nous les célibataires, et on a l'impression d'être exclus ou de ne pas être les bienvenus dans ces établissements. S'il vous plaît, revoyez votre focalisation hétéronormative du couple. » Pinaise. La vie est dure. On n'a pas tous la chance de se taper Beyoncé. Qu'est-ce que vous pensez de cette réponse : « Avec votre joie de vivre naturelle, il est effectivement surprenant que vous soyez toujours célibataire, Sarah. »

Je ris.

— Je pense que tu vas faire le buzz, et te faire virer.

— Ouais, t'as certainement raison.

« Appel manqué d'Ed Cooper » apparaît sur mon écran. Le téléphone affiche de nouveau son nom ; il essaie de me rappeler. Arf, mec, sérieux. Laisse-moi tranquille.

Je reçois un SMS. Je fais glisser mon doigt sur l'écran pour l'ouvrir.

Si tu es là, il faut que tu répondes. Ce n'est pas à propos d'hier soir et c'est urgent.

C'est bizarre de dire « Ce n'est pas à propos d'hier soir », et c'est une façon de faire tomber son masque. Ed admet implicitement qu'il sait que je l'éviterais à ce sujet ?

Le téléphone se remet aussitôt à sonner et, cette fois-ci, plus surprise qu'autre chose, je réponds.

— Salut, dis-je. Il vaudrait mieux que…

— Tu es au travail ? m'interrompt Ed sans même dire bonjour.

Il a sa voix de prof. Un serpent se déroule dans mon ventre. A-t-il vu nos messages sur Hester ? Il n'y a pas pire sensation que d'être obligée de défendre vos propres mots quand votre seule défense est *Je ne pensais pas que tu les verrais un jour.*

— Oui ?

— Tu peux aller dans un endroit privé ?

— Quoi ? Pourquoi ?

— Tu peux aller dehors ou aux toilettes ou je sais pas où, pour qu'il n'y ait pas trop de monde autour de toi ? Un endroit où tu seras seule. Prends ton sac et ton manteau avec toi. Fais-moi confiance s'il te plaît, fais ce que je te dis.

Je lève les yeux vers mes collègues : tous deux s'ennuient assez pour être déjà en train de m'écouter. C'est marrant comme l'échange saccadé d'une conversation anormale se repère sur-le-champ, bien qu'ils n'aient que mon côté de la discussion.

Pourquoi Ed tient-il tant à ce que je prenne mes affaires ? Je panique complètement – va-t-il me fourrer à l'arrière d'une camionnette banalisée ?

— D'accord, attends une seconde.

J'enfile discrètement mes bras dans mon manteau en gardant le téléphone coincé entre l'oreille et l'épaule, prends mon sac, monte lourdement les marches et sors dans l'air frais. Le bureau se trouve dans une petite rue calme, en face d'un parking, et personne ne traîne par ici en journée, sauf un éventuel livreur de colis.

— Qu'y a-t-il ? dis-je.

— Tu es dehors ?

— Oui. Tu me fais peur, de quoi s'agit-il ?

Il y a une pause, et je me concentre pour écouter le moindre bruit dans le combiné, un souffle de vent faisant tourbillonner l'air autour de moi.

— Ed ? Tu es là ? Putain de merde, dis quelque chose ?

Je tremble.

— … Je suis là.

Étrangement, je sais que c'est un moment crucial, que ce sont les dernières secondes de normalité avant qu'une bombe n'explose. Je ne saurais dire ce que c'est, mais je sais que le temps est compté.

— J'ai quelque chose… quelque chose d'absolument terrible à t'annoncer et je ne sais pas comment le faire.

Sa voix n'est pas normale. Elle est grave et pourtant hésitante, et cela me fait si peur que j'en ai la nausée – indépendamment des atomes de Martini à la lavande encore en train d'évoluer dans mon système digestif. L'adrénaline a guéri ma gueule de bois, en réalité.

— Parle !

Mon corps, comme le temps, se tient parfaitement immobile. Je spécule : est-ce le mariage, l'a-t-il annulé ? Je sais que ce n'est pas ça. Je sais que c'est quelque chose de profondément atroce et mon cerveau a lancé une roulette de possibilités mais ne s'est pas encore arrêté sur une réponse.

— Putain, OK. Je vais le dire parce que je ne crois pas qu'il y ait de bonne méthode. Susie est morte, elle s'est fait renverser par une voiture hier soir, je suis tellement désolé.

Il a débité tout ça en un seul souffle et je suis, l'espace d'une seconde, aussi pétrifiée que si on m'avait mis un pistolet d'abattage sur la tempe. Je me mets à trembler, à trembler aussi fort que si j'étais dans une chambre froide.

Je suis furieuse contre lui. C'est *ignoble*. Quelle idée d'effrayer les gens comme ça, d'inventer des conneries aussi malsaines, c'est, c'est…

— Ça va pas de dire un truc pareil ? Ça va pas la tête ? C'est horrible de dire ça, Ed, putain ! m'écrié-je. Elle n'est pas morte, tu le sais !

— Eve, elle est morte, je suis tellement, tellement désolé. Oh ! mon Dieu.

Je l'entends pleurer, j'entends sa respiration sifflante quand il inspire.

— Non elle n'est pas morte ! Elle était avec nous il y a à peine quelques heures ! Pourquoi tu fais ça ? C'est dégueulasse !

Je me rends compte soudain qu'il ne me reste plus d'oxygène. Je suis incapable de parler et de respirer en même temps. J'inspire péniblement, comme à travers une paille. Mes genoux menacent de céder. Je m'appuie contre le mur pour ne pas tomber.

— Elle rentrait chez elle à pied et un conducteur a dévié sur le trottoir et l'a percutée. Elle est morte peu après son arrivée à l'hôpital.

Une information dont je sais, à un certain niveau, qu'elle doit être vraie s'enregistre dans mon esprit comme totalement fausse. Les personnes de trente-quatre ans ne meurent pas comme ça du jour au lendemain après un quiz au pub. Sans prévenir.

C'est un niveau de dissension cognitive qui pourrait me faire tomber dans les pommes. Je vais tomber dans les pommes. Je glisse le long du mur et m'accroupis sur le trottoir, mon sac posé à côté de moi.

— Ça va ? demande Ed. Enfin, je sais que ça ne va pas, se reprend-il. Tu as un endroit où t'asseoir ?

— Je suis assise, dis-je sèchement. Elle m'a envoyé un message ! Ça ne peut pas être vrai. C'est une erreur… J'ai le SMS juste là. *(Que je ne peux pas te lire.)*

— Quand t'a-t-elle envoyé un message ?

— Pas longtemps après qu'on est partis du pub… Onze heures et demie ?

— C'est arrivé juste après minuit.

Mes yeux n'arrivent plus à faire la mise au point sur le sol crasseux, signe annonciateur d'une perte de connaissance imminente.

Je plaque une main contre le mur pour me stabiliser et me demande pourquoi je n'avais jamais remarqué toutes ces petites choses sur les murs avant – la chaleur du soleil matinal qui réchauffe encore la brique, la texture rêche et poreuse contre ma paume, le mortier granuleux qui ressort comme de la crème au beurre d'un gâteau.

— Il faut que tu me rejoignes à l'hôpital. Je t'attendrai devant l'entrée des urgences au Queen's Medical Centre. Tu peux prendre un taxi ?

— Oui, dis-je, parce que c'est ce que je suis censée dire.

Je n'ai aucune idée de ce que je peux ou ne peux pas faire.

— Eve, ça va paraître stupide, mais tant pis. Fais attention quand tu iras jusqu'à la voiture, assieds-toi si tu as la tête qui tourne, et regarde des deux côtés quand tu traverses la route. Tu viens de subir un énorme choc. Je veux que tu arrives ici saine et sauve.

— D'accord.

— Je refuse de te perdre toi aussi.

De premières larmes chaudes s'échappent de mes yeux. Ma poitrine se serre et je suis incapable de répondre. Il n'a pas perdu Susie, nous ne l'avons pas perdue, si ?

— Rappelle-moi si besoin. Je t'attends ici, dit Ed.

Je couine un « oui » et m'essuie le visage du revers de la manche.

Je raccroche et garde les yeux rivés sur le caniveau et sur le paquet de chips qui y volette, poussé par une légère brise. J'entends le radar de recul d'une voiture dans la rue voisine, une chanson à la radio s'évadant par sa vitre ouverte. Je lève les yeux vers le gris aquarelle du ciel nuageux.

Cette scène est tout ce qu'il y a de plus banal, et pourtant je viens d'être plongée dans une science-fiction dystopique, avec ma vie normale pour décor.

Comment tous ces gens peuvent-ils vivre, comment la vie peut continuer comme avant, si Susie est morte ?

Elle ne peut pas être morte. Susie, *morte ?* Ce mot ridicule est comme une balle, ou une explosion. Un blasphème. Cette idée même est obscène, impossible, affreusement laide.

La réalité m'a échappé pendant un moment d'inattention, mais je suis persuadée de pouvoir la rattraper entre mes griffes. Si je ressens assez fort que ce n'est pas arrivé, je peux la ramener à moi. C'est une erreur. C'est forcément une erreur. Mais cela nécessite mon attention immédiate si je veux y remédier. La force que je mets dans cette conviction me surprend moi-même.

La porte de l'immeuble s'ouvre à la volée et Phil en sort. Il marque un temps d'arrêt en me voyant me relever fébrilement.

— Tu vas bien ? Bordel, on dirait que t'as vu un fantôme avec les couilles à l'air. T'as bu quoi, du Schnaps aux herbes Messer Schmitt ?

— Ma meilleure amie a été tuée, dis-je, testant cette phrase pour la première fois, même si je trouve qu'elle n'a aucune crédibilité.

Le visage de Phil, horrifié, se décompose.

— Dans un accident de voiture. Je dois aller à l'hôpital. Tu pourras le dire à Kirsty si elle pose la question ?

— Pinaise, je suis désolé, Eve. Putain ! Bien sûr, dit-il.

— Merci, dis-je en hissant mon sac sur mon épaule avant de me mettre machinalement en route vers une station de taxi.

Je plane quelque part en dehors de mon corps, pour me diriger moi-même. J'ai l'impression de n'être qu'un tas de vêtements soutenu par un squelette.

Des étudiants de la fac voisine passent, bavardant et hurlant de rire, comme si ce n'était pas odieux de faire une chose pareille. Comme si ce n'était pas arrivé.

9

M'efforcer de ne pas vomir pendant le trajet jusqu'à l'hôpital est une distraction bien opportune.

Cela me force à privilégier le physique plutôt que l'émotion et à me concentrer sur la déglutition, la respiration, l'empoignement de la ceinture de sécurité et l'obligation de garder les pieds bien à plat sur le sol vibrant du taxi.

Je me concentre sur ce qui est réel et présent, je m'inquièterai du futur quand il sera là, dans quelques petites minutes.

Lorsque nous arrivons devant l'hôpital et que je vois le panneau rouge des urgences, une terreur extrême me saisit. Jamais je n'ai eu autant l'impression d'être une enfant, y compris pendant mon enfance. Je veux courir me cacher dans les buissons. Je veux qu'un adulte vienne tout arranger et me protéger.

— Ici, ça ira ? demande le chauffeur en me regardant avec curiosité dans le rétroviseur.

— Très bien, dis-je.

Je fourre un billet par l'ouverture dans la vitre qui nous sépare, avant de m'extirper du taxi pour retrouver l'air frais. Je vais voir Ed et, quand je le verrai, tout deviendra réel.

Le truc, voyez-vous, c'est que ça ne peut pas être vrai. C'est impossible. Mais jamais il ne me mentirait là-dessus.

Au début, je ne le vois pas et mon cœur s'emballe. C'était une blague. C'était quelqu'un qui s'est fait passer pour Ed ? Ce n'est pas arrivé, ce n'est pas arrivé, ce n'est pas…

— Eve ! Eve ? m'appelle Ed, et je regarde autour de moi.

Il est négligé, en T-shirt avec sa parka enfilée par-dessus. Lorsque nos regards se croisent, son visage se tord, puis se décompose. Je sens le mien l'imiter. Il se précipite vers moi et me prend dans ses bras et j'enfouis mon visage dans le coton paraffiné de son manteau, puis éclate en sanglots. Jamais je n'ai autant apprécié le bon mètre quatre-vingt-deux d'Ed Cooper, que j'ai pourtant énormément apprécié. Nous nous agrippons l'un à l'autre avec autant de force et de désespoir que si nous étions sur le pont d'un bateau en train de couler.

« Je suis désolé, je suis désolé », répète distraitement Ed en boucle tandis que je lui réponds inintelligiblement « Ce n'est pas ta faute ».

— J'ai appelé Justin. Il ne peut pas partir du boulot avant cet après-midi, dit Ed en s'essuyant les joues au moment où nous nous dégageons.

— Certes.

Bien sûr, Justin. Son métier contraste fortement avec le personnage irrévérencieux et la nature je-m'en-foutiste qu'il déploie dans sa vie privée : il est soignant. Il tient une résidence pour les personnes âgées.

Je demande :

— Qui t'a appelé ?

J'ai de nouveau froid, très froid. Je claque des dents et dois faire un effort pour le dissimuler.

— La police. Susie nous avait renseignés toi et moi comme contacts d'urgence dans son portefeuille. Apparemment son sac a été projeté assez loin de… ils ne l'ont trouvé que plus tard. Ils ont dit que tu ne répondais pas. Ils sont allés voir son père, mais…

Ed hausse les épaules.

— Oh mon Dieu ! Son père.

J'ai été si focalisée sur nous que je n'ai pas pensé à sa famille.

— Je crois qu'il n'a pas compris ce qu'ils disaient, il leur a répondu que sa fille devait être en cours, dit Ed.

Le père de Susie montre des signes de démence depuis un an et demi environ. Cela faisait un moment que je n'avais pas demandé à Susie comment il allait, elle n'aimait pas en parler. Sa mère est morte il y a quelques années et son frère vit à l'étranger.

— Je ne savais pas que c'était si avancé, dis-je.

— Moi non plus… Le médecin veut nous parler à tous les deux, reprend Ed.

Le mot « médecin » me frappe en plein dans le ventre, et pourtant une partie de moi reste résiliente, optimiste, même. Les médecins aident les gens à aller mieux. Ed a dit « morte », mais il voulait peut-être dire « dans le coma ». Son sac avait disparu, il est possible qu'ils aient mélangé les dossiers. Ça reste négociable.

Franchement, c'est Susie Hart. Les gens meurent tout le temps, mais Susie n'est pas « les gens ».

— Eve ? Ça te va ?

— Oui, dis-je, apathique, avant de prendre la main qu'Ed me tend.

On ne s'est jamais tenus par la main. Il va sans dire que je ne pensais pas que ce serait dans ces conditions.

Ed me guide à travers le hall bondé vivement éclairé qui sent l'antiseptique et dit à la femme de la réception quelque chose que je n'entends pas, juste son nom, je crois. Elle se détourne et passe un appel interne *sotto voce*.

Elle ne semble pas troublée le moins du monde et cela me fascine. Ce doit être si ordinaire pour elle. Elle s'entraîne chaque jour à être d'une impassibilité polie et professionnelle face à des gens qui ont l'air aussi désorientés et secoués que s'ils sortaient tout juste d'une machine à voyager dans le temps.

Durant les secondes d'attente qui s'écoulent, Ed se tourne vers moi et semble sur le point de dire quelque chose mais ne dit rien, parce que, qu'y a-t-il à dire ? Chaque remarque, chaque platitude, chaque expression de réconfort ou d'espoir, chaque discussion pragmatique sur ce qui va suivre est impossible, insignifiante. Nous avons transcendé la conversation.

Je regarde autour de nous.

Susie a-t-elle été amenée ici en urgence, il y a quelques heures, un masque à oxygène plaqué sur le visage, poussée sur un brancard entouré de gens en uniforme qui couraient en tenant une perfusion en l'air ? Ou n'a-t-elle jamais été une urgence ?

On appelle Ed. Un homme d'âge mûr avec un badge autour du cou apparaît et nous précède à travers une double porte menant au reste de l'hôpital, dans un couloir, puis dans une salle attenante. Sur son visage est figée une expression de respect triste, vide. Il n'est pas dans l'émotion mais sensible à la nôtre. Comme les hommes qui conduisent le corbillard, portent des gants blancs et ne vous regardent jamais dans les yeux.

Les muscles de mon ventre se crispent quand il nous demande de nous asseoir, dans cette pièce vierge où mon regard se pose d'emblée sur la boîte de mouchoirs plantée sur le bureau.

Quand il se mettra à parler, cela deviendra réel. S'il nous dit que c'est une terrible méprise et que Susie est dans un lit d'hôpital avec la jambe dans le plâtre, ou qu'ils sont en train de l'opérer en ce moment même, alors ce sera la nouvelle vérité. Cet homme est le Donneur de vie ou la Grande Faucheuse, celui qui détient le pouvoir de nous la rendre ou de nous la prendre, pour toujours.

Alors qu'il ferme la porte, j'imagine les mots qu'il pourrait utiliser, nous implorant de ne pas leur coller un procès pour cette grave erreur. « C'est la première fois que cela arrive, mais je suis néanmoins profondément soulagé, bien que mortifié, de vous le dire. »

Le profond soulagement qui nous mettrait sur le cul. Ou si elle est blessée mais que… il y a la physiothérapie, on pourrait faire tout ce qu'il faut pour…

— Bonjour. Ed ? Eve ? commence-t-il avec un petit hochement de tête.

Jamais je n'ai autant redouté que quelqu'un parle, de toute ma vie.

— Je suis Gareth Prentice, médecin spécialiste, je fais partie de l'équipe médicale qui a ausculté Susie quand elle a été amenée ici en ambulance.

« Amenée. » Ces étranges termes passifs, comme si Susie était une marionnette dans leur pièce de théâtre.

Je demande :

— Qui a appelé l'ambulance ?

— Un particulier qui a vu ce qu'il s'était passé et a appelé le 999.

Je n'arrive pas à imaginer Susie impuissante.

— Je suis vraiment désolé…, dit-il, après avoir pris une profonde inspiration, et je me couche aussi sec, laissant échapper un sanglot étranglé.

— Eh, allez, allez, là, souffle Ed.

Il passe son bras autour de moi, et je sens que cela l'aide à garder le contrôle d'endosser le rôle de protecteur. J'en suis heureuse. Je soupçonne, vu la longue route qui nous attend, que nous échangerons sans cesse ces rôles.

— Nous l'avons vue aux premières heures du jour avec un important traumatisme crânien. Nous avons fait tout ce que nous pouvions pour la sauver, mais ses lésions étaient trop graves. Elle avait une hémorragie cérébrale massive ne permettant guère de chances de survie.

— Comment ? Si elle était sur le trottoir ? dis-je.

— Nous ne connaîtrons tous les détails qu'après l'autopsie et l'enquête.

Il y a tant de choses à venir que je ne peux envisager.

— Si je devais faire une supposition, et je vous prie de garder à l'esprit que ce n'est qu'une supposition, je dirais que la voiture est montée sur le trottoir, l'a percutée et que l'impact l'a projetée contre un mur. C'est à ce moment-là que l'attaque au cerveau et au crâne serait survenue.

« L'attaque. » Jargon inattendu. Nous sommes des visiteurs en pays étranger.

— Le conducteur coopère avec la police, d'après ce que je sais, poursuit le Dr Prentice. Prenez votre temps et posez-moi toutes les questions que vous voulez, je sais que ça fait beaucoup de choses à encaisser.

C'est un euphémisme.

Son attitude est compatissante mais automatique. C'est un tremblement de terre pour nous, une conversation que nous n'oublierons jamais, et je songe : pour lui, c'est le milieu de sa matinée de vendredi. Une anecdote qu'il mentionnera au détour de la conversation avec sa femme ce soir au dîner. *Triste affaire aujourd'hui, une jeune fille, enfin, femme, d'une trentaine d'années à peine. Ses amis étaient effondrés, naturellement.*

— Qu'avez-vous fait pour essayer de la sauver ? je demande, et je ne reconnais pas ma voix.

— Les secouristes l'ont stabilisée avec une minerve pour protéger sa colonne vertébrale et ont maintenu sa respiration jusqu'à l'hôpital. Nous avons mis Susie sous respirateur artificiel pour soutenir les fonctions vitales pendant que nous essayions de trouver la source de l'hémorragie et passions des scanners.

— Mais elle est morte combien de temps après tout ça ?

— Elle n'avait plus de signes vitaux quinze minutes après son arrivée dans nos services. Les tentatives pour la réanimer ont échoué.

J'imagine le bip monotone des machines.

Il n'y a plus aucun bruit pendant un instant ; je suis secouée de sanglots et Ed halète, comme s'il essayait de respirer sous l'eau.

— Était-elle consciente ? demande Ed. Quand elle est arrivée.

— Non, l'impact de l'accident lui a fait perdre connaissance, répond le médecin. Elle n'a pas souffert.

— Vous n'en savez rien ! dis-je.

C'est bien le moment pour qu'Eve l'ado rebelle refasse surface, tiens. (« Eve Kadhafi », comme l'appelait ma mère. « Un vrai tyran. »)

— Nous en sommes aussi certains qu'on peut l'être, dit le médecin d'un ton égal, demeurant imperturbable face à mon emportement

– il est préparé et entraîné à cela, comme la sereine réceptionniste. Après ce genre de traumatisme, les fonctions cérébrales sont similaires à un coma profond.

— Le conducteur de la voiture allait bien, lui ? demande Ed d'un ton sec.

Il tend le bras pour serrer mes mains glacées, moites.

L'idée qu'il y a un meurtrier dans l'histoire, une personne en chair et en os encore vivante qui nous a violemment arraché Susie… Je ne sais pas encore ce que je ressens vis-à-vis de cette personne. Je n'y ai même pas encore songé. Le choc commence à peine à reculer pour laisser place à l'océan de chagrin, alors la rage…

— Il a été soigné sur place. La police en saura davantage.

— Était-il ivre ? demande Ed.

— Il aura fait un éthylotest, dont j'ignore le résultat. La police est allée voir le père de Susie, poursuit le médecin, il semblait dans un état de confusion.

— Il est atteint de démence, explique Ed. Nous ne savons pas à quel stade.

Le médecin opine, puis baisse la tête.

— Nous nous demandions si, au vu des circonstances, vous pourriez identifier le corps ?

Ed et moi nous regardons, les yeux injectés de sang. « Non » ne semble pas être une réponse acceptable.

« Le corps. » Susie n'est pas Susie, elle est un artefact. Elle l'a laissé derrière elle. Elle est une chose.

Cette expérience a un côté irréel, comme si nous étions dans un soap-opéra et que toutes les personnes autour de nous étaient des acteurs. On nous sert du « prenez le temps qu'il faudra et nous restons juste devant la porte et sortez faire une pause si besoin et aucune pression si vous n'êtes pas sûrs ».

J'ai l'impression d'avoir vu cette scène dans des séries policières que je ne regardais que d'un œil en buvant mon thé. Sauf que ce corps-là ne va pas se redresser quand on criera « Coupez ! ».

Je ne peux accepter que Susie ait consenti à laisser son corps dans un endroit où sa personnalité n'est pas. C'est totalement contraire à sa nature.

Je ressens une certaine arrogance – oui, montrez-nous cette chose impossible que vous dites avoir cachée derrière un rideau. La mort est physique, peut-être est-ce trop compliqué d'accepter son existence dans un domaine purement intellectuel. La mort de Susie n'a jusque-là été que des mots, une folle prétention. Savoir qu'une personne ne vous mentirait pas et la croire sont deux choses différentes.

J'ai la ferme conviction que si je les ignorais, si je m'échappais et m'enfuyais de cet endroit lavé à grande javel où je ne suis pas censée me trouver, si je hélais un taxi et allais chez Suze, elle serait là, dans l'encadrement de la porte à me regarder, hébétée, les cheveux retenus par un de ces bandeaux en coton qu'elle met pour dégager son visage. *Qu'est-ce qui te prend ? Évidemment que je suis là. Je travaille toujours depuis la maison le vendredi.*

Je me la représente si clairement et facilement que tout ceci me semble parfaitement possible. Elle est au bout de mes doigts.

On nous emmène dans une salle vide dont un des murs est percé d'une longue fenêtre masquée par des rideaux transparents. Ed et moi nous tenons par la main, sans nous regarder. Mon cœur bat à tout rompre.

— Êtes-vous prêts ? demande le médecin à voix basse, plus à Ed qu'à moi, et Ed hoche la tête.

De l'autre côté, on tire brusquement les rideaux.

Je laisse échapper un cri de surprise malgré moi en la voyant. Ed et moi nous serrons si fort la main qu'on pourrait se broyer les os.

C'est elle.

Elle est là.

Susie est allongée sur un chariot avec un drap bleu tiré jusqu'au cou, les yeux fermés, ses longs cheveux rassemblés autour de sa tête, certains tombant par-dessus le bord.

Je m'attendais à ce qu'elle ait l'air endormie, pour autant que j'aie pu me représenter la scène.

Elle n'a pas l'air endormie. Elle ressemble à une statue de cire livide, avec une expression calme. Comme si on avait fait un modèle en plâtre de Susie Hart à Paris, comme un objet qu'on pourrait mettre dans une galerie d'art moderne.

C'est la première fois que je vois un mort et je ne savais pas que je *saurais* qu'ils seraient morts, si vous voyez ce que je veux dire. Si je suspecterais un battement de cœur sous le drap. Mais je sais que Susie est morte, que c'est à ça que ressemble la mort. Si j'avais été la première à la trouver ainsi, j'aurais compris qu'elle était partie. Nous restons des mammifères, avec des instincts.

Son visage – son magnifique visage de reine du bal dont je connais chaque détail et chaque ombre – est inanimé. J'aperçois les contours de l'énorme hématome violacé qui s'étend sur sa tempe. J'imagine qu'ils nous l'ont montrée sous cet angle pour qu'il soit de l'autre côté.

Je me tourne vers le médecin, debout à côté de nous avec les mains dans le dos et le menton contre la poitrine dans une attitude de respect.

— C'est elle, dis-je, la voix chargée de larmes et de peine. C'est Susie.

Le médecin hoche la tête.

— Je vous laisse un moment, dit-il, avant de sortir.

Je me tourne de nouveau vers Susie. Je prends conscience que c'est la dernière fois que je la vois en personne. J'essaie de retenir chaque détail, la forme proéminente de son nez et de ses lèvres, les couleurs brun-blond sirupeuses de ses cheveux. J'ai toujours été jalouse de ses épaisses mèches de cheveux, et voilà qu'elles vont être gaspillées ? Elle est encore en partie parfaite et elle va être… jetée ? Comment son corps peut-il ne plus être fonctionnel, ni d'aucune utilité ? On ne nous l'a pas demandé et je ne vais pas poser la question.

Dans mon esprit, je la revois au pub hier soir, à me regarder en haussant les sourcils. La sardonique, la spirituelle, l'irrésistible Susie. De ça à ça. *Comment ?*

— Ce n'est pas réel, Eve, me dit Ed.

Je sens que c'est à son tour de craquer et au mien de tenir bon.

— C'est un putain de cauchemar. Que se passe-t-il ? Pourquoi a-t-il fallu que ça arrive ? Il n'y avait aucune raison pour que ça arrive…

Sa voix se brise. Je le regarde et il pleure, il pleure pour de bon, le visage grimaçant.

— Ce n'est pas normal, dis-je. Ce n'est pas normal.

Je passe mes bras autour de lui. Je m'accroche à Ed et Ed s'accroche à moi, on s'accroche à ce qu'on peut.

Il me caresse les cheveux mais son geste est si maladroit dans sa détresse qu'il en attrape de grandes mèches et me les tire, mais je m'en fiche.

Quelque part, en dehors de ce bâtiment, les gens passent un vendredi normal. Mais les choses se sont inversées : ce n'est plus la mort de Susie qui semble impossible, alors que nous regardons son corps – un cadavre, elle est un *cadavre ?* – c'est ce monde ordinaire qui est impensable à présent.

Je la contemple pour la dernière fois. Il y a un vide en elle. Son crépitement sec, parti, disparu, envolé. Son corps est un lieu déserté. C'est comme arriver dans une maison qu'on connaît bien et la trouver vidée, entièrement dépouillée.

On nous demande si nous avons eu suffisamment de temps avec elle. « Oui, c'est bon », répondons-nous, absents.

On ferme les rideaux.

S'il y a bien une chose dont je suis sûre, c'est que jamais je ne penserai que j'ai eu suffisamment de temps avec elle.

10

Le soir qui suit la mort de Susie – des mots que j'ai du mal à associer ensemble, et dont je ne saisis pas encore la portée –, une chose qu'elle m'avait dite un jour me revient soudain.

Sa mère, Jeanette, a eu une maladie fulgurante, un cancer des ovaires incurable et déjà bien avancé au moment du diagnostic, et la rapidité de son départ a laissé Susie et son père en état de choc.

Nous avions trente ans cette année-là, et Susie était la première d'entre nous à perdre un parent. En tant qu'amis, nous avons pensé que c'était une manière affreuse et bien adulte de prendre conscience de la mortalité.

— Le truc le plus bizarre, Eve, c'est que tu ne sais plus comment parler de ce que tu vas manger le soir, a-t-elle dit quand nous nous sommes tous retrouvés chez moi, la semaine précédant l'enterrement. (Nous n'étions pas d'humeur à aller au quiz.)

J'étais sidérée.

— Il faut bien que tu manges, n'est-ce pas ? Mais ce n'est pas convenable d'en parler, a-t-elle expliqué. Dans n'importe quelle autre crise, tu parles tout de même de choses pratiques, ça soulage, même. Plus tard, tu parles enterrement, certificat de décès, toute la paperasse mortuaire. *La paperatuaire*. Mais le jour où tu perds quelqu'un, tu ne peux pas lancer – elle fait mine de regarder sa montre – « Mmm, 18 heures, on se commande à manger ? » Ni « je crois qu'il y a un reste de poulet dans le frigo ». Ça paraîtrait irrévérencieux, comme si tu tirais un trait. Comme si tout cela perdait déjà de l'importance, si tu es capable de penser à ton appétit ou de choisir un plat plutôt qu'un autre.

— Je vois ce que tu veux dire. Tu ne peux pas ressentir un truc aussi trivial que la faim ?

— Même pas. Même si ce n'est qu'une pizza Domino's, l'acte de choisir une garniture semble si frivole en soi. C'est comme dire que la vie continue. Tu n'es pas prêt pour cette affirmation. C'est impossible de trouver le moment, les mots, sans que ça semble malvenu. Comment peut-elle être morte, et toi choisir le pepperoni plutôt que le jambon ?

Justin avait fini par demander :

— Alors, tu as mangé quoi pour le dîner ?

— Des burgers réchauffés de chez Co-op.

— Ça revient à dire que la vie ne continue pas.

On avait crié et ri, et j'ai su que nous étions d'un grand réconfort pour Susie, dans ce moment difficile. J'incarnais la solidarité féminine et l'épaule pour pleurer, Ed était l'organisateur calme et le pilier de soutien, et Justin le clown impudent qui détendait l'atmosphère.

Et voilà qu'Ed et moi sommes de nouveau assis dans mon petit salon, avec les bougies à moitié consumées dans la cheminée et le canapé rouge que Roger a griffé jusqu'au sang. Nous sommes sans Susie et attendons Justin, nerveux et malheureux. Mon ventre gargouille et à peine ai-je pensé : *devrais-je proposer qu'on mange ? Est-ce inapproprié d'aborder le sujet ?* que je me souviens des propos de Susie. Je n'étais pas censée comprendre si tôt ce qu'elle voulait dire, pas comme ça. Je voudrais le lui dire, j'en meurs d'envie. Je ne pourrai plus jamais rien partager avec elle. C'est inconcevable.

L'absence de Susie a creusé une faille dans l'espace-temps – et cela ne fait que quelques heures. Comment allons-nous gérer ça tout le restant de notre existence ?

On sonne et j'ai mal au cœur. Le concept de « voir des gens pour la première fois depuis » me terrifie. C'est comme devoir revivre l'annonce, une nouvelle fois. Je me lève lentement, mais Ed sent mon hésitation et va ouvrir.

Justin entre – ma porte d'entrée donne sur le salon, je ne peux pas m'offrir un truc aussi chic qu'un hall d'entrée – et sans rien dire, il se jette dans les bras d'Ed. Ils restent debout là à sangloter, la tête de Justin posée contre le torse d'Ed. C'est la première fois que je vois Justin pleurer. Je ne sais pas quoi faire de mes bras, jusqu'à ce que Justin me dise d'une petite voix :

— Arrête de nous regarder et viens !

Et je m'agrippe à eux dans une étreinte un peu gauche. Seuls nos sanglots résonnent dans la pièce. C'est un peu sinistre.

Quand nous finissons par nous séparer, je vois Roger dans l'encadrement de la porte de la cuisine, oreilles baissées, l'air perplexe. *Humains bruyants.*

— Putain de merde, Suze, dit Justin une fois calmé, en se laissant lourdement tomber dans un fauteuil. Une vraie m'as-tu-vue, celle-là. Il faut toujours qu'elle soit le centre de l'attention. Elle s'est surpassée sur ce coup-là.

Nous rions un peu hystériquement, entre rire et larmes.

— Je ne l'ai pas vu venir. Et elle non plus, manifestement.

Je grimace, tout en entendant Susie se bidonner dans mon esprit. Elle adorait le talent de Justin pour briser les tabous. Puis j'ai un flash d'elle sur ce chariot, ne riant pas. Ne bougeant pas.

Je regarde Justin, par habitude, car ses propres blagues le font toujours sourire. Mais, aujourd'hui, il est avachi, anéanti.

— Vous l'avez vue ? demande-t-il. Elle était comment ?

Je comprends que c'est une façon de s'enquérir de ses blessures.

Ed ouvre la bouche et rien n'en sort. Il se tourne vers moi, accablé.

— Exactement comme Susie et pas du tout comme Susie, murmuré-je.

— C'est… enfin, Eve a toujours su trouver les mots. C'est tout à fait ça, dit Ed.

Il a les yeux braqués sur ses genoux. De mon côté, je sais que j'avais besoin de voir Susie, même si c'était une épreuve, pour l'accepter. Cela a été plus dur pour Ed.

— Tu veux la voir ? dis-je à Justin, qui secoue la tête, catégorique.

— Oh que non, non merci. J'ai vu mon lot de corps à la résidence.

Nous passons en revue le peu d'informations que nous possédons sur l'accident et nous arrêtons vite, parce que aucune réponse à ce sujet ne nous la ramènera. Nous pensons à cet instant fatidique, aux cent mètres qui séparent sa maison de l'endroit où le taxi l'a déposée. Susie en train de chercher ses clés dans son sac à main, une boîte en métal arrivant à toute allure derrière elle. Je déglutis péniblement et mon cœur s'emballe, rien que de l'imaginer.

Je ne peux pas revenir en arrière, la pousser hors du chemin, lui crier de bouger.

Le SMS. Si j'avais répondu à son SMS, et qu'elle s'était arrêtée pour le lire ou m'avait répondu ? C'est très dur d'intégrer le fait que je vais réfléchir aux événements d'hier soir et me demander « et si » toute ma vie. Comme une sorte de permanence instantanée, comme quand on regarde une blessure toute fraîche et qu'on sait que la cicatrice sera toujours présente sur votre corps.

Si, à notre ère, l'âge de trente-quatre ans est considéré comme le crépuscule de la jeunesse, je réalise que j'ai vieilli de manière exponentielle en l'espace d'une matinée. Que ma vie s'est scindée dans un Avant/Après et que l'innocence que j'ignorais posséder s'est envolée. J'en ressors déboussolée.

— On devrait aller voir si son père va bien, dit Ed. L'hôpital n'a pas réussi à lui faire comprendre ce qui s'était passé.

— Je suis soulagé, en un sens, réplique Justin. Parce que Alzheimer est un monde terrible où tu comprends ce qu'on te dit, puis tu oublies, donc tu ne cesses de revivre les moments de révélation.

Je me tais, épouvantée. Personne ne m'a jamais fait une description si exacte de l'enfer.

— Et son frère, quelqu'un l'a prévenu ? demande Justin.

— Merde, Finlay, soupiré-je.

Je l'avais totalement oublié.

Moi aussi, et je partage son ADN, t'inquiète, me dit Susie, si vite et clairement que je me demande si on peut être audio-hanté.

Me rappeler des Susie-ismes me faisait toujours rire aux éclats dans la rue. Désormais ils me feront fondre en larmes, j'imagine. J'essuie celle qui roule sur ma joue.

— L'hôpital n'avait pas ses coordonnées. Je leur ai expliqué qu'il était aux États-Unis, précise Ed. Il est toujours à New York ?

— Je crois, dis-je. Elle ne parlait pas beaucoup de lui, si ?

Ed secoue la tête. Nous comprenions tous trois que Finlay Hart était une zone d'exclusion aérienne dans nos conversations. Susie n'étant pas du genre à exprimer avec force ce qu'elle pensait des autres, que ce soit en positif ou en négatif, ses sentiments au vitriol pour son frère nous avaient toujours pris au dépourvu.

— Son téléphone, fait Justin. Il doit bien être dedans ? Tu as son portable ?

— Ouip.

Dans un coin de la pièce est posé un sac en plastique d'hôpital que je suis à peine capable de regarder. Il contient : le sac à main Radley camel de Susie, un portefeuille Mulberry usé en cuir bordeaux, une tripotée de cartes bancaires qu'il faut annuler (et si elle en a besoin ? On fera quoi ? Elle va fulminer quand elle reviendra), ses clés, une paire de petites boucles d'oreilles sans aucun doute en or (« Comme dit maman, je suis allergique aux bijoux en toc et aux mecs en toc », a-t-elle dit un jour, se la jouant héroïne de Raymond Chandler du haut de ses vingt ans), des élastiques à cheveux et un rouge à lèvres Charlotte Tilbury, couleur « Pillow Talk ».

Ainsi qu'un iPhone 8 à l'écran brisé, qui semblait néanmoins opérationnel lorsque nous avons appuyé sur le bouton de mise en marche. Son fond d'écran, une photo de nous quatre à un festival de musique, nos visages collés les uns aux autres comme sur une pochette d'album des Beatles, avait provoqué une nouvelle vague de sanglots sur le trajet pour rentrer chez moi. Comme l'a dit Ed : « Elle n'est plus là, mais un putain d'*ordinateur en verre* grand comme une tartine a survécu. »

— Malheureusement, Apple les rend impénétrables, même pour la CIA, dit Justin. Suzie aurait préféré qu'il en soit ainsi, pour être honnête.

— Je connais son mot de passe, dis-je.

— Ah ouais, sérieux ? fait Justin. Les femmes sont folles !

— C'est un pur hasard.

Ça me file la chair de poule. Comme si une force supérieure avait arrangé les choses ainsi. Je ne le connais que depuis une quinzaine de jours, maximum. Susie voulait que je prenne une photo d'elle avec un éventail de crevettes qu'elle avait pris en entrée dans un restaurant de fruits de mer. Alors qu'elle agrippait le bord de l'assiette et s'entraînait à sourire, elle avait désigné son téléphone sur la nappe d'un geste de la tête en disant :

— C'est ma date de naissance à l'envers. Me fais pas de double menton.

— Je n'ai pas besoin de connaître ton code pour faire une photo, l'appareil photo s'ouvre automatiquement, ai-je dit en essuyant mes doigts couverts de graisse de langoustines frites avant de prendre son téléphone.

— Oups, a-t-elle répondu. Ne va pas mater mes nudes, tu veux.

Je me sens éminemment protectrice envers son téléphone, qu'elle ait blagué ou non à propos des nudes.

— Il faudrait que quelqu'un l'appelle, il doit être dans ses contacts, dit Ed.

Puisque c'est Ed qui m'a annoncé la nouvelle, ainsi qu'à Justin, il ne me semble pas juste qu'il se charge également de prévenir son frère.

— Comment s'appelle-t-il déjà ? Flynn ? demande Justin.

— Finlay, dis-je. Fin. Je vais m'en occuper. Après que vous serez partis.

Ils marmonnent qu'ils refusent de me laisser seule et je leur dis fermement que ça ira, et qu'il le faut. Je n'ai pas envie qu'ils partent, mais les obliger à un départ plus tardif avant de me retrouver seule serait pire.

— Tu nous raconteras comment ça s'est passé avec le frangin ? me demande Ed alors que Justin et lui s'attardent sur le seuil. Je t'appelle plus tard.

Il me regarde et se penche pour me prendre dans ses bras, et je le serre un instant contre moi, le visage enfoui dans son épaule. Nous avons toujours été proches mais, après la visite à l'hôpital aujourd'hui, nous sommes soudés.

Il n'y a pas de « plus tard » pour Susie et moi, me dis-je en fermant la porte. Je ne l'ai pas encore accepté. Elle est juste de l'autre côté de la colline, je l'apercevrai après le virage. Je ne lui raconterai jamais mon histoire, mon coup d'un soir raté avec ses boules chauves, et je ne serai pas récompensée par son rire gras. Elle ne me livrera jamais ses cinglantes opinions caustiques et bienvenues sur l'« atrocité » de la demande en mariage de Hester, apaisant ainsi ma souffrance.

Jamais elle ne se tiendra à mes côtés, dans une robe de demoiselle d'honneur assortie, avec un bouquet de fleurs identique à la main. Les problèmes que j'avais il y a quelques heures à peine étaient si minuscules.

On dit souvent des personnes âgées qu'elles « se tiennent compagnie ». C'est ce que Susie et moi étions, je le vois si clairement à présent : elle était ma compagnie et ma joie.

L'éternité du silence m'accable. Des parasites monotones bourdonnent sur la ligne entre nous, une ligne qui jamais plus ne sera occupée.

Le seul mot qui me vient à l'esprit pour tenter de décrire ce que je ressens est : *dévastée.*

11

Je cherche sur Google : « Quelle heure est-il à New York. » L'heure du déjeuner. Mes mains tremblent face à l'énormité de la tâche que j'ai prise en charge en proposant d'appeler Fin. D'autant que je me sens coupable – bien qu'il soit 19 heures et que j'aie perdu ma meilleure amie aujourd'hui, donc je ne sais pas trop de quoi je me sens coupable – et me sers un verre de vin blanc pour me calmer. C'est peut-être parce que Susie ne peut plus se prendre un verre de vin.

C'est tout ce que je peux me permettre, je le sais : la perspective de me réveiller demain avec la gueule de bois m'est insupportable, parce que la seule perspective de me réveiller demain m'est insupportable.

Le fait que Susie et son frère ne soient plus en contact rend-il la conversation à venir plus facile ou plus difficile ? Plus compliquée, je pense. J'ignore totalement comment il va réagir. C'est la première fois de ma vie que je dois annoncer une telle nouvelle. Je comprends pourquoi cela a traumatisé Ed de m'avoir appelée.

Après avoir avalé quelques gorgées de sauvignon de supermarché à température du frigo pour m'endurcir, je prends le téléphone de Susie.

Et si elle avait changé son code ? Elle peut l'avoir fait, pas parce qu'elle ne me faisait pas confiance, mais parce qu'elle était scrupuleuse.

Justin a raison, Susie protégeait jalousement son intimité. Pas de manière obsessionnelle, pas plus que la moyenne, mais elle avait hérité de sa mère l'avis qu'il est vulgaire de tout montrer à tout le monde. Son Facebook était un lieu bien gardé réservé à une soixantedizaine de personnes et personne n'a jamais su par ce biais avec qui elle sortait. Cela a pu agacer les hommes qu'elle a fréquentés un certain temps, qu'elle refuse de poster des photos de profil de couple, ou de changer sa « situation amoureuse ».

Jacasser à tout va sur Twitter ou poster des photos en bikini sur Instagram ne convenait pas, disait-elle, à son statut de cadre supérieure respectable dans la finance – statut qui impliquait qu'elle passait la moitié de la semaine à Londres et gagnait le double de nous.

J'appuie sur le pavé numérique de son téléphone avec extrême prudence, et l'écran s'efface pour laisser place aux petits carreaux de son arc-en-ciel d'applications. Oh ! mon Dieu. Je ressens l'euphorie d'avoir réussi à débloquer l'accès, et le frisson de m'être introduite dans le téléphone sans y avoir été autorisée.

Je me rassure aussitôt : je suis là pour une seule raison, à savoir trouver le numéro de téléphone de son frère. Je ne fouinerai pas. Je suis devenue la gardienne du monde de Susie, et c'est une responsabilité que je prends très au sérieux.

J'ouvre les contacts et vais directement aux « H » en quête de membres de sa famille, mais je n'y trouve pas Fin, ni aucun nom qui ne pourrait être un surnom de Fin. Je ne sais pas pourquoi, mais je ne pense pas qu'elle ait pu l'appeler Hariet.

J'essaie en tapant FI. Rien non plus. Je ne comprends pas. Le détestait-elle au point de le supprimer de son répertoire ?

Je suis persuadée qu'elle ne serait pas allée jusque-là (à moins qu'une énorme dispute n'ait changé la donne, mais elle nous en aurait certainement parlé). Il m'est arrivé de la voir, tous les trente-six du mois, recevoir un message et retrousser la lèvre avant de dire : « Pff, c'est Fin, il attendra. »

Elle avait beau ne pas aimer son frère, ne pas pouvoir l'identifier quand il l'appelait l'aurait mise en position de faiblesse.

Ne sachant pas où elle pouvait l'avoir caché, je fais défiler la liste manuellement, à commencer par Annie Butler, Aveda Salon, et Andy Wightman.

Je songe aux répercussions qu'aura cette nouvelle, à toutes les personnes à prévenir. Je ne dois en informer qu'une seule et j'échoue déjà dans ma mission. Je commence à perdre espoir, ayant parcouru la liste de A à Z, quand je tombe dessus, à mon deuxième passage aux F :

Frère, Mon Branleur de

Oh. *Oh.* C'est forcément lui : suivi d'une rangée de chiffres indiquant un numéro de téléphone, précédé d'un indicateur international. Je l'écris soigneusement sur un bloc-notes et éteins le téléphone de Susie. Elle n'a plus que quatre pour cent de batterie – ou plutôt, elle *n'avait* ?

Je ne cesse d'être frappée en plein cœur par son absence, l'idée surréaliste que ces objets n'ont plus de propriétaire. J'ai peur de la perdre encore, si son téléphone meurt et ne peut être ranimé, même si jamais je n'en fouillerai le contenu. Je le branche sur mon chargeur et vois le petit éclair apparaître sur l'icône de la batterie. Si seulement ramener d'autres choses à la vie était aussi facile.

« Mon Branleur de Frère. » On sent la colère résiduelle qui émane de l'incapacité de Susie à lui attribuer son propre nom.

Ce n'est pas comme si je découvrais qu'elle ne s'entendait pas avec Fin, mais ce niveau d'antipathie est une fâcheuse surprise. Susie était très ouverte avec nous trois sur presque tous les aspects de sa vie. Les deux sujets sur lesquels elle restait bouche cousue étaient la maladie de son père et sa relation avec son frère. Elle me racontait l'essentiel, mais d'une manière sèche, forcée, l'air de dire « tu connais la chanson on peut passer à autre chose », me faisant clairement comprendre sans le dire que ce n'était pas un exercice qu'elle trouvait facile.

Elle n'est jamais entrée dans les détails à propos de Fin, mais m'a laissé entendre qu'il était d'une méchanceté gratuite envers ses parents, émotionnellement frigide avec elle, et un élément perturbateur dans un foyer autrement heureux. J'avais été contrariée quand mon frère Kieran était parti ; Susie avait été heureuse d'être enfin débarrassée de Fin.

Susie, si exubérante et sûre d'elle, avait si peu de points sensibles que ceux-ci semblaient d'autant plus importants.

J'ajoute Finlay Hart aux contacts sur mon téléphone – je ne peux pas l'appeler du téléphone de Susie pour des raisons évidentes, et cela me semble déplacé de le contacter sans lui accorder la décence d'enregistrer son numéro.

J'aimerais tant que Susie soit là pour me dire quoi faire. Même si j'ai la désagréable impression qu'elle me dirait que Fin ne mérite pas d'être prévenu. *Il peut foutre une rangée d'emojis cœur brisé sur Facebook comme tous les autres hypocrites qui ne me connaissaient pas pour de vrai.*

La fracture était profonde depuis la mort de sa mère.

Elle m'avait confié : « Disons ça comme ça, j'ai trouvé le fond du seau. Un mec qui s'en tape que sa mère meure peut-il avoir des sentiments ? Pour moi c'est irrécupérable. »

Je prends une gorgée de vin, une profonde respiration, et j'appuie sur l'icône en forme de téléphone. Il faut un moment pour que la connexion se fasse, puis ça sonne enfin, avec la tonalité légèrement métallique et distante d'un téléphone situé sur une autre plaque terrestre. Je n'ai pas préparé ce que j'allais dire. C'est peut-être stupide, mais j'avais peur que répéter me fasse stresser davantage. Je dois juste me lancer. Comme l'a dit Ed, il n'y a pas de bonne manière de le dire.

Enfin, un clic, et je tombe sur un répondeur. La voix a un accent anglais et le message est brusque et efficace.

« Bonjour, vous êtes sur la messagerie de Finlay. Je ne peux à l'évidence pas répondre pour le moment. Laissez un message et un numéro de téléphone après le bip si vous souhaitez que je vous rappelle. »

Les répondeurs induisent le trac, même dans les meilleures

conditions ; autant dire que je panique et que j'ai les mains moites. Je balbutie :

— Bonjour c'est Eve Harris je suis une amie de ta sœur Susie rappelle-moi à ce numéro quand tu auras le message. (Pause.) C'est important.

Lorsque je repose mon téléphone sur la table basse, Roger vient s'installer sur le canapé à côté de moi, le nez fourré dans sa queue, se transformant en croissant à fourrure. Je le caresse et sens le réconfort d'un compagnon non verbal comblé.

— Susie est morte, Rog, dis-je. Susie est *décédée*. Tu peux le croire ? Je n'y crois pas. Je voudrais tellement qu'elle revienne. Je voudrais tellement être hier.

Des larmes de fatigue s'échappent de mes yeux et mon nez coule, et j'ai encore plus l'impression d'être en primaire, le genou écorché, à réclamer ma maman. *Maman*. Il faudrait que je la prévienne. Mais je ne veux pas bloquer la ligne si Fin rappelle. Je l'imagine en homme d'affaires surbooké de la côte Est, agacé par le « bip-bip » et le « votre correspondant sait que vous êtes en attente », qui tirera un peu la gueule quand nous serons enfin mis en relation. Cela ne me serait d'aucune aide.

Qu'est-ce qui pourrait m'aider ? Certainement pas du vin.

Je me ressers du vin.

Mentalement, je ressors des tiroirs les fichiers étiquetés « Finlay Hart ». Ils sont poussiéreux et bien maigres, métaphoriquement parlant.

Je connais Susie depuis la primaire, et même si Fin n'avait que deux ans de plus, il m'a toujours semblé beaucoup plus âgé. Deux ans, c'est un gouffre quand on est enfant.

Quand j'allais dormir chez elle, il se résumait à une présence discrète. Il était frêle et grand, avec un œil vigilant et les mêmes cheveux que Susie, d'une épaisseur enviable, mais d'un brun bien plus foncé, comme leur père.

Il n'était pas inamical envers moi, pas amical non plus. Il n'avait pas beaucoup d'amis et j'avais entendu Susie le charrier à ce propos.

Un jour, je l'ai entendu répondre : « Et toi tu n'as qu'ELLE. On dirait une poupée au regard triste. Une de ces poupées au visage rond avec un ruban dans les cheveux qu'on trouve dans les greniers. » J'ai délaissé ma barrette à nœud, après ça.

Je venais du coin miteux au bout du bout de notre jolie banlieue et vivais dans une maison mitoyenne, avec des parents en guerre. Les Hart, eux, possédaient une maison indépendante spacieuse des années 1930 avec une allée, un garage, un jardin bien entretenu et un petit porche anglais pour les bottes et les parapluies. Leur rue organisait des fêtes avec drapeaux et fanions pour les mariages royaux. Ma mère traitait la famille royale de parasites.

À la manière qu'ont les enfants d'être conscients des hiérarchies sociales, je supposais que Finlay Hart, du haut de ses dix ans, me considérait comme un peu *en dessous*.

« SUSIE. C'EST POUR TOI » étaient les seuls mots par lesquels il m'accueillait quand c'était lui qui venait ouvrir la porte d'entrée intérieure, puis l'extérieure, quand je rendais visite à mon amie.

Un souvenir se détache, un souvenir sur lequel je ne m'attarde que rarement. La seule activité que j'ai partagée avec les deux enfants Hart était les balades à vélo. À une époque où les enfants avaient encore le droit de grimper sur un véhicule deux-roues et de disparaître pendant de longues heures, nous avions l'habitude de quitter notre banlieue pour nous rendre à la campagne avec un pique-nique empaqueté dans les sacoches à l'arrière du vélo.

Il nous arrivait d'y aller à quatre, avec une fille prénommée Gloria, qui habitait leur rue et avait une voix tonitruante et une coupe au bol. (Elle est députée libérale-démocrate aujourd'hui.) Susie et Gloria se livraient une compétition d'endurance démentielle – elles ont gardé ce besoin obsessionnel de dépasser l'autre tout au long de leurs études. Jusqu'à ce que Gloria se marie à vingt-cinq ans et accouche de triplés six mois plus tard et que Susie soit finalement heureuse de lui céder le trophée.

Par un jour caniculaire, alors qu'elles pédalaient comme des forcenées – à bout de souffle mais faisant comme si de rien n'était, sauvant les apparences en s'efforçant de se faire la conversation –, je me suis peu à peu laissé distancer. Fin est resté à mon rythme, possiblement parce que, en tant qu'aîné et de sexe masculin, il s'attendait aux foudres de son paternel s'il perdait la petite poupée triste.

Nous avons fait une pause lui et moi sous un immense arbre au bord de la route. J'avais une bicyclette verte en métal avec un panier blanc à l'avant, lui un engin fin et racé rouge et noir, qui ressemblait plus à un amalgame d'angles droits en métal qu'à un moyen de transport.

— Elles sont obligées de repasser par ici, a-t-il dit. Attendons qu'elles reviennent.

Cette idée me plaisait, et, vautrés contre le tronc, on a arraché des touffes d'herbe et écouté le bourdonnement ronflant des tondeuses au loin. On s'est allongés en fermant les yeux, pensant être suffisamment à l'aise pour s'endormir. Puis on s'est redressés, parce que le sol n'était pas plat et que l'herbe nous chatouillait.

— Tu sais ce que ça veut dire « s'embrasser » ? ai-je demandé à Fin.

Je l'avais vu à la télévision la veille au soir : la femme portait une chemise de nuit rose à fines bretelles et des chaussons qui ressemblaient à des chaussures à talons. Ça m'avait scotchée. J'avais dit à Kieran : « J'ai jamais vu maman et papa faire ça » et mon frère avait répondu : « C'est parce qu'ils ne s'aiment pas comme le monsieur et la dame ». Et, vous savez, ce qui sort de la bouche des enfants…

— Oui. Bien sûr que je sais ce que ça veut dire.

— Tu voudrais le faire avec moi ?

(Je ne crois pas avoir été aussi directe avec un membre du sexe opposé depuis.)

Il m'a regardée par-dessous sa frange et a haussé les épaules avec nonchalance.

— Ouais, pourquoi pas.

On s'est fait face et on a pressé nos bouches l'une contre l'autre. Ses lèvres étaient douces pour des lèvres de garçon, même si je ne savais pas trop à quoi je m'étais attendue. On a repositionné nos têtes et réessayé. C'était une expérience ni agréable ni désagréable, juste une curiosité à tenter.

Susie et Gloria ont réapparu au loin et Fin et moi avons redressé nos vélos et les avons poussés jusqu'au chemin. Une fois encore, les filles nous ont distancés et ont disparu à l'horizon. Une fois arrivés chez les Hart, je me suis demandé si je voulais embrasser Fin Hart pour lui dire au revoir.

J'étais sur le point de le proposer quand son père est sorti en furie de la maison en exigeant de savoir pourquoi Susie était arrivée la première et non accompagnée de son frère. Fin s'est pris un torrent de reproches sur son irresponsabilité et son père l'a propulsé à l'intérieur en le tirant par le bras. Sa mère se tenait en retrait dans l'entrée, les bras croisés, pour prendre le relais de l'engueulade.

— Oh ! bonjour mon chou ! a dit son père en me voyant. Mets ton vélo dans le coffre, je te ramène chez toi.

M. Hart était toujours aux petits soins avec moi.

« Evelyn est une fille si adorable, si intelligente, je suis content que tu aies fait un bon choix pour une fois dans ta vie, Susannah », disait-il, à quoi Susie répondait en levant les yeux au ciel avec un « PA-PAAA ».

Je ne me souviens pas avoir beaucoup vu Finlay après cet été caniculaire, puisqu'il avait passé cette ligne entre enfance et puberté où *les filles* deviennent débiles, *les amies de sa sœur* encore plus que les autres, et où être vu avec elles étaient un hara-kiri social.

Plus tard, je me rappelle qu'il faisait craquer toutes les filles de l'école, auréolé de l'inaccessibilité qu'une nature distante et solitaire ne fait que renforcer, et qu'il a obtenu une aura de rock star que seuls un beau garçon plus âgé ou une vraie rock star peuvent décrocher. Les filles soupiraient « oh mon Dieu, *Finlay Hart* » comme si ces quelques syllabes pouvaient les faire tomber enceintes.

Puis il a fini par carrément disparaître, d'abord à Londres, puis aux États-Unis. Il faisait partie de ces personnes qui n'évoluent dans le même espace que vous que brièvement, avant de s'envoler dès qu'ils le peuvent dans la traînée de gaz d'échappement d'un avion et dans un nuage de rumeurs. Le genre de personnes trop hors du commun pour avoir un compte sur les réseaux sociaux, mais que vous retrouvez lors de fouilles poussées sur Google, mentionnées dans des nouvelles mondaines sur le vernissage d'une galerie d'art en 2008. Qui semblent avancer plus vite, et différemment, et suivre leurs propres lois de la physique. Quand vous les remarquez enfin, elles sont parties depuis longtemps.

— Non, mais il est allé à New York juste parce qu'il a été repéré par un dénicheur de mannequins à Covent Garden et que l'agence a payé son billet, m'a un jour déclaré Susie d'un ton railleur. N'en parle *jamais*, cela dit, il ne doit pas savoir que je te l'ai raconté, a-t-elle ajouté ensuite, par pure exagération, je pense, puisque cela faisait des dizaines d'années que je n'avais pas vu son frère.

Pour moi qui avais alors la vingtaine, l'idée que ce puisse être gênant s'élevait au même niveau que : « Quel tocard, il se sert de son BAFTA[1] comme cale-porte dans ses W-C. »

— Il a été mannequin ? Pourquoi il ne faut pas en parler, il avait la quéquette à l'air ou quoi ?

— Oh ! aucune idée, c'est juste trop d'émotion, a dit Susie en portant le revers de sa main à son front, feignant de défaillir.

J'ai compris à cette occasion qu'avoir un méchant grand frère à la Grosse Pomme lui permettait de faire tout un cinéma et qu'elle adorait ça.

— Dans les seules photos que j'ai vues, il portait un pull à col roulé et un duffel-coat et il ressemblait à un trouduc de chez Gap, et maman a dû le supplier, l'amadouer, et le menacer pour qu'il nous les montre.

— Et il n'est plus mannequin maintenant ?

— Non, il est – tiens-toi bien – psy. Pff. Mon frère, qui joue avec la

1. L'équivalent des César français.

tête des gens. Quel charlatan. Il dépouille les vieilles dames névrosées de l'Upper East Side qui ont un faible pour lui, sans aucun doute.

Puis leur mère est morte, et Finlay Hart, parti depuis longtemps sans personne pour le regretter, a dû faire son grand retour dans la banale Nottingham.

Je me rappelle l'électrochoc au moment où j'ai découvert le Fin adulte à l'enterrement de leur mère, dans son impeccable manteau Crombie bleu marine, le dos bien droit, à côté de sa sublime petite amie aux cheveux auburn, avec sa redingote et ses talons aiguilles noirs. Son téléphone a sonné pendant la cérémonie, le *tatatatata* étrange d'une tonalité américaine, et elle l'a calmement éteint, sans la moindre trace de gêne sur son visage. Fin n'a pas réagi lui non plus. On aurait dit un prince et une princesse européens en déplacement officiel pour inspecter une zone sinistrée.

— J'aurais préféré qu'il ne vienne pas, putain, a sifflé Susie en vapotant furtivement sur sa cigarette électronique au citron vert, à côté du distributeur à vin, pendant la veillée à la salle communale après la cérémonie.

En voyant les Hart graviter l'un autour de l'autre comme des satellites, j'ai compris qu'elle n'avait pas exagéré leur désunion. Celle-ci ne s'était pas dissoute sous l'effet de leurs retrouvailles, pas même pour se muer en une amabilité forcée.

De loin, j'ai vu M. Hart faire une remarque à Finlay, qui a répondu de manière sèche, m'a-t-il semblé, puis il a tiré impérieusement sur ses boutons de manchettes, à court de ripostes. Ou peut-être que cela ne l'intéressait pas de trouver autre chose à dire, tout simplement. Ils avaient tous deux le regard vide. M. Hart paraissait un peu ahuri, et bientôt, ils se sont de nouveau séparés. Pas un sourire, aucune larme, pas de bras serré en signe de soutien, aucune chaleur. Cela m'avait fait frissonner de l'intérieur, alors même que ma famille n'était pas des plus fonctionnelles.

Susie avait elle aussi assisté à la scène.

— Oh ! papa, t'embête pas, franchement, a-t-elle marmonné. Il ne changera pas. Si ça, ça ne l'a pas changé, rien ne le pourra.

Apparemment, Fin était furieux que leur père ait insisté pour un service religieux à l'église alors que leur mère n'était pas croyante, et ça n'avait fait qu'empirer à partir de là.

— Vous devez être M. Hart junior, a dit un aimable vieillard en lui serrant la main, le saluant avec énergie et sans peur, non loin de nous.

— Hart[1], un nom ironique pour quelqu'un qui n'a pas de cœur, avait soufflé Susie.

1. « Cœur » se dit *heart*, en anglais.

12

— Bonjour, vous avez laissé un message ? C'est Fin.

J'ai bondi, comme piquée par une guêpe, quand « FINLAY HART » s'est affiché sur l'écran de mon téléphone.

Je ne sais pas pourquoi j'ai été si prise au dépourvu. Après avoir rêvassé pendant une demi-heure, à son sujet, j'avais commencé à lui trouver des allures de mythe, il n'était plus un homme réel avec un téléphone portable.

— Bonjour ! Merci de me rappeler, dis-je sur ce ton de joie paniquée que l'on prend machinalement avec un parfait inconnu dont on a sommé l'attention.

Puis je me rends compte que c'est tout à fait déplacé d'emprunter ce ton juste avant d'annoncer la mort d'un parent proche. Nous avons été propulsés dans une situation extrême où les moindres petites erreurs d'appréciation équivalent à des gaffes monstrueuses.

Le sang bat dans mes oreilles alors que je dis, avec une solennité excessive :

— Merci de m'avoir rappelée si vite. Je suis vraiment, vraiment navrée d'être celle qui doit t'annoncer la nouvelle, Fin…

— Je sais, me coupe-t-il. Tu m'appelles pour me dire que Susie est morte ? Je sais.

Je suis stupéfaite, à deux égards : déjà qu'il soit au courant, et qu'il ait l'air si détaché.

— Oh. Comment ?

— La police m'a contacté ce matin.

— Oh. Je suis désolée, je ne savais pas, on m'a dit que l'hôpital n'avait pas tes coordonnées.

— Tu étais sa meilleure amie ?

— Oui. Je *suis* sa meilleure amie, dis-je.

Corriger incorrectement Fin Hart sur le temps de ma relation avec sa sœur défunte est ridicule, mais me semble nécessaire.

Je ne crois pas que Fin fasse semblant de ne pas se souvenir de moi, les chances qu'il se souvienne des petites filles avec qui sa sœur traînait dans une autre vie sont minimes.

— Comment as-tu eu mon numéro, si ce n'est pas indiscret ?

On pourrait croire qu'il fait preuve de politesse, mais sa façon de le dire est loin d'être polie.

— J'ai le téléphone de Susie.

— Tu y as accès ?

Sa question me semble si incongrue que je réponds « Oui ? » comme s'il m'avait insultée.

— Je me posais juste la question. Je suis content que tu aies appelé parce que je voulais te parler. Mon père n'est pas en mesure de gérer un événement tel qu'un enterrement…

Ce serait peut-être l'occasion de lui dire que son père n'est pas en mesure de gérer la nouvelle en elle-même, mais je ne me sens pas suffisamment en confiance.

— … et moi, je suis ici. Je ne pourrai pas rester longtemps au Royaume-Uni. Est-ce que ça te dérange de commencer à prendre des dispositions pour les obsèques, contacter les pompes funèbres, et cetera, et je viendrai t'aider dès que possible ?

— Non. Pas de souci.

— Tu sauras mieux que mon père ou moi ce qu'elle aurait voulu, de toute façon.

— D'accord, dis-je, m'efforçant de dissimuler mon effarement.

Fin se comporte comme si nous préparions une baby shower.

— La nécessité d'une enquête retardera un peu les choses mais ils devraient avoir rapidement les résultats de l'autopsie, et ils pourront nous remettre le corps.

Le corps.

Je déglutis. Je n'ai aucune envie de prolonger cette interaction, mais Fin détient manifestement des informations que je ne possède pas.

— Tu en sais plus sur les raisons de l'accident ?

— Le type a fait un AVC au volant, il a été envoyé à l'hôpital après. L'éthylotest était négatif. La police dit qu'il n'y aura pas de poursuites.

— Oh.

Je ne m'étais pas préparée à ça et je ne sais pas ce que je ressens. J'étais certaine que toute personne qui conduit sur le trottoir et tue des meilleures amies devait rendre des comptes à la justice.

Une fois encore, je me questionne – est-ce mieux ou pire de ne pas avoir d'autre ennemi que le Destin ?

— Vivre en sachant qu'il a tué quelqu'un est sans doute pire que ce qu'un tribunal pourrait imposer, de toute façon, dit Fin d'un ton égal.

Bien que je comprenne cette logique, son attitude me sidère. Il semble si *détaché.*

— Je te recontacterai pour te donner une date envisageable pour les funérailles. Tu es à Nottingham, n'est-ce pas ?

— Oui.

— D'accord. Alors à bientôt.

Ed m'appelle peu de temps après et je lui relaie la nouvelle concernant le conducteur, et l'attitude franchement déconcertante de Finlay Hart.

— Il doit être en état de choc. Tu ne peux pas t'attendre à ce que tout le monde réagisse de la même façon.

— Non, mais… ça colle parfaitement avec le personnage que Susie décrivait. Pas le moindre signe de contrariété, que dalle.

Mon sang s'échauffe. Si j'ai besoin d'un ennemi juré, Fin fera l'affaire.

— Ça a l'air dingue, en effet. Ah, les familles riches et bizarres, hein ?

— C'est mieux que les familles un peu fauchées et bizarres, comme la mienne.

— Eh oh ! Ne dis pas de mal de Connie, je te prie.

Ai-je mentionné qu'Ed a totalement charmé ma mère ? Pff.

— Tu veux aller chez Susie demain matin pour m'aider à faire du tri ? demande Ed. Ça peut paraître étrange, mais il faut le faire et je ne supporte pas l'idée de rester assis là à me tourner les pouces. Justin est du matin. Je sais déjà que je serai incapable de faire la grasse mat'.

— Du tri ?

— Je ne sais pas où en est l'état mental de son père, mais il est son plus proche parent.

— Avec son frère, dis-je.

Il faudrait que je rende visite à son père.

— Oui, quand il sera là. Ils auront le droit de vider la maison.

Que sa maison ait besoin d'être vidée me fait grimacer. Si tôt ? Si vite ? Sa propriété ne lui appartient plus.

— Je me dis qu'elle voudrait peut-être qu'on fasse du rangement préparatoire, en tant que meilleurs amis. Pour éliminer ce qui pourrait être… compromettant, qu'elle ne voudrait pas que sa famille ou d'autres autorités voient.

— Oh. Oui.

Mon cerveau me présente une image de moi en train de regarder un gode géant d'un air perplexe.

— Mais, E… tu vas supporter de voir le coin de la rue ? Où c'est arrivé ?

— Oh !

Je n'avais pas pensé à ça. Je n'avais pas réalisé que le lieu, de jour, existait encore.

— Oui. Je crois. Elle n'y est pas.

— Oui. Mais je préférais le signaler. Je passe te chercher à 11 heures ?

— Oui, d'accord.

Vu où habite Ed, venir me chercher implique de dépasser la

maison de Susie de plusieurs kilomètres et de retourner au sud pour retraverser la ville. Ed est attentionné et prévenant, genre « je prends les choses en main », et je lui en suis immensément reconnaissante. Il ne me force pas à faire des pieds et des mains ou à me torturer pour savoir si je dois ou non dire que je veux qu'on s'occupe de moi. Il se contente de s'occuper de moi. C'est tout Ed.

13

Je ne vous recommande pas de vous réveiller d'un sommeil agité, le visage tellement trempé de larmes que vous avez les clavicules mouillées, momentanément folle de joie que la mort violente de votre meilleure amie n'ait été qu'une création tordue de votre subconscient. Avant que le monde obscur de 4 h 14 du matin sur votre réveil digital redevienne net et que vous vous rappeliez qu'elle est morte.

Ed a l'air aussi crevé que je le suis quand il frappe à la porte.

— Bonjour, dit-il, maussade.

— Salut. Café ?

— Je veux faire vite, toi ?

— Pareil.

Nous échangeons des monosyllabes ensommeillés sur la route, bercés par le trajet familier. Tout est similaire et rien ne sera jamais plus pareil.

— Je suppose que, dans le monde d'aujourd'hui, on devrait chacun nominer quelqu'un pour faire ça, dit Ed. Effacer notre historique. Se débarrasser de la *boîte à chaussures secrète* qu'on indiquera sous le lit. Sans l'ouvrir.

— Hah. Oui.

— Je serai ton mandataire si tu es la mienne, propose Ed en souriant.

— Marché conclu, dis-je, bien que cela me mette un peu mal à l'aise, car je repense à la lettre maudite.

Et puis, pourquoi ne pas confier cette tâche à sa fiancée ?

Pourquoi, on se le demande.

— Hester m'a demandé de te transmettre toute sa sympathie, au fait, dit Ed en actionnant son clignotant.

— C'est gentil de sa part, dis-je platement. Remercie-la pour moi.

— Ce sera fait. Susie et elle se prenaient le bec de temps en temps, mais Hester l'aimait beaucoup.

C'est cela, oui.

— Oui, bien sûr.

— Je ne voulais pas en parler au téléphone, je ne sais pas pourquoi, mais – Susie aimait *l'usage récréatif de pharmaceutiques*, parfois, hein. Avec sa sororité.

— Hein ?

Ed me lance un regard en coin.

— Lauren ? Aisha ? *Jennifer-Jane ?* Qui a deux prénoms en dehors du Midwest ? Ça m'a toujours scié, quelle snob.

— Oh ! les Bourriques-qui-sniffent ! dis-je. Les Tasses-à-Thé.

Ces surnoms pour les amies du boulot de Susie sont de Justin. Le premier se passe d'explication (Justin adore reprendre ironiquement des mots de papa exaspéré ; comme « bourrique » ou « corniaud »), le second – les Tasses-à-Thé – vient de son idée qu'elles se sont fait injecter tellement de botox qu'il faudrait qu'elles fassent tomber une tasse à thé pour exprimer leur surprise.

Susie gardait ce clan totalement à part de notre groupe, et se contentait elle-même de l'intégrer çà et là, n'étant pas un membre permanent du casting mais une *guest star*.

Toutes ont fait de la chirurgie esthétique, agrandi leur cuisine, possèdent des tout-terrains pour aller chez le coiffeur, des sacs à main avec des logos, des maris riches, sont parties skier à Whistler et buvaient du rosé quand les gamins étaient à la crèche. Et parfois, elles enfilent des machins couverts de sequins pour se pinter aux cocktails au champagne, se taillent avec des hommes qui ne sont pas leurs maris et se font des rails aux toilettes.

Susie nous racontait leurs frasques, et on adorait s'en offusquer et désapprouver. Elle savourait leurs excès mais, de temps en temps, elle consommait de la coke dans les Mercedes classe A.

— Tu sais si elle en a chez elle, et où elle l'aurait mise, si c'était le cas ?

— Je ne crois pas qu'elle prenait cette peine, à moins que quelqu'un n'en ait apporté en soirée, dis-je. Je serais très étonnée qu'il y en ait dans la maison, franchement.

— Hmmm.

J'étais la gardienne des secrets de Susie, et elle était la gardienne des miens. À l'exception d'un seul.

Quand nous tournons au coin, près du terrain de cricket, tout près de chez elle, Ed penche la tête et dit :

— C'était là.

Je me tourne pour voir un coin de rue ordinaire, un arbre avec une entaille dans le tronc et des œillets dans des cornets en papier posés à son pied, comme un autel moderne. Qui sont les gens qui font ça ? Je ne suis même pas sûre que Susie connaisse ses voisins.

J'imagine la scène, le bruit, le crissement des pneus et les cris de surprise des gens en train de traîner devant la friterie d'en face alors que le véhicule fait une embardée, essayant de prévenir Susie. Au mauvais endroit au mauvais moment. Le bruit sourd écœurant d'un corps humain contre le pare-chocs, le craquement des os comme Susie heurte avec force une surface dure. Sa silhouette face contre terre, telle un jouet jeté à l'autre bout de la pièce lors d'un caprice.

— Pourquoi est-elle sortie du taxi sur la route principale ? ! Si elle s'était fait déposer devant chez elle, elle serait là aujourd'hui. C'était insensé, dis-je, prise soudain d'une rage nouvelle, envers Susie cette fois.

L'expression « se taper la tête contre le mur » prend aujourd'hui plus de sens que j'aurais voulu lui en donner.

— Elle devait être en train de vapoter, dit Ed, qui y a manifestement réfléchi autant que moi, mais sous un autre angle. Mourir pour ces foutus porte-tampons et leur vapeur goût Skittles. Le brouillard de Kipling.

— Ohhhhh, dis-je.

Évidemment. Nous avions salué le passage de Susie aux cigarettes électroniques à l'approche de la trentaine. « Ça fait plaisir de te voir prendre ta santé plus au sérieux », disions-nous. Ça aura quand même fini par la tuer.

— J'aurais aimé la lui arracher des mains, dis-je, m'efforçant de retenir mes larmes de rage.

— Eh bien, je ne veux pas me la jouer Mr Logic[1] de *Viz* – tu lis encore *Viz ?* demande Ed en se mettant au point mort. Mais avec de vraies cigarettes, elle aurait aussi été plantée là à fumer comme une cheminée.

— Oh. Bah oui.

Ed éteint le moteur et, dans un silence qui semble plus profond qu'il ne l'est en réalité, à cause de l'arrêt du véhicule, il déclare :

— J'ai commencé à faire ça, moi aussi. À penser à toutes les variables qui l'ont menée là, à me dire que si Hester et moi ne nous étions pas fiancés, on serait partis du pub plus tôt. Ce n'est pas bon, Eve. On va se rendre fous à force. Ce qui est arrivé est arrivé, et tout ce qu'on a à faire, c'est vivre avec. Ce qui n'est pas une mince affaire, franchement. Pas la peine de se torturer l'esprit.

— Ouais, t'as raison.

Ed me serre l'épaule puis sort de la voiture. Dans mon malheur, je suis si reconnaissante de les avoir, Justin et lui, pour partager ce deuil avec eux. Personne d'autre ne peut comprendre.

Alors que nous remontons l'allée, je sais que ce sera très dur d'être chez Susie sans Susie. Sa maison peut paraître peu de chose à l'œil non averti, mais je vous garantis que les robustes maisons

1. Personnage récurrent très « premier degré » du magazine *Viz*.

victoriennes jumelées en brique rouge dans ce quartier valent une coquette somme.

Très peu pour Susie, un premier achat pour se mettre en jambes dans une zone avec des « pubs d'alcoolos », de la petite délinquance et des poubelles avec des avertissements écrits au Blanco tels que : « AU N°22 ! ! ! ! (ARRÊTEZ DE ME VOLER, PETITS CONS.) »

— Je veux investir et papa ne rajeunit pas, je peux aller chez lui à pied d'ici, avait-elle dit, quand on avait une vingtaine d'années.

Je pense qu'elle justifiait le fait de se sentir plus à l'aise parmi les siens – MacBooks dans des Caffè Neros et Marks and Spencer's à deux pas. En réalité, elle n'allait pas chez son père à pied, elle grimpait dans sa Mini Cooper couleur British Racing Green avec la radio 6 Music à fond. (Sa Mini, que nous avons évitée de regarder en passant devant dehors : comment peut-elle être ici, si Susie n'est pas là ? Il faudra la vendre. Elle va enrager quand elle va revenir et découvrir qu'elle a disparu.)

Je tourne la clé dans la serrure et ouvre la porte sur son étroit couloir, poussant un petit tas de courrier qui commence déjà à s'empiler au sol. D'emblée, le parfum familier de chez Susie, celui de la lessive âcre qu'elle utilisait, me prend de court.

— Je vais parcourir le courrier dans la cuisine pour voir les contrats à résilier, fournisseurs et cetera, dit Ed.

— Je crois qu'il faut un acte de décès pour ça, non ?

— C'est possible.

Je ne sais pas trop comment je sais ça. Je suis debout dans sa maison, à discuter de la déclarer morte. Au milieu de ses choix de déco, de ses affaires, tous ces manteaux que je la revois porter en soirée et qui pendent mollement au dos de la porte. Voués à décorer sous peu la boutique Oxfam du coin, sur des cintres en plastique avec des étiquettes de prix écrites à la main.

J'étouffe. C'est la chose la plus horrible que j'ai eue à faire dans ma vie. La deuxième, après l'hôpital.

Pourquoi les choses, les choses abandonnées, sont-elles si difficiles à supporter ? Elles n'avaient pas cette nature avant. Et comparées à la chose vivante que vous avez perdue, elles sont sans valeur.

Quand j'étais ado, notre chat, Horace, est mort. C'était un vieux matou bougon qui avait tendance à mordre les mains qui le caressaient, et ma tristesse de « jeune personne orgueilleuse » n'était pas prodigieuse. Mais quelque temps après la visite chez le vétérinaire d'où mes parents étaient revenus avec une cage vide, j'ai remarqué un raisin pourri couvert de poils à côté du meuble télé. Horace l'avait fait rouler dans toute la baraque pendant des semaines et le gardait jalousement. Il avait un faible pour les grains de raisin. Les autres objets sphériques pouvaient aller se faire voir, il était obsédé par ce fruit.

À la vue de ce grain de raisin moisi et couvert de poils privé de son protecteur, j'avais eu le cœur brisé.

Je tends la liasse de lettres à Ed et dis :

— Je vais voir si la chambre a besoin d'être « rangée ».

J'ai quelque chose de précis en tête. Pendant la mode Marie Kondo pour bannir le désordre, j'ai dit à Susie que j'avais passé le niveau le plus hardcore, réservé aux aficionados, à savoir « trier les souvenirs personnels ».

— Jamais je ne pourrai faire ça, avait-elle répondu. J'ai gardé tous mes journaux intimes et toutes mes lettres. Jusqu'à la dernière. Je suis psychorigide là-dessus. Même si peu de gens m'ont écrit, en réalité. Je ne suis pas trop lettres d'amour.

— Tu tiens un journal intime ? avais-je demandé.

Ça ne semblait pas être le genre de Susie.

— J'ai fini par arrêter, mais je le faisais, oui, quand on était plus jeunes, jusqu'au début de la vingtaine. Je faisais la précieuse. Ils sont remplis de conneries, bien sûr. « Ouin ouin je suis tellement grosse ouin ouin mon frère est méchant. Ouin ouin ma mère veut pas que je m'achète un crop top. » Classique.

Ce dont je suis sûre, alors que je monte les marches en pensant à la fois où elle m'a fait caresser une douzaine d'échantillons d'épais tissus grèges presque identiques afin de choisir cette moquette, c'est que jamais je ne lirai ces journaux intimes.

Me convaincre que j'en ai le droit parce qu'elle n'est plus là pour m'en empêcher, pour me « sentir plus proche » d'elle, serait la trahison ultime. Si elle ne me les a pas montrés de son vivant, il n'y a pas lieu de croire qu'elle voudrait que leur contenu soit divulgué à présent qu'elle n'est plus là.

En revanche, ce que je peux faire pour elle, c'est empêcher que d'autres les lisent. Je pousse la porte de sa chambre avec appréhension. Le goût de Susie était très différent de mon amour pour les murs sombres, les plantes gigantesques et les babioles kitsch. Son lit est un lit à baldaquin blanc et la pièce tout entière est une symphonie de tons neutres et d'ordre. Le lit est fait, intouché, avec ses oreillers bien gonflés. Je le fixe du regard.

Imaginez si Susie avait su, quand elle lissait cette couette, qu'elle ne se coucherait plus jamais dans ce lit. Qu'au lieu de revenir dans cette chambre, avec ses bouchons d'oreilles en mousse sur la table de nuit et son pyjama plié sur cette chaise, elle serait allongée sur un chariot à roulettes, la chair froide, en route pour la morgue.

L'absence d'avertissement est un autre aspect de tout cela que je ne peux accepter. Susie ne savait pas que son dernier jour était son dernier jour. Elle n'a eu aucune cérémonie, ne l'a pas vécu comme une grande occasion. La vie la vie la vie… et d'un coup, la mort. Comme changement de plan brutal dans un film, une coupe franche. Terminé. Fini.

Je comprends mieux pourquoi ceux qui perdent des êtres chers très jeunes deviennent des têtes brûlées. Ils ne sont pas imprudents, simplement ils voient les enjeux de manière différente. Plus clairement. Ils n'ont pas cette foi aveugle en *demain* que nous avons tous, ils savent qu'il faut le cueillir. L'ignorance est d'or.

J'ouvre timidement ses armoires, suant comme une voleuse, et fouille dans ses vêtements, essayant de ne m'arrêter sur aucun en particulier, incapable d'affronter le tsunami de souvenirs qu'il déclenchera. Je me fige, comme paralysée, chaque fois qu'un souvenir spécifique attaché à un manteau ou une robe vient me poignarder en plein cœur.

En dessous des fringues, il y a du bric-à-brac, des valises vides et une boîte en feutre, avec un couvercle et des trous sur les côtés en guise de poignées. Je la sors du placard, la pose sur le lit, et l'ouvre.

Trop facile. Louée soit Susie d'être si organisée, et de n'avoir rien conservé, à part cette boîte. À l'intérieur, je trouve des petits paquets de lettres attachés avec des élastiques, toutes encore dans leurs enveloppes, adressées à Susie à l'appartement qu'elle louait quand elle habitait à Lace Market. En dessous, il y a des journaux intimes de petite fille avec des couvertures pastel, à motifs, molletonnées, avec des fermoirs mais sans serrure.

Un tour rapide de ses tiroirs de commode aux poignées en verre et un passage sous le lit ne produisent aucune autre possession sensible.

Je redescends prudemment au rez-de-chaussée, tenant la boîte en équilibre sur mes bras, et trouve Ed dans la cuisine.

— Je prends ça, lui dis-je. Je ne vais pas fourrer mon nez dedans, je le jure sur la vie de ma mère. Mais ce sont des vieilles lettres et journaux, pile le genre de trucs qu'elle voudrait voir disparaître.

— Et moi je prends ça, mais pas dans le sens où j'en prends.

Je tourne la tête pour voir ce qu'il veut dire : il agite un petit sachet de poudre blanche.

— Putain, c'était où ?

— Dans la théière dont elle ne se servait pas. Et qui semble lui avoir été léguée par une grand-mère. Susie est en train de s'expliquer au paradis en ce moment même.

Je ris, mais je suis un peu troublée, en tant que meilleure amie et gardienne de ses secrets, de ne pas avoir été celle capable de prédire la présence de cette substance chez Susie.

14

— Salut la compagnie, dit Justin en retirant le chic foulard en soie bordeaux enroulé autour de son cou, et Ed et moi marmonnons pour le saluer en retour. Belle journée, non ? Quelqu'un veut quelque chose au bar ?

Nous déclinons et Justin va se commander un café.

Une fois n'est pas coutume, le caractère joyeux de Justin, alors que nous vivons une véritable tragédie, me fait grimacer. Cela ne fait qu'une semaine que Susie est morte et nous nous retrouvons aujourd'hui pour parler des obsèques. Je sais qu'il ne pense pas à mal, et j'adore sa nature non conformiste. Il dégage une certaine insouciance à des fins humoristiques, mais il a une grande intelligence émotionnelle.

Quand nous étions en première, Justin a fait un stage dans une résidence pour seniors. Un jour, il a emmené un homme en fauteuil roulant voir un lac et a sorti des sandwichs faits maison et des KitKat à savourer avec la vue. L'homme a pleuré et dit que c'était une des plus belles journées qu'il passait depuis des années, puisque sa famille ne lui rendait pas visite.

— C'était tout vu, a dit Justin à l'époque. J'ai su que je ne pouvais pas faire un autre métier.

Voilà qui est Justin.

Néanmoins, aujourd'hui, un parfait inconnu ne pourrait pas deviner que Justin est foncièrement bienveillant, d'autant plus si ce parfait inconnu est Finlay Hart. Je ressens également un soulagement inhabituel que Justin ait laissé Leonard à sa sœur aujourd'hui, car je ne crois pas que ses jappements intempestifs auraient pu être considérés comme comiques.

Cela fait à peine plus d'une semaine que Susie est morte, et Fin m'a contactée pour demander à me rencontrer. Je lui ai expliqué que c'était un travail d'équipe entre Ed, Justin et moi, et Fin a dit : « Eh bien, viens avec eux. »

Quand je lui ai demandé s'il voulait choisir le lieu de rendez-vous, il a répondu « En centre-ville, ça devrait arranger tout le monde ? » et j'ai opté pour le Caffè Nero près de la statue de Brian Clough – facile à trouver.

— Tu viens de Bridgford ? ai-je demandé, pas pour faire ma curieuse mais parce que j'étais à cran et ne savais pas comment amener la conversation vers un échange d'une longueur acceptable.

— Non, j'ai pris un hôtel en ville, a dit Fin.

Je n'ai pas su quoi répondre à part « Ah ».

À présent que nous sommes ici, un samedi après-midi, avec un groupe de jeunes de vingt ans à côté de nous en train de brailler et d'écouter de la musique sur leurs ordinateurs, cela me semble être un choix stupide de sous-prolétaire.

Ed et moi sommes tombés l'un sur l'autre dehors, et dans la lumière crue du soleil, j'ai été frappée par son air grave et crispé, après seulement quelques jours sans l'avoir vu. C'est comme si c'était Ed, mais dessiné au fusain. À sa façon de me dévisager les yeux plissés avant d'ouvrir la porte du café, j'ai supposé que j'avais la même tête.

Une fois encore, je me suis laissé berner par les mensonges de l'industrie cosmétique disant que vous pouvez cacher vos cernes, et j'ai passé un moment à me tartiner de trois couches de beige. Puis j'ai aperçu mon reflet dans une vitrine et vu une femme très fatiguée avec sous les yeux des marques ocre de raton-laveur. Son expression disait « en lutte, et légèrement commotionnée ».

Nous avons choisi une table à l'étage avec vue plongeante sur les musiciens de rue, les passants et autres personnes dont la vie continue. Ces salauds inconscients qui ont bien de la chance. Comment font-ils pour qu'il semble si facile d'être en vie, alors que Susie n'a pas su le rester ? Ne savent-ils pas à quel point tout cela est précaire ?

J'ai peur, à tel point que je sue sous mon manteau d'hiver, même s'il n'y a pas de quoi avoir peur. Je crois que j'ai tout le temps peur, désormais, de cette réalité totalement transformée que je suis censée affronter.

Il y a quelque chose de tellement contre-intuitif dans la préparation d'un enterrement – la personne pour qui on l'organise ne peut y assister. On remet un prix pour la réussite d'une vie, mais sans plan rapproché sur son visage enchanté dans le public.

« Ce n'est pas pour Susie, c'est pour tous les autres », a dit ma mère.

Elle m'a préparé des tasses de thé bien corsées, assise à la table de sa cuisine, et m'a frotté le dos en ajoutant par intervalles des choses comme « Oh mon Dieu, quelle horreur » et « Il n'y a pas d'âge, vraiment pas d'âge » et « Je sais que vous étiez comme les deux doigts de la main, les filles » et « Je suis tellement désolée, ma chérie » tandis que je lui racontais ce qu'il s'était passé en réprimant mes haut-le-cœur. Je n'avais pas besoin de contenir mes émotions pour la préserver, je pouvais tout déballer avec ma maman. Elle s'est remémoré avec affection qu'elle avait toujours pensé que Susie ressemblait à Carly Simon, et j'ai ressenti une pointe douce-amère de gratitude pour cette observation familière qui, à peine quelques jours plus tôt, aurait été charmante mais sans intérêt. La valeur des souvenirs que nous avions de Susie avait grimpé en flèche, comme le coût d'un autographe rare.

Mais comment fonctionne ce conseil, en pratique ? C'est pour Susie et pas pour Susie en même temps ?

— Comment va-t-on ? demande Justin à son retour du bar en posant sa tasse sur la table, la cuillère cliquetant sur la soucoupe.

— Très mal, dis-je. Et toi ?

— Ignoblement, oui. Je suis tellement bouffi qu'on dirait que je porte des prothèses pour jouer Winston Churchill.

Je ris, sans conviction. Si seulement le rire de Susie faisait écho au mien.

— Tu as amené des notes, Eve ? ajoute Justin.

Je baisse les yeux vers mon morceau de papier froissé.

— Euh, oui. J'ai noté des choses dont on a déjà parlé.

En vérité, je voulais avoir l'air d'avoir bossé au cas où Fin s'agace que nous n'ayons pas beaucoup avancé. Puisque nous devons attendre qu'on nous remette le corps, après l'autopsie, nous ne pouvons pas encore bloquer la date de l'enterrement.

Le corps. *La dépouille*, comme me l'a dit quelqu'un. J'ai eu l'impression que Susie – si entière, si belle, bien que défunte – n'était qu'une mue inerte trouvée dans la forêt.

— Tu es en train de te demander quelle esthétique ont choisi les restaurants de Manhattan, maintenant que même les chaînes de café en Grande-Bretagne s'en sont emparées, c'est ça ? demande Ed.

— Mmm ?

— Les ampoules à nu, les murs de brique et les canapés marron Chersterfield défoncés. Avant, c'était cool, innovant.

— Hah. Oui.

— Les Tasses-à-Thé m'ont contacté, au fait, reprend-il. Elles veulent donner leur avis pour les adieux à Susie. Et elles veulent savoir pourquoi tu n'as pas transformé sa page Facebook en page d'hommage. Son mur est verrouillé.

— Quoi ? ! dis-je, indignée. Déjà, hors de question qu'elles donnent leur avis ! Elles vont lui flanquer des chevaux avec des plumes sur la tête, un cercueil en verre à la Blanche-Neige et *Wind Beneath My Wings*. Joué par Boyzone. Au kazoo.

— Ça a l'air génial et dans sa veine rebelle pour être honnête, dit Justin. Prenez note : moi, je veux ça.

— Et puis, sa page Facebook n'est pas là pour que des tas de gens postent « RIP princesse », Susie détesterait ça.

Je sais pourquoi je suis outrée et protectrice. Si on essayait de réécrire qui elle était, pour concurrencer mon droit sur elle, je la perdrais encore, quelque part. Ma Susie est la vraie Susie.

Je demande :

— Pourquoi t'ont-elles contacté toi, et pas moi ?

— Vu ta réaction, je n'en ai pas la moindre idée, dit Ed.

Puis il renverse sa tasse pour boire, le petit doigt en l'air, et Justin s'esclaffe. Je m'offusque :

— Oui bah, si elles savent que la meilleure amie de Susie les empêcherait de participer, elles devraient comprendre qu'elles ne doivent pas essayer.

— Je vais leur dire de m'envoyer leurs suggestions et que nous verrons si nous les utilisons ou pas. J'ai le sentiment que leur intérêt va retomber au fur et à mesure. Personne n'a le droit de te doubler, Eve. Tout le monde le sait. Vous étiez pratiquement en couple.

Je hoche la tête et me retiens de pleurer pour la millième fois. Je n'aurai jamais plus une amie comme elle. Pas seulement en termes d'affinité, mais aussi pour une simple question de temps. On ne peut pas se faire de nouveaux vieux amis. Des portes dans la vie, qui s'ouvrent et se ferment.

Ed sirote son café et jette un œil en direction de l'escalier.

— Tiens, quand on parle de tenter le diable. Ça pourrait être Finlay…

Je suis son regard.

C'est incontestablement Finlay. Même si je n'avais pas reconnu ses traits, ses vêtements chics d'un noir d'encre et ses Adidas Superstars d'un blanc immaculé témoignent d'une certaine richesse et d'une certaine altérité. Et, oui, « le diable » semble approprié.

Il parcourt la pièce des yeux. Je lève la main, comme en classe, pour dire : « Ici. »

En trois enjambées décidées, Finlay Hart est à notre table.

Ma première pensée est : il est plus grand que dans mes souvenirs. Ma deuxième pensée est : je suis surprise de l'avoir reconnu si facilement. Vous voyez, quand on vous demande d'imaginer une personne que vous n'avez pas vue depuis des années et que, comme vous en êtes incapable, vous en concluez que vous ne la reconnaîtriez pas ? Puis vous la voyez et *paf*, elle est là, et vous n'avez aucun doute. Reconnaissance de formes ?

Il a toujours ces yeux graves, d'un bleu foncé, et ces sourcils nets. Il n'a pas le même nez retroussé que Susie – comment est-ce possible que ce nez ait cessé d'exister ? –, le sien est sec et droit, mais il a les lèvres de Susie, bien que plus petites, avec la bouche en cœur.

J'esquisse ses similarités avec Susie comme si je reconstituais un portrait-robot – il a aussi ses pommettes saillantes. Mais ils avaient le teint très différent, si bien qu'on n'aurait jamais deviné qu'ils étaient frère et sœur. Je me souviens de Susie disant : « J'adorerais penser qu'il est adopté, et lui aussi, sans aucun doute, mais malheureusement les papiers sont en règle et il est le portrait craché du père de mon père. »

Ma troisième pensée, tandis que Finlay retire son bonnet et passe une main dans ses cheveux bruns pour se recoiffer, est : il est si classe que c'en est intimidant, si ce n'est carrément attirant. Son visage pourrait être sculpté par un plâtrier en quelques coups de truelle : il est d'une géométrie redoutable.

À l'image de sa nature. Sans aucune douceur.

— Salut. Je suis Finlay.

Je me rappelle vaguement que la dernière fois que je l'ai vu, il avait une coupe à la *Retour à Brideshead* ; aujourd'hui, il a les cheveux légèrement plus courts et a une sorte de barbe de trois jours, style « je sors juste de l'avion ».

Fin ne sourit pas, mais il est vrai que l'occasion ne s'y prête pas.

— Tu dois être Ed, dit-il en tendant la main. Et Eve ?

Je tends la main à mon tour. J'ai l'impression d'être en entretien d'embauche. Il me serre la main, tirant d'un coup sec vers le bas.

— Je suis Justin, dit Justin, qui est trop loin pour lui serrer la main et se contente d'agiter la sienne.

Je ne peux m'empêcher de scruter le visage de Fin pour y trouver des ressemblances avec Susie. C'est le frisson d'avoir un simulacre d'elle, ses gènes chez un autre avec encore moins de masse graisseuse, et plus de testostérone.

Mais il a beau avoir ses lèvres, c'est intéressant de voir comment la personnalité ressort en vieillissant, car celles de Fin affichent une sorte de moue boudeuse supérieure. Cela se *voit* qu'il prend tout le monde de haut autour de lui, sans même avoir besoin de connaître les gens.

Ne dit-on pas qu'on a le visage qu'on mérite à quarante ans ? *Tic tac, pauvre enfoi…*

— Tu ne veux pas un truc à boire ? demande Ed, voyant l'espace vide sur la table devant Fin.

— Je n'aime pas trop le café ici. J'irai ailleurs quand nous aurons terminé.

Waouh.

— Tu veux aller ailleurs maintenant ? Ce n'est pas un problème, dis-je en m'apprêtant presque à me lever.

— Non, c'est bon.

— Nous étions très attachés à ta sœur et nous sommes tous terriblement bouleversés par ce qu'il s'est passé, déclare Ed, en partie pour détourner la conversation de cette histoire de café de qualité inférieure. C'est affreux. Mais je n'ai pas besoin de te le dire.

— Merci, répond Fin, placide.

Pendant l'espace d'une seconde, j'ai peur qu'il ne dise rien de plus, puis il ajoute :

— C'est d'une absurdité difficile à encaisser.

Nous hochons tous trois la tête avec vigueur et marmonnons, en partie parce que nous sommes soulagés qu'il nous ait donné de la matière, je crois.

— Mais toute mort n'est-elle pas absurde, au fond ? Ce n'est pas comme si une maladie mortelle avait plus de sens intrinsèquement, conclut-il.

Je ne peux pas dire que je sois surprise que Fin ne verse pas dans les platitudes bien commodes.

— Non…, souffle Ed, et je soupçonne, dans le bref silence qui suit, que nous réfléchissons tous à des réponses potentielles avant de les rejeter.

Je pourrais dire que, pour moi, la différence est que si tu dois tomber malade, tu vas tomber malade. Il y a une inévitabilité, un mystère.

Ce qui me torture, c'est qu'il y a d'innombrables facteurs minuscules mais nécessaires qui se sont produits ce soir-là et qui, cumulés, ont mené Susie à se tenir sur la trajectoire de cette voiture, à cet instant précis. « Les variables », comme l'a dit Ed. Elle n'aurait pas été là si le taxi avait mis plus de temps à arriver. S'il s'était arrêté à plus de feux rouges. Si le quiz avait duré moins longtemps, ou plus longtemps. Si nous étions rentrés chez moi pour un dernier verre. Si la personne qui a fait un AVC dans la voiture avait emprunté un autre itinéraire, ou si ce vaisseau sanguin enflé dans son cerveau avait tenu un peu plus longtemps. Susie avait toutes les chances de continuer à vivre, mais n'a pas survécu.

Notre environnement est d'une dangerosité extraordinaire. Voilà ce que je ne peux désapprendre, assise dans ces lieux qui bourdonnent d'ignorance. Rien n'est acquis, tout ce que vous connaissez peut vous être retiré en un instant.

Néanmoins, même si je ne soupçonnais pas Fin d'être à la fois hostile et néfaste, « Je n'arrête pas de penser que ta petite sœur aurait pu facilement échapper à sa fin funeste » est loin d'être une parole réconfortante ou acceptable à dire à qui que ce soit.

— Bon. En ce qui concerne les obsèques, commence Fin.

Il n'y a aucune trace d'un accent transatlantique dans sa voix. Ni des Midlands, mais il faut dire que les Hart viennent d'un quartier où tout le monde a un accent snob neutre, voire du Sud.

— Vous dites que vous n'avez pas encore pu fixer de date définitive ?

— Oui, dis-je, sentant qu'il me revient de prendre les choses en main.

Je lui explique que nous devrions être en mesure de le faire très bientôt. Je lui décris le déroulé dans les grandes lignes et nos choix de lectures et de musiques, et Fin, tout du long, hoche la tête, inexpressif.

Je lui demande :

— Je ne savais pas si tu voulais dire un mot ?

— Non, merci, fit-il.

J'essaie de ne pas juger son refus sans connaître ses motivations, mais il est évident que je le considère durement. Son absence d'explications, au-delà de cette sèche confirmation, n'est pas en sa faveur.

— Concernant le lieu de la veillée, il y a l'hôtel en haut de Derby Road, The Waltons. C'est désuet et joli, mais pas trop guindé. On s'est dit que ça conviendrait. Il y a un bar et on pourrait installer un buffet. Je ne veux pas que ça fasse trop jeune ou trop soirée, mais Susie aurait détesté une célébration qui fasse… vieux schnock ? À défaut d'un autre terme.

Fin hoche la tête.

— La famille prendra tous les frais en charge, bien sûr. Tu me transmettras les factures, et s'il faut régler certaines choses à l'avance, je te ferai un virement direct.

J'opine à mon tour. Alors même que je me fais la réflexion que tout va se dérouler sans litige, je dis (me félicitant de cette attention, qu'il appréciera) :

— On a appelé l'église concernant le cimetière où est enterrée ta mère, et il y a une place libre pour Susie.

Je n'arrive pas à croire que je prononce ces mots. Elle y va avec cinquante ans d'avance.

— Ce n'est pas juste à côté de votre mère, mais c'est tout près. Sous un arbre, ce qui semblait…

J'allais dire « sympa », mais je me rends compte qu'il n'y a rien de sympa là-dedans.

— … être une bonne idée.

— Je ne veux pas qu'elle soit enterrée, objecte Fin. Hors de question.

— Quoi ? Pourquoi ? dis-je, interloquée.

— C'est mon ressenti, répond-il en me regardant fixement. L'idée qu'elle pourrisse dans le sol me fait horreur. Elle serait d'accord. Crémation, rien d'autre.

— Je crois… que ça aurait plu à Susie d'être près de sa mère, dis-je.

Fin me dévisage plus intensément encore, puis s'éclaircit la gorge.

— Je crois que rien de tout cela n'aurait *plu* à Susie. Il faut être un peu dérangé pour lui imputer ce genre de sentiments, vu la situation. Il n'y a que des « moins pires ». Le moins pire pour elle aurait été la crémation, à mon avis.

Cela me blesse terriblement qu'il me trouve « un peu dérangée ». C'est déjà blessant en soi mais, dans ce contexte, c'est comme s'il m'avait frappée alors que j'étais au sol.

Seule la perte immense qu'il vient de subir me retient de péter les plombs.

— Hum, d'accord, mais je la connaissais bien moi aussi, et je suis certaine qu'elle voudrait être… enterrée.

— Avec tout le respect que je te dois – une expression qui sous-entend toujours « c'est-à-dire aucun » –, tu ne peux pas en être certaine. Avez-vous déjà parlé de comment elle préférait partir, si elle venait à mourir subitement ?

— Non, évidemment que non, mais…

— Eh bien, voilà. Susie et moi non plus. Mais nous ne sommes pas une famille croyante, et nous ne sommes pas une famille à enterrements. Celui de ma mère a été une sorte d'anomalie.

Oh ! bien sûr. La dispute. Il la rejoue. Les gens ne changent pas. *Les salopards restent des salopards,* me souffle Susie.

Je me retrouve à ouvrir et fermer vainement la bouche. Il me semble que Fin aurait dû choisir son parti – il dit que sa préférence pour l'incinération prime sur tout le reste, tout en affirmant que Susie serait de toute façon d'accord. *Il faudrait savoir ! D'autant que vous n'étiez pas d'accord sur la couleur du ciel, tous les deux, d'après ce que j'ai pu comprendre.*

Je ne m'étais pas attendu – sottement, peut-être – à ce qu'il use de son autorité. J'ai l'impression de trahir Susie en laissant Fin l'emporter, et c'est un sentiment puissant.

— Mais…, dis-je.

— Si tu veux qu'elle soit incinérée, en tant que dernier parent proche, alors c'est ce qui doit être fait, intervient Ed en m'adressant un regard appuyé, l'air de dire : « laisse tomber ».

— Son dernier parent proche encore *compos mentis*, en tout cas, précise Fin.

Alors que je suis sur le point de demander s'il a rendu visite à son père et dans quel état il est, le téléphone de Fin sonne et il dit :

— Je dois prendre cet appel. Merci pour tout ce que vous avez fait. Appelez-moi s'il y a autre chose.

Il décroche son téléphone et répond d'un « Allô ? » sec, lève la main en guise d'adieu et traverse le café à grandes enjambées.

Nous restons assis dans un silence stupéfait pendant un instant. Ed a les dents serrées, je bouillonne intérieurement et Justin a l'air perplexe.

— *Eh bien.* Étrange qu'il soit devenu un étranger, plaisante Justin. C'est moi, ou il nous a zoum-zoum-zang dans sa Benz-Benz-Benz ?

— On comprend mieux pourquoi Susie et lui n'étaient pas sur la même longueur d'onde, hein ? dis-je. C'est pas aussi obscur que le triangle des Bermudes ou Stonehenge ? Putain de merde.

— Mes aïeux… Je ne m'attendais pas à ce qu'il soit jovial, déclare

Ed. Son attitude était inutilement hostile. (Une pause.) Mais peut-être qu'il a ses raisons de ne pas vouloir l'enterrer.

Je lève les yeux – fatigués et cernés d'eye-liner – au ciel.

— Oh ! franchement, Ed. Même toi tu n'y crois pas. C'était une démonstration de force. Il voulait voir ce que ça faisait d'arriver à ses fins, quand Susie n'est pas là pour l'en empêcher. Ça ne le touche même pas qu'elle ne soit plus là, d'après ce que je vois. C'est un monstre. Un test de Voight-Kampff sur pattes dans des baskets impec'.

— C'est le test pour vérifier si tu es ou non un réplicant dans *Blade Runner*, précise Justin à Ed, ce à quoi Ed répond « Je sais ! » avec indignation.

Je gémis :

— Aurais-je dû insister pour l'enterrement ?

— Attends, tu veux dire que tu n'étais pas en train d'insister, là ? me taquine Justin.

— Tu vois ce que je veux dire.

Ed secoue la tête avec exagération.

— Non. Même si Fin est un robot sous couverture, la décision lui appartient. Nous ne pouvons planifier que ce que Fin nous autorise à planifier. Il pourrait décider du moindre petit détail.

— C'est seulement parce qu'il ne veut pas prendre cette peine et ne connaissait pas sa sœur. Tu crois qu'il a une idée de ce qu'elle aime depuis ses années Barbie ?

— Quelle que soit la raison, déclare sagement Ed, tâche de ne pas l'énerver. Tu dois juste le supporter jusqu'à la fin de la veillée, puis tu ne le verras jamais plus de toute ta vie.

— Imagine. Il pourrait même zapper les obsèques de son père, fait Justin.

— Oh non, il reviendrait pour ça, tu sais pourquoi ? dis-je. Un petit truc qui s'appelle être le « seul héritier ».

— Sauf si son père le déteste au point de l'avoir supprimé de son testament, suggère Justin.

— Et après des années d'absence, le fils sans scrupules revient auprès de son père infirme et mentalement instable… et le lui fait changer ?

— Waouh, dit Justin, et nous échangeons un regard, perplexes – et si c'était réellement ce que Fin était venu chercher ici ?

— Arrêtez, vous deux, on n'est pas dans un épisode de l'*Inspecteur Morse*, dit Ed. Concentrez-vous sur ce qu'on a à faire.

15

Nous décidons, après le départ en fanfare de Fin, de brosser les grandes lignes du déroulé avant d'aller chez l'imprimeur.

UNE CÉLÉBRATION (? ?) DE LA VIE DE…

— On part sur « célébration » – youpi, voyons le bon côté des choses ? dis-je, moi-même sceptique. Je ne vois aucune cause d'optimisme.

J'ajoute un autre point d'interrogation.

— Ça ne revient pas à dire qu'il y a un côté positif. Ça revient à montrer que nous n'allons pas seulement pleurer et nous lamenter, mais aussi nous rappeler pourquoi c'était si bon de l'avoir parmi nous, explique Ed.

— Oui, je suis d'accord avec ça, dit Justin. Nous célébrons Susie, pas sa mort. C'est une erreur de catégorie.

— Mais « À la mémoire de » est plus neutre, non ? proposé-je. En disant « célébration », j'ai peur que les gens croient qu'il faut porter des couleurs gaies et tout le toutim.

— J'ai l'impression qu'« À la mémoire de » serait plus adapté pour une personne âgée, dit Ed. Pas pour Susie.

— Rien de tout ça ne me semble adapté pour Susie, dis-je, à fleur de peau.

— Alors…

J'écris, avec soin :

UNE CÉLÉBRATION DE LA VIE DE

SUSANNAH CAROLE OCTAVIA HART

Puis je fais remarquer :

— Elle détestait ses deuxièmes prénoms. Personne n'avait le droit de les connaître ! Je l'entends me dire « efface-moi ça, tu m'affiches, là ! ».

— Ouais, je l'appelais « Octabite » et elle me frappait avec ses bagues qui lui faisaient un coup de poing américain, dit Justin.

J'éclate de rire et, pour une fois, ce n'est pas un petit rire larmoyant. Je crois que la guérison est enfouie quelque part dans le rire. Une guérison partielle, du moins.

— Sa mère adorait Carole Lombard, dis-je. Vous savez, la femme de Clark Gable ? Susie était furieuse que Carole ne soit plus un nom de star, dans les années 1980, mais celui d'une chieuse type « je veux parler à un supérieur ».

— D'où ça vient, Octavia ? demande Ed.

— Škoda, répond Justin.

Ils s'esclaffent, et je prends conscience qu'il y a encore certaines choses que je sais sur les origines de Susie qu'ils ignorent, avec mes dix ans d'avance sur eux. Octavia était sa grand-mère.

Nous avons choisi une photographie pour le service. Ce qui est pratique à l'ère des réseaux sociaux, c'est que les photos de profil Facebook fournissent une nichée d'images que l'utilisateur aimait forcément, ou dont il était du moins assez satisfait pour les rendre publiques. Susie avait des idées très arrêtées, elle savait ce qu'elle voulait.

Nous sommes donc sûrs que le cliché d'elle sur un ferry, ses cheveux blond-brun flottant autour de son visage, le teint rose dans le froid, un sourire stoïque aux lèvres malgré la pluie, lui plaisait autant à elle qu'à nous, puisqu'il a été visible par tous sur Internet ces dernières années. Elle n'avait pas encore trente ans sur ce cliché, mais elle n'a pas changé. Nous en avons envisagé un autre, où elle était plus jeune encore, à un mariage, mais nous avons finalement décidé qu'elle faisait trop « bébé pré vingt-cinq ans » pour ceux qui connaissaient bien son visage.

C'est étrange, tous ces calculs que l'on se retrouve à faire. Il n'y a pas de règle disant que la photographie doit fortement ressembler à la personne au moment où elle est décédée, mais c'est tout comme.

Si je regarde la photo trop longtemps, j'ai légèrement la tête qui tourne. Susie est juste là, mais pas là.

— On peut peut-être mettre seulement les initiales pour les deuxièmes prénoms, comme sur les documents officiels ou la carte bancaire ? propose Ed.

— On ne peut pas l'appeler « Susannah C. O. Hart ». Ça fait directrice de studio de cinéma des années 1950.

— Ça fait irlandaise, aussi. Susannah Cee O'Hart, right ? plaisante Justin.

— Et pourquoi pas Susannah Hart ? dis-je.

— Si tu lui donnes son prénom en entier mais pas ses deuxièmes prénoms, ça fait déséquilibré, j'ai l'impression, dit Ed.

— Susie Hart ? Trop informel ? je m'interroge. C'est sous ce nom-là que tout le monde la connaissait. Sauf peut-être sa famille.

— Oui, c'est ce que je crains. Son père a choisi les prénoms Susannah Carole Octavia, dit Justin. Je ne sais pas si c'est réglo de notre part de les effacer et de mettre des surnoms sur le planning de ses obsèques, genre « Notre S nationale, la Susie-woman ».

— Sans vouloir être méchant ni irrespectueux, réplique Ed, est-ce que M. Hart va vraiment comprendre ce qu'il se passe ?

— Hmmm.

Nous contemplons tous d'un air triste et pensif la mousse de notre deuxième tournée de café – le café dont on a envie mais pas besoin, celui qui vous excite trop.

— Je vote pour « Susannah Hart », dis-je. C'est son nom de naissance et celui sous lequel nous la connaissions. L'avantage quand ce sont tes amis qui préparent le service, c'est qu'ils connaissent mieux tes goûts que tes propres parents. Si on met son nom en entier, tout le monde va passer le début du service à chuchoter « Carole Octavia ? lol », et on sait qu'elle détesterait ça.

— Motion adoptée, dit Justin. Une chose : et si son frère s'y oppose ?

— Hmmm, ça ne semble pas être son genre, répond Ed.

Nous éclatons de rire, et je suis heureuse que nous puissions encore plaisanter comme avant. C'est ça, la force morale.

— Mais je souhaiterais soulever un point pratique, s'il devait s'y opposer, reprend Ed. Finlay nous a autorisés à organiser les obsèques. Même s'il n'aime pas les noms que nous avons choisis, il le découvrira en même temps que tout le monde, quand on distribuera le papier au crématorium. *Il va faire quoi, hein ?* Il faut être un psychopathe pour faire une scène et lancer des accusations à des funérailles.

— Ah ouais ? Tu connais pas la famille de ma mère, dans le Nord, dit Justin.

— Je n'écarterais pas cette hypothèse de psychopathe, dis-je. Je n'ai jamais vu d'amygdale aussi inactive.

— Ce n'était pas à cause de sa position ? demande Justin.

— Tu peux traduire pour nous, Eve ? dit Ed.

— La partie du cerveau qui est inactive chez les tueurs en série. Comment peut-il être psychiatre ? C'est comme Harold Shipman[1], il se fait passer pour un médecin.

— Shipman *était* médecin, corrige Justin.

— Eh bien, abstraction faite du nombre de personnes qu'il a tuées, si Finlay disjoncte, c'est son problème. On est hors de cause, dit Ed en s'adossant à sa chaise.

— Edward, maligne petite fouine, dit Justin.

— Je crois qu'il nous fait passer toi et moi pour les grands méchants

1. Médecin généraliste et tueur en série anglais, à qui on attribue plus de deux cents meurtres. Condamné à perpétuité, il finit par prendre sa propre vie en 2004.

alors qu'il est le pire, dis-je, et Ed fait mine de me saluer d'un chapeau invisible. Autre point de controverse : on valide vraiment le thème de *Twin Peaks* pour la sortie de la salle ? Je ne regrette pas de ne pas en avoir parlé à Fin.

— Je suis à fond pour, répond Justin. Susie adorait cette musique, c'est tellement elle. Elle était déguisée en Laura Palmer pour Halloween, non ?

— Oui, dis-je.

Je l'avais aidée à préparer ce costume : bâche en plastique, coloration capillaire bleue, peinture corporelle métallique et panneau dans le dos disant « Elle est remplie de secrets ». Je refuse de m'attarder sur le fait que j'ai badigeonné ses pommettes signature de la famille Hart d'highlighter argenté pour simuler une rigidité cadavérique sexy.

— Si elle nous voit d'où elle est, quand la musique retentira, elle éclatera de rire. Et serrera le poing, dit Justin.

— C'est tout ce qui compte, alors, réplique Ed. Nous l'honorons elle, pas un rageux au troisième rang.

— Amen ! dis Justin.

— Amen, acquiescé-je.

— Et on s'efforce de ne pas casser les pieds à son frère, dit Ed, tentant sa chance.

— D'accord, dis-je. On peut lui casser un bras ou une jambe à la place ? Lol.

Le cœur, ce n'est pas possible.

Après une pause, je demande à Ed :

— Et tu es sûr de vouloir faire la lecture ? Quoi que j'écrive ?

— Absolument.

Il me serre la main. C'est ce que nous avons décidé, dans un torrent de larmes. Je suis capable d'écrire un texte sur Susie, mais incapable de le lire. Ed se dit prêt à lire un texte, mais il n'a pas le courage d'écrire quoi que ce soit.

Justin a proposé de tout critiquer après coup.

Ed garde ma main dans la sienne, que je serre à mon tour pour retirer mes doigts sans le froisser, et il m'adresse un regard entendu.

— Tu seras super. Tu le sais, non ? N'aie pas peur.

— Merci, dis-je.

Ed a raison, j'ai peur. C'est si bon de se sentir comprise.

— Ouh. Je viens de me rendre compte d'un truc flippant, ajouté-je. Tu sais, tu as toujours dit que Susie était Laura ? Je viens de trouver à qui Fin me fait penser. À l'agent Cooper.

Ed et Justin penchent la tête, réfléchissent, puis opinent.

Justin appuie sur un dictaphone imaginaire et se penche en avant.

— Diane. Encore rencontré trois trous du cul aujourd'hui.

16

Le compte à rebours jusqu'aux obsèques est infernal. « Infernal », quel mot faible pour qualifier cette expérience. Faire la queue au supermarché la veille de Noël, c'est infernal. Se cogner le coude, c'est infernal. Mon barème de l'« infernal » a complètement changé et j'ai besoin d'un vocabulaire amélioré pour y faire face. On ne se rend pas compte de la frivolité des attitudes et du langage de sa propre génération jusqu'à ce qu'on essaie de trouver la terminologie pour traduire le choc, sans succès. Elle a été trop abîmée par les blagues débiles et les hyperboles ironiques.

Revivre le moment où je l'ai appris, ce que je fais en continu, de manière compulsive, est éprouvant. À la limite du syndrome de stress post-traumatique. Et le mot « éprouvant » n'est pas suffisant.

Je m'imagine avec Susie, chez elle, toutes deux en pyjama. Susie portant un pull de cricket par-dessus le sien, les cheveux à la Beetlejuice, les pieds – aux orteils peints de vernis coloré – posés sur la table basse, en train de qualifier les répercussions de notre consommation excessive de rosé au bar du coin d'« éprouvantes ».

« C'est un calvaire, dirait Susie. On va devoir se commander un KFC, et peut-être bien des sauces chez Domino's. On a fait la guerre. On est allées au front et dans les tranchées. »

Quand on s'est servi de ces mots pour des situations telles que « a dégobillé » et « regrette d'avoir embrassé un homme dont le pseudo Twitter est @DocteurPénis », on a du mal à l'appliquer à un événement séismique, bouleversant et cauchemardesque qui nous change à tout jamais.

Il m'a fallu deux heures et demie, entrecoupées de pauses pour chialer, pour écrire mon éloge funèbre pour Susannah Hart. Je l'ai envoyé à Ed, qui a répondu :

Je suis en mille morceaux.

Puis, quelques minutes plus tard :

C'est magnifique. J'espère me montrer à la hauteur. xx

Puis je suis retournée travailler le lundi, acceptant les regards compatissants et curieux des autres avec un sourire ténu, répondant à la salve de questions par des réponses polies mais péremptoires. « Oui, renversée par une voiture. Non, le conducteur n'était pas en état d'ivresse. Obsèques la semaine prochaine. Oui, bien trop jeune. Non, elle n'était pas mariée et n'avait pas d'enfants. Merci, je tiens le coup. »

Contents d'avoir toutes les infos, Phil, Lucy et Seth se remettent à fixer leur écran d'ordinateur.

J'ai l'impression de jouer à la vie normale. Comme si j'avais mis une armure pour participer à une reconstitution historique dans un champ avec une bande de nullos. Oh ! on se refait celle où c'est la vie normale et où on est rédactrice pour un site Internet ?

Je m'assieds et tape :

Ces hot-dogs ne sont pas de simples hot-dogs. Découvrez pourquoi tout le monde s'arrache les dirty saucisses de chez Who Let the Dogs Out ?

— Tu fais l'article sur les francforts ? demande Phil.

Phil s'est montré prudent avec moi ; même lui, il se rend compte que son humour gras et rentre-dans-le-lard ne fonctionne pas avec une personne endeuillée.

— Ouais, dis-je.

C'est tout Phil, de les appeler des « francforts » avec défiance. Le Coca est toujours une « boisson gazeuse », pour lui.

— Franchement dégueu, ces trucs. Qui voudrait des beignets de crevettes dans son hot-dog ? Bande d'ordures. C'est pas les States, ici.

— C'est les hipsters, dis-je. Ils mélangent tout et n'importe quoi.

— J'ai l'impression d'assister à une glorification des machins qu'on ne mangeait que beurré à 3 heures du mat', à mon époque.

— Le monde moderne, Phil. Ce n'est pas pour nous.

— Ah, arrête, t'es jeune ! dit Phil, et je vois à son visage que cela le met mal à l'aise d'être si flatteur.

C'est ça, ce machin qu'on appelle les compliments, se dit-il. *Est-ce que je le fais comme il faut ?*

— La vache, merci.

Phil regarde la page sur laquelle je suis.

— On peut dire qu'elles sont « dirty » ? C'est pas contraire aux règles d'hygiène de dire qu'elles sont sales ?

— Ça signifie « avec des trucs caloriques dessus », maintenant. Ils font des frites comme ça chez Marks et Spencer, des « dirty fries ».

— Oh. Bien vrai.

Phil se reconcentre sur son écran et secoue la tête, consterné.

Je fais glisser une image du « El Gringo Dog » – garni de piment, avocat et tortillas écrasées – sur la page et regrette de ne pas faire un boulot plus utile, comme Ed qui enseigne aux enfants ou Justin qui s'occupe des personnes âgées. Dur de se motiver à travailler malgré tout, tout ça pour que la région ait des informations vitales sur le « Triple XXX Curry Chili Dog ».

Pour contrer ce sentiment d'inutilité, je me demande : *Qu'est-ce que Susie voudrait que je fasse ?* Je connais la réponse. Elle voudrait que j'aille voir comment va son père, et pas seulement en passant un coup de fil factice. C'est intimidant, d'autant que je ne sais pas quel homme je vais retrouver.

Je me souviens de la première fois où elle a évoqué les problèmes de son père, il y a quelques années. « J'ai surpris mon père en train de chercher « crème glacée » sur Wikipédia. J'ai dit « papa, tu réfléchis à ce que tu pourrais faire pendant la retraite, tu voudrais faire toi-même ta glace ? », il a répondu « C'est un comble, je ne sais plus ce que c'est, la crème glacée. Est-ce de la crème *et* de la glace ? ».

Susie lui a décrit les parfums vanille et menthe aux pépites de chocolat et les cornets au bord de la mer, et il a ri et dit « Bien sûr ! ».

À l'époque, nous avons catégorisé cet incident comme un accès d'étourderie dû à l'âge, légèrement inquiétant mais plutôt marrant.

Ça a l'air ridicule, mais le père de Susie était à la tête de sa propre entreprise d'ingénierie et était champion de tennis amateur. Iain Hart, avec son petit accent campagnard calédonien et sa moustache hérissée, est le genre d'homme qui s'est fait tout seul, chef de famille et vieille école. C'était un administrateur très impliqué dans notre école, un franc-maçon, un conservateur croyant à la réussite individuelle qui ne tolérait pas qu'on s'apitoie sur son propre sort. Il semblait impossible qu'il puisse un jour perdre la tête. Nous étions certains qu'il botterait les fesses de la démence jusqu'à ce qu'elle s'excuse.

Quand j'avais tout juste une vingtaine d'années, j'ai brièvement été en colocation dans une maison avec deux personnes, une fille qui n'était jamais là parce qu'elle faisait les trois-huit et un garçon lunatique et malade mental qui avait tendance à balancer des meubles dans les airs et à me dire qu'il me traquerait si j'essayais de partir.

Susie l'a raconté à son père. Puisque je n'avais pas de papa (au Royaume-Uni) pour le faire pour moi, M. Hart a déboulé dans sa BMW série 5, s'est garé juste devant dans un crissement de pneus, et a tiré sur le frein à main si brusquement et bruyamment qu'on aurait dit qu'il armait un flingue. Il a tambouriné à la porte, est entré en trombe, et m'a dit de faire mes bagages devant mon agresseur. M. Hart l'a ensuite calmement informé que s'il touchait à un cheveu de ma tête, il finirait au fond du Trent. Tout à coup mon colocataire n'avait plus rien de la petite brute, et, docile, il a affirmé que j'avais mal compris. Je serai toujours reconnaissante envers M. Hart pour cette intervention.

Après le boulot, j'attrape un bus dans l'autre sens pour sortir de la ville et marche depuis l'arrêt de bus jusqu'à la maison de famille des Hart. Il fait trop froid pour que les enfants – certainement dans leurs années Minecraft – jouent dehors, et un calme sinistre règne dans les rues, comparé à mon quartier moins coûteux.

Ces maisons, avec leurs bow-windows et leurs territoires murés nettement définis, me semblaient d'imposants châteaux quand j'étais petite, durant les longs étés de mon enfance. Elles représentent une banlieue plus ordinaire pour la trentenaire que je suis devenue. Ce qui est ironique, en vérité, puisque, après avoir envoyé balader mes possibilités de carrière quand j'avais vingt ans, j'ai moins de chances que jamais d'en habiter une : elles sont aujourd'hui totalement inaccessibles.

Le coût de ce secteur implique que la population tend à vieillir : ces logements ne sont pas à la portée des jeunes actifs ou des familles, qui, lorsqu'ils endossent un prêt immobilier de cette envergure, vont plutôt se tourner vers un bien plus moderne dans lequel ils pourront fourrer des baies vitrées pliantes et des îlots de cuisine en marbre.

Je m'approche de la maison des Hart, au n° 67, en me disant : *combien de fois ai-je marché sur ces dalles petite sans y prêter la moindre attention ?* Toute à mon impatience d'aller me baigner, ou de jouer dans l'immense chambre de Susie à se raconter des ragots et à essayer des gloss à lèvres liquides comme du miel.

L'absurdité de tout cela me frappe de nouveau de plein fouet.

La vie a brutalement dévié du script. Nous évoluons dans un futur alternatif qui n'était pas censé exister. Une autre Eve, dans un univers parallèle, est en ce moment même en train de boire des coups avec Susie après le boulot. Non seulement cette Eve est une personne différente, mais celle de la soirée quiz au pub aussi. Cette soirée-là était la dernière soirée du Passé, et personne ne s'en doutait.

Mon rythme cardiaque s'accélère quand j'appuie sur le bouton à l'ancienne de la sonnette, qui émet un faible ding-dong dans le vestibule de l'autre côté de la porte. J'espère lâchement que le père de Susie n'est pas là. Mais, à peine quelques secondes plus tard, la porte intérieure s'ouvre et il apparaît.

— Bonjour, Eve ! lance-t-il.

Il a l'air un peu plus enfoncé dans son pull que dans mes souvenirs, un peu plus mince, mais il semble aller très bien et être resté le même, tout bien considéré.

— Bonjour, dis-je. Je ne savais pas si vous vous souviendriez de moi.

C'est censé être une politesse, mais je crois que ce n'est pas le genre de choses qu'on dit à une personne atteinte d'Alzheimer.

— Bien sûr que je me souviens. Tu es la charmante amie de Susie.

L'espace d'un instant, je me trouve incapable de parler tant je suis déstabilisée, à la fois parce qu'il connaît mon lien avec sa fille et parce qu'il parle de sa fille.

— C'est bien moi ! Enfin, j'espère que je suis charmante, haha.

— Entre, entre, c'est un plaisir de te voir.

Il me fait entrer, avec un réel enthousiasme a priori.

Le vestibule agit comme une capsule temporelle pour moi – la même table ronde à côté du large escalier, le téléphone beige à cadran en plastique posé sur son napperon en dentelle. L'épais velours sous nos pieds couleur hamster.

Toutes sortes de mode sont passées au-dessus de la tête des Hart. La mère strass et paillettes de Susie aimait le Dubonnet à la limonade, les brushings à la *Dynastie* et que ses toilettes du rez-de-chaussée soient une symphonie de rose crevette. Susie l'ado trouvait ça ringard ; je raffolais de cet exotisme.

— Je venais voir si vous vouliez que je vous fasse des courses, et comment vous alliez ?

— Hah, merci, j'en suis encore capable ! La voiture n'a le droit qu'à ses visites au Sainsbury's.

Mon plan était simplement de lui faire cette offre d'ordre général, dont je peux me dépêtrer sans trop de gêne s'il se montre parfaitement lucide et me dit qu'il n'a nul besoin d'aide. Il me semblait inutile d'élaborer une stratégie sans savoir quel serait son état mental.

Et maintenant ?

— Je vais très bien, merci, Eve. Mais comment vas-tu, toi ? Ça fait une éternité que je ne t'ai pas vue ! Susie ne te ramène jamais à la maison.

La mention de Susie me fait tressaillir. J'avais anticipé qu'il ne se souviendrait pas qu'elle était morte, mais cela fait tout de même un choc.

— J'ai été occupée, dis-je.

— Vous ne vous êtes pas disputées, si ? demande-t-il.

— Pas de risque. On est toujours aussi proches, dis-je timidement.

Quand je prononce ces mots, ma voix s'étrangle et ma gorge se serre, et je prie pour qu'il ne le remarque pas.

— Tu veux une tasse de thé ? propose-t-il, et j'accepte, car c'est l'occasion rêvée de faire un état des lieux domestique.

Susie affirmait que, bien que son père ne sache pas vraiment en quelle année nous étions, ou, par corrélation, à quel stade de sa vie il en était – pensant qu'il était en congés, s'émerveillant que ses vacances paraissent si longues –, il était toujours lui-même pour toutes les questions pratiques. Elle avait étudié ses relevés bancaires, regardé dans le frigo, s'était assurée que ses vêtements étaient propres. Il n'y avait jamais rien à faire. Des parcelles de sa mémoire s'étaient écaillées comme de la peinture, mais les tâches quotidiennes ne présentaient aucune difficulté pour lui.

Je le suis dans leur cuisine jaune soleil avec ses stores blanc écume – ma mère appelait ce style « culotte de pouff » – et observe M. Hart tandis qu'il remplit la bouilloire, puis sort une tasse à pois du placard.

Je demande :

— Tout va bien pour vous ?

— Pas trop mal, répond-il. Quelques douleurs par-ci par-là, mais c'est l'âge, que veux-tu. Je m'occupe toujours du jardin. Eric continue de venir une fois par mois pour faire le gros du travail.

— Oh ! oui !

Je m'avance vers la fenêtre pour admirer le jardin tout aussi soigné que dans mes souvenirs, digne d'une brochure.

— Il est magnifique.

— Comment ça se passe à l'université ? demande-t-il. Pas trop inquiète pour les examens ?

Mise à part son incompréhension de la mort de Susie, il n'a rien dit d'explicitement étrange jusqu'à présent et je m'efforce de masquer ma surprise. Je suis quasi sûre d'avoir entendu Justin préciser que dans les cas de démence, suivre la personne dans son délire est préférable que de s'y opposer, au risque de la contrarier.

— Non, non. J'ai bien révisé, dis-je. Je suis confiante.

Super confiante puisque j'ai obtenu mes trois A et mes deux B il y a seize ans.

Alors que M. Hart retire le sachet de thé et s'apprête à me tendre la tasse, la sonnette retentit.

Il s'empresse d'aller répondre, et des voix masculines me parviennent depuis le porche. Très vite, j'entends que le ton de la conversation se durcit, tournant presque à la dispute.

Je saisis clairement une réplique :

— Écoutez, je vous l'ai dit. Vous vous êtes trompé d'adresse.

Debout derrière son père, Finlay Hart semble tout aussi enchanté de me voir que je le suis de découvrir son visage maussade dans le jour déclinant.

— Peux-tu dire à ce jeune homme qui je suis, Eve, s'il te plaît ? me demande M. Hart. Il est convaincu d'être un genre de parent. Je ne l'ai jamais vu de ma vie. Oh ! une seconde, ton thé va refroidir.

Il disparaît dans la cuisine, et Fin entre et ferme la porte derrière lui.

— Qu'est-ce que tu fais là ? poursuit-t-il à voix basse, menaçant.

— Je suis venue voir comment il va.

— Et qu'en dis-tu ? poursuit Fin, mais sans véritable curiosité.

— Il a l'air d'aller bien, je crois. Il n'a pas l'air en détresse, en tout cas.

— Eh bien, il est…

La porte de la cuisine s'ouvre et Finlay se tait.

— Et voilà, dit M. Hart en réapparaissant avec la tasse de Tetley's, que je récupère.

Il semble un instant déconcerté que Fin se trouve à présent à l'intérieur, puis il me dit :

— Ah, je vois… tu connais cet homme ?

— Euh, oui, dis-je, avant de prendre une gorgée de thé.

L'idée de « jouer le jeu pour ne pas contrarier » semble déjà sur le point de se casser la figure.

— Ton petit ami ? demande-t-il en nous regardant tour à tour.

— Mmm oui, dis-je, les dents serrées, tout en me tournant vers Finlay, dont la mâchoire se crispe, trahissant sa fureur.

Que veut-il que je fasse d'autre ? *Non, il est entré de force, appelez la police !*

Je me rends compte que M. Hart attend patiemment que je fasse les présentations. J'ajoute donc :

— Finlay.

— Oh bonté divine, dit M. Hart, et Fin et moi nous regardons, car nous savons ce qui va suivre. Mon fils s'appelle Finlay. Mais on l'appelle Fin.

Nous restons plantés là sans rien dire et je sens que Finlay, au-delà du profond agacement que lui inspire ma présence inattendue, est gêné. Le fait que je vois son père dans cet état est une intrusion dans sa vie privée, et Fin se sent à découvert, lui qui se repose tant sur sa façade en béton armé et sur le panneau NE PAS ENTRER qu'il y a accroché. C'est une forme de faiblesse et de vulnérabilité, ne serait-ce que par procuration.

— Tu sais quoi, j'ai des petits biscuits aux fruits, dit M. Hart. Je vais aller les chercher, puis on va discuter de ce que tu deviens. Allez, allez vous asseoir par ici et je vous rejoins.

Ma tasse à la main, je passe au salon, Fin sur les talons, sans fermer complètement derrière nous la porte laquée couleur crème avec sa poignée en porcelaine en forme de fleur. Cette maison appartient à une époque où la femme prenait toutes les décisions de décoration intérieure. Cela m'a toujours épatée qu'ils aient ici un salon, où ils regardaient la télévision, et un séjour plus chic à côté, avec une table à manger ornée d'un chemin de table et d'un chandelier, où ils recevaient leurs invités. (Pas les parasites comme moi, je parle de vrais dîners.)

— Tu ne devrais pas être là, murmure Fin d'une voix forte. Mon père n'a pas besoin d'être désorienté par des étrangers qui se pointent à sa porte.

— Il sait qui je suis ! Il m'a accueillie en m'appelant par mon prénom !

— Il pense que Susie a dix-sept ans. Il ne sait pas vraiment qui tu es.

— Tu es là aussi, bien qu'il ne sache pas du tout qui tu es, dis-je.

— Je suis son fils, réplique Fin, hébété. J'ai le droit. Tu n'as aucun droit.

— Tu n'aurais pas pu passer le seuil de la porte si je n'avais pas été là.

— Et voilà, c'est au gingembre confit, je crois, dit M. Hart en poussant la porte avec un plateau, qu'il pose sur la table basse. C'est délicieux. Désirez-vous une tasse de thé, jeune homme ? demande-t-il à Fin. Je suis désolé. Je vous avais oublié.

En effet.

— Oui, merci, dit Fin après une pause – il doit penser qu'il serait plus judicieux de rester. Avec du lait, sans sucre, merci.

Il attend que son père soit parti, puis :

— Tu es allée chez Susie ? J'ai eu l'impression que quelqu'un avait fait du rangement.

Je confirme en me redressant sur mon siège, un peu paniquée, en me disant *Heureusement qu'Ed est là*. Heureusement qu'il est le genre de personne à avoir senti que nous devions nous en occuper sur-le-champ.

Finlay a dû filer chez Susie avec le serrurier direct depuis Heathrow.

— Tu as pris des effets personnels dans sa chambre ?

Ma peau fourmille.

— Une boîte de souvenirs personnels, d'aucune valeur financière.

— Puis-je décider moi-même s'ils ont de la valeur ? Qu'as-tu pris, précisément ?

Je ne sais pas si je dois le lui cacher ou non, et je n'ose pas vraiment faire obstruction.

— Une boîte de lettres et de journaux intimes.

— D'accord. Peux-tu me les rendre, s'il te plaît ?

— Non, c'est privé.

Je n'avais pas envisagé une seule seconde que son frère pourrait avoir connaissance de ces objets ou remarquer leur absence, et je viens d'être prise en défaut.

— C'était privé pour Susie. Ce n'est pas à toi.

— Je m'assure que cela reste privé pour elle.

— Mais pas pour toi.

— Si, à vrai dire. Je ne compte pas les lire.

Fin marque un temps d'arrêt.

— Tu possèdes une chose que tu me refuses, et que tu ne vas pas consulter ?

— Oui. Il s'agit de protéger Susie.

— Hum, d'accord, l'intention a beau être noble, tu ne peux pas t'autodésigner gardienne de ses affaires sans me le demander.

— Pourquoi veux-tu ses journaux intimes ? dis-je. Vous n'étiez pas proches.

— Je n'ai pas à justifier mes motivations. Comment justifies-tu ce cambriolage ?

— Parce que je suis sa meilleure amie, je sais qu'elle n'aurait aucune envie que son frère, ou qui que ce soit d'ailleurs, dis-je pour tenter d'être plus diplomate, lise ses vieux journaux intimes.

— Ce n'est pas à toi d'en décider.

Ça suffit. Faire semblant de m'entendre avec Finlay Hart, c'est terminé.

— En fait, si. C'est moi qui garde la boîte, fin de l'histoire.

— Tu veux envenimer les choses ? Tu veux que je prenne un avocat ? Parce que, crois-moi, je le ferai.

— Éclate-toi.

Au fond, je panique : s'il le fait, quels sont ses droits ? Plus il pousse et plus je panique, plus je suis sur la défensive. Faudrait-il que je les brûle ? Pourrait-il utiliser une destruction de biens personnels contre moi ?

— Tu veux me faire croire que Susie et toi vous vous entendiez bien ?

Le dédain que Fin contient tord ses traits.

— Je n'ai rien dit de tel. Ça n'a rien à voir avec le fait que tu as volé des effets personnels, parce que tu as décidé qu'ils t'appartenaient. Ils ne t'appartiennent pas.

Je pourrais dire à Fin que sa sœur lui avait attribué une insulte cinglante dans ses contacts téléphoniques, mais, face à son deuil, dans sa maison de famille, et avec son père affaibli dans la pièce voisine, je n'ai pas le cran d'être si cruelle. Cela dit, je suis persuadée que, s'il avait ce genre d'infos sur moi, il s'en servirait.

M. Hart réapparaît, avec une tasse de thé pour Fin, et on sonne de nouveau à la porte.

— Je suis navré, dit-il. Je voulais vous prévenir, ma femme de ménage doit venir aujourd'hui. J'espère que vous pouvez vous tenir compagnie, les amoureux.

La porte se referme et nous entendons une voix féminine. Elle emploie ce ton ferme et trop enjoué suggérant qu'elle est bien consciente des difficultés de M. Hart.

— Je prends l'avion le lendemain des obsèques, m'informe Fin. Rends-moi les affaires de Susie d'ici là ou attends-toi à recevoir une méchante lettre.

— Tu n'as aucun scrupule à aller à l'encontre de ses vœux, hein ?

— Tu n'as aucun scrupule à te servir de ses vœux hypothétiques comme ça t'arrange.

— Comme ça *m'arrange ?* Tu crois que je fais ça parce que ça m'éclate ?

— J'ai dit que ça t'arrangeait. Tu es la seule à savoir pourquoi.

Nous nous mitraillons du regard, dans l'impasse. Je ne veux pas avoir cette dispute alors qu'elle pourrait contrarier un homme atteint de démence en deuil. (Peut-on dire qu'on est endeuillé quand on n'est pas conscient de l'être ?)

Je vide mon thé et vais aux toilettes du rez-de-chaussée pour partir en reconnaissance, et les trouve impeccables.

Au moment où je pars, tandis que M. Hart me fait gaiement ses adieux, je remarque que Fin s'est faufilé dans le séjour pour parler à la femme de ménage.

Cela me contrarie de devoir laisser un vieil homme vulnérable avec un soldat ennemi dans la maison, mais que puis-je faire d'autre ?

17

Sans grande surprise, la première chose que je fais en rentrant est de vérifier si la boîte est toujours là.

« Tu veux envenimer les choses ? Tu veux que je prenne un avocat ? Parce que, crois-moi, je le ferai. »

Finlay Hart n'est pas seulement antipathique, il fait peur.

Je monte les marches quatre à quatre, tire la boîte de sous mon lit, soulève le couvercle et vérifie que tout est là. Peut-être devrais-je la déplacer ? C'est une cachette trop classique et j'ai la sensation que Finlay Hart serait capable d'entrer par effraction. Avec une cagoule et des baskets blanches impeccables, se faufilant par la fenêtre pour sortir en entendant ma clé dans la serrure, Roger exprimant sa confusion d'un miaulement. Ce sont des circonvolutions fébriles, mais je suis incapable d'être rationnelle sur ce point, ou sur quoi que ce soit concernant Susie.

C'est au deuxième inventaire du contenu de la boîte que je le vois. Alors que je remets une liasse de lettres en place, je remarque un trou dans une des enveloppes, créé par Susie à l'ouverture du courrier.

Il révèle une écriture féminine qui n'est pas celle de Susie, et très clairement les mots :

par rapport à Eve, elle est peut-être…

Je garde les yeux rivés dessus puis lâche le paquet, mollement, avant de refermer le couvercle. J'ai le cœur qui bat à tout rompre, le visage soudain bouillant. Moi. Il y a une lettre qui parle de moi.

« Par rapport à moi », « elle est peut-être ». Je suis peut-être quoi ?

Le besoin de la lire est fort, pour ne pas dire irrésistible. J'ai été si catégorique et sincère dans ma conviction de ne pas fureter, mais ce niveau de tentation est inattendu.

L'ange sur mon épaule dit : *ton premier instinct était le bon. Ceux qui écoutent à la porte n'entendent rien de bon sur eux-mêmes. C'est une lettre adressée à Susie et à elle seule, et d'après ce que tu sais, elle n'a jamais discuté de son contenu avec toi. Tu veux vraiment voir quelque chose qui pourrait te secouer ou te contrarier, la veille de ses obsèques ?*

Le diable dit : *tu n'as pas demandé à le voir mais maintenant que tu l'as vu, ça va te démanger jusqu'à ce que tu saches ce que c'est. Ce n'est certainement rien. Et regarde la date ! Ça remonte à il y a dix ans. Tu avais une vingtaine d'années. Ce ne seront que des futilités. Tu te rappelles avoir écrit une chose sur Susie il y a dix ans qui pourrait avoir de l'importance aujourd'hui ? Eh bah alors !*

J'envisage les possibles conséquences. Si ce sont des critiques, de la méchanceté, un défaut de loyauté, suggérant que Susie a dit du mal de moi à une tierce personne, que vais-je ressentir ? Ça me fera mal, oui.

Cependant, Susie et moi étions suffisamment proches pour être capables de craquer et de se plaindre de l'une à l'autre, et cela ne voulait rien dire. Il n'y avait jamais d'eau dans le gaz entre nous. C'était en partie ce qui faisait que nous étions si bonnes amies, il n'y avait pas ce résidu de reproches non dits qui finissent par boucher les tuyaux de beaucoup d'autres amitiés féminines.

(Tout cela, par exemple, décrit bien Hester. Elle a toute une panoplie d'objections morales, d'observations désabusées et de rancœurs historiques contre toutes les personnes qu'elle est censée considérer comme proches. Si vous rencontrez une amie de Hester et faites une remarque comme : « Verity est de bonne compagnie, n'est-ce pas, elle a toujours une anecdote à raconter », elle rétorquera aussi sec : « Elle est TELLEMENT fatigante, et pour info, tout ce qu'elle a raconté sur son aventure avec ce directeur de tabloïd, c'est du pipeau. Elle est très *haute en couleur*, si tu vois ce que je veux dire. » Pas étonnant qu'elle ait eu du mal à se trouver une demoiselle d'honneur.)

Puis je me dis, Eve, franchement – qu'est-ce qui pourrait être pire que ce que tu as déjà subi ? Qu'est-ce qui pourrait égaler ÇA ?

Ouvre-la, lis ces conneries qu'on a répondues à Susie qui se tourmentait parce qu'elle ne savait pas comment te dire que cette robe ne t'allait pas (une robe dont tu n'as aucun souvenir, et Susie n'est plus là pour te rafraîchir la mémoire, et ça te fera tout aussi mal) et passe à autre chose. Ris un bon coup et prends-toi un gin-tonic bien corsé. Puis entame tes recherches Internet pour voir si Finlay Hart peut légalement t'obliger à lui remettre ces effets personnels.

Je rouvre la boîte et tire la lettre de l'élastique. En réalité, j'ai su dès que j'ai vu mon nom que j'allais la lire.

Je déplie le papier, secoue les feuilles pour les lisser, et les retourne pour vérifier que la lettre est bien adressée à Susie – « Ma Suz ! ! » – puis pour regarder qui l'a écrite.

Becky. Hmmm. Becky était la plus proche amie de Susie à la fac, quand elle a passé son diplôme de compta. Je ne l'ai jamais aimée – on pourrait croire que c'était une question de simple rivalité, mais ce n'était pas le cas. Notre relation de meilleures-amies-qui-ont-d'autres-amies était si béton que je n'ai jamais eu peur que Becky prenne ma place. En réalité, c'était le contraire. Je crois que Becky voulait me mettre sur la touche, source de notre aversion mutuelle. Susie et elle ont fait un tour d'Europe après la fac, et Becky a documenté leur voyage en revendiquant de manière subtile mais claire sa « super BFF numéro 1 trop canon » sur chaque légende. Je trouvais Becky un peu pénible, fausse, et très girly. Elle devait me trouver misanthrope, vulgaire, et pas très intéressante.

Aujourd'hui Becky et son époux possèdent une majestueuse résidence à Cheltenham, le mari de Becky est haut placé dans une agence d'image pour les organismes de presse. Lorsque nous la voyions quand elle rendait visite à Susie à Nottingham, elle ne loupait jamais une occasion de me dire : « Declan pourrait t'obtenir un entretien, tu sais, il suffit de demander », rapport au journalisme, comme si ce n'était pas malpoli d'offrir une aide professionnelle à quelqu'un qui ne l'a pas demandée.

Elle m'a appelée pour se confondre en excuses de ne pas pouvoir venir aux obsèques puisqu'ils sont en vacances en famille à Marbella. « C'est une villa de luxe que nous avons réservée via M. et Mme Smith, avec piscine chauffée et hors-bord à disposition, on perdrait littéralement des milliers de livres sterling », m'a-t-elle dit entre deux tirades larmoyantes louant son amour pour Susie. J'ai répondu, oui, bien sûr, pas de soucis. Ta « super BFF numéro 1 trop canon » aurait compris. Et le truc, c'est que Susie aurait compris. Elle aurait dit que les acomptes non remboursables et autres jacuzzis prévalent sur la sentimentalité, toujours.

Je lis la lettre depuis le début.

Désolée d'avoir mis du temps à te répondre, ça a été la folie au boulot. Waouh – ta nouvelle m'a fait halluciner – Ed et toi ! On ne parle pas d'une combustion lente, y'avait pas de flamme, si ? Et puis paf, l'embrasement. Hahaha. WAOUH. Espèce de vicieuse ! De vicieux, même, ça vaut pour vous deux. Je ne savais pas que vous étiez attirés l'un par l'autre, et apparemment vous non plus.

Quoi. Quoi ? *Quoi ?* Non. Je sens la colère monter. Je relis le passage sept fois avant de pouvoir continuer. Ma nuque est glacée et je ne sens plus mes pieds.

Pour répondre à tes questionnements, je comprends ton inquiétude. Le truc, c'est que si Ed et toi ne dites à personne ce qu'il s'est passé, personne ne saura, c'est aussi simple que ça. Ed ne va pas l'avouer à sa petite amie, il n'est pas stupide, si ? Pourquoi il ferait ça ? ! En ce qui concerne tes doutes par rapport à Eve, elle est peut-être folle de lui, mais ce n'est pas sa petite amie. Elle n'a pas le droit d'être fâchée contre toi, mais oui, si elle a des sentiments aussi forts que tu le dis pour lui, ne lui dis *pas*. Pas la peine de vous créer des emmerdes. Tu es absolument certaine qu'il n'y a rien de plus entre Ed et toi, cela dit ? Ça avait l'air torride. Va falloir me raconter tout ça autour d'une margarita et des chips la prochaine fois que tu viendras...

Ma vie est TELLEMENT nulle en comparaison, tu te souviens de la promotion dont je t'ai parlé, que mon...

Les mains moites de sueur, je parcours rapidement la suite de la lettre et m'assure qu'elle ne parle plus de l'aventure entre Susie et Ed, ni de moi. Je me laisse lourdement tomber sur le lit et la relis encore et encore, dans l'espoir que les mots ou leur sens changent.

Ed et Susie. Susie et Ed. Becky pourrait-elle parler d'un autre Ed ? Fait révélateur de mon état psychologique, je passe quasiment une minute à tenter de faire tenir cette théorie, bien qu'elle exige non seulement que Susie ait connu un autre Ed, mais qu'il ait une petite amie et une Eve qui soit « folle de lui ». Elle savait. C'est mon secret le mieux gardé, le plus douloureux, et même cette satanée Becky Hors-Bord Villa de Vacances le savait.

Quand les gens disent « Ma vie n'a été qu'un mensonge », on croirait entendre un scénario de film ampoulé, une réplique qu'ils pourraient crier au Vic dans l'épisode de Noël d'*East Enders*[1].

Pourtant je ne trouve pas mieux pour décrire ce que je ressens, assise sur mon lit, estomaquée, le visage baigné de larmes. Toutes les représentations chères à mon cœur de ce qu'Ed et moi ressentions l'un pour l'autre, séparés par un cruel coup du sort, notre version

1. Soap opéra britannique diffusé depuis 1985, narrant la vie d'habitants d'un quartier fictif de Londres, qui se retrouvent entre autres lieux au pub Queen Victoria, surnommé « the Vic ».

discount d'une tragédie de Shakespeare… un mensonge. L'homme qu'*était* Ed Cooper selon moi… un mensonge. (Putain, est-ce que c'est possible qu'il ait REÇU ma lettre, à l'époque, mais que Hester ait été une tentation trop irrésistible ?)

Ma meilleure amie, dont je pensais connaître tous les secrets, que je croyais connaître par cœur… en fait, non. Elle avait le plus grand secret qu'on puisse imaginer, et elle a cru bon de le partager avec Becky, et pas avec moi.

Depuis tout ce temps, notre groupe d'amis, auquel j'accorde tant d'importance, des personnes pour qui je serais prête à tout, couvait cette histoire en son sein : une coucherie clandestine, cachée au reste du monde et à moi en particulier. Est-ce que *Justin* est au courant ? À quel point se sont-ils fichus de moi ? Je me sens étourdie.

Et enfin, ma ferme conviction que personne ne savait ce que je ressentais pour Ed – à part peut-être, évidemment, Ed – vole en éclats. Cette révélation est peut-être plus difficile à accepter que le rapport sexuel. Susie savait depuis le début. Pourquoi ne l'a-t-elle jamais dit ? Parce qu'elle voulait Ed pour elle toute seule ? La personne qui m'était la plus proche m'a trahie, sur ce qui comptait le plus pour moi ? *Comment savait-elle ?* Je pensais n'avoir rien laissé transparaître. Est-ce Ed qui lui a dit ? Confessions sur l'oreiller ?

Je ne peux parler de tout cela à personne. J'aime Justin et inversement, mais il reste le meilleur ami d'Ed. La seule personne à qui je pourrais en parler – ma meilleure amie – est, premièrement, la personne qui m'a le plus blessée, et deuxièmement, morte.

Prendre la première place sur le podium, devant Ed Cooper, dans les Jeux olympiques de qui-m'a-fait-le-plus-mal est une prouesse franchement incomparable. La seule latitude éventuelle était que Susie ne sache pas ce que je ressentais, mais, manifestement, elle était bel et bien au courant.

Je m'allonge sur mon lit, les yeux rivés au plafond, et me demande pourquoi il a fallu que je fasse exploser une bombe en lisant cette lettre. J'ai tout détruit.

Il y a dix ans, Ed et Susie, deux personnes qui pour moi n'avaient jamais ne serait-ce qu'échangé un regard intime, ont couché ensemble. Ma meilleure amie, et l'homme que je croyais être mon âme sœur secrète, détruisant mon image d'eux et ma confiance en eux, en un coup de cuillère à pot.

Et le pire dans tout ça, le pire du pire : Susie savait que j'étais amoureuse d'Ed, et elle l'a fait quand même.

Non. Ce n'est pas vrai. Le pire, c'est que je ne pourrai jamais lui demander pourquoi.

18

— On va où, ma belle ?

— Crématorium de Wilford.

— Ah, désolé. Pas une journée sympa pour vous, j'en conclus ? dit le chauffeur de taxi en me regardant par-dessus son épaule, essayant de faire passer son geste pour sympathique au lieu de franchement lubrique.

Non bien sûr que non, Ducon, c'est quoi cette question ?

— Non.

— Quelqu'un de proche ?

— Oui.

En réalité, je ne sais plus si c'est vrai. C'est dire si je me sens mal. Humiliée et trahie. Je ne peux même pas dire au revoir à Susie aujourd'hui comme je pensais le faire, puisque je ne sais pas à qui je dis au revoir, au juste.

— Oh. Navré de l'apprendre.

Le taxi empeste le gros rot au navet que le chauffeur a lâché juste avant de me prendre, mais je suis trop british pour baisser la fenêtre et ainsi lui faire comprendre « tu pues ».

— Vous voulez que je mette la radio ? demande-t-il après avoir décidé, tout compte fait, de ne pas m'interroger davantage sur la perte que je viens de subir.

Je marmonne :

— Oui, d'accord.

— Vous écoutez BBC Radio Two ? dit-il une fois que c'est à plein volume.

Je comprends qu'il est d'humeur bavarde. Il vient d'embarquer une femme vêtue d'un manteau noir sur une robe noire, à la peau grisâtre, les yeux rouges et bouffis d'avoir trop pleuré et trop peu dormi, qui a demandé à ce qu'il la conduise dans un endroit où on incinère les morts et lui répond sèchement par monosyllabes, mais il va quand même persévérer et discuter parce qu'il en a envie, sous prétexte de me remonter le moral.

— Pas trop, dis-je.

— Voyons combien vous pouvez m'en trouver au blind-test, je suis nul à ça, dit-il en tripotant le bouton du volume pour l'augmenter.

Je pose ma tête contre l'appuie-tête et ferme les yeux. Ce pourrait être pénible mais, en réalité, le murmure de T'Pau est préférable à la fixette que je pourrais faire sur ma destination.

— *China in Your Hand !* lance le chauffeur.

— C'est *Heart and Soul*, dis-je.

— La réponse est *Heart and Soul* ! clame l'animateur radio.

— Génial ! me lance le chauffeur de taxi, manifestement impressionné.

— Ils n'ont fait que deux tubes, dis-je. Processus d'élimination.

J'ai évité avec succès toute conversation avec Ed depuis que j'ai lu la lettre. J'ai loupé malencontreusement ses appels parce que j'étais « sous la douche », et répondu à ses messages WhatsApp de façon à ne pas encourager trop d'échanges. Il a dû en conclure que j'étais en état d'agitation avant les obsèques, et a décidé de me laisser faire profil bas.

— Elastica, dis-je au chauffeur.

— Désolé, Dave, non, ce n'est pas Sleeper. Il s'agit d'Elastica. *Elastica*, répète l'animateur.

— Vous êtes super forte à ce jeu ! s'exclame le chauffeur de taxi.

Je peux passer vous prendre tous les jours ? On pourrait gagner un yacht.

Je ne vais pas jusqu'au yacht, mais je lui donne un bon pourboire quand nous arrivons en haut de la colline, où j'ai soudain la nausée en voyant les gens qui patientent devant la chapelle du crématorium.

Je me demande qui ils sont, quel est leur lien avec Susie – comme un genre de négatif sinistre d'un mariage. Ils viennent de différentes parties de sa vie, et il y en aura beaucoup que je ne connaîtrai pas de vue. Le seul guide touristique dont j'ai besoin n'est pas là.

Et beaucoup que je connais. J'aperçois Justin.

Je suis saisie d'un chagrin incontrôlable en le voyant si beau, si adulte et légèrement mal à l'aise dans son costume cintré de couleur sombre. C'est comme si nous jouions des personnages dans un drame.

Il me voit et me rejoint aussitôt. Nous nous étreignons, et il me chuchote :

— Tout va bien, meuf. Accroche-toi à moi.

Je comprends qu'Ed et lui ont eu de nombreuses conversations pour savoir comment je faisais face, et leur soutien devrait me rasséréner. Ce n'est pas le cas. Celui de Justin me touche, en admettant qu'il n'était pas au courant de la « torride » (torride, *torride*) partie de jambes en l'air.

Juste derrière Justin apparaissent Ed et Hester.

— Eve, ma chérie, te voilà ! Comment vas-tu ? dit Hester en se jetant à mon cou.

Elle s'est fait faire un brushing, ébouriffé par la légère brise, des vagues couleur maïs tombant sur le bleu marine de son manteau, avec gants noirs. Elle sent la rose.

— Viens ici, toi, dit Ed avec tendresse, et je me soumets à une étreinte, le visage dénué d'expression, en pensant *te fatigue pas avec tes conneries copain-copine-chérie, faux-cul.*

L'escroquerie a duré bien longtemps, mais c'est fini.

Hester se met à trifouiller la cravate d'Ed sous son pardessus, et je songe qu'un étrange aspect de la nouvelle information en ma possession est que je pourrais la vilipender ; mais c'est à elle qu'on a fait du tort, plus qu'à moi. Ed et Susie n'ont fait que briser des promesses implicites envers moi. Ed a trompé Hester pour de bon.

Mais quelle hypocrite je fais – l'idée qu'Ed soit infidèle à Hester ne m'a jamais dérangée, il fallait juste que ce soit avec moi. Ce devait être une question d'amour, avec la promesse d'un avenir ensemble. Était-il question d'amour dans cette autre infidélité ?

— Nom d'un petit bonhomme, souffle Justin avant de siffler doucement et de nous faire signe de regarder par-dessus nos épaules.

Émergeant du haut de la colline, je vois les Tasses-à-Thé, en robes noires moulantes, chapeaux tambourins à voilettes, talons de dix, dont deux paires avec semelles rouges Louboutin, et bas résille. Malgré le temps glacial, elles ont choisi de porter leurs manteaux au bras pour mieux exhiber leurs tenues.

— On dirait les maîtresses venues contre la volonté de la famille, dit Justin.

— Tu sais quoi, Susie aurait adoré, dis-je, le cœur serré de penser à ce qu'elle aimait et n'aimait pas. (*Torride.*) Pourquoi pas.

J'aperçois Finlay au loin, impeccable dans son costume et ses chaussures de ville, en train de discuter avec des personnes âgées que je ne connais pas. Je ne vois pas son père.

Le corbillard transportant le cercueil blanc avance lentement jusqu'à nous et j'inspire, expire, et Justin m'agrippe le bras pour me faire savoir qu'il sait combien c'est dur, mais il n'essaie pas de me parler. Je lui en suis infiniment reconnaissante.

Les croque-morts à la mine grave accomplissent leurs rituels quant à la disposition de la voiture, et un autre moment terrible arrive : Justin me lâche et s'avance pour se joindre aux porteurs. Nous avons décidé que ce serait Ed, Justin, Finlay, et le mari d'une de ses amies.

Porter le cercueil, et se concentrer pour ne pas se foirer, a l'air moins difficile que de les regarder faire. C'est une image que je n'oublierai jamais, elle laisse des marques au fer rouge sur mon âme.

À mon grand dam, Hester apparaît soudain à mes côtés, attrapant ma main en se tamponnant les yeux.

Je ne doute pas que Hester soit triste, il faudrait être une forme de vie extraterrestre pour ne pas l'être. Je sais aussi qu'elle se remettra en un rien de temps, parce que Susie était un élément familier de sa vie grâce à Ed, mais personne de réellement essentiel ou précieux à ses yeux. Elles s'agaçaient mutuellement. Hester joue une tristesse possessive qui ne ruinera pas son mascara. Comme elle ne peut être, en ce moment, l'élégante fiancée d'Ed, elle doit être le soutien de la meilleure amie de Susie. Cela ne me dérange pas qu'elle souffre moins mais, par pitié, qu'elle me laisse tranquillement souffrir plus.

Têtes baissées, nous suivons le cercueil à l'intérieur au son de la musique classique que nous avons choisie, les personnes endeuillées qui se reconnaissent entre elles se saluant dans un murmure. Le cercueil, nous a expliqué le prêtre, sera exposé dans la chapelle pendant un temps et la crémation aura lieu après, ailleurs. J'en suis soulagée, car la partie « on appuie sur un bouton, le cercueil disparaît dans le four » m'a toujours semblé funestement comique.

Nous prenons un programme dans la boîte – *oh, son visage, si joyeux, si souriant, si inconscient* – et je réfléchis soigneusement à ma place, sachant qu'Ed et Justin viendront se glisser à côté de Hester et moi.

Je choisis le côté opposé à Fin et autres membres éloignés de la famille, et quelques rangs derrière, pour ne pas surévaluer notre importance.

Je jette un coup d'œil en direction des Tasses-à-Thé et autres collègues de Susie. Quelque chose me dérange, sans que je parvienne à savoir quoi. Alors que je les regarde parcourir le déroulé de la cérémonie, tendant le cou pour voir qui est là et si quelqu'un va prendre place au pupitre, l'évidence me frappe – ils sont *excités*.

Ce n'est pas malveillant, ce n'est pas non plus qu'ils pensent que Susie l'a bien mérité. Mais un départ prématuré et dramatique comme celui-ci… c'est une sacrée histoire. C'est un coup de théâtre spectaculaire. C'est comme lorsqu'une célébrité meurt et que tout le monde reçoit l'info et se dépêche pour être le premier à la poster sur les réseaux. Vous connaissiez le défunt, mais n'y êtes pas tellement attaché, vous êtes donc libre de profiter du frisson de l'événement.

Je comprends enfin pourquoi ma grand-mère prenait tant de plaisir à lire les notices nécrologiques du journal, malgré ses chances grandissantes d'y figurer elle-même.

— Bienvenue à tous à cet office pour commémorer la vie de Susannah Hart, qui, je le sais, était très chère à vous tous qui êtes réunis ici aujourd'hui.

À tous, sauf un.

Je fixe l'arrière de la tête de Fin, qui regarde droit devant lui, et me demande à quoi il pense.

UNE CÉLÉBRATION DE LA VIE DE SUSANNAH HART

Je me concentre sur ces mots jusqu'à ce qu'ils ne soient plus compréhensibles. J'ai l'impression qu'ils m'ont criblée de trous.

La récitation du prêtre des dates et événements clés de la vie de Susie, répétant son importance pour nous tous, la lecture par la tante Val de Susie d'un poème, *La vie continue*, de Joyce Grenfell.

« Ni ne prenez en mon absence / Votre voix du dimanche. »

Un morceau de musique, Billie Holiday, *The Very Thought of You*. Nous avons eu du mal à faire ce choix : Vivaldi et Val Doonican sont faciles à caser quand un retraité décède, parfaits pour le crématorium, mais l'amour de Susie pour les Pet Shop Boys ne nous a pas aidés. Nous avions beau les aimer aussi, c'était difficile d'imaginer que tout le monde puisse rester impassible et pensif en écoutant *Paninaro*.

Justin avait proposé *Being Boring* mais, si nous étions tous d'accord pour dire que c'était une super chanson et qu'elle était appropriée, nous avions peur que son côté pop ne passe pas.

Heureusement, je me suis rappelé que Susie avait adoré entendre Billie Holiday en fond sonore d'un bar de nuit à Rome, qu'elle avait cherché à acheter un album et l'avait écouté en boucle quand nous étions rentrées en Angleterre. C'est un catalyseur, et dès les premières notes, je me revois dans ce bar éclairé par un jukebox et des bougies chauffe-plats, à se bourrer la gueule aux spritz ensemble et à faire des projets pour un avenir dont elle a à peine pu profiter. Mon visage est instantanément inondé.

Puis c'est au tour d'Ed, je le vois se lever au bout de la rangée, ses notes à la main. Écouter Ed lire mon hommage à Susie promettait d'être insoutenable, jusqu'à la découverte d'hier soir. À présent, je ne sais comment qualifier ma réaction émotionnelle.

Au pupitre, Ed tousse dans son poing et lève les yeux vers l'assemblée. Sa silhouette se brouille un instant dans mes larmes alors que je cligne des yeux pour les chasser.

— Bonjour, dit-il. Je n'ai certes que trente-quatre ans, mais j'imagine que ce sera le discours le plus difficile que j'aurai à faire de toute ma vie. En tant que prof, j'inclus la fois où des élèves ont apporté une bouteille de cidre Magners de deux litres en douce pour fêter le dernier jour de classe.

Il esquisse un sourire ténu. Ce n'est pas comme si le public allait l'encourager par des rires à des funérailles.

— Le texte que je m'apprête à lire a été écrit par la meilleure amie de Susie, Eve.

Justin me serre le genou tandis qu'Ed regarde dans ma direction. Je voudrais lui retourner le geste, mais je me mettrais à pousser des hurlements primitifs.

Qui es-tu, Ed ? Je n'ai jamais eu plus besoin de compter sur toi qu'aujourd'hui. L'herbe m'a été coupée sous le pied. Je n'imagine pas te refaire confiance un jour.

— Eve était non seulement l'une des personnes que Susie aimait le plus au monde, et inversement, mais elle sait aussi trouver les mots, dit-il. Nous avons pensé qu'il était approprié de parler de Susie telle que ses amis la voyaient. Eve sait écrire, je sais lire, c'est donc un travail d'équipe.

Il toussote de nouveau et je me crispe, attendant d'entendre mon texte dans la bouche d'Ed. Quoi qu'il arrive, je suis bien contente de ne pas avoir essayé de le lire moi-même. Je n'aurais pas réussi à prononcer une seule phrase.

— Eve a rencontré Susie à l'école primaire dans les années 1990. La première photo où on les aperçoit ensemble est celle d'une crèche vivante. Susie était la Vierge Marie, naturellement choisie pour le rôle principale, comme toujours, et Eve était la partie postérieure d'un chameau. Naturellement choisie pour jouer l'arrière-train d'un ruminant, comme toujours.

Ed lève les yeux et précise :

— Juste pour rappel, c'est Eve qui a écrit ça.

Cette fois, l'auditoire rit vraiment.

— S'en est suivi ce qui allait devenir un incident notoire de l'école primaire de l'église anglicane Saint-Peter : l'avant du chameau a fait un malaise et a vomi dans la tête du costume, et l'arrière du chameau s'est difficilement extirpé de son costume et est resté planté là en maillot de corps et pantalon, couvert de traces de vomi. Les autres enfants hurlaient. Susie Hart, toujours prompte à composer avec ce qu'on lui donnait, s'est écriée : « Regardez, le chameau aussi a accouché, comme moi ! », et elle a incorporé l'incident dans le scénario.

Là encore, une onde de rire parcourt l'auditoire.

— Depuis ce jour, elles formaient un duo inséparable. À première vue, Susie et Eve étaient en parfaite contradiction. Susie était capitaine de l'équipe de netball, tandis qu'Eve portait un faux bandage pour être dispensée d'EPS et lire les romans de la série *Les Jumelles de Sun Valley*.

« Susie n'avait que faire des règles, et elle était prête à tout pour ses amis. Susie était une gagnante de la vie, jusqu'à ce qu'une fraction de seconde de malchance épouvantable nous la ravisse. Pourtant, elle ne passait jamais son chemin face à ceux dans le besoin. Elle s'identifiait fortement aux outsiders, tout en étant une élève exemplaire qui réussissait tout ce qu'elle entreprenait. C'était son pouvoir magique. Eve se souvient d'une fois où une fille de leur classe se faisait harceler parce qu'elle avait des chaussures bas de gamme :

non seulement Susie l'a défendue, mais elle a acheté la même paire et les a mises pour aller à l'école pendant les semaines qui ont suivi. Quand Eve l'a félicitée pour son acte héroïque, Susie a haussé les épaules et dit : "Bah, je déteste les petites brutes. Et puis, de toute façon, je trouve que ça me va bien, le cuir vernis gris." »

Un autre rire.

— C'était Susie. Sardonique, téméraire, sûre d'elle, avec une humanité et un humour qui transparaissaient toujours. Eve précise qu'en écrivant ce texte elle s'est rendu compte que tout ce qu'était Susie était contenu dans cet instant, à huit ans, quand elle l'a sacrée bébé chameau de Dieu couvert de vomi. Assurance et compassion, et une tonne de culot.

« Il n'existe pas de mot pour dire à quel point Susie manquera à notre groupe d'amis, ni pour calculer tout ce qui nous a été retiré. À tous. L'amitié que l'on partage avec des amis que l'on connaît depuis son enfance a quelque chose d'exceptionnel. Ces amis-là connaissent toutes les versions de vous. Ils savent comment vous êtes fait. Ils possèdent une cartographie de votre personnalité. Il y a un code entre vous, et un amour aussi fort qu'un lien du sang. »

La voix d'Ed vacille et il marque une pause pour se reprendre.

— Je vais lire la conclusion d'Eve à la première personne.

« Je ne m'attendais pas, après la mort de Susie, à ressentir une telle angoisse. L'angoisse de me dire qu'elle serait oubliée. Pas son nom, ni son visage, ni ses réussites, pas les choses officielles. L'angoisse que sa voix, sa façon de parler, son attitude, tout ce qui lui était propre et la rendait unique, tombent dans l'oubli. Je voulais qu'elle soit là, et que ses contributions et ses opinions soient encore avec nous. Qu'elle se conjugue au passé semble impossible, alors qu'elle était si vivante. En écrivant cet hommage, je me suis demandé : que dirait Susie si elle le lisait ? Son avis était le seul qui m'importait et le seul que je ne pouvais pas avoir.

« Je l'ai imaginée en train de le lire, le menton posé sur sa main, mâchouillant le cordon de cet affreux sweat à capuche d'un club d'aviron, qu'elle portait en permanence. L'anecdote du chameau l'aurait fait rire, et elle aurait dit quelque chose comme "Punaise, tu te rappelles du prof de sport ? Attila le *hmm*." Puis elle aurait dit, à la fin, la bouche un peu de travers et essuyant une larme : "Oh ! ma petite fleur bleue, viens me faire un câlin. Je ne sais pas, c'est tellement mignon. Ça me fait un peu passer pour un mix entre Mère Theresa et Samantha de *Sex and the City*, non ? Je ne me souviens pas de cette histoire de chaussures, tu es sûre ? Oh ! bon, si tu le dis. Tu peux être ma biographe officielle, t'es embauchée. Quelqu'un d'autre se chargera d'écrire les trucs scandaleux, sur la fois où j'ai chanté *Happy Birthday Mr President* avant de me pieuter avec lui." »

Ed marque une pause.

— J'espère ne jamais cesser d'entendre la voix de Susie, et de perpétrer son souvenir. Ces dernières paroles illustrent parfaitement l'esprit de Susie Hart telle que nous la connaissions : Susie, tu as toujours été too much. Mais nous en voulions plus. Merci.

Ed referme ses notes et descend de l'estrade.

Les gens applaudissent, ce qui ne doit pas arriver souvent à des obsèques, et je le prends comme le signe que nous avons fait honneur à Susie.

Justin pose sa main sur ma cuisse et dit, d'une voix étranglée :

— Parfait, Eve. Parfait.

J'entends à peine le discours de fin prononcé par le prêtre.

Et tandis que nous sortons au son de la bande originale de *Twin Peaks*, je ne pense qu'à une chose. Au costume de Susie qui disait : « Elle est remplie de secrets. »

19

— La quiche est très bonne, finalement, dit Hester, et je sais qu'elle doit l'être, car elle ne distribue pas les compliments à la légère, pour ne pas dire jamais. Tu veux ma deuxième part ?

Elle a fait son remplissage d'assiette à la queue-leu-leu au buffet, où on se sert sans réfléchir avant de partager son butin de chasseur de primes en revenant à table.

— Non merci. Mais c'est vrai que ça a l'air bon.

— Pas faim ? reprend Hester, et je secoue la tête. Eh bien, au moins, dis-toi que tu vas maigrir. À toute chose malheur est bon.

C'est du Hester classique, à côté de la plaque, et je ne prends pas même la peine d'être outragée. Il n'y a pas de Susie à qui envoyer un message, pas de 4G au paradis.

Ta mort brutale a un bon côté, maintenant je rentre dans ma robe Whistles. Tu sais, celle en imprimé zèbre avec la taille si fine que c'était comme un test de pénitence.

Attends, tu veux dire que si tu avais acheté une taille au-dessus, espèce de corbeau vaniteux, je n'aurais pas été obligée de mourir ?

Alors que Hester plante sa fourchette dans sa salade de pommes de terre, je regarde avec curiosité le sommet de son crâne, sa raie platine impeccable, en pensant : *j'étais tellement jalouse que tu aies*

Ed, mais l'avais-tu vraiment ? Que se passait-il pendant tout ce temps, au juste ? Que se passerait-il si je lui disais qu'il était allé voir ailleurs ? Est-ce qu'elle le quitterait ?

La veillée se tient dans un décor d'hôtel de charme au style luxueux et excentrique – chandeliers, cheminée à foyer ouvert, vaisselle dépareillée et Chesterfield colorés – qui serait parfait pour une soirée à une autre occasion.

En l'état, c'est un genre particulier de fête, vidée de toute énergie. On a tous les attributs d'une petite sauterie, sans la bonhomie. Quand une personne part « à son heure », comme dit ma mère, on y trouve un réconfort. On a le droit de se dérider après les adieux. Pourtant, on a beau être censés « célébrer » Susie, évidemment, nous en sommes incapables. *Mes bien chers frères, nous sommes réunis en ce jour pour survivre à cette chose qu'on appelle la mort.* Le volume augmente un peu avec l'ivresse, mais c'est encore timide.

Ma mère voulait venir, mais elle avait une sortie marche prévue avec ses amies, et je ne voulais pas qu'elle la rate. Perdre un jour de congé pour aller à des obsèques ne semblait pas juste, vu tout ce dont elle doit profiter.

Dès notre arrivée, nous avons trouvé une table dans un coin, un territoire en partie cerné de murs, pour pouvoir le défendre plus facilement. Justin a acheté une bouteille de Veuve Clicquot, qu'il nous amène dans un seau de glace, déclarant que ça ne lui fait ni chaud ni froid « si l'oncle Rod de Chepstow désapprouve ». (C'est un parent générique, je ne crois pas que Susie ait réellement un oncle Rod de Chepstow qui désapprouve ou non.)

— C'était la boisson préférée de Susie et elle s'en tamponnerait le coquillard que le champagne ne soit pas la boisson d'usage à des veillées. D'ailleurs, c'est précisément ce qui lui plairait.

Je tourne soigneusement le dos à la salle pendant que retentit le bruit pop-paf-pschit caractéristique du bouchon qui saute.

— À Susie, reprend Justin en levant son verre. Notre plus chère amie. Elle n'est plus là mais, en ce qui nous concerne, elle sera toujours parmi nous.

Nous levons nos verres et marmonnons :

— À Susie.

Je pense à elle sur ce chariot. Immobile.

— C'était quoi ce truc stupide qu'elle disait tout le temps quand elle en prenait « un pour la route » ? demande Ed.

— Le sherry du Père Noël, dis-je.

Ed éclate de rire, et je m'empresse de détourner le regard au cas où il essaierait d'en faire un moment de connivence.

Notre plus chère amie, absente. Sa Non-Présence me donne mal au ventre, c'est ce qu'elle et moi appelions le « creux triste ». J'ai perdu tout un glossaire avec elle, un répertoire partagé de choses que nous étions les seules à comprendre.

Si Susie me revenait, cependant, aurions-nous une dispute si puissante qu'elle pourrait mettre fin à notre amitié ? Je voudrais avoir les réponses à des choses dont je doute que nous nous remettrions un jour. Elle est morte deux fois.

— Ed, tu veux de la quiche ? propose Hester.

— Non merci. Je me suis gavé de roulés aux saucisses.

C'est fou à quel point une découverte révélatrice peut changer votre perception d'une personne du tout au tout.

Comme nous sommes le principal groupe d'endeuillés, mis à part le frère saturnin de Susie, les gens sont venus nous présenter leurs hommages. Au lieu de s'asseoir, Ed est resté debout, agissant comme un satellite – il salue les gens quand ils arrivent, les remercie des louanges faites sur sa lecture, leur indique où se procurer les boissons offertes par la maison, gère le trafic.

Avant, j'aurais pensé : oh, c'est tellement gentil de sa part, il fait notre promotion et nous protège à la fois.

Maintenant, c'est : je vois que tu te donnes de l'importance, tu te fais notre ambassadeur, qui t'a demandé de faire ça ?

Est-ce parce que Susie était plus importante pour toi que nous ne le pensions ?

— Excusez-moi, êtes-vous *Eve Harris* ?

Un homme d'une trentaine d'années me tape sur l'épaule, prononçant mon nom comme si c'était l'appellation exotique d'un plat qu'il voudrait commander sur un menu.

— Je m'appelle Andy, je travaillais avec Susie chez Deloitte. C'était un très beau texte. C'est vous qui l'avez écrit ?

Je confirme et le remercie, et nous échangeons quelques banalités sur le boulot. De temps en temps Andy secoue la tête en disant « Quelle horreur, c'est si affreux », comme s'il craignait que je pense qu'il avait oublié la raison de notre présence ici.

Je me dis, *Il faut que je raconte à Susie que j'ai rencontré Andy*, puis je me rappelle que je ne peux pas. Les éventuelles infos que Susie pourrait me donner sur lui resteront à jamais inconnues. J'imagine les machines à l'hôpital, avec leur tonalité monotone. Je veux rentrer chez moi et être seule.

— Elle parlait beaucoup de toi, me confie Andy.

— Oh ! vraiment, dis-je d'un air absent pour ne pas y penser et m'effondrer.

— Oh oui ! Elle te citait sans arrêt, elle disait que vous étiez inséparables depuis l'école ! « Nous sommes d'exacts opposés parfaitement semblables », voilà comment elle te décrivait.

Andy me fait un grand sourire. Ça part d'une bonne intention. Je vois qu'il se veut réconfortant. Mais chaque mot est comme un tournevis qu'on m'enfonce dans les tibias.

Je le remercie avec effusion et m'excuse pour aller aux toilettes. Je tombe sur Finlay Hart au moment de passer une porte, proximité qui exige un genre d'interaction. Il semble aussi ravi que moi. Il est rasé de près aujourd'hui, et je retrouve l'étincelle des gènes de Susie. Son hostilité suinte par tous les pores de sa peau, c'est fou : malgré son statut évident de beau garçon, je doute que même les Tasses-à-Thé le matent discrètement. Bon, d'accord, peut-être qu'elles le font mais, en retour, elles doivent se prendre de sévères radiations.

Dans un accès de rancœur ignoble, j'en veux à Dieu d'avoir choisi de faire mourir la sœur et laisser vivre le frère. Dieu n'a rien choisi, bien sûr. Pas plus qu'Il ou Elle n'a choisi ce que je suis en train de boire.

J'ai toujours raisonné ainsi, mais j'en suis plus convaincue que jamais, aucune chance que je me tourne vers la religion. Pas étonnant qu'on joue à se dire *si ça doit arriver, ça arrivera*, tant cette brutale absurdité est dure à avaler.

— Merci d'avoir tout organisé, dit Finlay, formel, sans effusion. C'était très bien. Aussi bien qu'on puisse l'espérer.

Le roi des compliments nuancés.

Je hoche la tête et dis :

— Merci.

La petite amie rousse qui avait manqué de savoir-vivre à l'enterrement de sa mère est introuvable, mais peut-être parce qu'elle a décidé que, concernant les proches de Finlay en Grande-Bretagne, une fois suffisait.

— Ton père n'est pas là ?

Fin fait non de la tête.

— Impossible de lui faire comprendre que Susie n'était plus là, donc impossible de le faire venir.

— C'est dommage.

— Oui et non. Cela lui épargne cette douleur, dit Fin.

— Oui, j'imagine.

Quand on fait preuve de compassion envers Finlay Hart, on se fait rabrouer comme un enfant au lieu de recevoir les politesses réconfortantes d'usage. Ça m'agace.

— Est-il possible qu'il finisse par comprendre et soit contrarié d'avoir manqué les obsèques ?

— Sa maladie ne fonctionne pas comme ça. Il n'est pas lui-même le mardi puis un homme atteint de démence le mercredi.

— Non, je sais, mais je pensais que sa mémoire pouvait aller et venir, comme la marée. Susie a dit qu'il lui arrivait d'être parfaitement lucide ?

Fin me dévisage, me jauge, réfléchissant à sa réponse.

— Ce n'est pas ce que j'ai vu de son état. Certains faits sont immuables. Le fait qu'il pense que Susie est adolescente semble en être un.

— Et toi ? Il pense que tu as le même âge ?

Je sais que c'est indiscret et potentiellement injuste de poser cette question. C'est loin d'être un sujet évident. Je suis consciente de faire ce truc que j'ai l'habitude de faire avec les personnes que je n'aime pas : les pousser à dire quelque chose qui prouverait que mon aversion est justifiée.

— J'ai – j'avais – deux ans de plus que Susie, donc j'étais à Londres à cet âge-là, il me semble.

— C'est vrai.

— En parlant de l'intérêt que tu portes à ma famille, j'ai consulté un avocat à propos de ces lettres. En l'absence d'un testament, la maison de Susie et ses biens appartiennent à mon père et moi. Ce que tu as fait est illégal. Tu ferais mieux de me rendre ses affaires tout de suite, plutôt que de laisser cette histoire prendre une tournure officielle et onéreuse.

— Tu veux vraiment faire ça à sa veillée ? dis-je, plus agitée et intimidée que je ne le laisse paraître.

— Je n'ai aucune envie de faire ça. C'est toi qui as causé cette situation.

— Finlay ? C'est bien toi ! Bonté divine !

Un ami-ou-parent d'une soixantaine d'années se joint à nous, et j'apprécie grandement cette interruption.

Je m'éloigne avant de pouvoir dire quoi que ce soit d'autre, car ce serait sans ma « voix du dimanche ».

— C'était quoi ces confidences intenses que tu as échangées avec le frère maléfique ? Je commence à en pincer pour lui, tu sais.

Il a débarqué au Caffè Nero comme Dracula rentrant dans sa crypte à 2 heures du matin après s'être rassasié du sang des vierges.

— Beurk, tu as toujours eu mauvais goût. À part Francis.

— C'est vrai.

Que Justin admette une telle chose sans broncher prouve qu'il n'est pas dans son assiette. Il y a un an, Francis s'est illustré pendant quelques mois dans le rôle de petit ami officiel de Justin – chose rare –, et il était un véritable rayon de soleil. Jusqu'à ce que Justin déclare que « désolé, tant de gentillesse c'est trop de pression ! » pendant que Susie hochait la tête pour dire qu'elle comprenait et qu'Ed et moi échangions un regard confus. (« Tu préfères te taper un gros trou du cul ? » « Tu as mal choisi tes mots, Edward ! »)

Justin a les yeux rosis par le champagne et les larmes et a visiblement du mal à rester l'exubérant personnage qu'il est d'ordinaire. De temps en temps il me tapote le bras d'un air absent, pour me répéter, sans un mot : *que s'est-il passé, bon sang, comment ça a pu arriver ?*

Nous redoutons la vie après ce jour.

Quand il viendra ce sentiment de *bon, ben voilà* et que la « normalité » reviendra. Nous avons décidé de ne pas honorer la tradition du quiz prochainement, en témoignage de respect. En vérité nous reculons parce que nous savons que la chaise vide, la réplique qui ne viendra jamais ou le paquet de Scampi Fries que nous n'aurons pas besoin d'acheter nous affaibliront encore plus. Une fois cette étrangeté passée, la Non-Présence s'installera pour de bon.

— En fait – je me retourne pour vérifier que Fin est bien de l'autre côté de la mêlée –, il veut que je lui rende une boîte de journaux intimes que j'ai prise chez Susie. Tu te rappelles quand Ed et moi avons « fait le ménage » ? Fin dit que tout ce qui se trouve dans la maison de Susie appartient à la famille.

— Comment savait-il que c'était là ?

— Il a demandé si j'avais pris quelque chose et j'ai lâché le morceau, comme une débile. Maintenant il dit qu'il va prendre un avocat et m'obliger à la lui rendre si je refuse.

— Il tient tant que ça à récupérer ses journaux intimes ? Pourquoi, pour l'amour du ciel ? Qui veut savoir qui a doigté sa sœur en troisième année ?

Je manque de recracher mon vin.

— C'est tout ce que ce sera ! s'écrie Justin. Dieu bénisse notre Susie, mais ses journaux intimes ne vont pas faire concurrence à Samuel Pepys[1]. Elle m'a dit un jour : « Pourquoi lire un livre alors que je peux reregarder *Potins de femmes* avec un pot de Ben & Jerry's ? »

— Je ne sais pas ce qu'ils contiennent. Je ne compte pas les lire, fais-je, mal à l'aise.

— Et moi qui pensais que c'était la poudre à nez, la découverte controversée. Je les lui rendrais à ta place, E.

— *Sérieux ?*

Il me semblait si évident que je devais résister, d'un point de vue moral.

— Oui. Si ça tourne au vinaigre. Tu n'as pas besoin de ça.

— Mais… ça excéderait Susie qu'il les ait.

— Il y a bien d'autres choses qui l'excéderaient, dans cette histoire, mais ce n'est pas de notre ressort, n'est-ce pas ?

Cela me surprend. Justin est bien plus pragmatique que moi. Il a également un caractère bien plus proche de celui de Susie que moi, ce qui me force à penser qu'elle serait peut-être de son avis.

— C'était sa sœur, Eve. Il a tous les droits.

— Ouais, ça, tu l'as dit.

Je jette un coup d'œil à Finlay et ses mâchoires crispées, isolé dans un coin de la pièce. Je parie qu'il méprise tout le monde ici. Je parie qu'il veut prendre la tangente pour aller direct à la passerelle d'embarquement et monter à bord de son 747, avec un frisson

1. Membre du Parlement et haut fonctionnaire de l'Amirauté anglaise du XVIIe siècle connu pour son *Journal*, qui relate des événements majeurs de la restauration anglaise.

de dégoût et de pitié. Nous sommes le petit village d'où il s'est échappé. Enfin, la ville.

J'ajoute :

— Ils se détestaient.

— Peut-être. Mais ce n'est pas à nous d'être juge et partie.

— Mais c'est Ed qui disait que nous devions protéger la réputation de Susie.

En prononçant ces mots, je prends conscience de leur signification, de leur ironie. Si c'était pour dissimuler cette information, pourtant, les effets personnels de Susie n'ont pas eu l'air de l'intéresser. Je ne sais plus que croire. Je ne sais pas qui il est, qui était ma meilleure amie, ni pourquoi le monde m'est devenu méconnaissable en l'espace de quelques jours. J'ai la sensation insurmontable d'avoir été follement, horriblement négligente, d'avoir laissé tout cela se produire.

— Je vais être franc dans le but de te faire un choc. Cela n'arrive pas souvent, il est vrai, mais Edward Cooper est capable de se tromper.

Justin coule un regard que je suis la seule à voir en direction de Hester, en train de remettre une mèche de cheveux en place autour de son visage en se regardant dans un miroir de poche.

— Hmm. Je vais prendre l'air, dis-je avec un sourire, en prenant mes lunettes et, en deuxième intention, une des nombreuses bouteilles posées sur la table, parce que j'ai besoin d'une véritable échappatoire loin des autres.

L'hôtel possède une terrasse, avec des tables en bois couvertes. Elle est pavée et éclairée par des guirlandes et des lampes chauffantes, le ciel hivernal s'étant assombri. Je sais que les portes ne sont pas fermées à clé, j'ai vu des fumeurs s'y glisser furtivement, leur briquet à la main.

Punaise, ce que j'aimerais être fumeuse, là, tout de suite. Susie a exigé que j'abandonne ce vice, et le sien a contribué à sa mort.

Je sors et règle mon langage corporel sur « ne venez pas me parler svp », grâce à mon air renfrogné, la tension dans mes épaules et l'absence de tout contact visuel. Ça fonctionne, ne serait-ce que parce que les gens savent qu'il ne faut pas embêter une personne endeuillée qui reste seule.

Je trouve une table au bout de la terrasse et y pose ma bouteille de vin. La température glaciale aide à retrouver la sobriété, et la vue des toits de la ville de nuit est de toute beauté. M'aidant d'une bonne gorgée de vin blanc, j'essaie de trouver une sorte de paix intérieure.

Je m'imagine un instant debout sur le muret, comme une nageuse sur un plongeoir, et sauter dans le fouillis noir d'encre des buissons en contrebas. Dévaler la colline en roulant en direction de la route, jusqu'à heurter quelque chose d'assez dur pour m'arrêter. C'est plus attrayant que ça ne devrait l'être.

Je me retourne vers la veillée, considérant avec rancœur la foule de l'autre côté des vitres couvertes de buée. Alors oui, bien sûr, tous sont désolés que ce soit arrivé, mais tous vont reprendre leur vie sans problème dès qu'ils seront partis, et je déteste ça.

Pour nous, rien ne sera jamais plus pareil. C'est comme si vous perdiez une jambe et que tout le monde venait à votre chevet à l'hôpital, vous consolant en disant qu'il vous en reste une, avant de partir en faisant des sauts de puces sur leurs deux jambes. Je suis jalouse de tous ces gens.

— Coucou, toi. Tu fais une pause ? dit Ed à mon coude, me faisant sursauter.

— Oh ? Oui.

Je regrette de ne pas avoir préparé son approche, réfléchi à une réplique qui pourrait l'expédier froidement sans rien révéler. En tête-à-tête, impossible d'éviter Ed, comme mes sentiments blessés l'exigeraient. Feindre une chaleur envers lui m'est insupportable.

— Ça s'est bien passé je crois. Nous lui avons fait honneur, dit-il.

Il a retiré sa cravate noire, et son costume gris foncé lui va bien au teint. Puisse-t-il flétrir et périr.

Je hausse les épaules.

— J'espère. Difficile à dire. Ce n'est pas pour ceux qui la connaissaient bien, tout ça, si ? dis-je en montrant la salle d'hôtel avec mon verre. En fait, c'est pire que ça, ajouté-je après une pause, m'énervant presque. C'est pour des gens qui n'en n'ont rien à foutre.

— C'est faux, réplique Ed. C'est juste que ça les touche moins que nous.

— C'est pas le moment de me donner ton point de vue super raisonnable et pondéré. Laisse un truc tout pourri être tout pourri.

— Je ne dis pas que ce n'est pas tout pourri.

Je voûte les épaules et me détourne de lui pour contempler le ciel d'encre parsemé de nuages.

— Il faut qu'on veille les uns sur les autres. C'est la seule façon de s'en sortir, reprend Ed d'une voix voilée. C'est la seule conclusion que j'en ai tirée.

Je ne réponds pas.

— Tu m'en veux pour quelque chose ? demande-t-il avec hésitation. Est-ce que j'ai massacré ton éloge funèbre ?

— Non.

— Non aux deux questions ?

Je ne savais pas que j'allais le dire, jusqu'à cet instant précis. Au milieu de la tourmente de l'ivresse, sans savoir quoi faire d'autre, pouf, ça sort de ma bouche. Et quand je les prononce, les mots semblent dentelés, comme si j'avais avalé un objet métallique pointu qui me déchire les entrailles en se frayant un chemin hors de moi.

— Tu as couché avec Susie.

20

— Quoi ?

Je regarde Ed, et la surprise sur son visage. Et cela me confirme que c'est vrai. Même son hésitation d'une fraction de seconde, presque imperceptible, avant le « quoi ? ».

Pour une personne innocente, ce serait un « attends, quoi ? ! » immédiat.

Pas un « [Oh-mon-Dieu-comment-elle-sait, déglutition, réponse demandée] *Quoi ?* »

— Tu m'as entendue.

Il était impossible que ce ne soit pas vrai, bien sûr, mais quelque part, en avoir la confirmation est choquant et dramatique. Certaines vérités, comme le décès de Susie, sont trop titanesques pour être digérées d'un coup.

La peau d'Ed est aussi pâle que le ventre d'un poisson. Les gens les plus proches de nous, qui étaient de toute façon hors de portée de voix, ont fini leur cigarette et retournent à l'intérieur, enveloppant ce moment d'inquisition d'un silence encore plus mortel.

— Qu'est-ce que tu veux dire ?

— Tu ne comprends pas « couché avec » ?

— Si, mais pourquoi tu dis ça ?

— Parce que c'est vrai.

Ed me dévisage, essayant désespérément de déchiffrer mon expression.

— Quand ? dit-il.

Mais il est loin d'être serein, je vois sa peur.

— Il faut que je te définisse une période précise ? C'est arrivé plusieurs fois ?

— Non, s'empresse de dire Ed, s'efforçant de recouvrer son sang-froid, de trouver comment gérer la situation.

Le mélange d'alcool et d'un malheur immense à fendre l'âme m'a conféré une super force pernicieuse. Je me rends compte que toutes les expressions de colère dans ma vie ont été bridées par la peur de l'image que cela renverrait de moi, la façon dont cela pourrait affecter l'autre personne, ou le risque de me faire virer. Par les conséquences, en gros.

On dit souvent « Je m'en fous ! » mais on le pense rarement. Moi, je ne m'en fous pas. C'est juste que je n'ai plus rien à protéger ni à perdre. J'ai déjà tout perdu. Je suis l'histoire des origines d'un super méchant de comics.

— D'accord, dit Ed, le souffle court. OK. Écoute. Ce n'est pas le lieu…

— Hah ! (Je lâche un pouffement ivre, maléfique.) Bien sûr, j'aurais dû choisir une des nombreuses autres occasions où il était opportun d'évoquer le fait que tu es un menteur infidèle qui a abusé de notre défunte amie…

« Abusé » ? Je ne sais pas d'où sort ce concept mais, quand le vin est tiré… Une fois encore, sous le coup du stress, je parle plus vite que je ne pense.

— Malheureusement, je ne l'ai découvert qu'hier soir.

Ed se mord l'intérieur de la joue, front plissé, essayant de ne pas s'incriminer davantage. Je ressens une satisfaction macabre de lui avoir jeté cette grenade pendant la veillée, il doit lui aussi y faire face à présent.

Après ce qui ressemble à une délibération interne brève et agitée, il demande d'une petite voix :

— *Comment* l'as-tu découvert ?

— Une lettre. Dans la boîte que j'ai prise chez elle.

— Je croyais que tu ne voulais pas les lire ?

— Moi aussi. Mais il y avait une enveloppe déchirée sur le dessus, et bingo.

Nous nous dévisageons dans l'éclairage tamisé. Une brise nous décoiffe, mais aucun de nous ne tremble. Je résiste consciemment à tout échange de regards entendus qu'Ed tente de m'imposer. *C'est fini, pour de bon. Essaie de te sortir de là, va.*

Il ouvre la bouche.

— Vous n'êtes pas congelés, vous deux ? ! Qu'est-ce que vous faites ici ?

Nous nous tournons vers Hester, bras croisés sur la poitrine dans sa robe moulante bleu marine.

— Ne faites pas attention à moi, vous parliez de quoi ? Ça avait l'air intense.

— Juste de la lecture…, dit Ed.

— Quoi, la lecture ?

Il y a une pause.

— Je vois qu'Eve est bien équipée, reprend Hester en regardant ma bouteille.

Pas maintenant. Pas ici. Pas question.

— Oui, je bois un coup après avoir dit adieu à ma meilleure amie, si ça ne te dérange pas, dis-je.

Hester m'ignore et poursuit :

— Justin est en train de convaincre les serveurs de faire des negronis. Berk. On dirait des médicaments contre le mal des transports.

Ed se rend compte qu'il est passé d'une situation incendiaire à une situation encore plus inflammable, si je décide de partager ma découverte avec Hester, et il s'empresse de répondre :

— C'est plus qu'indiqué. Je vais peut-être reprendre une pinte, d'ailleurs.

— Tu vas avoir la gueule de bois, intervient Hester.

— Ouais, et alors ?

Cela ne m'intéresse pas le moins du monde de combler le temps mort qui suit par du bavardage, bien qu'étant consciente que, s'il se prolongeait, Hester pourrait se rendre compte qu'elle a interrompu une dispute. Je sens qu'Ed essaie de trouver quelque chose à dire, mais les possibilités sont limitées dans de telles circonstances.

— Eh, au fait, tant que je te tiens, me dit Hester. Je voulais te prévenir, en tant que demoiselle d'honneur. Après maintes réflexions et discussions, Ed et moi allons maintenir le mariage comme prévu.

Je réponds :

— Oh ?

— C'est un moyen de se tourner vers l'avenir, dans toute cette morosité.

— Certes.

À l'image de ma perte de poids, le mariage est un moyen de rétablir l'équilibre. C'est une chose de savoir qu'une personne est insensible, et une autre de la voir montrer à quel point elle l'est quand vous êtes plus sensible que jamais.

Ed a les yeux braqués au sol.

— Je vais voir si Verity accepterait de prendre la place de Susie en tant que demoiselle d'honneur. Ne lui dis pas que Susie était mon premier choix, à aucun des essayages, tu veux bien ? ! Je ne veux pas qu'elle se vexe d'être sur le banc des remplaçantes. Franchement, tu verras, elle va toujours dire le contraire de moi sur le choix de la robe. Elle est magnifique, mais je ne connais *personne* d'aussi vaniteux, haha.

Je hoche la tête et bois un coup, et Ed évite mon regard, certainement pris dans de nouveaux abysses de son martyre.

Eh bien, tu as accepté de l'épouser.

Silence.

— *The show must go on*. C'est ce que Susie aurait voulu, dit Hester pour se reprendre, je crois.

Puis elle porte le coup de grâce : ses yeux se remplissent de larmes Disney. J'imagine un homme se précipiter pour poser sa veste sur ses épaules frissonnantes. Ed reste figé sur place.

Hester a trouvé mon point de rupture. Jamais je n'ai dit un mot pour la contrarier, pendant toutes ces années. Mais un barrage a cédé.

— Ce qu'elle aurait *voulu ?* Ce qu'elle aurait voulu, c'est ne pas être un tas de cendres de cheminée dans un four industriel de Wilford.

— Chut, bon sang, Eve, fait Hester en regardant autour d'elle, choquée par mon mauvais goût. Ce n'est pas le moment pour cette… tournure de phrase unique.

— Pas le moment ? C'est toi qui parles d'essayages de demoiselles d'honneur pour la remplacer.

— Une seconde, vous, vous avez le droit de faire des blagues, mais dès que je parle d'autre chose c'est déplacé ? C'est ça ?

— Ce qui me dérange, c'est que tu te serves des souhaits imaginaires de Susie comme excuse. Elle s'en taperait royalement de savoir si ton mariage est maintenu ou pas. Laisse-la en dehors de ça.

— Waouh, comme « excuse » ? répète Hester en grimaçant. D'accord. Merci. Je ne comprends pas pourquoi tu t'en prends à moi. Tu penses que, par respect, on devrait annuler et perdre deux mille livres…

— Je m'en tape, dis-je avec assez de force pour qu'elle ait l'air sincèrement surprise. Ce soir, personne n'en a rien à carrer de ton mariage, Hester. Désolée de devoir te le dire. Si tu veux trouver le ton juste, autant te mettre au tuba.

Je découvre que je n'ai pas peur d'elle. J'ai l'impression d'être une race hybride entre Bette Davis et un cobra.

Hester n'a pas l'habitude qu'on lui reproche son comportement, et cela se voit. Comme une personne en mauvaise condition physique à qui on demande soudain de courir, elle est incapable de recevoir des critiques négatives, elle souffle et s'essouffle. Alors que j'ai l'impression que cela fait des années que je m'entraînais pour cet instant précis.

— Parler de mon mariage, de *notre* mariage, corrige-t-elle en se tournant vers Ed, se disant soudain qu'il devrait la soutenir, s'inscrit dans l'idée que « la vie continue ». Tu étais d'accord pour qu'on maintienne et, pourtant, je ne t'entends pas dire que tu es d'accord, là, tout de suite ?

Un silence pénible s'installe, puis :

— J'étais d'accord, dit Ed. Mais tu n'avais pas besoin d'en parler maintenant. Eve a raison, ajoute-t-il, et Hester se met à bouillonner de colère, flottant à cinq centimètres au-dessus du sol. Laisse tomber.

— Tu choisis son camp, après qu'elle m'a parlé comme elle m'a parlé ? s'offusque Hester en pointant un doigt sur moi, pour identifier le coupable aux yeux du jury.

Ed ne répond pas.

Hester plisse les yeux.

— J'en ai tellement marre, bordel, de votre façon de vous comporter les uns avec les autres, dans votre petit gang exclusif, et de votre… *supériorité*. Ne déforme pas mes mots pour rejeter la faute sur moi parce que tu es triste et aigrie, me dit-elle.

Elle essuie ses yeux soudain dégoulinant de larmes et retourne à l'intérieur de l'hôtel d'un pas raide. Elle aurait tout aussi bien pu dire « Au pied ! » à Ed, tant il est évident qu'elle s'attend à ce qu'il la suive.

Je ne ressens ni regret, ni gloire, ni inquiétude quant à d'éventuelles répercussions de cette dispute. Je ne ressens rien. Je suis apathique.

— Désolé, fait Ed en se tournant vers moi, avec l'expression d'un homme qui a pris un an en une minute.

— Pour quoi ? dis-je.

D'ordinaire, c'est une réponse que l'on fait à des excuses pour absoudre la personne mais, ici, c'est une accusation.

— Hah, fait-il en se frottant la tempe. Je t'appellerai, ajoute-t-il à voix basse, puis il se dirige à l'intérieur pour retrouver Hester.

En le suivant des yeux, je tombe sur Finlay Hart, appuyé contre le mur, dans l'ombre, la braise d'une cigarette luisant dans une de ses mains. Je tressaillis intérieurement en le découvrant dans l'obscurité, assez près pour avoir entendu chaque mot de l'altercation.

Depuis combien de temps est-il là ?

Il me sourit, jette son mégot de cigarette et l'écrase sous son talon. C'est la première fois que je le vois sourire. J'aurais pu savoir qu'il n'aime que le triomphe pernicieux. Et les Marlboro Gold.

— Je peux t'aider ? dis-je.

— Vois le bon côté des choses.

Eurk.

— C'est-à-dire ?

— On dirait bien que tu ne seras pas obligée d'être demoiselle d'honneur.

21

Trois semaines plus tard

Chaud devant !

Sexy Yoga avec Olga (oui, ça s'appelle vraiment comme ça) à Loughborough

Il y a la stupeur et le chagrin, et puis il y a la corvée fatigante et répétitive que représente la vie d'après. J'ai appris que ce sont des choses différentes.

C'est le sursaut d'oubli, le pire. *Oh je vais envoyer un message à Susie pour voir si… Oh je me demande si Susie veut des places pour… Qu'a dit Susie à ce propos déjà ? Je vais lui…*

Chaque fois, la réminiscence est un traumatisme, comme la nausée qui vient quand on s'arrête subitement à bord d'un objet mouvant. Puis l'abysse de « plus jamais de Susie » s'ouvre. Elle ne change pas, cette absence. Qui aurait cru que le plus évident dans tout cela serait aussi le plus difficile ?

C'est rébarbatif, aussi – cette routine implacable, poursuivre sa vie sans la personne qui rythmait mes journées de travail et d'obligations variées. La personne qui me donnait du sens.

Aller au bureau est une distraction bienvenue, mais je ne peux pas non plus faire comme si le travail en lui-même me nourrissait réellement. La vie est une pantomime. Une fois encore, je suis l'arrière-train d'un chameau qui vomit.

Ce matin, j'ai choisi une tenue dont Susie avait dit récemment qu'elle était ma « quintessence, tu es devenue la quintessence de toi-même » : une robe longue à pois avec des manches bouffantes, et des bottines Grenson. « C'est ta personnalité sous forme textile. Douce et attrayante, avec une chute percutante. »

J'aurais dû demander à Susie si la « chute » était dans ce que je disais, ou dans ce que j'étais.

Phil pose un café devant moi et dit :

— Ton amie. Elle a été incinérée ?

Je hoche la tête. Mes amis et moi n'avons pas parlé de qui irait chercher l'urne. Ed y est peut-être allé en douce. Satané Ed.

— Johnny Depp a payé pour que les cendres de son ami soient mises dans une fusée. Ça lui a coûté trois millions de dollars, à ce gros bêta.

Lucy et Seth lèvent la tête et retiennent leur respiration, pour voir si je réagis mal. C'est du Phil tout craché.

— Vraiment ? dis-je sur le ton de la conversation. On n'est pas allés jusque-là.

Lucy et Seth se détendent.

— Ça me paraît dingue, d'éparpiller des cendres dans un champ, dit Phil.

— J'imagine que les gens répandent les cendres dans toutes sortes d'endroits pittoresques. C'était peut-être juste un moyen de livraison plus spectaculaire ?

— Pas faux.

Je trouve l'impudence de Phil étrangement apaisante. Très peu pour lui, marcher sur des œufs comme le font la plupart des autres face à des personnes récemment endeuillées. Il s'était un peu retenu la première semaine – possiblement parce que c'était lui qui m'avait trouvée après que j'avais appris la nouvelle et qu'il avait vu l'effet qu'elle avait eu sur moi – mais, depuis les obsèques, il s'est dit que les affaires reprenaient. Ce qui est le cas, j'imagine. Phil est ce que ma mère appelle « une dynamo ».

Il consulte Wikipédia sur son ordinateur.

— Oh ! au temps pour moi, c'était dans un canon. Les riches, hein ? Ils vivent sur une autre planète.

Ed m'a mitraillée d'appels depuis notre confrontation. J'ai réussi à le tenir à distance – sans que Justin ne se doute trop que quelque chose cloche –, disant que j'avais besoin de temps pour moi pour accepter ce nouvel ordre mondial et que la soirée quiz ne pouvait être envisagée pour le moment. Hester doit penser que je boude. Oh ! et Ed est parti en voyage scolaire pendant une semaine, ça a aidé – il a perdu une semaine à guider des pré-ados agressifs dans Chichester.

Mais je sais que ce délai acceptable sera bientôt écoulé et que mon silence radio sera considéré comme inquiétant plutôt que comme un moyen de me préserver.

Une fois Ed rentré de son voyage, il appelle, il envoie des SMS pour demander si nous pouvons discuter, il appelle encore, il envoie des messages WhatsApp, veut savoir si je compte l'ignorer indéfiniment.

Au milieu de la matinée, mon WhatsApp affiche un nouveau message d'Ed. Je l'ouvre et fais défiler le long texte.

OK, c'est un peu long pour un message WhatsApp et je n'ai que sept minutes avant le prochain cours, mais voilà : je comprends pourquoi tu es autant en colère et aussi choquée, Eve. Mais c'est peut-être en partie parce que tu ne sais pas grand-chose sur ce qu'il s'est passé, à part l'information principale. Si tu ne veux pas me donner l'occasion de m'expliquer parce que tu ne penses pas que je mérite cette chance, je comprends. Je crois cependant que tu te sentiras mieux si tu écoutais ce que j'ai à dire, et si tu lâchais tout ce que tu as sur le cœur. Je ne prétends pas que tout cela est désintéressé, il y a aussi beaucoup d'égoïsme là-dedans. Je déteste savoir que tu penses tant de mal de moi, et je déteste ne pas avoir ma meil-

leure amie près de moi au pire moment de ma vie. C'est ce que tu es. Pas Hester, pas Justin. Pas Susie. C'est toi, ma meilleure amie, et si ça signifie encore quelque chose pour toi, alors parlons de tout ça. C'est certainement un chantage émotionnel honteux, mais je suis trop épuisé pour en juger, à ce stade. Ça aussi, c'est la vérité. Ed. X

Il se fourre le doigt dans l'œil, s'il croit marquer un point en me disant que je suis son amie-et-pas-plus préférée.

Après une heure à m'enfiler du mauvais café comme des shots d'alcool fort, je me force à répondre à Ed.

J'ai hésité et réfléchi à ce que je devais dire ou faire, et je suis toujours aussi paumée.

Ma seule conclusion définitive est : si je n'avais pas voulu parler de ça avec Ed, je n'aurais pas dû lancer le sujet à la veillée funèbre de Susie. (Sa *veillée funèbre ?* Les veillées funèbres sont pour les morts.)

Et demander des comptes à Ed présente un autre problème évident : la lettre de Becky prouve que Susie savait ce que je ressentais. Si Susie savait, alors Ed et elle avaient dû en discuter. Qu'aucun d'entre eux ne me l'ait dit prouve que *quelque chose* a été dit. Jusqu'où dois-je pousser l'humiliation de demander à Ed de cracher le morceau ? *Susie et moi étions d'accord pour dire que puisque tu étais clairement une larve en mal d'amour…*

Pourtant le fait qu'ils le savaient est au cœur de mon sentiment de trahison, on ne peut parler de l'un sans évoquer l'autre. Je ne sais pas comment gérer ça.

Je cède par pure pragmatisme. Je dois le voir. C'est bientôt l'anniversaire de Justin.

D'accord. Tu peux venir chez moi ce soir vers 20 heures. Je passe voir le père de Susie direct après le boulot.

La journée passe dans un brouillard de stress apathique et de questionnements sur ce qu'Ed dira ce soir.

Il doit bien y avoir un mot allemand pour dire qu'on meurt d'envie de savoir quelque chose et, en même temps, qu'on est mort de trouille à l'idée d'en entendre parler.

Mourir d'envie. Susie est morte. Je ressasse cette vérité pour la centième fois. Elle se cabre et me frappe de plein fouet.

— Pourquoi tu portes ces chaussures de docker avec ta jolie robe ? demande Phil quand je me lève pour partir, à 17 h 30. Tu ressembles à quoi ?

Il marque une pause et je comprends que ce n'est pas une question rhétorique.

— Tu me fais penser à quelque chose. Ah je sais ! Une de ces lampes Art déco. Ma mère en a une copie. Une femme gracieuse en train de danser avec une longue robe tourbillonnante, plantée sur une grosse base lourde.

Malgré moi, je ris.

Tandis que je fais la queue pour monter dans le bus, mon téléphone sonne. Finlay Hart. Un nom déclencheur de haine et de terreur. Comme autrefois pour sa défunte sœur, certainement.

Bonjour Eve, je reviens au Royaume-Uni la semaine prochaine pour m'occuper de la vente de la maison de Susie et je n'ai toujours pas reçu les journaux intimes et les lettres. Pouvons-nous convenir d'un rendez-vous pour que tu puisses me les rendre ? Merci. Finlay.

Je pensais que tes avocats interviendraient ?

C'est une dernière chance pour éviter ça. À toi de voir.

Hmmm, ça sent le bluff. S'il devait passer à l'action, il l'aurait déjà fait, non ?

Mon intransigeance envers Fin pourrait faire croire que je joue les dures mais, en vérité, mon silence est dû au fait que je ne sais pas quoi faire. Je ne réponds pas de mes actes concernant cette boîte. Et si j'étais tentée d'y fourrer le nez et que j'en découvrais davantage ?

Susie ne voudrait pas qu'elle tombe entre les mains de Fin, c'est ma seule certitude. Mais suis-je en train de créer un problème dans le monde réel au nom d'une notion abstraite d'honneur ? On ne peut pas faire honte aux morts, tandis que les vivants doivent payer leurs avocats, et je suis tout le temps fauchée.

J'essaie de percevoir la voix de Susie mais, sur ce sujet, elle reste muette.

22

Je ne suis pas certaine qu'Iain Hart ait envie ni besoin que je vienne le voir, mais je ne peux pas ne pas y aller, et je suis heureuse qu'il m'accueille toujours avec grand plaisir, même s'il affiche chaque fois une perplexité courtoise. Je viens jouer les troubles-fêtes, même si on ne peut pas dire qu'il fasse tellement la fête, ces temps-ci.

Je me pointe chez lui une fois par semaine, avec des biscuits en général – ayant fait l'utile découverte que M. Hart y est accro –, et je prétends que je « passais dans le coin » et demande s'il a « besoin de quoi que ce soit ». Nous prenons le thé, parlons de choses et d'autres, et je vérifie qu'il ne court aucun risque et qu'il est en suffisamment bonne santé pour poursuivre sa vie telle quelle.

Aujourd'hui, il semble plus à cran que d'habitude : il oublie de manger son biscuit chocolaté Digestives et veut à toute force me parler de la hiérarchie professionnelle dans son entreprise – vendue depuis belle lurette. Il a la sensation tenace d'avoir oublié quelque chose, sans être capable de dire quoi. Jusqu'à présent, bien que triste, sa démence paraissait bénigne. Il avait toujours l'air si jovial et responsable que sa condition n'était pas trop effrayante. Je comprends maintenant que la maladie est une prison pour lui.

— Enfin bref, je vais t'ennuyer si je n'arrête pas de radoter, dit-il. Vous les jeunes, vous avez des choses bien plus excitantes à faire. J'ai été jeune un jour aussi, haha ! Regarde, là…

Il récupère une photo sur le manteau de la cheminée, prise lors d'un mariage dans les années 1980, qui montre une profusion de manches bouffantes, couronnes de fleurs artificielles et costumes d'agents immobiliers, et il se désigne du doigt, avec une moustache plus fournie. Il a la main posée sur la tête d'un petit garçon aux cheveux foncés et à la mine grave, qui doit être Finlay.

— C'est le mariage de mon frère Don. Il habite à Édimbourg. Une ville magnifique, c'est là que j'ai grandi. Tu y es déjà allée ?

— Une fois, petite, mais pas depuis, dis-je.

— Oh ! il faut absolument y aller ! Je devrais rendre visite à Don, d'ailleurs, ça fait trop longtemps.

— Je suis certaine qu'il serait ravi de vous voir, dis-je, me demandant si Don était présent aux obsèques.

Seul Finlay aurait pu me le dire, et il n'était pas question de le déranger. Susie avait-elle fait part de l'infirmité de son père à son oncle ? Elle ne parlait jamais de sa famille éloignée, même quand nous étions enfants. Si seulement nous avions su que nous aurions un jour besoin de notes de passation. Si seulement nous avions su beaucoup de choses.

Je rentre seulement une demi-heure avant l'arrivée d'Ed, et me trouve incapable de manger tant je suis à cran. Ce sera donc du vin pour le dîner.

Il arrive à 20 heures pile, et Roger, ce traître à rayures, file à la porte pour geindre d'excitation quand Ed entre dans la pièce.

En le voyant avec son anorak et ses cheveux trempés de pluie, j'ai envie qu'il me prenne dans ses bras, et je déteste ça. On ne peut raisonner nos sens et leurs pulsions, visiblement. « On a tous un faible pour quelqu'un », comme dit ma mère.

— Alors, Rog, elle a encore oublié de te donner à manger ? Devine ce que tonton Edward t'a apporté !

Il agite un paquet de bâtons à mâcher goût bœuf, les préférés de Roger, dont la hauteur vocale passe de « jeune fille à un concert des Bay City Rollers » à « crise cardiaque ».

Tandis que le chat ronge l'offre de paix insuffisante d'Ed, nos regards se croisent. Ed est rouge à cause du sport qu'il vient de faire.

— Un verre ? dis-je d'un ton brusque.

— Juste un. Je suis à vélo, je ne veux pas me vautrer.

— Assieds-toi. Bière ?

— Oui, merci.

Je vais au frigo, me serre un grand verre de sauvignon, puis retire la languette d'une Staropramen, que je lui tends.

Nous ne sommes pas d'humeur à parler de la pluie et du beau temps et Ed, qui sait saisir l'atmosphère d'une pièce, me dit, sérieux :

— Tout d'abord, et ça fait un moment que je veux te le dire, désolé que Hester se soit conduite comme une garce à la veillée. Elle est mortifiée par ce qui a été dit. C'est sans rancune. De son côté, en tout cas.

— Je n'en reviens pas qu'elle ait admis qu'elle avait dépassé les bornes.

Je ne vais pas casser du sucre sur le dos de Hester devant son fiancé, mais je n'aurai plus aucun scrupule à dire ce que je pense de son attitude, désormais. Une part de vérité s'est échappée. Cela peut devenir la nouvelle norme.

— Oui, elle l'a reconnu, répond Ed.

Son air renfrogné me fait comprendre qu'il a enfilé les gants pour se battre quand ils sont rentrés chez eux.

— Elle avait trop bu – ce n'est pas vrai, je crois, mais qu'à cela ne tienne – et elle est tellement obnubilée par le mariage. Quand je lui ai fait remarquer qu'elle avait parlé de remplacer Susie à sa meilleure amie en toute insouciance, elle a compris.

— Ah, OK.

Je crois deviner comment il a manœuvré. Ed, l'homme qui pourrait négocier n'importe quel traité de paix. *Ne vois-tu pas à quel point Eve sera dévastée de ne pas avoir Susie à ses côtés, ce jour-là ?* Il lui a suffi de braquer les projecteurs sur Hester, le soleil autour duquel nous tournons tous, nous autres planètes.

On parie qu'il a aussi suggéré à Hester que j'admettrais mes propres torts dans cette affaire et que j'aurais honte de l'avoir insultée, une fois sobre ? C'est une trêve où nous pensons chacune que l'autre a capitulé.

Ed s'éclaircit la gorge.

— En ce qui concerne l'autre…

Je sirote mon vin, le regarde en face. Il pose sa canette et se penche en avant, mains sur les genoux.

— Je suis désolé que tu l'aies appris à ce moment-là, Eve. Crois-moi. Cette journée était assez compliquée comme ça, sans avoir ça à gérer en plus. Je n'imagine pas à quel point ça a dû être difficile.

La carte de l'empathie. Ou bien implique-t-il que c'est sordide uniquement parce que Susie n'est plus là ?

— Quand on garde des secrets, on ne sait jamais quand ils vont éclater au grand jour, j'imagine, dis-je.

Ma voix est tendue.

— J'avais presque oublié que c'était arrivé, tu sais. Nous avons creusé très profond pour l'enterrer.

— Ça veut dire que t'es nul au lit, alors. La majorité des gens se rappelleraient avoir baisé un de leurs meilleurs amis.

Ed tressaille.

Ouais, pas de chance. Je refuse de jouer le jeu de l'euphémisme « j'ai glissé, je lui suis tombé dessus, je suis tellement maladroit qu'il y a eu pénétration, je ne me rappelle plus très bien ».

— C'était il y a dix ans, ça tu le sais, je crois.

Je n'ai jamais vu Ed si déconfit.

— C'était un vendredi soir. On a décidé sur un coup de tête qu'on s'emmerdait tous les deux et qu'on voulait sortir. Hester était jeune fille au pair en Suisse.

J'avais oublié ça. Hester travaillait à plein temps mais elle avait pris un congé sabbatique un été pour enseigner l'anglais à une couvée de gamins riches. Elle fait partie de ces gens qui ont besoin d'agrafer des pages en plus à leur CV au lieu d'augmenter la taille de la police, comme moi. Mark a dit un jour qu'EVELYN HARRIS était écrit en si gros sur le mien qu'il pourrait servir de bannière pour publicité aérienne.

— Justin était à Londres ce week-end-là, pour une de ses bacchanales.

J'attends qu'Ed se rappelle où j'étais. *Et toi… on ne t'a pas appelée.*

— Toi, tu étais en vadrouille quelque part, c'était tes premiers temps avec Mark.

Ah. Cela me déstabilise un instant. J'aurais dû repérer que c'était à cette époque.

— On est allés au Tap and Tumbler, on a joué au billard, bu beaucoup trop le ventre vide, fini bourrés sans le vouloir, partagé un cachet. Puis on est allés en boîte à Rock City…

J'attends. Je sens la chaleur montante de ma sueur sous mes vêtements.

— Tu te rappelles qu'ils passaient tout le temps Rage Against the Machine ? Ils ont mis *Killing in the Name* et je ne sais pas comment – il soupire – une chose en entraînant une autre…

— Oh ! ne me fais pas le coup de « une chose en entraînant une autre », Ed, dis-je sèchement, ce qui l'embarrasse autant que moi. Tu n'es pas en train de raconter aux gamins de ta classe que ta femme va avoir un bébé.

Ed rougit.

Je suis un tigre de papier. Je suis en train d'interroger un homme fiancé à une autre, pas à moi, à propos d'une relation sexuelle qui a eu lieu il y a dix ans, avec une troisième personne qui n'est plus de ce monde. Mes prérogatives sont loin d'être claires. Ce n'est pas moi qu'Ed a trompée, et pourtant jalousie, trahison et colère me nouent les entrailles. Je passe pour une femme indignée et vertueuse alors qu'en réalité je me noie dans ma propre honte et ma propre confusion.

C'est pour ça qu'on n'entretient pas un amour secret dysfonctionnel avec une personne déjà en couple. Après avoir tenté une ou deux manœuvres stratégiques, s'accrocher envers et contre tout devient complètement dément. J'imagine qu'en fait ça l'a toujours été.

— Tu sais bien, on agite le poing en l'air pendant le refrain, bourrés, ça se transforme en câlins, puis holà, tout à coup, sans savoir qui a commencé, on est en train de s'embrasser, dit Ed. C'était une de ces folies spontanées qui te paraît sensée quand tu t'es enfilé cinq pintes sans avoir mangé et que tu as vingt-quatre ans.

— Donc, vous vous êtes embrassés et… ?

— On est rentrés chez Susie pour continuer à boire. Tu te rappelles de son antre à débauche, à Lace Market ? C'était l'escalade du bourrage de gueule, et passer au stade supérieur puis au suivant semblait une bonne idée, on se défiait presque l'un l'autre. On était déchirés. Ce soir-là, aucun de nous n'était parti de chez lui dans cette optique.

Comme je me suis préparée pour ce soir, autant que je pouvais, je me force à demander (sinon je serai condamnée à me poser la question pour l'éternité) :

— Susie a dit que c'était « torride » ?

Enfin, Becky. Du pareil au même.

Le visage d'Ed vire au rose crevette teinté de blanc pâlot. J'espère vraiment qu'il ne va pas confesser un acte qui sera gravé pour toujours dans mon imagination.

— On l'a fait dans les toilettes de la boîte, dit-il après une pause, et je déglutis.

Le gros béguin dont je souffre depuis dix ans vient de prendre du plomb dans l'aile. Dans les deux ailes.

Cette image fera pour toujours partie de ma représentation mentale de Susie, et d'Ed : un coït frénétique dans des toilettes aux murs couverts de graffitis, avec les basses d'une chanson des Arctic Monkeys en fond sonore. Cette définition de « torride » est préférable à un fétichisme pervers avec des animaux sculptés en ballons dont je n'aurais jamais entendu parler, comme si le monde était un gigantesque gang-bang auquel on ne m'avait pas invitée. Si je place ça sur l'échelle « de la meilleure à la pire activité sexuelle à laquelle peuvent s'adonner deux amis quand ils brisent le cœur d'une tierce partie ». Une tierce partie. Moi.

— Susie m'avait emmené dans les toilettes des filles. On l'a refait chez elle. On a sombré. On s'est réveillés le lendemain avec la pire gueule de bois de notre vie, crucifiés par l'horreur de ce qu'on avait fait. Crois-moi, si on l'a caché, c'est parce qu'on aurait tout donné pour que ce ne soit jamais arrivé. On s'est mis d'accord pour ne pas vous le dire à Justin et toi…

— Justin ne sait pas non plus ?

C'est déjà ça. Je ne suis pas seule.

— Si, il le sait. Je lui ai raconté, plus tard. Susie ne le savait pas.

— *Quoi ?*

— D'homme à homme, en mode confession de fin de soirée. Pour vider mon sac quand je me sentais coupable par rapport à Hester.

— Super, donc j'étais la seule à ne pas savoir. Susie ne me l'a jamais dit.

J'ai l'impression qu'ils se sont payé ma tête – tout ce temps passé avec eux, à être le seul membre du groupe à ne pas le savoir, la fille pas assez mature pour qu'on lui dise – et cela m'inspire un profond sentiment de rejet. C'est comme l'histoire de la lettre avec Ed, au carré.

— Elle l'a refoulé. Plus le temps passe, plus il est difficile de cracher le morceau. On l'enfouit de plus en plus profondément. C'est le coût de la lâcheté. Le prix à payer quand on fait le mauvais choix dès le départ.

Ed m'adresse un regard lourd de sens, comme s'il y avait un double sens, et je remercie Roger de choisir ce moment pour pousser un cri strident afin de réclamer un autre bâtonnet à mâcher, atténuant la tension. Ed en a un autre, bien sûr, il est toujours plein de ressources et de charme.

Malgré le bruit de mastication féline enthousiaste, Ed poursuit :

— Après que Susie a eu fini de vomir ce matin-là, on a discuté de ce qu'on risquait d'abîmer ou de perdre totalement parce qu'on avait été débiles. J'avais trompé Hester. On avait potentiellement bousillé tout ça, dit Ed en faisant un geste circulaire entre lui et moi pour désigner notre groupe. Pour quoi ? Pour un instinct animal auquel on a cédé après avoir fait baigner nos lobes frontaux dans de la Heineken. On pouvait à peine se regarder dans les yeux. On n'était pas du tout attirés l'un par l'autre, et, à la lumière du jour, ça simplifiait les choses, mais c'était pire, aussi. Jamais je ne me suis autant haï.

J'essaie de me rappeler si, quand j'étais rentrée de chez Mark, Susie s'était comportée différemment. Impossible. Je me rappelle avoir passé des soirées dans cet appartement, Susie fumant à la fenêtre, un bras posé sur le rebord. Elle fréquentait des mecs, par intermittence, mais jamais personne de sérieux.

Après beaucoup d'efforts, je me souviens qu'elle m'avait dit un jour, d'un air pensif qui ne lui ressemblait pas : « Le truc avec toi, Eve, c'est que c'est très rare mais très puissant quand t'as le béguin pour un mec. Moi, ça m'arrive tout le temps, mais ça me passe en une semaine. »

Elle parlait certainement d'Ed – ça voulait dire qu'elle aussi, elle avait eu le béguin pour lui ? Pourquoi ne me l'avait-elle jamais avoué ? Pensait-elle que j'exploserais en une pluie de feuilles mortes ? Je reprends mon verre.

— Tu as laissé Hester continuer à fréquenter Susie, sans qu'elle se doute de rien ?

— C'était salaud de ma part, oui. Mais quel que soit le choix que je faisais, c'était salaud. Si j'avouais et que notre relation y survivait, je n'aurais plus eu le droit d'être ami avec Suze, donc adieu le gang. Notre proximité l'a toujours dérangée, comme tu as pu le remarquer. Le rapport avantages-coûts n'en valait pas la peine, ni à l'époque ni aujourd'hui.

— Le rapport avantages-coûts, répété-je avec mépris. On ne

parle pas d'équilibrer les comptes. C'est juste que ce n'était pas dans ton intérêt.

— Non, exactement, mais ça aurait été dans l'intérêt de qui ? Hester mérite de connaître la vérité, en principe, mais cela ne serait pas dans son intérêt, au contraire. Il n'y a aucun moyen d'en discuter sans que ça devienne un drame, parce que ça l'était. C'était vraiment dégueulasse de faire ça, et j'en ai encore honte aujourd'hui. Tu voulais l'horrible vérité ? Eh bien, tu l'as.

Cela me rappelle étrangement une dispute de ma mère et mon père à propos de la destitution de Bill Clinton. Mon père : « Tu demandes à un homme s'il a fricoté avec quelqu'un qui n'était pas sa femme, il va dire non, n'est-ce pas ? Aucun homme mis au pied du mur ne dirait " tu m'as eu ". Je ne vois pas pourquoi on en fait tout un foin qu'il ait menti alors que n'importe qui aurait fait pareil à sa place. » Ma mère : « Il n'aurait pas dû aller voir ailleurs ! » Mon père : « Oui, mais c'est comme dire "à votre place, je ne partirais pas d'ici" à quelqu'un qui te demande son chemin, Connie. »

Est-il déraisonnable de demander à Ed d'être plus vertueux qu'un président ? Au moins, les mensonges d'Ed étaient des mensonges par omission.

Roger, en coulisses, claque la porte de sa litière.

— Je me suis demandé pourquoi j'avais fait ça, alcool mis à part, dit Ed. Je n'ai jamais trouvé de meilleure réponse que « parce que je pouvais ». Tu ne peux pas renier ton propre caractère en état d'ivresse. Suze se moquait tout le temps de moi parce que j'étais trop sage. Je pense qu'il y a eu une part de frime. Quand j'ai compris son intention, j'ai eu l'impression de devoir me montrer à la hauteur du défi et de prouver que, moi aussi, je pouvais être spontané et fougueux. Ce qui est ironique, puisqu'il n'y avait pas de quoi être fier, au contraire. Jamais je n'ai été ni ne me suis senti si ridicule.

— Oh ! c'est elle qui a fait pression, c'est ça ? dis-je en levant les yeux au ciel.

— D'après mes souvenirs, oui, dit Ed, l'air épuisé tout à coup. Je ne peux pas être sûr, vu comme on était bourrés. Mais je n'aurais jamais osé l'entraîner dans les toilettes des femmes.

Il y a, au cœur de cette explication et de ces excuses – si c'est bien ce que c'est –, un souci. Tout ceci est peut-être vrai, mais la connexion que je croyais avoir avec Ed… elle n'a pas pu exister, dans ce contexte. Ou pas telle que je me la représentais, s'il était capable d'une telle chose. Avec n'importe qui, mais pas elle, la personne la plus proche de moi. J'ai supporté la trahison avec Hester, car je pouvais comprendre comment c'était arrivé. Là, ce n'est pas le cas.

— Tu n'es pas la personne que je croyais, dis-je d'un air sombre.

Et, même si, dans ma tête, ce n'était pas une réplique assassine, je n'ai pas su réprimer ma peine et Ed grimace.

— Oui, je sais, dit-il, avant de prendre une profonde inspiration. Je ne suis pas la personne que je pensais être non plus. Ton avis est tout pour moi.

La partie que je redoute le plus arrive et je dois m'y confronter, même si j'ai l'impression d'être à poil.

— Susie a dit dans sa lettre qu'elle ne voulait pas que je le sache, moi, en particulier.

Je retiens mon souffle.

Ed détourne le regard un instant et dit :

— Elle savait qu'il y avait… quelque chose entre nous. Elle pensait qu'elle te décevrait, à cause de ça.

J'agonise, mais garde un sang-froid apparent.

— Tu as parlé à Susie de la lettre que tu m'as envoyée ? À l'université ?

— Non ! Pourquoi j'aurais fait ça ?

Ed, les yeux comme des soucoupes, pense qu'il a marqué un point, que ma confiance en lui est garantie. Mais je sais ce que ça veut dire – il laissait tout reposer sur moi.

— Alors pourquoi a-t-elle pensé qu'il y avait quelque chose entre nous ?

C'est une question que je n'oserais poser que sous la contrainte, et à une personne ayant un mobile aussi énorme que celui d'Ed, pour faire preuve de tact. « Est-ce que mes sentiments étaient si évidents que ça ? » sont sûrement les mots les plus difficiles à prononcer de la langue anglaise.

Ed lève les mains d'un geste perplexe.

— Je l'ignore.

— Qu'a-t-elle dit ?

— Tu veux vraiment que j'entre dans les détails ? demande-t-il.

— Non, Ed, évidemment que je ne veux pas ! dis-je, perdant mon sang-froid et rougissant furieusement – une drôle de combinaison. Je ne veux rien savoir de tout ça mais, grâce à toi, c'est arrivé, je l'ai appris, et Susie est morte. Je vais devoir passer le reste de ma vie à me demander pourquoi elle me l'a caché, sinon. J'en ai *besoin*, pas *envie*. Je pensais que c'était évident.

— Elle a dit qu'elle pensait que tu étais amoureuse de moi et que ça t'anéantirait, déclare Ed à toute vitesse, avant de baisser les yeux sur ses genoux.

Je dégouline de sueur. Mais conserve la même expression.

— Euh, ok. Waouh.

Une bonne réponse, suffisamment ambiguë, je crois. Ça pourrait vouloir dire « waouh elle savait », ou « waouh elle pensait ça ? » Je l'encourage :

— Et tu as dit… ?

— J'ai confirmé que ce n'était pas une bonne idée de t'en parler.

— Mais tu n'as pas dit « oh, justement, j'ai avoué à Eve que j'étais follement amoureux d'elle, il y a quelques années » ?

— Non, répond Ed, les sourcils froncés. Ce n'était pas le moment et je suis parti du principe que tu l'avais raconté à Susie à l'époque, de toute façon. Non ?

Je n'avais pas songé une seule seconde qu'il puisse croire ça. J'imagine que ce n'est pas si étonnant, puisque les filles adorent les potins. La vérité, c'est que ce secret m'était trop précieux, puis trop douloureux, pour que je l'expose au grand jour. Et comme d'habitude, le groupe devait être protégé à tout prix.

Je me contente de répondre :

— Non.

Se demande-t-il pourquoi je ne l'ai pas dit à Susie ?

— Eve. Je sais que « parler pour Susie » est piégeux, mais ça la dévasterait de penser qu'elle t'a fait du mal en te cachant ce qui s'est passé. Rien ni personne ne comptait autant que toi pour elle. *Rien.*

Ça sonne creux, après qu'il a parlé d'une soirée où mes sentiments ne comptaient pas du tout pour elle. Elle savait que j'étais amoureuse et que ça m'anéantirait, mais elle l'a quand même fait. Elle m'a anéantie – selon les propres mots de Susie, pas les miens.

Tout ça pour un coup d'un soir maladroit, bâclé. C'était Susie Hart, elle aurait pu rentrer avec n'importe quel mec de la boîte si elle avait voulu.

Que dirait-elle si elle était là ? Un peu la même chose qu'Ed, certainement : on était bourrés, on était bêtes. *Beaucoup stupides, tellement regrets.* Quelle autre excuse y a-t-il ? Elle n'était pas celle que je pensais non plus.

— Hester t'épouserait toujours si elle savait ? dis-je, pour faire clairement comprendre qu'il est inutile qu'Ed continue ses beaux discours pour m'amadouer.

— Je ne sais pas. Ça donnerait lieu à une dispute apocalyptique. Ça rend les choses mille fois pires que ce soit arrivé avec Susie, bien sûr, plutôt qu'avec une inconnue. Je ne veux pas qu'elle perde l'estime qu'elle a pour Susie.

Ed lève une main en voyant ma mâchoire se décrocher.

— Oui, tu peux dire que c'est mielleux de dire ça, et ça l'est, mais c'est vrai. Tu penses que Susie voudrait que tout ça vienne entacher sa mémoire ? Qu'on se sépare à cause d'une transgression pitoyable vieille de dix ans ? Ou que ça vienne tourmenter Hester ? Déjà que toi, tu as trouvé ça épouvantable.

— Mais je suis impliquée maintenant, déclaré-je avant qu'on se mette à comparer ce que je ressens et ce que Hester éprouverait.

Dans vos vœux, il y aura ce passage sur « si quelqu'un a quelque raison de s'opposer à ce mariage »…

— Tu ne serais pas la première personne à te taire tout en sachant des secrets sur un des futurs époux que l'autre ne sait pas.

Ed tente un petit sourire piteux, et je le fusille du regard.

— Ce n'est pas drôle.

— Non. Je ne dis pas que tu ne peux pas le révéler à Hester, si c'est ce que ta conscience te dicte de faire. Je n'ai jamais trompé Hester, à part cette fois-là.

— Attends, je le signale à l'ordre du Mérite.

— Mais non ! Ce que je veux dire, c'est que ce n'est pas une habitude, ce n'est pas la partie émergée de l'iceberg. Tu ne laisses pas une femme épouser le roi des rats sans le savoir.

— Hmmm.

Je ne compte pas le dire à Hester. Vu le peu d'estime que j'ai pour elle, ce ne serait que pour me venger d'Ed, et, comme le dit ma mère, la vengeance, c'est pisser contre le vent. Elle est bien placée pour le savoir.

— Merci de m'avoir écouté. Je sais que rien de tout ça n'est facile.

Il a raison sur ce point, et je sens arriver le vide que je m'attendais à éprouver après cette discussion. *Et maintenant ?* Je dois accepter et avancer.

Ed se penche pour caresser Roger, qui se frotte contre ses chevilles et brigue clairement un rôle dans *Bâton à Mâchouiller 3 : l'Engraissement*.

— Tu n'as pas trop donné signe de vie depuis les obsèques… tu vas bien ? Si on oublie les trucs vertigineux qui ne vont pas ?

Je hausse les épaules et les laisse retomber.

— Oui et non.

Ed hoche la tête. Il a momentanément perdu le droit d'être l'apaisant Ed, et il le sait. Il presse dans son poing sa canette vide, qui émet un petit craquement.

En partant, il demande :

— Tu viens quand même à l'anniversaire de Justin, n'est-ce pas ?

— Oh ? Oui. Il a prévu quelque chose ?

— Pas que je sache. Ce sera sobre, évidemment. Aussi sobre que peut l'être un événement impliquant Justin.

Ed sourit, manifestement soulagé que le statu quo soit rétabli. L'explosif, désamorcé. Je ne lui rends pas son sourire. Il sait que je ne compte pas le dire à Hester, nous sommes donc de retour à la normale, sauf que nous ne le sommes pas et ne le serons jamais.

— Tu peux me rendre un service ? Ne dis pas à Justin que nous avons eu cette conversation. J'espère que tu ne l'as pas tenu au courant de tout ça, ajouté-je.

— Je ne lui ai rien dit.

Ed me regarde et comprend qu'il ne peut même pas se risquer à me serrer l'épaule comme à une amie.

— Au revoir, dis-je.

À peine ai-je fermé la porte que je ressens une lourde déception envers moi-même, envers lui, et je sais pourquoi.

Je n'ai pas eu le cran de demander : est-ce que *toi*, tu pensais que j'étais amoureuse de toi ?

23

Je descends le reste de la bouteille de blanc dans une humeur noire.

La pluie qui crachotait sur Ed plus tôt devient un déluge. C'est la seule chose que je suis capable d'apprécier, avec un album de Nick Cave, la bougie que j'allume et l'alcool dans mes veines. L'acharnement de l'eau qui martèle les vitres est presque apaisant.

Il ne m'échappe pas que c'est Susie qui viendrait me tirer de ce genre de pièges, d'ordinaire. Elle observerait la scène, les yeux posés sur la bougie Diptyque Tubéreuse révélatrice (elle est trop chère pour être allumée en cas de traumatisme mineur), et dirait :

— *Qu'est-ce qui t'arrive ? Berk, je supporte pas ce chanteur de malheur, avec sa voix tonitruante il ferait mieux d'aller chanter* My Way *de Frank Sinatra au Working Men's Club d'Annesley Woodhouse. « WHAT IS A MAN / WHAT HAS HE GOT / IF NOT HIMSELF / THEN NOT A LOT… » Attends, est-ce qu'il vient de dire qu'il a le « blues de l'abattoir » ?*

— *Ouip.*

— *Qui se réjouirait d'être à l'abattoir ?*

— *C'est un abattoir métaphorique.*

— *Il peut en partir alors, hein. Il est ce que mon père appelle une « Minnie geignarde ». Oh je suis dans un Pork Farms*[1] *imaginaire, pauvre de moi.*

1. Producteur et distributeur de tourtes au porc, basé à Nottingham.

J'éclaterais de rire en entendant « Pork Farms imaginaire », et elle dirait « c'est vrai ou c'est pas vrai ? » et ferait sa petite tête d'écureuil tu-crois-que-je-plaisante-alors-que-non avec une moue parodique aux lèvres, comme la pétulante Susie enfant. Je sentirais à quel point elle serait heureuse de m'avoir amusée.

Sauf que, même si elle était là, elle ne pourrait pas résoudre ce problème. Comment a-t-elle pu faire ça ? Je sais qu'elle était ivre, mais… si quelqu'un qu'elle connaissait l'avait arrêtée alors que sa main était dans celle d'Ed au milieu de la foule à Rock City, et lui avait dit : « Oh mon Dieu, vous deux, ensemble, je peux le dire à Eve ? », elle aurait répondu « non non non je te l'interdis ».

Si tu peux descendre la braguette d'un pantalon, tu peux te rappeler qui est ta meilleure amie. L'alcool n'efface pas qui on est, il nous donne une autorisation.

Susie et moi, on ne se blessait pas délibérément. Jamais on ne se serait disputé le même homme. Aucune Becky, avec ou sans chevelure de rêve, ne pouvait nous séparer. Il y avait quelques règles sacrées tacites, nos pierres angulaires.

Et que dire d'Ed, qui me fait les yeux doux en parlant du « coût de la lâcheté » ?

M'a-t-il vraiment fait les yeux doux ? Suis-je en train de me faire des idées ? Suis-je en train de sombrer dans une folie alimentée par le ressentiment ?

Le problème, c'est qu'on conceptualise l'amour, la romance, en termes actifs – c'est une poursuite. Nous nous basons sur des modèles obsolètes. Nous avons besoin de nouveaux concepts pour la coucherie moderne. Ed ne me « poursuit » pas, en aucune façon, et inversement. Pourtant il est toujours *là*. Nous sommes pour toujours dans une juxtaposition romantique. Or comment se détacher émotionnellement quand il s'agit d'un de vos meilleurs amis ? Je ne me souviens d'aucun conseil du courrier du cœur à ce propos.

Roger se repositionne sur mon ventre pendant que je regarde mes « chaussures de docker » qui pendent par-dessus l'accoudoir du canapé.

Pourquoi suis-je la seule à m'accrocher au passé ? La seule à qui ça tient à cœur ? Tous les autres prennent ce qu'ils veulent et passent à autre chose. Même Susie, propulsée vers l'au-delà.

Elle n'est pas là, à s'inquiéter de tout et de rien. De ses problèmes passés et présents : le secret concernant Ed, le frère ennemi, même son père vulnérable, elle m'a tout laissé. Elle est morte « *intestat*[1] », comme le notaire nous l'a dit, sauf qu'il parlait seulement de l'héritage de la maison et de son argent. Peut-être que je ne veux pas de ces fardeaux, Susie. Peut-être que je ne les mérite pas. Ne puis-je pas me délester de cette responsabilité, comme vous l'avez tous fait ?

Ces réflexions sont comme des blessures que je m'inflige, car je trouve un réconfort pervers dans l'idée d'une cruauté intentionnelle. J'en veux à Susie, et pas seulement par rapport à Ed. Je lui en veux de ne pas avoir regardé du bon côté dans cette rue sombre, de ne pas avoir bougé assez vite, de m'avoir laissée avec tant de peine. De m'avoir laissée tout court.

Après m'être ainsi apitoyée, je me déteste.

Si ma vie était une série, ce serait le moment de l'intrigue où une partie du public dirait : « J'ai essayé de rentrer dedans, mais elle s'apitoyait trop sur son sort, tu vois ? Franchement, ton amie est morte, mais c'est toi qui manque de pot ? » (Ou peut-être qu'ils auraient arrêté de regarder après le Touffegate. « Ne supporte pas la comédie grinçante, deux étoiles sur cinq. »)

Je suis saisie d'une envie irrépressible de faire quelque chose de destructeur, de définitif… Voyons, les lettres et les journaux intimes ? Quatre-vingt-cinq pour cent de mon être dit : *oui, vas-y, débarrasse-t'en.* Les quinze pour cent restants murmurent nerveusement : *tu ne pourras jamais revenir sur cette décision.*

Les quatre-vingt-cinq pour cent hurlent : *ouais, y'a plein de choses sur lesquelles on ne peut pas revenir, t'as remarqué ?* Au moins si c'est

1. Ce terme latin s'emploie pour parler d'un défunt qui n'a pas fait de testament.

une erreur, c'est une erreur que j'ai choisie et contrôlée. Au lieu d'être la piñata du Destin.

« Elle a dit qu'elle pensait que tu étais amoureuse de moi et que ça t'anéantirait. »

Voilà, elle était prête à m'anéantir, et au diable nos déclarations épistolaires.

Avant de pouvoir changer d'avis, je pousse Roger, me précipite à l'étage et attrape la boîte. De retour en bas, ma future victime à la main, je me rends compte que l'incinérer présente un problème. Dans les films américains, les gens ont des poubelles en métal pour brûler tranquillement des trucs. Nos poubelles à pédale en plastique ne sont pas faites pour ça.

Une seconde, au lieu du feu, pourquoi pas l'eau ? J'ai un évier Bristol Sinks profond qui m'a coûté un bras et une jambe. Présente lors de son installation, ma mère a raillé : « C'est étrange, non ? on finit par être obsédé par des choses banales qu'on trouvait chez nos grands-parents. Cela dit, je ne leur ai jamais envié les toilettes à l'extérieur de la maison. »

Je vide la boîte dans l'évier, heureuse que la lettre maudite soit sur le dessus du tas, et finisse donc au fond. Contemplant le fouillis d'enveloppes, qui me fait penser à une tombola, ce que je m'apprête à faire devient réel. Les mots de Susie, ses pensées, sont sur le point de disparaître pour toujours. Je suis tiraillée, j'hésite à m'installer sur le canapé pour les lire et mémoriser leur contenu.

Comme ça, le jour où Finlay m'attachera à une chaise dans un garage, un bidon d'essence à la main, je pourrai cracher du sang et dire : « Si tu me tues tu ne sauras jamais. »

Les journaux intimes présentent un autre problème, avec leurs épaisses couvertures. Je dois les ouvrir et en arracher violemment les pages, collées à la tranche, ce qui me force à voir l'écriture penchée de petite fille de Susie au stylo Bic bleu, discernant des mots au passage bien que mon cerveau s'y refuse. Beaucoup d'adverbes d'excitation sans contexte, et « nuggets au poulet pour le dîner ! »

(confirmant la théorie de Justin, et l'affirmation de Susie, que ce ne sera pas une grande perte littéraire). Je marque une courte pause quand je distingue sur un morceau déchiré « FINLAY ! ! » en lettres majuscules, souligné, avec un smiley mécontent.

Ça ne me regarde pas. Ça ne le regarde pas non plus – cela aurait mis Susie mal à l'aise qu'il lise tout cela.

Il faut le faire. La tentation doit être supprimée, l'intimité doit être protégée. *Est-ce vraiment là ta motivation ? Ou est-ce une vengeance, Evelyn Harris ?*

J'ouvre le robinet et regarde l'eau se déverser sur le papier, l'encre fondre et se brouiller, le papier devenir transparent, se désintégrer, créer une soupe couleur brun-gris. Quand je finis par couper l'eau, les restes spongieux pourraient servir dans le collage d'un paysage enneigé.

Je ramasse par poignées cette correspondance à présent illisible et la fourre à la poubelle dans un bruit sourd et mouillé.

Roger se pointe et lâche un miaou confus, que j'interprète comme : « Mais quelles sont les ramifications légales de la destruction de biens vivement contestés ? »

— Sais pas, lui dis-je, gorgée de vin, à la fois triomphante et vaincue.

Un souvenir refait surface. Pour mon anniversaire il y a quelques années, Susie m'a offert en complément de mon cadeau de petites attentions nostalgiques : des Menthols Vogue, une bouteille de parfum Dolly Girl, et un paquet de mini-Daim. Des talismans kitsch des temps passés, des références que seuls de vieux amis partagent.

Je les retrouve dans une boîte à chapeau dans ma chambre, et les récupère avant que le souvenir me mette à terre – son visage impatient pendant que je les déballe, au restaurant grec, dans ce passé frivole où on ne savait pas qu'on était nées et qu'elle allait mourir.

Je retourne en bas et pose mon butin sur le plan de travail. Puis j'asperge mes clavicules de parfum, ouvre un Daim et croque dedans. Bon sang, c'est tellement bon. Susie et moi avions l'habitude de manger des bols de glace à la vanille en nous servant de Daim comme cuillères. Étonnant qu'il nous reste encore des dents.

Qu'il *me* reste encore des dents. Si on peut identifier des gens qui ont péri par le feu à leurs dossiers dentaires, que font les crématoriums des dents ?

J'ouvre le paquet de clopes et allume une cigarette avec une allumette de la cuisine, tire, inhale, expire, et tousse. Purée, c'est horrible, est-ce que j'avais vraiment l'habitude de faire ça ?

Mal, entends-je Susie dire.

La pluie s'étant calmée, j'ouvre la porte de derrière et m'assieds, voûtée, sur les marches en béton trempé de mon minuscule jardin, l'eau me mouillant les fesses à travers ma robe, soufflant des nuages de fumée dans l'air humide.

J'ai l'impression fugitive d'être une cow-girl, comme un tableau dans un film.

Sans savoir que je me suis mise à pleurer, je sens une larme goutter de mon menton.

24

J'aurais pu attendre mon délai habituel d'une semaine, bien qu'imposé arbitrairement, pour aller rendre de nouveau visite à M. Hart, mais j'ai acheté des florentins d'une marque haut de gamme, qu'il va adorer, je pense.

Quatre jours plus tard, donc, je remonte la rue jusque chez lui en écoutant un podcast d'affaires criminelles sur un meurtre qui a bouleversé pour toujours une petite ville du centre des États-Unis. Ce n'est pas seulement pour jouer les bons samaritains, même si je le fais avec plaisir. Voir M. Hart me donne l'impression de rester connectée à Susie, cela m'aide à combler ce temps dont je ne sais que faire tout à coup.

Je mets mon podcast en pause et sonne. Mon ventre fait un tour sur lui-même au fil des secondes qui s'égrènent, puis quand la porte intérieure s'ouvre à la volée sur M. Hart. Junior. Oh merde. J'aurais dû prévoir la présence probable de Finlay – ses messages, auxquels je n'ai pas répondu, disaient « la semaine prochaine ». Nous voilà à la semaine prochaine, et, malheureusement, il est bien ici. Les lettres. Mon geste impulsif. Mon ventre s'agite tellement que j'ai l'impression qu'on est en train d'y préparer un gâteau.

Il a cet air légèrement bouffi, mal rasé, et les yeux vides de celui qui est fatigué par le décalage horaire, et pourtant, avec sa structure osseuse, l'épuisement ne fait que mettre ses traits en valeur.

Comme une nouvelle coupe de cheveux plus belle encore quand le vent l'ébouriffe. Le T-shirt et la veste à capuche disent : « tout juste sorti de l'avion ».

— C'est bizarre, je viens juste d'essayer de t'appeler, sans succès, dit Fin, sans un bonjour.

Son expression : un *j'accuse* sardonique.

— Oh ! dis-je en retirant mes AirPods comme si j'étais un personnage de *Dynastie* qui retire ses boucles d'oreilles à clips avec un geste théâtral. Je n'ai pas entendu, j'avais ça dans les oreilles, désolée.

Je ressens un soulagement coupable que ce soit vrai, même si je suis fichue quoi qu'il arrive. *Je n'ai pas les lettres, merde. Je ne les AI pas…* Je me rappelle à quel point il était en colère quand je ne faisais que les lui refuser.

J'entends Justin dire : « Ce n'est pas à nous d'être juge et partie. » J'ai endossé le rôle du juge, du jury, et du bourreau.

J'avale péniblement ma salive.

— Entre, dit Fin en reculant. Mon père n'est pas là.

— Oh ! je ne vais pas t'embêter, dans ce cas…

— Nous avons à parler, dit Fin.

J'imagine qu'il va me tomber dessus à propos des lettres et me menacer en brandissant des noms effrayants de cabinets d'avocats new-yorkais. *À moins que tu ne veuilles avoir des nouvelles de Boucher, Barbare et Sadique.*

Que dire ? Dois-je avouer ? Dois-je le faire tourner sur lui-même et m'éclipser en douce ?

Mais Finlay se rend dans la cuisine et en revient avec un bout de papier. Il me le tend, bouche pincée. Je le prends et lis :

> Ann, navré de ne pas vous voir cette semaine, mais je pars en vadrouille, comme on disait autrefois.
>
> L'amie de Susie, très aimable, avec les cheveux noirs – son nom m'échappe –, m'a suggéré de rendre visite à mon frère Don sur ma terre natale, et je me suis dit,

pourquoi pas ! Je pense d'abord faire le tour des sites touristiques, passer voir l'ancienne demeure familiale, avant de me rendre chez lui. Voici l'argent que je vous dois et ne vous inquiétez pas pour le repassage dans la chambre d'amis, ça peut attendre. À la semaine prochaine.

Iain

— Oh non, dis-je, abattue.

— Tu as encouragé mon père à partir en voyage ? Je peux savoir pourquoi ? dit Fin.

Il n'est pas encore hors de lui, mais il est sur le pied de guerre, planté dans ses Converse noires.

— Je ne l'ai pas encouragé, dis-je, malgré les preuves tangibles. Il m'a montré une photo du mariage de son frère et je lui ai demandé s'il l'avait vu récemment… Ton père a dit non, et j'ai dit, euh…

Le regard de Finlay me transperce de part en part.

— … je suis sûre qu'il serait ravi de vous voir.

Dit à voix haute, dans le silence de l'entrée, ça a vraiment l'air stupide.

— Je t'ai demandé de ne pas lui rendre visite, de ne pas le désorienter davantage, gronde Fin.

Il est intimidant, avec son regard noir sous sa mèche ébouriffée de joli garçon fréquentant une école privée. (Même s'il n'est jamais allé dans une école privée. Est-ce pour cela qu'il me déteste, parce que je sais d'où il vient ?)

— Je ne pensais pas qu'il me prendrait au mot, dis-je, dégoulinante de sueur sous mon manteau. C'était une façon de parler, genre, oh ce serait peut-être sympa de… Pas, *oui, absolument, filez tout de suite en Écosse.*

— Mon père a Alzheimer. Il ne saisit pas toutes les nuances des subtilités mondaines.

Toi non plus, au passage.

— Est-ce vraiment si atroce qu'il soit à Édimbourg, s'il y arrive sans encombre ? Tu pourrais peut-être appeler ton oncle Don pour lui expliquer que ton père a besoin qu'on s'occupe de lui…

— Oncle Don et lui ne se parlaient plus, dit Fin.

— Oh… je vois. Peut-être que ton père aura oublié pourquoi, et que Don verra qu'il n'est pas lui-même…

— Et oncle Don est mort, assène Fin. Je n'ai pas grand espoir de réconciliation.

— Quoi ? ! Merde…

— Tu seras là quand mon père l'apprendra pour la deuxième fois ? Ou la première, pour ce qu'il en sait.

Oh ! purée.

— Je suis désolée, dis-je.

Fin secoue la tête. Ce n'est pas une personne avec qui on veut être en faute.

— Il est mort il y a combien de temps ?

Ma voix est faible, la maison calme.

Fin croise les bras.

— À peu près cinq ans.

— Comment penses-tu que ton père va réagir ?

— Je ne sais pas. Je ne sais pas comment il va réagir à ce dépaysement. Il a rationalisé et s'est expliqué son environnement, ici. Il entreprend un voyage vers un passé dans lequel il vit encore, et qu'il s'attend à trouver inchangé. C'est son présent.

— Tu as alerté la police ?

— Oui, elle a prévenu la police locale. Mais si on est réaliste, mon père ayant peu de chances de montrer des signes de démence, ils ont plus de chances de l'identifier s'il se présente de lui-même au poste. Or rien dans l'attitude de mon père jusqu'à aujourd'hui – y compris au cours de sa vie présénilité – ne me pousse à croire qu'il va confier à un inconnu en uniforme qu'il ne contrôle pas la situation.

Finlay Hart est très intelligent, je le concède. Cette intelligence, associée à sa nature, me rend méfiante plus qu'elle ne m'impressionne.

— Et même s'ils l'embarquent parce qu'il est désorienté, ils ne peuvent pas faire grand-chose d'autre que le dissuader de partir et me prévenir, poursuit Fin. Il n'a pas été interné. Il est libre d'aller où bon lui semble.

Finlay marque une pause et fixe sur moi ses yeux opaques d'un bleu foncé.

— J'étais censé faire venir un gériatre pour tester ses facultés mentales cette semaine. Il y a peu de chances que ça arrive, maintenant.

— Tu penses qu'il n'est pas à même de rester seul ici ? dis-je en montrant la maison.

— Je ne suis pas sûr. C'est pourquoi je veux lui faire faire ces tests. La femme de ménage a trouvé la bouilloire dans la baignoire un jour.

— Quoi ? Dans l'eau ?

— Non, la baignoire était vide. Il lui a dit qu'il était allé la remplir dans la salle de bains parce que le robinet d'en bas ne fonctionnait pas, et qu'il l'avait oubliée. Je pense que mon père sait que quelque chose ne va pas et qu'il fait tout ce qu'il peut pour le cacher. J'ai fait quelques recherches sur la démence, et ce peut être un symptôme. Les patients doués verbalement qui se montrent plus « présents » qu'en réalité sont réactifs, ils donnent le change. Il aura besoin d'une maison de retraite ou d'une aide à domicile tôt ou tard, et je dois lancer le processus dès à présent. Ce n'est pas juste pour la femme de ménage d'être mes yeux et mes oreilles, en l'état.

J'opine.

— Je vais aller le chercher à Édimbourg. S'il finit dans un pub et qu'il se met à parler avec un étranger, celui-ci pourrait se rendre compte qu'il n'a pas toute sa tête. Sans parler de son intégrité physique, mon père possède une maison, une voiture, des économies, une carte de crédit en usage, et porte une montre Patek Philippe. Il pourrait se faire dépouiller.

Hmm, oui, sans compter que c'est ton héritage, me dis-je, peu indulgente.

— Mais pas de téléphone portable ?

— Non. Il en a eu un il y a quelques années, mais il ne l'allumait jamais et il a disparu pour de bon, peut-être quelque part dans un tiroir avec quinze câbles égarés.

— Ah.

— Cependant, si je le trouve, il faut pouvoir le ramener, et il n'a aucune idée de qui je suis. Il pense que je suis un voisin qui l'a confondu avec quelqu'un d'autre.

— Oui…

— Et si ce voisin casse-pieds se pointait au Royal Mile en déclarant, « eh, dis, si tu rentrais à la maison avec moi », je ne crois pas que ça se passerait bien. Ça pourrait même virer au pugilat.

— Oui, dis-je, empathique.

— Si je règle tous tes frais et ta chambre d'hôtel, tu viendrais à Édimbourg avec moi pour m'aider à le retrouver ?

— Quoi ?

Mon visage se met à chauffer. Je ne l'avais pas vu venir.

— Comment pourrais-je t'aider ?

— Il réagit très bien à ta présence. Cette lettre montre même qu'il s'est souvenu de votre conversation après ton départ. C'est un pouvoir que personne d'autre n'a.

— Je ne sais pas…

Je sais que je dois me sortir de là, mais je ne sais pas comment.

— Je peux y réfléchir ?

Finlay plisse les yeux. Il est bien trop malin pour se laisser berner par ce subterfuge.

— OK, écoute. Tu n'y es pas pour rien dans cette situation. Je te demande de m'aider à la résoudre, sans coût financier de ta part. Ce n'est pas déraisonnable, si ? Tu t'es impliquée toute seule, alors que je t'avais demandé de ne pas le faire. Te désengager maintenant serait égoïste.

Je pousse un cri offusqué quand il dit « égoïste », même si son résumé est plus ou moins juste.

— Et puis, si tu acceptes… J'oublierai cette histoire de lettres et de journaux intimes, dit Fin.

— Vraiment ?

Il me tient. La tentation d'échapper à ce drame, alors que j'ai détruit les objets en question, est indéniable.

— Oui. Cela me contrarie mais je suis prêt à laisser couler, si tu m'aides.

J'humecte mes lèvres sèches, et demande :

— Quand doit-on partir ? Pendant combien de temps ?

— Demain. Je louerai une voiture, conduirai, nous réserverai des chambres dans un hôtel central pour quelques jours. J'ai laissé mon numéro à Ann, la femme de ménage, pour qu'elle m'appelle s'il revient ici entre-temps.

— Demain ? ! Je bosse, moi.

— Tu ne peux pas prendre des congés ?

— Hmmm. Peut-être.

En réalité, notre directrice régionale, Kirsty, nous a mis la pression pour que l'un d'entre nous prenne des vacances ce mois-ci. Personne ne veut poser des jours pendant le mois de novembre, tout pourri, alors qu'on peut prendre des congés en décembre et les fêtes de fin d'année – on s'épie les uns les autres en se demandant qui va craquer en premier.

Et ma voisine Greta est toujours ravie de nourrir Roger en échange d'une bouteille de Prosecco et d'une boîte d'After Eight.

Je me mords la lèvre.

Une vieille pendule fait tic-tac derrière nous.

— J'imagine que je pourrais aider. Si c'est pour quelques jours.

— Je passe te chercher demain. Dis-moi par message où ça t'arrange.

Je retourne à pied à l'arrêt de bus, plongée dans mes pensées, et, possiblement, dans mes arrière-pensées.

Pourquoi Finlay Hart, né sans cœur, l'homme que la mort de

sa mère n'a pas affecté et qui a été incapable d'échanger plus de quelques mots lapidaires avec son père et sa sœur à son enterrement, s'évertue-t-il ainsi à retrouver M. Hart ? Il habite à New York, il pourrait honorablement se laver les mains de cette affaire et laisser des instructions pour le retour de son père. Comme il l'a dit, son père ne sait même pas qui il est.

Durant les quelques minutes qu'il faut au bus pour apparaître au coin de la rue, je me demande : si ce n'est pas par amour, est-ce pour l'argent ?

Est-ce pour faire changer le testament, s'il a été déshérité ? Mettre vite papa en maison de retraite et vendre illico la maison, sans Susie pour s'y opposer ou intervenir ? Ni, d'ailleurs, réclamer sa part. Cela semble possible.

Si c'est le cas, en allant chercher son père, suis-je complice de son méfait ? Le visage souriant de ce complot ? Je me raisonne : si c'est bien le cas, c'est à ses côtés que je suis le mieux placée pour le prouver et l'en empêcher. Si M. Hart est heureux et en bonne santé chez lui pour l'instant, qui est Fin pour le forcer à se faire soigner ?

La voix du fantôme de Susie flotte dans mon esprit, immédiate et spontanée.

Tu sais ce qu'on dit, Eve. Pour attraper un voleur, il faut monter dans sa Mercedes-Benz classe S de location.

25

La loi immuable de mon entreprise est simple : vous avez toujours tort, d'une manière ou d'une autre. Quand je demande à ce qu'on m'accorde les congés qu'on voulait nous forcer à prendre, on me fait comprendre que je suis une fauteuse de trouble.

— Oui, c'est *wunderbar* que tu obtempères comme par miracle, Eve, mais ça a vraiment besoin d'être, genre, *aujourd'hui ?* répond Kirsty d'une voix geignarde en réponse à mon mail envoyé la veille au soir. Est-ce que *Brad Pitt* est passé dans sa *Gulfstream* en disant « En voiture Simone, on va faire du shopping » ?

Kirsty fait semblant d'être snob. Elle pourrait être du Caire ou de Kettering.

— Oui, idéalement aujourd'hui, s'il te plaît, dis-je, ignorant son sarcasme.

Kirsty pousse un soupir à rallonge et me fait poireauter en pianotant sur son clavier de ses ongles vernis au Shellac couleur moka brillant, comme si elle ouvrait le tableur qui allait décider de mon sort, alors qu'elle est certainement en train de finir d'écrire un mail à une amie.

— Hmmm…, dit-elle, faisant traîner le *m* en longueur. Hmmm… si tu peux travailler une demi-journée et prendre l'après-midi, ça peut passer *juste juste.* Disons que je suis ta marraine la bonne fée.

Je raccroche et explique ma dispense exceptionnellement favorable à mes collègues.

— Putain de merde, le foin qu'ils font pour les congés. T'es pas Obama, si ? dit Phil. C'est pas comme si les fermes à clics aux légendes grossières allaient être plongées dans le chaos, et les marchés financiers rongés par l'incertitude jusqu'à ton retour. À mort les suzerains néo-libéraux.

— C'est à eux qu'il revient d'écrire l'histoire, Phil, dis-je, entrant dans son jeu. Une histoire selon laquelle on prend des libertés tandis qu'ils sont d'une patience et d'une compréhension sans limites. Comme ça, leurs mesures punitives passent toujours pour la décision de parents harcelés et épuisés qui finissent par craquer.

— Je crois que c'est juste des connards, dit Seth.

Ed envoie un message pour demander timidement si nous sommes prêts à réinstaurer la soirée quiz, et je réponds non. Quand il me renvoie un message pour savoir comment je me sens, je réponds que je pars pour la capitale écossaise.

Mon téléphone sonne.

— Édimbourg, pourquoi ?

J'explique.

— Sérieux ? Tu vas en Écosse avec lui ?

— Oui ?

La violence de la réaction d'Ed me trouble. Il serait incapable de la simuler uniquement pour passer pour le mec protecteur qui a désespérément besoin d'un bon point – sa stupeur semble sincère.

— Tu ne connais ce mec ni d'Adam ni d'Ève et ce que nous savons de lui est plutôt déplaisant. Comment tu sais que c'est sans danger, déjà ?

Je n'avais pas pensé à ça et je ne veux pas l'admettre.

— Il rentre bientôt à New York, je ne crois pas qu'il puisse…

Je me tais.

— Commettre un crime qui impliquerait la nécessité de l'extrader pour l'inculper ? Raisonnement solide, cinq sur cinq.

— Qu'est-ce que tu insinues ? Je sais bien qu'il n'a pas été élu Personnalité de l'année, mais je ne l'imagine pas prédateur sexuel.

— Non, si je me souviens bien, tu l'imaginais plutôt tueur en série. En plus d'embobiner son sénile de père pour le dépouiller de sa fortune.

— Si c'est son intention, de cette manière, je serai témoin direct de son complot…

— Quoi ? ! Tu te prends pour Jessica Fletcher[1] ?

Ed marque une pause consternée.

— Tu n'es plus toi-même et tu n'as pas les idées en place.

— J'apprécie ta sollicitude mais je sais ce que je fais. La vie n'est pas sans risque, et c'est moi qui ai poussé son père à fuguer. Il faut que j'aide, sinon je n'en dormirai pas la nuit.

Ed répond :

— Hmmm. Il était ravi de rejeter la faute sur toi, n'est-ce pas ? Qu'est-ce que ça dit de lui ?

Je marmonne, évasive. Finlay m'a forcé la main, mais il faut bien dire que s'il ne l'avait pas fait, j'aurais refusé.

— Si tu y vas, je peux te demander de faire un truc ? Pour moi ? demande Ed.

— Qui est… ?

— Envoie-moi un message tous les jours, à 21 heures, pour me confirmer que tu vas bien. Ne dis surtout pas que c'est une vérification planifiée. Comme ça, si quelqu'un récupère ton téléphone, il ne saura pas qu'il faut le faire pour toi. Si je ne reçois pas de message, j'appelle la police, et je prends le premier train. Envoie-moi aussi une photo de la plaque d'immatriculation de la voiture. Sans qu'il le voie.

J'éclate de rire.

— Sérieux ? Tu n'as pas besoin de te transformer en chevalier ser…

— Oui je suis sérieux ! s'emporte Ed. Tu t'apprêtes à partir dans un autre pays avec un type louche que tu ne connais pas, dans une

1. Autrice de romans policiers et détective amateur, personnage principal de la série télévisée *Arabesque*.

chasse au dahu dont il tient les rênes et règle l'addition. Ça pue l'expédition super glauque.

J'accepte d'envoyer des preuves de vie et Ed se calme un peu. Pourtant, quand je mets fin à l'appel, mon insouciance s'évapore.

À 14 heures, j'attends devant chez moi avec ma valise, prête à monter dans la voiture de Finlay Hart. C'est une Audi noire – *loupé, Susie.*

Fin sort, ouvre le coffre, prend mon bagage. Il porte un pull à mailles fines sous un trench bleu marine, qu'il laisse tomber de ses épaules et jette sur la banquette arrière. Je remarque que ses vêtements ont cette discrète qualité onéreuse, ils ne sont pas m'as-tu-vu, mais tombent à la perfection. Si j'achetais un pull noir et un manteau bleu, ils ne ressembleraient pas à ça.

Je n'ai pas l'occasion de jouer discrètement les paparazzi avec la plaque d'immatriculation. Premier échec.

— On devrait arriver pour le dîner, dit-il après m'avoir saluée. Il y a cinq heures de route. Plus ou moins.

— Le dîner, c'est le meilleur moment pour arriver quelque part, dis-je d'un ton que j'espère cordial, en m'installant sur le siège passager. Comment ça se fait que tu n'aies pas l'accent américain ? Il s'entend à peine.

Je vise l'irrévérence amicale. Je me suis rendu compte, un peu tard, que, indépendamment du danger que j'encours, je vais devoir passer de longues heures en compagnie d'un homme dont la conversation est aussi agréable que celle d'un pantin de bois jouant un garde nazi.

— Je pensais qu'il s'entendait, dit Finlay, l'air ni vexé ni spécialement guilleret. J'ai déménagé aux États-Unis à vingt ans, ton accent et ton vocabulaire sont assez définis à ce moment-là. Et puis, beaucoup de mes amis sont des expats.

« Beaucoup de mes amis. » J'ai du mal à les imaginer, mais peut-être est-il un gai luron, là-bas.

— Tu veux mettre de la musique ? demande-t-il une fois installé au volant.

— OK.

— Tu choisis.

J'appuie sur les boutons jusqu'à trouver BBC Radio 6 Music.

— C'est quoi ? Je suis un peu dépassé ces derniers temps, commente Fin en regardant dans le rétroviseur extérieur avant de s'engager sur la route.

— *This Is What She's Like*, des Dexys Midnight Runners, dis-je, trop heureuse de le savoir par pur hasard – Justin adore Dexys – car je suis un peu dépassée moi aussi, ces derniers temps. Tu sais, c'est eux qui ont chanté *Come On Eileen*.

— Oui, ça je connais, dit Fin avec un sourire.

Il traverse la ville et navigue jusqu'à l'autoroute sans trop de difficulté, guidé par la voix de stentor du GPS qui lui aboie des instructions.

— C'est juste pour aller jusqu'à l'autoroute, je l'éteindrai après, dit Fin, et je réponds encore « OK », comme un petit robot.

La voiture est confortable et sent le cuir bien entretenu. J'étends mes jambes devant moi, reconnaissante, au moins, de ne pas être en train d'écrire un article sur le yoga avec Olga.

J'ai toujours aimé cette partie du voyage, quel qu'il soit, cette sensation de s'échapper. Quand un avion décolle, je pense au tout petit morceau de planète que j'habite, à mes horizons si limités.

J'entends Mark me dire : « Et pourtant, impossible de te faire venir à Stoke Newington. » Et sa réplique lors de notre dispute de rupture : « Tu sais ce qui me fait le plus chier ? Tu aurais déménagé ici pour Susie et le gang. »

Il avait certainement raison.

— Ne me juge pas pour l'automatique, ça fait des années que je n'ai pas conduit de manuelle, dit Fin tandis que nous passons à vive allure devant les maisons d'après-guerre qui bordent la rocade.

L'idée que je pourrais juger Finlay Hart parce qu'il n'utilise pas une boîte manuelle, entre toutes autres choses, me fait sourire. Un bonus : les silences sont moins gênants quand on n'est pas obligés de se regarder en face.

Je coule un regard en douce vers Fin et admire malgré moi sa mâchoire carrée de leader – il est de nouveau rasé de près –, ses bras, que dévoilent ses manches de chemise retroussées, et sa montre vintage en cuir, plus classe que clinquante.

Personne n'a dit que le mal ne pouvait pas être sexy. Au contraire, ça lui facilite le job.

Je me divertis en l'imaginant parler dans un dictaphone, comme l'agent Cooper. C'est une comparaison imparfaite : Cooper ressemblait à un agent du FBI gominé au visage poupin. Finlay Hart ressemble à un assassin hyper classe dont personne n'arrive à se souvenir clairement après coup.

Je demande :

— Tu vis dans quel quartier de New York ?

— Park Slope. Un quartier gentrifié mais encore abordable de Brooklyn, si tu ne connais pas.

— Tu t'y plais ? À New York en général ?

— Oui… la plupart du temps. Je ne suis pas certain de vouloir m'y installer pour de bon. Disons que, quand je retrouve mes amis, on passe notre temps à nous plaindre que c'est nul. C'est là qu'on sait qu'on est devenu un autochtone. Et toi ? Ça te plaît, Nottingham ?

Pour une fois, le ton résolument neutre de Fin se rapproche de la bonne volonté.

— Hahaha… New York… ou Nottingham. Grosse Pomme ou… toute petite orange. Grands fauves ou chat de gouttière.

Fin sourit.

— J'aime bien.

Bien sûr qu'il aime, avec la condescendance aimable des gens cool, qui n'ont rien à prouver quand ils feignent d'approuver les trucs pas cool.

— C'est toi qui es parti, dis-je, souriant à mon tour.

Il desserre son col et lève les yeux vers un panneau routier.

— Parfois les gens quittent les endroits qu'ils aiment. Parfois les gens quittent les gens qu'ils aiment.

— Tu es psy, n'est-ce pas… est-ce qu'on est en séance là ? Tu peux me facturer ? dis-je.

— J'ai beau faire ce métier depuis des années, je ne me lasse jamais de cette blague, riposte-t-il sans se départir de son sourire, qui s'étrécit cependant.

Je note mentalement qu'il ne veut pas parler boulot.

— Est-ce que j'aime Nottingham. Oui à certains égards, non à d'autres.

— C'est la vision régulée de tout un chacun sur n'importe quel endroit, non ? dit Fin. Je me méfierais de quelqu'un qui dirait « Ouais, là où je vis, c'est le *meilleur endroit sur terre*, c'est parfait. » Je me dirais qu'il veut prouver qu'il a forcément fait le meilleur choix.

Je lui jette un regard en coin. Ce genre de cynisme me va bien.

— Tu dis ça, mais mon père vit dans une bergerie en Australie et je t'assure que c'est littéralement le paradis sur terre.

— Tu te méfies de ce qu'il dit ?

— Oui fis-je, et à notre grande surprise à tous les deux, j'éclate de rire et Fin sourit malgré lui.

Son visage n'est pas du tout le même quand il est amusé, c'est comme s'il n'avait jamais été l'autre personne. Cela me fait un peu flipper.

Bon sang, ça me revient. Susie disant que son frère était certainement bon mannequin parce qu'il « a l'air différent sur chaque photo. Pas comme une photo différente d'une même personne, ni un autre angle, une personne différente. Brrr. ».

Je ressens ce pincement au cœur désormais familier de ne jamais pouvoir lui raconter tout ça. Accompagné du blocage psychique additionnel de la dispute que nous n'aurons jamais, non plus.

Après plus d'une heure de bavardage intermittent et sommaire, le téléphone portable de Fin, qu'il a installé sur un support, se met à clignoter.

— Ah. C'est Romilly qui m'appelle.

— Romilly ?

Il n'a pas le temps de m'expliquer puisqu'il appuie déjà sur « Accepter l'appel ».

— Salut, Rom, dit-il, sourcils froncés. Tu es en haut-parleur, je suis en voiture avec quelqu'un.

Grésillement.

— Qui ?

— Eve. C'était une amie de ma sœur. Elle m'aide à retrouver mon père. Il s'est enfui, tu te rappelles ?

— Oh. Bonjour, Eve ? dit une voix sèche à l'accent de la côte Est, à la *Sex and the City* – Charlotte, non, plutôt Miranda.

— Bonjour !

— Je voulais te dire que le rendez-vous d'Ethan s'est bien passé. Ils veulent le revoir dans trois mois mais ils ne pensent pas que son ouïe a été endommagée.

— C'est super. Il est content ?

— Oh ! oui, c'est redevenu un vrai petit con. Je l'ai emmené chez Balthazar pour fêter ça et il a mangé la moitié du menu petit déjeuner. Le serveur n'en revenait pas.

— Bien ! Dis-lui que je lui rapporterai un souvenir d'ici.

Une pause. Difficile de savoir si c'est à cause de la connexion transatlantique ou si elle est lourde de sens.

— Appelle-moi quand tu arrives en Écosse. Sur une ligne privée, ajoute Romilly, me lançant une pique sans détour.

Ou peut-être est-ce seulement la franchise new-yorkaise ?

— Ta petite amie ? dis-je une fois que Fin a mis fin à l'appel.

— Ex, fait-il.

— Ah.

Vu la froideur de l'ex en question envers moi, je pressens que c'est Fin qui a rompu et qu'elle ne s'en est pas remise, mais qui sait.

— Elle a un petit garçon, d'une relation antérieure à la nôtre, explique-t-il. C'est pour lui que nous restons en contact, j'aime avoir de ses nouvelles.

— C'était elle à l'enterrement de ta mère ? La rousse ?

Fin a l'air surpris.

— Oui. Tu étais là ?

— Oui.

— Je ne t'es pas vue.

Je trouve étrange qu'il dise ça. Puisqu'il ne me connaissait pas adulte, il n'aurait pas pu me reconnaître de vue. Cela dit, je ne crois pas que ce soit la peine de creuser davantage.

— Romilly, dis-je. Pas commun.

— Ses parents sont franco-canadiens. Pourquoi tu fais cette tête ?

— Quelle tête ?

— L'air de dire « pff, classique ».

J'ai effectivement pensé ça.

— C'est juste. « Romilly », c'est tellement cool. Tu n'allais pas sortir avec une Doris.

— Vu que les Doris ont plus de quatre-vingts ans, non, probablement pas.

— Tu dis ça, mais ça revient à la mode. Les crèches de la classe moyenne sont remplies de Doris et de Maud.

— Je ne comptais pas sortir avec une fillette de cinq ans non plus.

— Maintenant tout le monde donne le nom de sa grand-mère à son enfant, ou celui d'une star du grand écran.

— Ce n'est pas un prénom de vieux film, *Eve* ?

— C'est Evelyn, en vrai.

— Evelyn. C'est joli.

Je ne sais pas si Fin est aimable pour être aimable, ou si son amabilité est un genre de tactique que je ne saisis pas, faute d'être suffisamment *Loup de Wall Street*.

— Merci. C'est joli, oui. Même si ça donne un peu l'impression que j'écoute *The Archers* et que je mets des sachets de lavande séchée dans mon tiroir à pantalons.

— Tu aimes bien dire tout ce qui te passe par la tête, non ? demande Finn avec un sourire pour adoucir sa remarque.

— Tu aimes bien ne jamais dire ce qui te passe par la tienne, répliqué-je en lui souriant à mon tour.

Il a beau rouler à cent-trente-deux kilomètres/heure, Fin me lance un regard consterné. Le psy n'a pas l'habitude d'être psychanalysé ?

Ce moment est soudain interrompu par une sensation très particulière et inhabituelle. Tout à coup, la voiture fait une embardée puis des ricochets sur la route avec un affreux bruissement métallique, comme si le ventre du véhicule tapait directement sur le tarmac. « Le ventre du véhicule », voilà l'étendue de mon expertise automobile.

— Ah, merde, je crois qu'on a crevé, dit Fin.

Je plaque mes paumes contre le tableau de bord devant moi tandis que Fin met son clignotant et traverse rapidement les voies, le visage impassible, les yeux braqués sur le rétroviseur.

Je suis contente qu'il soit au volant ; si c'était moi qui conduisais et que ce bruit affreux avait retenti, ma réaction aurait certainement inclus des cris aux décibels puissants.

Nous avançons dans un bruit de ferraille sur la voie pour véhicules lents, puis sortons sur une aire, la voiture remuant comme dans un dessin animé. Quand Fin s'arrête enfin près de l'entrée d'un Burger King, je pousse un lourd soupir, et sens la marée haute de sueur dans ma nuque.

— Dans l'ensemble, ça ne sera pas mon meilleur souvenir, dit Fin.

Il a parlé d'un ton posé mais, lorsque je me tourne vers lui, je vois qu'il a le teint cendreux d'un paysage lunaire – il a eu aussi peur que moi. Je suis contente de ne pas m'en être rendu compte avant.

26

— Ils m'assurent qu'ils ne vont plus tarder, m'informe Fin en remettant son portable dans sa poche. Même si « ne plus tarder » est certainement l'équivalent du « au coin de la rue » des taxis.

Je suis perchée sur un trottoir dur et froid près des pompes à essence, sous prétexte de « surveiller les bagages », à manger des Cherry Pik d'Haribo, alors que le Pannegate atteint sa quatre-vingt-dixième minute. Je froisse le sachet et me lève, me frottant les mains pour en chasser le sucre, histoire de tenter, un peu tard, d'avoir l'air efficace et impliquée.

La phase « inspection du véhicule avec dépit » et « longue conversation technique avec des gens au téléphone » a été entièrement menée par Fin. Au début, j'étais assise dans la voiture à me sentir inutile, puis je suis restée debout près des bagages à me sentir inutile, puis je me suis traînée jusqu'à la boutique pour acheter des bonbons.

J'ai compris que c'était plus grave qu'un pneu crevé et que notre Audi était, en réalité, pour reprendre l'expression d'un mécanicien qui passait par là et nous a donné son avis gratos en dehors de ses heures de travail : « défoncée ».

— On prenait des petites vacances, hein ? J'espère que ce n'est pas un anniversaire de mariage ni rien, a-t-il ajouté gaiement.

Fin et moi l'avons regardé d'un œil torve, puisqu'il n'existe aucun raccourci socialement acceptable pour décrire notre situation.

Nous avons formé une alliance temporaire et précaire pour traquer une personne âgée sénile.

La voiture en disgrâce a été remorquée.

— Ah, attends, ça ne pourrait pas être... ?

Une autre caisse, argentée celle-ci, arrive sur le parking. Fin s'en approche à grandes enjambées et discute rapidement avec le conducteur, avant de récupérer les clés et un morceau de papier. Puis l'homme de l'agence de location secoue vigoureusement la tête et lève les paumes vers le ciel, et Fin hausse les épaules, l'air de dire « qu'est-ce qu'on y peut » – ils doivent discuter du sort de la précédente voiture.

Je prends le sac de voyage de Fin dans une main et la poignée de ma valise dans l'autre, et la tire sur le béton en direction du véhicule – une Mercedes.

— C'est... une classe S ? dis-je, mes cheveux se hérissant sur ma nuque.

— Je crois, oui, répond Fin. Pourquoi ?

Je garde les yeux rivés dessus. Ça ne veut rien dire, n'est-ce pas ? C'est une stupide coïncidence.

— Pour rien.

— Je ne t'aurais jamais prise pour une fan de voitures, dit Fin avec un sourire en prenant ma valise. Tant qu'elle nous emmène à Édimbourg en un seul morceau, moi, ça me suffit.

Évidemment, jamais je ne parlerais de Susie en évoquant des événements surnaturels, mais je monte en voiture en me demandant si parler de Susie tout court serait réellement avisé. Je ne sais pas ce qu'il se passe dans la tête de Finlay, ni ce que son attitude camoufle.

J'entends Susie dans mon crâne :

Pas grand-chose, crois-moi. Et c'est vrai pour tous les hommes. C'est tout toi, de leur inventer des vies intérieures débordantes.

— Il va falloir que je m'habitue à cette voiture, dit Fin en se dirigeant lentement vers la bretelle d'accès.

Je m'appuie contre l'appuie-tête et Fin allume la radio.

— Les roues semblent fiables et solides, dis-je.

— On a gagné un tour gratuit parce qu'ils ont essayé de nous tuer, répond Fin. Juste pour info. Avec les économies, on pourra se payer des *Choc-ices*[1] au zoo.

Je pouffe de rire.

— Attends, t'es sérieux ? On va au zoo ?

— Dans son mot, mon père dit qu'il va d'abord faire les trucs touristiques, donc je crois bien que oui.

— Certes.

C'est difficile d'imaginer comment nous allons trouver un homme dans une foule de touristes, mais ça fera peut-être comme avec Denholm Elliott dans *Indiana Jones et la Dernière Croisade*, qui ne passe pas inaperçu avec son panama sur la tête.

— Des *Choc-ices*, dis-je. Un truc bien de chez nous.

— Eh oui. Aux États-Unis, ils sont plutôt « Popsicle ».

Je souris et un silence courtois s'installe entre nous, *Regret* de New Order remplissant l'habitacle.

Observer la supposée psychopathie de Finlay de près est une affaire déstabilisante. Je n'éprouve aucun danger en tant que tel, mais Finlay a ses raisons de me garder de son côté.

Alors que nous passons devant de magnifiques montagnes, Fin dit, l'air de rien :

— J'apprécie que tu sois venue. Je sais que c'est beaucoup demander. Merci.

— Oh… ce n'est rien, dis-je, prise au dépourvu.

— Je ne veux pas que tu aies le sentiment qu'on doit être des adversaires parce qu'on est partis du mauvais pied. Ça ne te dérange pas si je mets les infos trafic ?

Il tend la main pour triturer les boutons de la radio et je fais non de la tête.

Cela me rassure, mais ça me fout la trouille, aussi. Et si c'était un

1. Esquimaux à la vanille, typiques du Royaume-Uni.

stratagème ? Et si c'était ça, la clé du danger qu'incarne Finlay ? Il joue au mec gentil, équilibré, sympa, puis quand ça lui chante, il vous prend en traître ? Pour que vous vous sentiez ridicule de lui avoir fait confiance quand il vous fera un mauvais coup ? Et si essayer de bien s'entendre avec Finlay Hart, c'était comme essayer de marcher à reculons en talons sur un tapis roulant, un Martini à la main ? Comme arroser une plante en plastique ?

Si c'était le cas, Susie ne me l'aurait pas dit.

Je me souviens d'une fois où Becky Putain-de-Vacances-de-Rêves a piégé Susie pour qu'elle paie la totalité de leur hôtel de luxe lors d'un week-end entre filles à Bath. Susie a réglé la location à l'avance, pour des raisons pratiques alambiquées qui arrangeaient Becky. Susie avait été surprise de recevoir une carte de remerciements de Becky après coup, disant que c'était formidable de sa part de l'avoir invitée pour son trentième anniversaire, d'autant qu'elle n'avait plus un sou à cause de son imminente croisière sur le Nil. En la lisant, j'avais pouffé.

— Traduction : j'ai mélangé ton obligation de cadeau d'anniversaire avec un soupçon de « je ne peux pas te rembourser de toute façon » pour créer une inhibition maximale et te décourager de me réclamer l'argent. Bonjour, je suis Becky Bramley, j'ai un culot monumental.

Susie avait éclaté de rire mais l'avait défendue en soutenant que l'accord de payer chacune sa part avait dû lui sortir de la tête. Je n'en revenais pas que Susie la Cynique puisse être si naïve face à une telle extorsion, et j'avais conclu qu'elle était trop gentille avec Becky. Avec le recul, je comprends que c'était plutôt que Susie ne voulait pas admettre qu'elle s'était fait avoir. « Se faire entuber » n'était pas une chose qui arrivait à Susie, ce n'était pas dans sa nature.

Était-il possible qu'elle ait été si véhémente envers son frère, non seulement parce qu'il était son frère, mais aussi parce qu'il l'avait un jour prise en traître ?

Assez rapidement, nous nous retrouvons dans le crépuscule

d'Édimbourg. Nous avançons plus doucement sur des routes plus densément peuplées, le long de maisons géorgiennes en grès aux fenêtres blanches. Le GPS donne à présent des ordres toutes les trente secondes, après sa longue sieste sur l'autoroute.

Nous descendons Princes Street au ralenti et nous arrêtons devant la façade victorienne en grès rouge du Caledonian, avec ses colonnes corinthiennes, ses portiers aux gants blancs et ses auvents dorés frappés du logo de l'hôtel.

J'attends patiemment que Fin le dépasse pour nous emmener jusqu'à l'hôtel impersonnel à prix moyen qu'il a réservé, tandis que le GPS débite : « Vous êtes arrivé à destination. »

La portière de Fin est ouverte pour lui par un valet en livrée. Tout comme la mienne.

— C'est ici qu'on dort ? dis-je, une fois dehors, alors que Fin confie ses clés à l'employé.

— Oui, dit-il.

— C'est le Waldorf, dis-je en regardant l'enseigne, les yeux plissés.

Tout est illuminé, l'édifice est baigné de lumières jaune miel sous le ciel bleu-noir.

— Comme la salade, oui.

— Mais… Waouh. D'accord.

— On descendait toujours au Waldorf quand on venait, petits. Plutôt sous l'impulsion de maman, pour être honnête, mais je me suis dit que mon père serait peut-être revenu ici au nid, comme un pigeon voyageur.

— C'est une sacrée montée en gamme par rapport à mes habitudes, dis-je en me retournant vers la voiture, qu'on est en train de décharger avant de l'emmener au parking sans que Fin et moi ne soyons impliqués.

— Je peux réserver le gîte dans l'East Lothian dont l'avis positif TripAdvisor dit qu'il y a des jouets Minions sur le lit et de mystérieux graffitis tracés au sang sur le mur de la salle de bains, si tu préfères ? plaisante Fin.

Je franchis la porte à tambour en riant.

Dans le hall en marbre étincelant tout en courbes, nous devons patienter derrière des touristes aux chemises chamarrées avec des Nikon autour du cou et des sandales à scratch. Fin regarde sa montre.

— Il est un peu tard pour trouver un restaurant, dit-il. On commande chacun en room service ce soir et on se fait les attractions touristiques demain ? On se retrouve dans le hall à 9 heures ?

— OK.

« Chacun » voulant dire « pas ensemble ». Le fait que Fin n'ait manifestement pas envie de passer une minute de plus avec moi pourrait me vexer, j'imagine, mais manger un burger dans mon lit, enveloppée dans ce que les Américains appellent littéralement un « peignoir gaufré », c'est trop tentant.

— Mets ce que tu veux sur la note pendant notre séjour, reprend Fin.

Puis il hésite, et son visage prend une teinte que je ne lui avais pas vue jusque-là.

— Enfin, je veux qu'il n'y ait aucun malaise ni aucune confusion. Je t'ai demandé de venir. C'est ma responsabilité, et donc moi qui paye. Évidemment.

— Merci, dis-je.

Puis, incapable de trouver autre chose à dire, je lance, pour essayer de détendre l'atmosphère :

— Mais cet endroit, quand même ! Mon max du week-end de luxe, c'est le Radisson Blu.

Il est possible qu'il y ait un sous-entendu d'une évidence grinçante : *je savais pas que t'étais plein aux as !*

Comme Fin me met à cran quoi qu'il arrive, il est possible que je ne juge pas très bien la limite entre irrévérence taquine et franche grossièreté.

— Susie ne me cassait pas du sucre sur le dos parce que j'avais de l'argent ? demande Fin, qui a effectivement compris.

Cela me fait un petit pincement au cœur.

Dans le calme du hall, dans l'écho des murmures de nos voix, le fait qu'il me pose la question me semble potentiellement important. Je suis la gardienne de l'héritage de Susie, à présent, son héritage intellectuel, sinon matériel.

— Non, dis-je, contente de pouvoir être honnête. Elle n'en a jamais parlé.

— Je ne pensais pas qu'elle se priverait de ce plaisir, mais peut-être que j'aurais dû m'y attendre, à bien y réfléchir.

— Pourquoi ?

— Parce qu'elle m'aura critiqué sur tout le reste.

Fin semble d'humeur joyeuse, mais il y a derrière ses propos une lourdeur qui me paraît menaçante. Sans parler de l'histoire qui les lie.

— Non, je voulais dire : pourquoi tu aurais dû t'en douter, « à bien y réfléchir » ?

Il plisse les yeux, perplexe.

— Je sais que la légende dit que je suis odieux. On n'utilise « a de l'argent » contre toi que s'il y a de quoi t'incriminer. Autant que je sache, ce n'était pas le cas. Je ne suis pas trafiquant d'armes, je ne réserve pas de loge privée aux concerts d'Ed Sheeran.

Je ris. Fin distille son humour avec une telle rigueur et le visage si sérieux que je ne comprends que c'est de l'humour qu'une seconde ou deux après qu'il a fini de parler.

Je suis soudain curieuse de connaître la version de Fin sur leur guerre, tout en étant certaine qu'il s'agira d'une fiction biaisée.

« Aucune réputation ne se bâtit par hasard », une lapalissade particulièrement chère à Justin. (Je crois me rappeler que j'ai un jour soutenu le contraire, à cause d'un sentiment général d'injustice, à quoi Justin a rétorqué : « Quand tu pourras me montrer une exception, je commencerai à faire des exceptions. » Je n'ai encore pas trouvé d'exception.)

Fin avance vers la réception et je me dandine pendant qu'il nous enregistre, me sentant bien miteuse dans ce décor.

— Tu sais si ton père est descendu ici ? dis-je à voix basse lorsque

Finlay me tend une carte magnétique dans son étui papier, avec le numéro de chambre inscrit dessus au stylo.

— Non, mais ça ne sert à rien de demander. Ils me serviront la confidentialité, blablabla.

— Hmm. (Je me frotte le menton.) Ils ne te diront pas s'il est bien ici, mais je parie qu'en les amadouant un peu ils te diront s'il n'est pas là.

— Comment cela ?

— Laisse-moi essayer, dis-je.

Je m'avance vers la personne disponible derrière le comptoir de la réception, qui, et cela va certainement jouer en notre faveur, est un homme de l'âge du père de Fin.

— Bonjour, je me demande si vous pourriez nous aider. Mon frère et moi, dis-je en désignant Fin d'un signe de tête – qui, à portée de voix, s'étonne – sommes ici pour surprendre mon père pour ses soixante-dix ans. Vous ne pourriez pas l'appeler pour le prévenir qu'il a de la visite ? Mais je vous en prie, ne dites pas qui c'est !

J'agite une main entre nous deux et fais mine de me zipper la bouche.

— Comment s'appelle-t-il ? demande l'homme avec un sourire indulgent.

— Iain Hart, dis-je. Iain, I, A, I, N.

L'homme pianote sur son clavier et consulte son écran.

— J'ai bien peur que nous n'ayons pas de client de ce nom-là pour le moment.

— Oh ! Ce n'est rien, il arrive peut-être plus tard dans la soirée ? dis-je en me tournant vers Fin, qui marmonne :

— Oui, certainement.

— Merci quand même, dis-je.

— Je ne devrais pas faire ça, me souffle l'homme en se penchant vers moi, mais si vous me donnez votre numéro de chambre, je peux vous prévenir si quelqu'un s'enregistre sous ce nom-là. Je ne pourrai pas vous communiquer son numéro de chambre, mais je pourrai le contacter de votre part, une fois qu'il sera installé ?

— Oh oui, certainement, dis-je. Merci ! Je suis Evelyn Harris, chambre 166, et voici Finlay Hart, chambre… ?

— 312, complète Finlay.

— C'est noté, répond l'homme avec un large sourire en l'inscrivant sur un carnet. Je vous souhaite un bon séjour.

Alors que nous nous dirigeons vers les ascenseurs, Finlay me glisse :

— C'était vraiment impressionnant. Je suis impressionné.

— J'étais reporter pour le journal local. Les magouilles et le bluff de base ne te quittent jamais.

— Ça doit aider d'avoir du charme, aussi, dit Finlay.

— Oh…

Son compliment inattendu me surprend. Il pense que je suis une fille irritante et présomptueuse, non ?

— Ça fait partie de la… routine.

— Si c'est un art, je ne l'ai jamais maîtrisé, dit-il avec un petit sourire alors que nous montons dans l'ascenseur.

Il appuie sur les boutons du premier et du troisième étage.

— Cela dit, reprend-il après un court silence, et loin de moi l'idée de critiquer tes méthodes, si tu viens faire la surprise à ton père pour son anniversaire, pourquoi demanderais-tu à un réceptionniste de lui dire que tu es dans le hall ? Ça gâcherait la surprise, non ? Ce ne serait pas mieux de faire la grande révélation en tapant ta fourchette contre une flûte de champagne au restaurant ?

— Aha, tout tricheur saurait répondre à ça. Les arnaques ne fonctionnent pas parce qu'elles sont bien pensées, mais parce qu'elles sont vite élaborées.

Les portes de l'ascenseur s'ouvrent sur mon étage.

— Vous êtes pleine de surprises, Evelyn Harris, me lance Fin quand je sors de l'ascenseur.

Je me demande quelles étaient les autres.

Ma chambre fait la taille d'un appartement londonien. Toundra de moquette couleur bleuet et de tissus richement taillés couleur café au lait, lit démesuré avec des oreillers blancs comme neige amidonnés, sans un seul pli, disposés à la verticale. Je tire les rideaux et découvre une vue incroyable sur le château illuminé. C'est de la bonne came pour Instagram, sauf que je ne suis pas disposée à afficher ça sur Internet si c'est pour qu'on me demande ce que je fiche ici.

J'essaie de ne pas avoir la vulgarité de m'appesantir sur le coût de la chambre, mais j'ai le sentiment que plusieurs nuits consécutives, multipliées par deux, doivent valoir six mois de créance de mon prêt immobilier.

Je dois me rappeler d'envoyer un message à Ed. Mais… à la réflexion, de quel droit Ed peut me donner le sentiment, bien que subtilement et sous couvert de bonnes intentions, que je lui appartiens en quelque sorte ? Il est fiancé à sa petite-horreur de longue date et il a couché avec feu ma meilleure amie.

Feu ma meilleure amie. Je fixe les télécommandes alignées sur la table d'appoint en noyer et, pour une fois, ces mots me choquent, non parce qu'ils me surprennent, mais justement parce qu'ils ne me surprennent pas.

La mort de Susie a franchi une limite invisible, elle est devenue un fait admis que je peux me répéter quand je fais l'inventaire de mes meubles mentaux, un décor aussi prosaïque que le minifrigo et le coffre réservé aux objets de valeur, là-bas, dans le coin.

Je sais que ce n'est vrai que dans l'immédiat, en cet instant précis. Elle me laissera de nouveau sans voix, très bientôt. Mais peu à peu, cela se produira de moins en moins, et ceci se produira de plus en plus, jusqu'à devenir pleinement ordinaire.

Un jour, je regarderai peut-être des photos avec mes enfants – actuellement peu plausibles –, et ils diront : « Qui c'est ? » et je répondrai oh ! c'est ma chère amie Susie, elle est morte très jeune en se faisant renverser par une voiture. Ils regarderont de nouveau la photo avec un regain d'intérêt à cause de cette histoire macabre, puis, parce qu'elle n'aura jamais été Tata Susie et qu'ils ne l'auront jamais rencontrée, ils tourneront la page de l'album. Cette perspective m'indigne, me met en colère, presque. C'est un mensonge, cette nécrologie. Susie n'est pas une nouvelle triste. Susie n'est pas une tragédie. Elle était une longue histoire pleine de vie, anormalement écourtée.

Avec des chapitres secrets que je n'avais pas vus. Des séquences oubliées sur le sol de la salle de montage.

J'ouvre ma valise pour en tirer ma trousse de toilette, et je prends une douche longue et brûlante pour compenser celle que je n'ai pas prise plus tôt. Je pille les produits de toilette offerts et me sèche les cheveux mèche par mèche avec une grosse brosse ronde devant un immense miroir, tournant mon poignet comme si j'étais dans un salon de coiffure. Cela fait des mois que je n'avais pas prêté attention à mon apparence. Tout à coup, j'ai envie d'être jolie. Je pense que c'est le cadre qui veut ça, et le fait d'être ici pour l'anniversaire de mon faux papa avec mon faux frangin. J'aimerais vivre sa vie, à cette gourdasse blindée, insouciante et menteuse.

On frappe à la porte : mon dîner est servi, sous une cloche argentée – comme c'est excitant.

Alors que je trempe la dernière frite dans le petit ramequin de ketchup, l'écran de mon téléphone s'illumine pour afficher un message d'Ed… Oh mince, il est 21 h 30 !

Salut ! Tu te souviens de moi ? Tu te souviens de ce dont on a parlé ?

J'essuie mes mains grasses en vitesse sur l'épaisse serviette en lin.

Argh désolée ça a été la folie – la voiture est tombée en panne et on est arrivés tard à l'hôtel, mais la bonne nouvelle, c'est que c'est le Waldorf 😎🎉

Waouh, je vois que mes inquiétudes étaient mal placées ! Vous êtes dans une grande suite, c'est ça ? Avec du Michael

Bublé sur la Bose et un sédatif qui pétille comme un Alka Seltzer dans du Perrier 👌

J'aurais dû me douter qu'il assimilerait cette folle dépense à un complot à la Finlay Hart pour me choper. Il a *rencontré* Finlay, comment peut-il sérieusement envisager qu'il puisse y avoir le moindre « désir » ?

Hum non, chambres séparées. 😉 Désolée d'avoir oublié de t'écrire, j'y penserai demain.

Et sans faute. Bonne nuit, Harris x

Mon téléphone clignote de nouveau.

PS : je suis sûr que tu le sais, mais tant pis. Si tu as besoin que je vienne te chercher en urgence à n'importe quel moment – appelle-moi. Je serai là direct, sans poser de questions. Ne laisse pas la fierté t'empêcher d'appeler à l'aide. X

Bien sûr, merci. (mais tu en poserais, des questions) x

OK oui c'est vrai X

À la lueur de la lampe, je m'allonge sur le lit et lève les yeux vers la corniche du plafond ivoire, immaculée et sans aucune imperfection, comme un glaçage en pâte d'amandes.

Ed est jaloux. Je me répète cette vérité évidente. Je l'avais senti dans sa précédente tirade, mais pas intégré aussi clairement que maintenant. Je ne sais pas vraiment quoi faire de cette information.

27

Après avoir englouti un croissant et siroté un café noir qui me rappelle le goût que le café est censé avoir, le tout dans une salle de petit déjeuner au carrelage de métro exempte de Finlay Hart, je remonte dans ma chambre, me lave les dents, et redescends dans le hall pour 9 heures.

Je repère tout de suite Finlay, silhouette imposante bleu encre qui se détache du blanc gâteau-de-mariage du décor, l'air sérieux, les mains fourrées dans les poches de son trench. Je n'irais pas jusqu'à dire qu'il a l'air hostile, mais il semble nerveux, tendu, impatient de se mettre en route. Ce n'est pas parce que nous sommes dans un hôtel splendide que c'est pour lui une partie de plaisir, je ne dois pas l'oublier.

— Les pièges à touristes, puis les maisons de famille, voilà le plan, déclare Fin, sévère, alors que nous sortons dans l'air mordant de Princes Street. Suivant le programme indiqué par mon père dans sa lettre.

— Compris. Pourquoi pas un bus touristique ? dis-je alors que l'un d'eux nous passe devant. Ça nous permettrait de couvrir plus de terrain.

Finlay lève les yeux vers le véhicule rouge-Coca-Cola frappé d'un logo, sceptique. L'espace d'un instant, son profil me rappelle Susie, sous le soleil hivernal, et je ressens une vive pointe de douleur, cette stupeur du rappel que je l'ai perdue. Paradoxalement, je suis heureuse que ça me fasse toujours un choc.

— Hmm, tu crois ? Est-ce qu'on reconnaîtrait mon père dans une foule de là-haut ?

— On descendrait aux arrêts, dis-je. On en fera le tour plus vite qu'à pied.

Fin hausse les épaules pour signifier son accord réticent, achète deux billets à l'homme derrière le cordon et récupère des dépliants, puis nous montons à bord.

— À l'étage ? dis-je à son épaule.

— Si tu veux, répond Fin en me regardant, avec la même expression qu'un papa tolérant avec sa progéniture en visite pour le week-end.

Il choisit des fauteuils vers l'avant. C'est presque vide, comme on peut s'y attendre à l'étage à ciel ouvert d'un bus touristique dans un pays pluvieux pendant une période froide de l'année.

Heureusement, la narration audio est en option – des casques sont branchés aux sièges – et nous pouvons profiter de la ville sans qu'on nous crie joyeusement dans les oreilles l'histoire de Greyfriars Bobby[1].

Tous les autres usagers brandissent leurs téléphones en l'air en mode portrait, avec les deux mains, pour prendre des photos ou filmer.

Je murmure à Fin :

— Tu crois que les gens regardent un jour les vidéos qu'ils ont filmées en vacances ? Ils filment *n'importe quoi*. Comment ça marche, tu rentres chez toi et puis un mardi où tu t'emmerdes, tu dis : sors les bières, on va se regarder trois minutes d'images pas nettes du Royal Mile ? Ou est-ce qu'ils font subir ça à leurs amis et leur famille ?

— Je ne sais pas, répond Fin. Je n'apprécie pas trop la façon dont la technologie a transformé tout le monde en réalisateur documentaire amateur. J'ai assisté à une dispute à The Bagel Hole

1. Chien resté quatorze ans sur la tombe de son maître. Il a été immortalisé par une statue à Édimbourg.

l'autre jour, et un autre client s'est planté là comme si c'était la crèche de Noël de son gamin.

Finlay fait semblant de brandir un téléphone et de se concentrer sur l'écran.

— Oui, et c'est fou, les gens se comportent comme s'ils étaient devenus invisibles quand ils brandissent un téléphone.

Le silence retombe. Fin a l'air tendu. Anticipe-t-il une scène chaotique, si nous retrouvons bel et bien son père ?

Un groupe d'adolescents français avec sacs à dos monte dans le bus en s'exclamant : « Édimbourg, Édimbourg ! » avec excitation, comme s'ils craignaient que l'identité de la ville qu'ils admirent en tendant le cou par-dessus les rambardes du bus ne change. Puis :

— Skaï folle ! Skaï folle !

— Skaï folle ? répété-je dans un murmure, perplexe.

— *Skyfall*, corrige Fin. Le James Bond ? Il y a toute une séquence du film qui se passe en Écosse.

— Oh ! hahaha. C'est plus logique qu'un penchant pour le design des années soixante.

Fin me sourit, mais c'est pour me faire plaisir, son sourire n'atteint pas ses yeux.

Je décide de le soulager du fardeau de la conversation en mettant un casque, que je peine à sortir de son étui en plastique.

« Le Grassmarket est l'un des sites les plus iconiques de la ville. La place du marché se situe dans un creux, sous le château, à une altitude plus basse que les rues alentour. »

Le bus s'arrête en cahotant et nous descendons.

Nous passons devant les portes de boutiques aux couleurs aussi vives que des sucettes, avançant sur les pavés que l'usure a rendus brillants, balayant la foule du regard. Nous errons, mais avec un but secret, et cette étrangeté me procure un certain plaisir. D'ordinaire on est obligé d'apprécier ce genre d'activité, aujourd'hui nous sommes presque obligés de ne pas apprécier, ce qui est libérateur, en quelque sorte. Les humains sont irrationnels.

— C'est tellement beau comme endroit, dis-je bêtement, me demandant si j'ai le niveau de conversation d'un mauvais rencard.

— Ça te plairait, d'habiter ici ? demande Fin après une pause.

— Oui… Je ne sais pas. Si j'étais capable de laisser derrière moi les choses qui me tiennent à cœur.

— Qui sont ?

— Mes amis, ma mère. La super bonne friterie.

À peine ai-je fini ma phrase que je me demande si c'est une raison suffisante, surtout post-Susie, ou si c'est seulement une excuse pour ne pas bouger. Je sais ce qu'en penserait mon ex.

— Je crois que l'Écosse tient la route, niveau frites, dit Fin.

Je regarde autour de moi, inspire l'air humide, et essaie de m'imaginer dans ce nouveau décor majestueux. Ce serait exaltant. Terrifiant mais exaltant.

En me représentant cette évasion, je pense au fait que Susie ne peut plus faire aucun choix. Je me souviens d'elle au dernier quiz, au pub, le regard pétillant au-dessus de son écharpe enroulée, tous les messages non dits voletant avec urgence entre nous et dont nous ne savions pas qu'ils resteraient inexprimés à jamais. Les larmes me montent aux yeux. Peu importent les changements, je sais que pour le restant de mes jours, son souvenir me fera fondre en larmes en une fraction de seconde. On n'en parle pas, de ça, dans les éloges funèbres : *elle continuera de vivre dans nos cœurs, c'est-à-dire que vous vous mettrez à chialer à la boulangerie Birds Baker parce que vous vous rappelez tout à coup qu'elle raffolait de l'Elephant's Foot.*

Je bats des cils pour me reprendre et remarque que mon émotivité n'a pas échappé à Finlay.

— Ce n'est pas grave, tu sais, dit-il doucement. Tu as le droit.

— Le droit de quoi ?

— D'être en vie. D'avancer.

Je ne suis pas sûre d'être capable de répondre de vive voix et me contente d'opiner. C'est un peu effrayant qu'il puisse lire en moi si facilement, mais réconfortant, aussi. Il est si sûr de lui. Que lui inspire la mort de sa sœur ?

— Ah, le château, dis-je, soulagée, comme nous nous trouvons dans une percée avec une vue impressionnante. Ça exige une photo.

Je tire péniblement mon téléphone de ma poche et braque l'appareil photo. Finlay est dans le cadre, tout à droite. Je prends une première photo de lui en train d'admirer le château, à la dérobée.

Puis un cliché de lui en train d'attendre que j'aie fini : détournant le regard, les yeux rivés sur le sol, passant sa main dans ses cheveux, puis me regardant. Je dévie le centre du cadre pour qu'il prenne plus de place dans l'image, et mitraille en silence clac-clac-clac pour faire d'autres photos en vitesse. Je ne sais pas pourquoi je collecte ces souvenirs furtifs, et ma propre hypocrisie m'amuse, après ma diatribe sur la curiosité désinhibée que l'on doit aux téléphones-appareils photo. Je me dis que c'est cette histoire de mannequinat : je suis curieuse de voir s'il est aussi fortuitement photogénique en amateur qu'en professionnel.

Quand je crains qu'il sente que ce n'est pas la forteresse historique qui m'intéresse, je m'arrête. Ha. Finlay Hart est une forteresse historique à lui seul.

Les élèves qui s'ennuient au National Museum doivent envier notre efficacité de pro pour parcourir le musée, nous séparant dans le hall central voûté où sont exposés des os de dinosaures pour inspecter chacun des galeries différentes. J'envoie un SMS à Finlay :

Je confirme : il n'y a que Ching Ching la femelle panda et moi dans la galerie des animaux. Elle a beau avoir été embaumée en 1985, elle a meilleure mine que moi.

Chou blanc dans la section Art, Design et Mode, d'autant que je doute que la corseterie du 18e siècle soit le truc de mon père. On se retrouve dehors.

— C'est bizarre de ne pas ressentir la culpabilité de la classe moyenne d'avoir sauté l'expo sur les antiquités, n'est-ce pas, dis-je alors que nous remontons à bord du bus, en bas cette fois-ci, puisque la météo est menaçante. Mon père serait épouvanté.

À la maison de John Knox, je suis prise d'un élan de nostalgie en me déplaçant de pièce en pièce à une vitesse respectueuse, et en sentant l'odeur boisée de renfermé. Cela me déboussole de ne pas avoir de questionnaire à remplir sur les réformateurs protestants du XVIe siècle après coup. Il ne manque que le professeur demandant si quelqu'un a besoin d'aller aux toilettes avant de remonter dans le bus et disant que nous n'avons droit qu'à quinze minutes dans la boutique de souvenirs. Je suis presque tentée d'acheter un pot de crayons non taillés et une gomme arc-en-ciel.

Je sens l'humeur de Finlay péricliter chaque fois que nous remontons à bord du bus.

— Est-ce que ça vaudrait le coup d'aller en priorité dans les endroits que ton père trouverait particulièrement intéressants ? dis-je. Le parlement écossais pourrait l'intéresser, si c'est un fana de la décentralisation ? Ou… le café où J. K. Rowling a écrit *Harry Potter* ?

— Franchement je ne sais pas, tu me demandes de deviner les intentions de quelqu'un dont je ne suis pas proche et qui est atteint d'une maladie mentale, répond Fin. Je crois qu'il aime bien les vieux bâtiments imposants.

— On reste à bord jusqu'au palais de Holyrood, dans ce cas ?

— Oui.

Finlay sait lire en moi, mais je suis incapable de lire en lui. Quelque chose le dérange et je suis incapable d'identifier ce que c'est. C'était son idée. Je suis ici parce qu'il a exigé ma présence. Quiconque nous verrait penserait que c'est le contraire.

Nous descendons à Holyrood et Finlay achète des billets.

— Bon sang, dis-je en contemplant la magnificence colossale et l'immensité générale du palais. Tu prends l'aile ouest et je prends l'aile est ?

Je souris en serrant les dents.

Un grondement de tonnerre retentit et, alors que les cieux se déchirent, bien à propos, Finlay perd son sang-froid pour de bon.

— Putain, c'est pile ce qu'il nous fallait ! peste-t-il.

Nous tenons tous deux la capuche de nos manteaux en place pour traverser les pelouses parfaitement entretenues au pas de course.

— Abritons-nous dans l'abbaye en ruine ! dis-je. Elle est un peu plus loin mais c'est le moment parfait pour l'apprécier.

— Comment tu connais ça ? demande Fin, et je suis assez fière de moi.

— En bonne gothique, je me renseigne toujours sur les abbayes en ruine.

Je nous y conduis et, à l'arrivée, Fin lance :

— Je ne veux pas pinailler, mais l'endroit où tu nous as amenés n'a pas de toit.

J'éclate de rire, ce rire légèrement désemparé qui vous échappe quand la météo et les circonstances s'acharnent contre vous.

— Elle a une façade magnifique, cela dit. Tiens, cette partie-là a encore un toit.

Nous nous blottissons dans un passage voûté, regardant la pluie battre la vieille pierre couverte de mousse, admirant les intérieurs qui sont à présent extérieurs. Nous vivons malgré nous des instants inoubliables.

— Mettons-nous à l'aise, si y'en a pour trois heures, finit par dire Fin.

— J'adore. Dommage qu'on n'ait pas emporté une thermos.

Quand Ed a qualifié ça d'« expédition super glauque », il a peut-être sous-estimé à quel point j'aime les expéditions glauques.

— Comment fais-tu pour garder ta bonne humeur ? Tu es si guillerette que c'en est presque… révoltant.

Finlay dit cela sans aucune émotion, avec sa rudesse habituelle, le visage éclaboussé par la pluie. Sa taquinerie me procure un frisson de plaisir, et je le regarde tirer sa capuche en arrière et essayer de chasser l'eau de ses cheveux, mais il ne fait que l'étaler. Il doit se sentir à l'aise avec moi, pour être si familier.

— Je suis guillerette ?

— Ouaip. Tu as été emmenée de force dans un autre pays, par un type que tu ne connais pas, pour aller chercher un autre type qui n'a plus toute sa tête. Tu es trempée, dans ce qui ressemble à un décor de *Game of Thrones*. Et on croirait qu'on vient de te servir un coco loco au bar de la piscine.

— Triste, c'est heureux pour les gens profonds, dis-je, et je suis récompensée d'un rire authentique.

Je prends conscience que je lui parle comme si c'était Susie, et je ne sais pas si je le fais exprès ou non.

— C'est de toi ?

— Non, je l'ai piqué à *Doctor Who*.

— Je ne sais même pas quand tu me fais marcher.

— Puisqu'on parle de cœur à cœur, pourquoi t'es si grincheux ?

— C'est juste que tout ça me paraît futile. On a un jour de retard, si ce n'est plusieurs, et je ne vois pas comment on va le trouver en se baladant dans de stupides bus touristiques. Non pas que j'aie eu de meilleures idées, ajoute-t-il, se rappelant que c'est moi qui ai suggéré le bus.

— Oui. J'imagine que, dans un endroit nouveau, il s'en tiendra à ses anciens points de repère, dis-je. Où était sa maison de famille ? Où a-t-il grandi ?

— Portobello, en bord de mer. C'est la météo parfaite pour y aller.

— Retournons à l'hôtel, séchons-nous, mangeons un bout et essayons cet après-midi.

Finlay hoche la tête.

— Je crois que la météo prévoit un temps sec, plus tard.

— Attends, je vais prendre une photo de ça avant de partir, dis-je en regardant la pluie s'abattre sur l'abbaye.

Je sors mon téléphone, le déverrouille et, fatalement, la dernière application que j'ai ouverte apparaît – ma galerie photo. Finlay Hart me lançant un regard noir, ignorant qu'il était mon sujet.

Fin n'est pas assez proche de moi pour voir tout l'écran, mais il n'a aucun mal à se voir, lui.

— C'est… moi ?

— Oui, dis-je en inclinant mon téléphone, contente que ma capuche dissimule en partie mon visage, de telle sorte que je peux facilement éviter son regard. Tu es entré dans le cadre pendant que je photographiais le château.

— Alors que je ne bougeais pas ? commente Fin, son esprit d'une vivacité exaspérante.

Je reste à court de repartie un instant, brûlant de honte, faisant semblant de me concentrer sur la mise au point sur l'arche, tapotant sur l'écran avec mon pouce et mon index.

— Je voulais des souvenirs généraux du voyage, dis-je, ne sachant plus où me mettre.

— Des souvenirs de gens qui ne savent pas qu'on les prend en photo, réplique Fin. Est-ce que tu prends aussi des mèches de cheveux à tes victimes endormies ?

Je lève les yeux vers lui, honteuse, et la malice illumine son visage.

— Oh ! c'est *maintenant* que tu arrêtes de bouder, juste pour m'embêter !

Je m'offusque, faussement outrée, mais suis contente qu'il ne m'ait pas carrément traitée de perverse.

— Je la supprime si ça te dérange tant que ça.

— Non, ne la supprime pas. Je suis touché que tu veuilles te souvenir de chaque seconde, dit-il avec diplomatie.

Je range mon téléphone constellé de pluie.

— Tu peux effacer toutes celles où j'ai un double menton, cela dit ? demande Fin, avec l'insouciante coquetterie de celui qui n'a jamais eu de problème de double menton – sans parler du fait qu'il a malicieusement et correctement deviné qu'il y avait *des* photos, au pluriel.

— Marché conclu. Même si je te rappelle au passage que la vanité est un péché.

— Et moi, je te rappelle au passage que prendre des photos en douce n'est pas éthique.

La tempête fait rage autour de nous qui nous sourions sous nos capuches, et je me sens étrangement… quel est le mot ? Apaisée. Je me sens apaisée.

De retour à l'hôtel, je parcours une série de photos contre toute attente lumineuses et mélancoliques d'un homme aux cheveux bruns en manteau bleu, et, disons que je ne me sens plus tout à fait *apaisée.*

28

Bien que j'arrive à 12 h 50, dans l'espoir d'être la première, Finlay est déjà assis au bar. Il joue avec une cuillère dans la soucoupe d'une tasse de thé, au milieu de jeunes gens radieux en élégants costumes des années 1920, animés par la bonne humeur et l'alcool qu'ils ont consommé en pleine journée.

Ils entonnent un « *Joyeux anniversaire BOBBY !* » tandis qu'un type aux traits de chérubin et à l'air satisfait, avec une raie sur le côté, un smoking blanc et un nœud papillon de travers, lève une coupe pour les remercier. Je remarque que les femmes, en bandeaux à plumes, tailles basses et accroche-cœurs, portent des badges disant « East Egg », et les hommes pimpants, « West Egg ».

— C'est une des ironies du temps qui passe, n'est-ce pas, dis-je à voix basse, après avoir salué Fin et commandé un Coca Light. *Gatsby le Magnifique* parlait du fait que la richesse, le prestige et l'ascension sociale te rendent creux, te détruisent, et dérobent l'amour de ta vie. Donc, naturellement, on s'approprie ce personnage, pour en faire des costumes « Youhou, bourrons-nous la gueule » pour faire des soirées qui célèbrent ces choses sans aucun second degré.

— Haha. Oublie Jay Gatsby. Même moi, simple M. Untel à New York, je pourrais leur dire que l'argent et l'ascension sociale ne mènent à rien de bon. « Ma culture n'est pas ta robe de bal de promo[1] », Bobby, dit Finlay avec un sourire entendu, tête baissée, me regardant par en-dessous.

Je suis un instant déconcertée par sa réplique incroyablement vive et réfléchie, combinée à son allure de foutue star de ciné. Je vois presque les feux d'artifice éclater derrière lui.

— Une « ironie du temps qui passe »… c'est une jolie formule. Je suis l'incarnation de l'ironie du temps qui passe, ajoute-t-il.

Je ris, admirative, et Fin et moi échangeons un regard complice. J'ai la nette impression qu'il essaie de nouer un lien avec moi, mais j'ignore pourquoi il ferait une chose pareille. J'ai perdu mes repères et dois les retrouver, vite.

— J'ignorais que la psychologie était si lucrative et vecteur d'ascension sociale. Mais bon, je ne connais aucun psychologue, donc je ne sais pas trop sur quoi je me base, dis-je sans trop m'avancer. Et puis, les psychiatres ressemblent à de vieux sorciers dans les films. Attends, tu es lequel des deux, et quelle est la différence ?

— Je suis psychologue. En substance, la différence, c'est que les psychiatres prescrivent des médicaments. Je ne prescris pas de médicaments. Lucratif, ça dépend. Ça peut l'être, si tu as ton propre cabinet et que tu as du succès. J'ai eu un coup de bol très tôt.

— Quel genre de coup de bol ?

— Hmmm…, réfléchit Fin en me jaugeant, avant de poursuivre : Je n'arrête pas de penser à ce que je voudrais ou non laisser remonter aux oreilles de Susie, avant de me rendre compte que c'est impossible.

— Moi aussi, dis-je.

— Quoi, tu aurais eu peur que je lui raconte des trucs ? s'étonne-t-il.

— Non, je parlais de manière générale. L'envie de lui raconter quelque chose et la prise de conscience que je ne pourrai plus jamais le faire.

— Oui. Ne le répète à personne de toute façon, mais… quand j'ai

1. « Ma culture n'est pas ton costume » est un slogan dénonçant l'appropriation culturelle.

commencé les consultations dans mon cabinet, après mon internat, un ami m'a envoyé une personne très élitaire.

— Élitaire ? répété-je bêtement.

Je pars du principe que Finlay partage le même vocabulaire que moi, et de temps en temps, il parle comme un reporter au long cours du *New York Times*. Comme s'il allait se mettre à utiliser des mots comme « illustre », « préposition », et « prunes succulentes ».

— Cette personne travaillait sur un blockbuster mais était incapable d'aller au bout, elle avait besoin de thérapie, de quelqu'un à qui parler.

— Oh punaise, tu veux dire que c'était une *célébrité ?*

— J'ai fait des séances avec cette personne, elle a pu se remettre au travail, le studio a économisé beaucoup d'argent et le film a gagné des Oscars.

— La vache !

— Puis cette personne que j'ai aidée a parlé de moi à ses amis. Cela m'a permis d'établir la base d'une liste de clients très solide.

Fin termine son café.

— Tu es le psy d'un tas d'acteurs névrosés de première catégorie, du coup tu peux augmenter tes prix au niveau « folle escroquerie » ? Et tu connais tous leurs secrets ?

— Je suis doué dans ce que je fais, mes clients sont des êtres humains comme toi et moi, et mes prix sont compétitifs, merci bien, rétorque Fin en levant les yeux au ciel, mais sans aucune colère. Le secret professionnel est inviolable.

— Qu'est-ce qui t'a donné envie de faire ça ?

— J'ai moi-même suivi une thérapie, dit Fin. (Vu ses antécédents et son étatsunisme, j'aurais dû m'en douter.) Ça m'a beaucoup intéressé de décortiquer pourquoi nous agissons comme nous agissons. Je voulais pouvoir moi aussi venir en aide aux autres. Sans vouloir sonner trop Miss Univers.

— Susie n'a jamais su que tu étais « médecin des stars ». Tu ne voulais vraiment pas lui dire ?

— J'essayais d'en dire le moins possible à ma famille, dit Fin, et les volets se referment, à en croire son expression tendue.

Je tire sur la corde avec Finlay, mais je sens suffisamment le danger pour ne pas plaisanter ni questionner davantage.

— Je peux te demander quelque chose ? reprend-il en posant sa cuillère dans sa tasse. Pourquoi la musique de *Twin Peaks* à la fin du service de Susie ?

— Tu n'as pas aimé ?

— Ce n'est pas que je n'ai pas aimé, j'ai juste pensé que c'était un choix curieux, c'est tout.

— Pourquoi ? Elle adorait la série et l'atmosphère s'y prêtait bien, quelque part. Elle aimait dire qu'elle était Laura Palmer.

La Laura Palmer qu'ils n'ont pas pu tuer. Ça a mal vieilli.

— Une série sur une reine du bal de promo blonde qui a un côté diabolique et meurt trop jeune ? s'étonne Fin. Une vie où se mêlent sexe, drogue et dysfonctionnements sous ses apparences de parfait rêve américain ? Tu ne t'es pas dit que ça pouvait ressembler à un genre de… commentaire ?

J'ouvre la bouche et, pour une fois, je ne sais pas quoi répondre.

— Pour que ce soit un commentaire, il faudrait que ça ressemble un minimum à Susie, dis-je.

Fin recule contre le dossier de sa chaise, et m'observe.

— Prête à partir ? finit-il par dire en montrant ma boisson d'un léger signe de tête.

Je dis oui et engloutis mon verre d'un trait.

Qu'est-ce que… Il était au courant pour les quelques grammes de coke de Susie, ou quoi ?

— Je n'ai jamais considéré Édimbourg comme une ville de bord de mer, dis-je pendant le trajet de quinze minutes en voiture avant d'ajouter, au cas où Finlay penserait que je suis une imbécile : Même si je sais que c'est un port, bien sûr.

Fin a commandé un Uber pour aller jusqu'à Portobello, sous

prétexte qu'il ne se sent pas de conduire en centre-ville du « mauvais côté de la route » pour le moment, ce qui me semble raisonnable.

— Apparemment, Sean Connery a travaillé comme maître-nageur à la piscine, ici, dit Fin lorsque nous sortons de la voiture dans le gris glacial d'une promenade hivernale.

— Il faudrait se couvrir de graisse de baleine pour faire ça en Écosse, non ? dis-je en enfonçant plus profondément mes poings serrés dans les poches de mon anorak.

— Je suis un idiot, hein, répond Finlay alors que nous flânons dans la rue, le long des balustrades et de la bande de sable pâle désertée qui doit être envahie par la foule en plein été.

Il y a peu de monde qui se balade, un jeune à rollers qui nous dépasse à toute vitesse, une agréable odeur de *fish and chips* dans l'air, une mouette qui crie de temps en temps.

— Pourquoi ça ?

Cela ne ressemble pas à Finlay de s'autocritiquer.

— Comme tu l'as dit. Je débarque dans une ville d'un demi-million d'habitants en partant du principe que je vais tomber sur un homme désorienté qui ne suit lui-même aucun rythme ni aucune logique. Un homme qui ne saura même pas qui je suis quand il me verra. Je ne crois pas que ce soit plus sensé que d'aller voir les pingouins.

— Ha. Ce doit être très difficile d'être traité comme un étranger par un membre de ta propre famille, dis-je, y réfléchissant pour la première fois. C'est comme… un abandon. Même si ce n'est pas ce que c'est, c'est une maladie, bien entendu.

Finlay se tourne vers moi et, je crois, m'étudie avec attention. Il garde le silence pendant quelques secondes puis dit :

— Je ne m'attendais pas à ce que Susie ait eu quelqu'un comme toi pour amie. J'en suis heureux.

— Merci, dis-je, tout en ayant l'impression qu'il me manque certaines pièces du puzzle pour comprendre l'enchaînement de ses pensées.

Mais peut-être est-ce une remarque aléatoire, peut-être est-ce simplement un moyen d'éviter de parler de la maladie de son père.

— À la veillée, il y avait des filles qui ressemblaient davantage à ce que je m'étais imaginé, dit Fin, non sans hésitation. Avec des fringues sexy.

— Oh… les Tasses-à-Thé ! m'écrié-je. C'est comme ça que Justin les… peu importe, une autre fois. Oui, elles n'ont rien à voir avec nous. Mais ça représente bien Susie, cela dit. Elle avait différents types d'amis, dans chaque partie de sa vie, mais elle n'était pas snob. Elle était très ouverte, socialement parlant. Sans être une arriviste.

Nous avançons.

Fin semble avoir changé d'avis sur moi, passant d'« épouvantable » à « acceptable », à ma grande – et discrète – surprise.

— Ne perds pas espoir, ajouté-je pour penser à autre chose. Si ce sont des endroits où ton père est susceptible d'aller, nous avons encore nos chances. C'est une grande ville, mais les lieux potentiels ne sont pas si grands.

— Mais il ne séjourne pas au Waldorf, à l'évidence, dit Fin. Première erreur de jugement de ma part.

— Comme l'IRA, il suffit d'avoir de la chance une seule fois, dis-je, et Finlay éclate de rire.

— Ils ne sauraient pas quoi faire de toi à New York, tu sais, dit-il. Je m'en rends compte, en revenant après être parti pendant longtemps. Tu es d'un mauvais goût très british.

— Mauvais goût !

Je fais semblant de m'offusquer.

— Mauvais goût, mais drôle, dit Fin.

Sous mes fibres synthétiques, je rougis. Même si ces compliments sont stratégiques. Des instruments, pour arriver à ses fins.

— Avec des manteaux pas sérieux.

Il y a un énorme donut de fausse fourrure rouge foncé autour de la capuche de ma parka couleur gâteau au chocolat. Ce n'est pas une raillerie de la part d'un homme aux pommettes hautes et au QI plus élevé encore qui pourra entacher l'amour que je porte à ce manteau.

— Bien, cherchons la résidence familiale historique, dit-il en sortant son téléphone pour étudier la carte. Tu vas voir, c'est quelque chose. Ça ne me dérangerait pas d'en hériter, même avec tous ses fantômes tapageurs.

Je frissonne, et pas de froid. Le vent ébouriffe ses cheveux et nous croisons deux femmes d'une trentaine d'années, qui lancent un regard carnassier à Finlay avant de m'adresser un coup d'œil méfiant.

Oh ! faites-vous plaisir, les filles, vous n'avez pas idée. Autant vous faire un bonhomme de neige, il sera plus chaleureux, et au moins vous auriez la carotte du nez pour vous mettre quelque chose sous la dent.

Je contemple la mer et prends une profonde inspiration. Ne prescrivait-on pas de l'air marin aux invalides à l'époque victorienne ? J'ai l'impression d'être en convalescence.

— Bien, à onze minutes dans cette direction, me promet-on, indique Fin, et nous nous mettons en route. Ça te va si on marche sur la plage un moment ?

J'acquiesce, bien que je le regrette aussitôt après avoir quitté le petit chemin bétonné pour m'enfoncer dans le sable. Ces chaussures ne sont pas faites pour marcher sur la plage.

— Ça va ? demande Fin après quelques instants.

Je réponds « Ça va, ça va » en dissimulant mes efforts surhumains pour avancer tant bien que mal dans le sable. Parce que c'est une chose d'être la fille-au-manteau-marrant, et une autre d'être la fille-qui-a-aussi-emporté-les-mauvaises-chaussures.

— Il y a une raison à mon caprice, dit Fin. Nous aurons une meilleure vue d'ici.

— Une meilleure vue ?

— Là voilà. La première résidence Hart.

Finlay s'arrête et me montre une incroyable villa en grès. Sa structure principale est une énorme tour ronde avec une spirale pointue en guise de toit, flanquée d'immenses bow-windows et agrémentée d'une porte immense avec des charnières en métal, comme dans les films fantastiques. La demeure est colossale, un vrai château miniature. Si on ne m'avait pas dit que c'était une habitation, j'aurais pensé que c'était un nouveau restaurant étoilé servant des plats audacieux de cuisine fusion, trop élégant pour afficher son nom bien en évidence, ou bien une église excentrique.

— Elle est magnifique, dis-je. C'était *ça*, la maison de famille de ton père ?

— Oui. Pas mal, hein.

— « Pas mal » n'est pas le mot juste.

Fin a les mains dans les poches de son manteau, épaules voûtées contre le vent, le visage très pâle dans la brise glaciale.

— C'est très étrange de la contempler aujourd'hui. Tu sais, la dernière fois que je me suis tenu ici, mon père devait pointer tel ou tel détail d'architecture, ou se remémorer ce jour où mon oncle Don et lui ont cassé une vitre du rez-de-chaussée avec un ballon de football pendant la Coupe du monde de 1966. Ma mère devait se plaindre que le vent la décoiffait. Susie devait porter sa tiare en plastique et son tutu.

— Et toi, tu faisais quoi ? dis-je.

— Je devais écouter mon père, certainement, sinon personne n'aurait entendu ce qu'il racontait. L'air empoté, avec mes jambes en fil chenille.

Je suis à deux doigts de dire que je me souviens de lui à cet âge mais, comme nous n'avons jamais abordé ensemble ces souvenirs de l'enfance – non que ce soit vraiment important –, il me semble étrange de commencer maintenant. Je refoule le souvenir du baiser, et j'espère qu'il a fait de même. Beaucoup, beaucoup de femmes ont dû se jeter à son cou depuis.

— C'est un pub gastronomique avec des chambres, dit-il, puis il montre la fenêtre béante sur la gauche. C'est le bar, là.

— Ah oui ? C'est vrai qu'elle a l'air trop énorme et superbe pour être une maison.

— Tu veux prendre un verre ? Ce n'est pas impossible qu'lain ait de l'avance sur nous sur ce plan-là aussi.

— Ouais, pourquoi pas ?

Je hausse les épaules, soudain nerveuse à l'idée que son père puisse se trouver à l'intérieur. J'ai eu droit à une chambre dans un hôtel cinq-étoiles, tous frais payés, au motif que M. Hart réagirait de manière positive en me voyant. Fin ne m'en voudrait pas si ce n'était pas le cas, j'en suis sûre, mais j'aurais quand même l'impression d'être une arnaqueuse.

Une seconde : une fois qu'il n'aura plus besoin de toi, comment puis-je être si sûre de ce que Finlay Hart fera ou ne fera pas ? « Aucune réputation ne se bâtit par hasard. » J'ai soudain l'impression tenace, et déroutante, que Susie me regarde suivre docilement Finlay au petit trot, en frappant sur la vitre qui nous sépare désormais et en criant : *Stop.*

29

— Si je pouvais me payer cette bâtisse, j'en referais une maison d'habitation, mais je garderais le pub, dis-je.

C'est follement douillet et charmant ici, spartiate mais accueillant, avec des bougies à moitié fondues sur des supports en fer forgé et un comptoir de bar animé vendant des paquets de chips et des parts de gâteau au glaçage brillant constellé de vermicelles argentés, présentées sous des cloches en verre.

Nous prenons chacun une pinte de bière pression et choisissons une table près d'une fenêtre d'où nous pouvons voir la mer. Avec la lumière qui décline à l'extérieur, les lampes semblent plus chaudes. Nous avons parcouru le bar des yeux, mais aucune trace d'Iain Hart.

Fin lui-même aime se déplacer sans se faire remarquer. Il est discret, furtif presque. Être beau doit lui sembler un inconvénient.

— Tu arrives à croire que ça a été un jour le salon de quelqu'un ? dis-je en regardant autour de nous.

— Pour être tout à fait honnête, la dynastie Hart est plutôt dérangée… c'est un terme professionnel, ne le répète pas, précise Fin après avoir marqué une pause. (Je souris, consciente, une fois encore, qu'il fait un effort particulier pour moi.) Le pire n'est pas que leur maison soit assez grande pour être aujourd'hui utilisée comme local commercial.

— En quoi étaient-ils « dérangés » ?

— Mon grand-père possédait un magasin, puis une chaîne de pharmacies prospères. Il les a vendues, a pris sa retraite à quarante-huit ans, et s'est mis à boire, à jouer, et à courir les jupons. Ma grand-mère et lui se haïssaient comme on se haïssait dans les mariages toxiques dans les années 1950, sans jamais envisager une seconde de partir. Ni que son poison pouvait infecter les enfants. Quand mon grand-père était à la maison, il fumait clope sur clope, si bien qu'il y avait une tache de nicotine au plafond au-dessus de son fauteuil.

— Waouh !

Finlay lève les yeux vers le plafond.

— Mon père aurait été capable de te montrer l'endroit précis.

J'essaie d'imaginer cet espace et, avec un effet de transition télé fondu en étoile, il laisse place à une image du paterfamilias tirant perpétuellement sur des Craven A d'un air hargneux, la mère hors-champ en train de taper sur des casseroles, le petit Iain et le petit Don en train de jouer au train électrique.

Alors que le ciel au-dehors passe du bleu profond au mauve pâle, Fin boit sa pinte et je bois la mienne, en pensant au concours de circonstances absolument terribles et insolites qui m'a amenée dans cet endroit. Que penserait Susie de ma présence ici ? Pour une fois, elle reste muette. J'ai l'impression qu'elle nous observe, à la place.

— C'est quoi ton histoire de famille ? Ton père est au pays des kangourous ? demande Fin.

— Oui, il est là-bas depuis mes seize ans.

— Ce n'est pas facile de voir partir son père à cet âge-là.

— Ha, non en effet, et merci d'avoir utilisé le mot « partir », parce que c'était un mot très controversé à l'époque. (« Je ne pars pas, Evelyn, je ne suis qu'à vingt-quatre heures de vol et il y a Internet et le téléphone et je pense que je serai plus présent que je ne l'étais avant, à bien des égards. »)

Je marque une pause pour lever les yeux au ciel.

— « Je serai plus présent en habitant à l'autre bout de la planète que je ne l'étais quand j'étais dans la même maison », c'est de l'autojustification qui se fout de notre gueule, non ? Si jamais je me marie un jour, je proposerai à mon père un lien Zoom pour me mener jusqu'à l'autel, et je lui dirai qu'il sera plus là que s'il était sur place. J'embrasserai l'écran de l'ordinateur. Merci papa !

— Pourquoi est-il parti là-bas ?

— Il a retrouvé sur Internet une femme avec qui il était sorti à la fac. Tu te souviens quand Friends Reunited[1] était à la mode ? Mes parents étaient déjà malheureux mais, au lieu de consulter un conseiller conjugal, mon père s'est mis à échanger des mails nocturnes avec celle-qui-lui-a-échappé, puis il a quitté ma mère pour elle. Elle était à Adélaïde.

— C'est… eh bien, aïe, dit Fin.

— Oui plutôt. Et attends, encore mieux, et par ça je veux dire encore pire, bien évidemment. Mon frère, Kieran, est parti là-bas à vingt ans, mon père lui a trouvé un boulot dans un bar. Kieran a rencontré une fille, abandonné la fac, et il est resté. Je te laisse imaginer ma mère après son appel.

Finlay est concentré, indéchiffrable. J'ai l'impression qu'il est passé en mode professionnel. *Et qu'as-tu ressenti, Evelyn ?*

Je reprends de la bière. Je vais avoir à nouveau envie de boire, je le sais.

— Je n'y suis allée que deux fois. C'est assez gênant. Mon père passe son temps en mode commercial, à montrer à quel point sa vie est géniale. Comme une brochure touristique. Sa femme, Amelia, a deux fils d'une vingtaine d'années, pour qui mon père semble être un papa très impliqué. Voilà, c'est sympa, non ? Heureuse d'avoir été son crash-test.

— Il n'a jamais reconnu à quel point ça a été difficile pour toi ?

Je secoue la tête.

— À l'époque, quand je me mettais à pleurer ou que je poussais un coup de gueule, on me disait que c'était terriblement dur pour

1. Équivalent anglais de Copains d'avant.

lui aussi, que ça le contrariait, et ne voulais-je pas son bonheur ? Mon père est assez doué pour faire passer ses sentiments avant tout le reste.

— Et ta mère, comment s'en est-elle sortie ?

— Elle a foncé tête baissée dans un deuxième mariage fugace avec Nigel, un homme que je ne peux décrire que comme un rot humain.

— Un quoi ? ! s'exclame Fin.

— Comme l'incarnation d'un renvoi. Il faudrait que tu rencontres Nigel pour comprendre. Je le déconseille vivement, cela dit. Pendant leurs cinq ans de mariage, nos relations mère-fille étaient très tendues. Maman a fini par se ranger à mon avis, mais n'a jamais cherché à se faire pardonner, curieusement. « Merci de m'avoir fait remarquer que mon conjoint était affreux, il s'avère que tu avais raison depuis le début sur ce coup-là » – les phrases qu'on n'entendra jamais.

Fin sourit, le regard triste.

— C'est juste du temps perdu, que nous avons passé à nous battre. Tu devrais me voir sur les photos de mariage. Je portais une voilette en dentelle noire. On aurait dit qu'ils avaient invité le Babadook, dis-je en gloussant.

— Tu n'as pas beaucoup revu ton frère depuis ?

— Non. On se Skype de temps en temps. Je le plains. Il se sent en permanence coupable d'être parti. Ce n'était pas sa faute. Il n'était pas très doué pour les études, il avait du mal à passer son diplôme, il est parti voir papa et tout à coup c'était soleil, bière, un salaire en bossant dans un bar, une copine. Évidemment qu'il est resté. Maintenant sa vie est là-bas, c'est comme ça. Maman a l'impression qu'il a choisi papa.

Tiens tiens, n'avais-je pas dit un jour à ma mère que si elle voulait être heureuse, il fallait qu'elle se déleste de son amertume justifiée envers les choses qu'elle ne peut pas changer ? Sinon « tu te feras dévorer par tes démons ». (Quelle gothique dramatique je faisais.) Qui a besoin de suivre ce conseil aujourd'hui, je me le demande. Il ne faut jamais essayer de jouer les grands sages à vingt-cinq ans, ça revient vous mordre les fesses plus tard.

— Naturellement. Le divorce est un bourbier d'intérêts opposés et les enfants finissent souvent par jouer les intermédiaires.

— M'en parle pas.

— Tu as dû avoir le sentiment que les membres de ta famille t'avaient abandonnée, un par un, dit Fin. Y compris ta mère, avec son remariage.

Je le dévisage un instant, sidérée.

— Oui. *Oui.* C'est exactement ce que j'ai ressenti… Ça ne m'étonne plus que tu sois un psychologue non-psychiatre très demandé.

Finlay sourit et se passe la main dans les cheveux. Combien de femmes tombent en adoration devant lui, après qu'il a réparé leurs sentiments ? Ou ressenti leurs sentiments, je ne sais pas comment ça fonctionne.

— C'était juste de l'empathie toute bête, dit-il. C'est une sacrée histoire.

Je hoche la tête.

— Merci, ça faisait longtemps que je ne l'avais pas racontée. J'avais un peu oublié que c'était le cas. J'ai le *droit* d'être une ratée abîmée par la vie.

Fin sourit, mais ignore ce que je viens de dire.

— Comment penses-tu que cela t'a affectée ? Je l'avoue, c'est une vraie question de séance thérapeutique. Je ne te facturerai rien, cependant. À part une deuxième comme ça, dit-il en désignant nos bières.

Cela me réjouit, car j'espérais moi aussi rester plus longtemps.

— Marché conclu ! Hmmm, comment ça m'a affectée.

Je ne me suis jamais posé la question.

— Je crois…

Je marque une pause, car une douleur vient de me transpercer la poitrine, sans prévenir.

— Je crois qu'après ça j'ai arrêté de m'attendre à ce que des choses bien m'arrivent.

Fin me dévisage avec attention.

— Je comprends tout à fait ce que tu veux dire.

— C'est vrai ?

Nous échangeons un regard.

— Reprenons une bière. Punaise, c'était une riche idée d'opter pour un Uber, dit Fin, brisant cet instant suspendu.

Pendant le deuxième verre, nous discutons de pop culture, et je suis soulagée.

Au moment de partir, Fin montre une photo de son père au personnel du bar. L'homme qui tire la bière regarde et secoue la tête, mais il appelle sa femme pour être sûr.

Elle prend la photo entre son index et son pouce. Oui, il était là, hier ! Il avait voulu lui décrire en détail à quoi ressemblait la maison quand il habitait ici. Il a pris une tasse d'earl grey et une part de gâteau au café et aux noix. Non, il n'a pas dit où il était logé.

Nous partons, ragaillardis de savoir que la piste se resserre. Mais, une fois l'excitation passée, sur le chemin du retour, la nervosité s'installe.

S'il ne fait plus aucun doute que M. Hart est ici, il ne fait plus aucun doute non plus que nous échouons dans notre mission.

30

— Au fait, si tu as la foi, j'ai réservé au Café St Honoré pour dîner ce soir. Ça fait des lustres qu'il existe, et on y allait chaque fois qu'on venait ici, dans le temps. Il est possible que mon père y soit, à déguster du boudin noir de Stornoway en racontant aux serveurs ce qu'il faut savoir sur l'indépendance écossaise. Je me suis dit que c'était plus simple de combiner un passage là-bas avec un repas, puisqu'il faut bien manger.

J'ai connu des invitations à dîner plus chaleureuses, mais j'accepte.

— On se retrouve dans le hall pour partir à 19 h 30 ? propose Fin alors que nous nous apprêtons à nous séparer dans l'ascenseur du Waldorf.

Je demande, prudente :

— C'est très chic ?

— Non, c'est plus un genre de bistro bruyant.

— Super. Ça me fait penser à O. J. Simpson[1] qui traque le meurtrier de sa femme, dis-je. Je passerai au peigne fin tous les golfs et stations balnéaires !

Fin me regarde avec des yeux ronds, puis éclate de rire.

— Oh mon Dieu, dit-il une fois la crise de rire passée.

1. Ex-joueur de football américain et acteur, O. J. Simpson fut accusé en 1994 du double meurtre de son ex-femme et d'un de ses amis. Il fut acquitté à l'issu d'un procès surmédiatisé.

— Quoi ?

— Tu es… (Il secoue la tête.) Tu es constamment outrancière, et pourtant tu t'en tires toujours. Si je disais la moitié des choses que tu dis, je serais en prison.

— Merci.

— Ce n'est pas vraiment un compliment, précise Fin alors que les portes de l'ascenseur se ferment, et je réponds :

— Je sais.

Dans ma chambre, je sors la robe à peu près élégante que j'ai emportée sans trop savoir pourquoi. Elle est noire – évidemment –, serrée au niveau de ce qu'on appellerait le corsage, offre une jupe évasée et exige un soutien-gorge balconnet. La dernière fois que je l'ai mise, Justin m'a accusée de vouloir « épouser son père et faire main basse sur son héritage ».

Cela me fait penser : puisque Fin a de l'argent, l'hypothèse selon laquelle il voudrait faire modifier le testament de son père perd de la crédibilité, non ?

Comme sur ordre de l'univers, pile après avoir enfilé la robe et tiré jusqu'en haut la fermeture Éclair, en me tortillant dans tous les sens car elle est difficile à attraper, mon téléphone sonne. C'est Justin.

— Salut, Ed dit que tu as été kidnappée dans le cadre d'un trafic sexuel. Est-ce que c'est vrai, et si oui, peux-tu demander à Finlay Hart s'il veut bien de moi aussi ?

J'explose de rire.

— Salut ! Ça fait plaisir d'entendre ta voix. Rien de ce genre, désolé. Bon sang, comment va Ed ?

— Il va devenir député conservateur à quarante ans, à ce rythme. Il va se mettre à rouspéter contre la dépravation, les parasites et les tangas en disant que ce ne sont pas de vraies culottes, dit Justin. Sérieusement, je crois qu'il est sur les nerfs et épuisé, comme nous tous. Mais oui, il se fait du mouron.

Je décris la situation à Édimbourg, et Justin soupire :

— Je sais que ça va paraître indécent – mais bon, je suis indécent, qu'est-ce que tu veux – mais je t'envie.

— Pourquoi ?

— Ça fait envie d'être ailleurs, libéré de tout souvenir. Je n'arrête pas de me dire, oh je vais dire ça à Susie, oh je vais voir le clan au pub, je vais lui envoyer un message. Oh attends, une seconde, bah non. La vie d'aujourd'hui est épouvantable. Je veux sans cesse revenir à ces quelques minutes qui ont précédé l'appel d'Ed.

Je n'avais pas pensé à ça, à la valeur de mon escapade, mais je comprends parfaitement ce que Justin veut dire.

— Oui ! dis-je en agrippant mon téléphone avec gratitude. Bon sang, oui. Oublier et se souvenir à nouveau, c'est tellement horrible. C'est comme engager quelqu'un pour te suivre et te mettre des coups de pied chaque fois que tu te détends.

— Comment est son frère ? Il a l'air triste, ou nostalgique, de sa planète natale ? La planète des grandes-brutes-sexy ?

— Triste, je ne sais pas. Je pense qu'il l'était déjà. Je crois qu'il est plus complexe que nous ne le pensions.

— Holà ! Je savais que tu étais stupide mais je ne pensais pas que tu étais aveugle. Sonde ses profondeurs cachées, oui.

— Oh là là, dis-je en poussant un lourd soupir, un sourire aux lèvres.

— Écoute, je ne t'ai pas appelée pour faire des sous-entendus lubriques, même si c'est jouissif. Tu sais que c'est mon anniversaire le week-end prochain ?

— Ouaip.

— Je comptais tout envoyer paître, m'enfermer chez moi et boire jusqu'à tout oublier. Mais j'ai décidé de prendre la direction opposée et de m'abrutir d'alcool au-dehors. Que dis-tu de toi, moi et M. et Mme Ed dans un cottage dans le Derbyshire pour le week-end ? Les nuits de jeudi, vendredi et samedi ? Cela satisfera mon besoin de sortir de la maison et de voir du monde, mais sans sortir d'une maison et voir du monde, si tu vois ce que je veux dire.

— Oh. Hester et moi dans un espace clos ?

Je lâche ça avant de penser qu'il n'est certainement pas au courant de ce qu'il s'est passé à la veillée. Heureusement, Justin semble prendre ma remarque comme une simple marque de mon antipathie habituelle envers elle.

— Oui, je sais. Mais tu boiras pour tenir le coup. Je pense qu'Ed lui a dit d'être moins Bridezilla, parce qu'elle nous bassine beaucoup moins sur les avantages de la renoncule rose par rapport aux pivoines pêche dans les bouquets printaniers.

— Pff, d'accord. Je doute de pouvoir prendre un autre jour de congé, cela dit. Il faudrait que j'arrive le vendredi soir, c'est possible ?

— Malin. Comme ça on aura déjà fait les courses, les glaçons et trouvé les allume-feux.

Justin demande quel est mon programme et je lui parle du dîner.

— Tu portes quoi ? Je peux voir ?

Je passe de l'appel à l'appareil photo, prends un selfie et le lui envoie.

— Je pense que tu as bien saisi l'humeur du pays, dit Justin après l'avoir reçu. Les cheveux relevés, peut-être ? T'es renversante. Si on a encore le droit de dire ça après Susie. Ça la ferait hurler !

— C'est vrai, dis-je en souriant, et je reçois en plein plexus solaire ce coup de joie-tristesse, du jus de citron avec du sucre.

Après avoir raccroché, je passe un certain temps devant le miroir de la salle de bains en marbre étincelant à m'enfoncer des épingles par poignées dans les cheveux, légèrement tirés en arrière, jusqu'à obtenir un nid d'oiseau satisfaisant qui fait *selon moi* très chanteuse française dans un bar clandestin enfumé.

Une demi-heure et un kir royal plus tard, ma coiffure fera certainement plus « ce n'est pas grave si elle ne veut pas qu'on la retrouve, sa famille veut seulement savoir qu'elle va bien ».

Dans le hall, je ne vois pas Finlay tout de suite. J'avance avec prudence sur le sol en marbre, qui est une vraie patinoire avec mes chaussures instables.

Malheureusement, alors que je tire la langue pour me concentrer et tiens les pans de mon manteau pour garder l'équilibre, pensant m'en tirer à bon compte, je repère Finlay, appuyé contre un mur, en train d'observer ma progression d'un air amusé.

— Tu ne lâches jamais tes bottines, hein, dit-il.

Et moi qui pensais que mon clopinage sur la plage était passé inaperçu.

— Je suis très fidèle, dis-je.

Nous allons jusqu'au Café St Honoré à pied dans le crépuscule glacial, et j'essaie en vain de faire comme si je ne marchais pas avec deux prothèses de hanche dans les rues pentues du quartier de New Town.

Je me demande quelles vies sont vécues derrière les élégants stores blancs des fenêtres à guillotine.

À un moment donné, je trébuche sur le côté, et Finlay m'attrape le coude et dit : « C'est bon ? » et je réponds « Hmm mmm, ouaip merci » et m'en veux à mort d'incarner ce cliché d'écervelée aux jambes de Bambie. Ce n'est pas grave de se casser la gueule devant ses amis (s'il faut vraiment avoir un public) mais, devant Finlay Hart, je veux garder le contrôle.

Quand nous arrivons au restaurant, j'ai mal aux pieds mais chaud au cœur.

— Ça pourrait s'appeler Chez Evelyn tellement je m'y sens chez moi, dis-je dans un souffle en regardant autour de moi, une fois assise, après que les serveurs ont poliment fait non de la tête en réponse à la photo d'Iain Hart que Finlay leur montre furtivement.

Le sol est couvert de carreaux noirs et blancs et les murs de miroirs artistiquement ternis. Il y a des chaises noires brillantes aux lignes courbes, les plafonniers sont des globes lumineux qui plongent la salle dans un clair-obscur mélancolique, d'une ivresse vaporeuse. C'est un pastiche du Paris des années 1940 qui me donne l'impression d'avoir été propulsée dans un rendez-vous galant de roman d'amour.

— Petits arbustes ronds à l'extérieur, guirlandes lumineuses au-dessus du mur de bouteilles de vin… il coche toutes les cases, dis-je alors que nous ouvrons les menus.

— Espérons que tu aimeras les plats, dit Fin. La barre est haute.

— Ils pourraient me donner un pâté de foie de volaille Morrisons dans une assiette avec des biscuits apéro et je serais la plus heureuse, dis-je.

Finlay m'adresse un petit sourire et me demande mon accord sur le vin rouge qu'il commande.

— Pourquoi es-tu parti aux États-Unis ? C'était pour étudier la psychologie ? dis-je alors que nous terminons le pain.

Finlay me dévisage.

— Susie te l'a surement dit.

— En effet.

— Alors pourquoi poser la question ? demande-t-il d'un ton neutre.

— Parce que…

Je sens ma méfiance envers Finlay s'amoindrir ; quelle est la part de familiarité, quelle est la part de côtes-du-rhône, je ne sais pas.

— … c'est plus poli de poser la question. De ne pas balancer quelque chose qu'on sait déjà à quelqu'un pour l'obliger à en parler.

— C'est seulement un chemin plus long pour aller à la même destination. Je crois qu'on appelle ça aller à la pêche aux infos.

— Pour l'amour du ciel ! dis-je, exaspérée. Je fais juste la conversation. Quelle que soit la réponse que tu m'aurais faite, je l'aurais acceptée. Y compris « ça ne te regarde pas ». Tu agis comme s'il y avait des mines et des détonateurs partout, alors qu'il n'y en a pas.

Fin s'adosse à sa chaise, jouant avec le pied de son verre à vin tout en m'observant, et semble arriver à une décision.

— Je suis désolé. On m'a fait tellement de sales coups quand je suis revenu ici que je monte direct sur le ring avec les poings levés. Je ne sais pas toujours quand les baisser.

— Je vois.

— J'ai été repéré à Londres par un recruteur de mannequins et j'ai signé dans une agence qui avait des bureaux à New York. Ça n'a duré que quelques années, je détestais ça, mais ça m'a permis de me payer mes études. Je trouve ça affreusement gênant, dit-il en haussant les épaules.

— Pourquoi ? ! Si j'avais été mannequin un jour, on ne pourrait pas me faire taire. Même mes petits-enfants me diraient : « Sérieux, mamie ? Parce que tu ressembles à un phacochère. »

— Je devais rester planté là pendant que des gens parlaient de moi comme si je n'étais pas présent, se demandant si mes bras n'étaient pas trop maigres, ou s'il ne fallait pas aussi photographier mon profil gauche, explique Fin en tournant la tête du bon côté.

Mon ventre se serre, car tout ce que je vois, c'est une mâchoire avec une barbe naissante éclairée par la lueur des bougies. Je suis persuadée que je pourrais en faire une belle photo.

— Ou si mon look ne faisait pas trop « catalogue », et cetera. Les seuls talents qu'on me demandait d'avoir, c'était de ne pas bouger, ou de descendre un escalier. Tout l'opposé du boost de l'ego.

— Waouh. Qui l'eût cru.

— Si tu veux qu'on te dise à quel point tu es séduisant, il suffit de payer plein de verres à quelqu'un dans un bar. Les agences de mannequins et les clients te diront plutôt à quel point tu ne l'es pas. Franchement, je préférerais travailler dans un fast-food que de rempiler. En admettant qu'ils acceptent Dumbledore, avec ses trente-six bougies.

— Qu'en a pensé ta famille, pour que tu me rembarres comme ça ? dis-je avec un sourire, par sécurité.

— Tu en as discuté avec Susie, non ?

— Oui. Elle a dit que tu étais très chatouilleux à ce sujet.

— Hahaha. On ne peut pas mieux résumer leur façon de transformer les effets de leur propre comportement en un problème qui viendrait de moi. Mon père pensait que ça revenait à faire mon coming-out, ma mère et ma sœur prenaient ça pour une preuve de vanité. « Toi ? Mannequin ? ! » Alors oui, j'étais « chatouilleux ». De la même manière que quelqu'un pousse un cri quand on lui enfonce un clou dans la peau. (Il marque une pause.) Tu sais pourquoi la grippe espagnole s'appelle la grippe espagnole ?

— Parce que ça a commencé en Espagne ?

— C'est ce que tout le monde croit. En réalité, pour préserver le moral des troupes pendant la Première Guerre mondiale, on sous-déclarait le nombre de morts liées à cette maladie dans les rapports. L'Espagne était neutre et libre de diffuser les chiffres réels, ce qui a engendré la croyance que ce pays était plus durement touché que les autres. D'où le nom. Ils se sont retrouvés avec la réputation d'être le foyer de la grippe, simplement parce qu'ils avaient été plus transparents. C'est moi au sein de la famille Hart. C'était moi qui me plaignais, donc on m'a accusé d'être la source. La grippe Finlay.

— De quoi te plaignais-tu ?

— C'est une longue histoire, finit par dire Fin d'un ton signifiant « pas maintenant ».

Je ne sais pas quoi ajouter.

— Désolé, tu as posé des questions sur ma période *Zoolander*[1], et voilà où ça nous mène. C'est pour ça que je ne parle pas de moi d'habitude, dit-il, le visage de nouveau fermé.

Les entrées arrivent.

Pour la première fois, je me demande si *Le Portrait de Finlay Hart* n'est pas l'histoire d'un homme qu'on a mis dans son tort. C'est une idée séduisante, surtout quand il est assis en face de moi avec ses manches relevées et ces avant-bras dans cette lumière, mais mon instinct refuse toujours de le croire. C'était trois votes contre le sien, et j'ai vu de mes propres yeux la froideur dont il est capable.

— Je comprends. Susie a toujours répété que tu n'étais pas commode quand tu étais jeune, dis-je de manière désinvolte plutôt qu'accusatrice. C'est tout. Mais, naturellement, je ne sais pas tout. Je n'avais eu que sa version des choses.

— Je n'étais pas commode, c'est vrai, confirme Fin, maussade,

1. Comédie de Ben Stiller, mettant en scène un mannequin désenchanté.

en plantant sa fourchette dans un cornichon. Ou je suis devenu comme ça. Elle n'a pas tout inventé. C'est plutôt ce qu'elle ne disait pas qui compte. Comment est ta terrine, elle est bonne ?

J'en ai la bouche pleine et me contente de lever le pouce.

— Que ne disait-elle pas ? dis-je après avoir avalé ma bouchée.

— Je peux te demander quelque chose ? reprend Fin, comme s'il ne m'avait pas entendue. Tu connaissais très bien ma sœur. Mieux que tout le monde, on peut le dire.

Je hoche la tête.

— Tu crois qu'elle se serait comportée comment, si j'étais mort ? Comment aurait-elle réagi, si elle était venue à Manhattan pour organiser les obsèques et était entrée dans une pièce remplie d'amis à moi qui, sans être hostiles, auraient eu des idées préconçues sur elle, puisque nous étions brouillés ?

— Hum…

Je suis heureuse d'avoir du vin. J'en prends une gorgée pour gagner du temps.

— Elle aurait… elle aurait été Susie, j'imagine. Irrévérencieuse et coriace. Elle aurait…

Oh la vache, ce que c'est délicat de vouloir honorer la vérité sans être trop blessante.

— Elle aurait certainement admis que ça aurait été différent si vous aviez été plus proches.

Pour le dire gentiment.

Finlay hoche la tête.

— Exactement. Elle serait partie du principe que mes amis étaient ses ennemis, les aurait informés de ses droits, aurait versé quelques larmes pour moi, et aurait déguerpi fissa. Mes amis auraient pensé qu'elle était, comment dire ? Pas « commode ».

Il retourne à ses rillettes. Il a fait passer le message fermement mais sans peine.

Cela ne me ressemble pas de rester bouche bée.

Comment ai-je fait pour ne pas le voir venir ? Comment ai-je fait, moi qui m'enorgueillis de penser à tout et de savoir cerner les gens, pour n'avoir jamais vu que Finlay et Susie étaient, en réalité, très similaires ?

31

Conscients de la tournure trop sérieuse qu'a prise notre soirée, nous entreprenons de discuter des joies de la vie à Brooklyn, en l'associant à mon peu de connaissances touristiques. Je lui parle du travail de Mark à San Francisco pour avoir l'air un peu plus internationaliste, en espérant être suffisamment éloquente pour qu'il ne remarque pas que je surfe sur les accomplissements de mon ex.

Au moment où nous décidons de prendre un plateau de fromages au lieu d'un dessert, une autre cliente – une femme aux cheveux gris relevés en chignon – nous interrompt :

— Excusez-moi…

— Beverley, arrête un peu ! lance un homme debout derrière elle. Laisse-les tranquilles.

— Je voulais vous dire, vous êtes le couple le plus adorable que j'aie jamais vu.

Elle porte sa main à sa poitrine dans un geste de pâmoison théâtral. Je me souviens soudain des filles de l'école et des initiales « FH » – en hommage à Finlay Hart – tracées au stylo bille bavant sur les cahiers.

— Vraiment… ? disons-nous tous les deux en échangeant un regard surpris.

Même si je pense être la plus surprise des deux. Je suis loin d'être l'égale de Fin, esthétiquement parlant, toute fausse modestie mise à part. Voilà ce qui peut se passer quand on est assise en face de lui. Comme quand une équipe technique tend des réflecteurs.

La femme se penche et me serre le bras, posé sur la table.

— J'ai été enchantée de vous observer. Vivez une longue et heureuse vie, d'accord. Pour moi.

Elle prend ma main gauche, voit que l'annulaire ne porte pas d'anneau.

— Faites votre demande, pauvre idiot ! siffle-t-elle à Fin telle une tragédienne.

— Pardonnez mon épouse, elle a bu beaucoup de bordeaux, dit l'homme.

Nous éclatons de rire, puis le couple s'en va.

Suit un silence gêné.

— D'accord, puisque Bev a soulevé la question, nous ne pouvons plus y échapper. Veux-tu m'épouser ? demande Fin. On ne se connaît pas mais on ne peut pas faire pire que la plupart des gens qui apprennent à se connaître avant, non ?

— Dit comme ça…

Je ris de bon cœur et nous trinquons. J'ai d'abord pris sa repartie pour une façon agréable de détendre l'atmosphère, mais il me regarde d'un air presque charmeur ? Rien jusqu'à présent ne m'avait préparée à ce que Finlay Hart flirte avec moi. Si vous m'aviez demandé la seule chose qu'il ne ferait jamais selon moi, j'aurais répondu : flirter.

Ce n'est pas juste, dans ce décor, avec sa chemise blanche, avec ses traits parfaits, alors que je viens seulement de rentrer dans le droit chemin.

— Je peux te dire un truc bizarre, sans que tu me trouves bizarre ? demande Fin.

— Ça dépend si c'est vraiment trop bizarre, dis-je, m'efforçant de retrouver un peu d'aplomb, puisque je me sens vulnérable et un peu… comment dirait ma mère ? *pompette.*

— Il y a quelques années, cinq ans je pense, j'étais dans un bar d'East Village. Le genre d'endroit prétentieux qui passe du Yo La Tengo et du Whitney Houston et où les barmans ont des moustaches de délinquants sexuels. Un chien circule entre les tables et les cocktails au melon sont servis dans des pots à gelée… Pas par le chien.

— À gelée ?

— À confiture, pardon. Tu vois, je suis un peu américain au fond. Et là, il y a *Catch* de The Cure qui passe, tu la connais ?

— Oui, c'est mon style ! Un petit air qui fait… « *I'd see her when the days got colder* » – celle-là ?

— Oui !

Jamais je n'ai vu Fin avec tant d'entrain.

— La chanson passe et tout à coup, comme ça, j'ai cette vision très nette de toi à la porte quand tu passais voir Susie. Avec un grand nœud dans les cheveux. Et tes yeux si sérieux.

Je pousse un cri de surprise.

— Je ne pensais pas que tu te souvenais de moi ! Ni de tout ça. Sinon je l'aurais mentionné.

Fin fronce les sourcils.

— Bien sûr que je m'en souviens. Ça fait un moment que je suis parti, certes, mais je ne suis pas amnésique. En entendant cette chanson, à des milliers de kilomètres d'ici, tant d'années après, j'ai compris ce qu'il y avait de si inhabituel chez toi.

— L'accessoire capillaire piqué à un fantôme édouardien ?

— Tu avais toujours l'air très soucieux. Pour une enfant.

— Vraiment ?

Il joue de nouveau avec le pied de son verre et me regarde, et j'ai l'impression qu'il me voit, sans vraiment savoir pourquoi.

— Oui. Enfin, à mes yeux en tout cas. Mais peut-être que j'étais bien placé pour le voir.

Je reste perplexe.

Fin dit :

— On demande l'addition ?

— On se prend un dernier verre ? dis-je lorsque nous revenons au bar de l'hôtel. C'est moi qui régale ! Je n'aime pas ça, ne rien payer.

— Pourquoi pas, dit Finn.

Le bar est un espace étroit, tout en longueur, et nous devons nous asseoir côte à côte au comptoir sur des tabourets hauts, ce qui n'est pas pour me déplaire.

Nous commandons deux smoked old fashioned, et je regarde le barman secouer le shaker rempli de glaçons comme si c'était un maraca.

Avec quelques minutes d'avance, je me rappelle mon point de 21 heures avec Ed, et m'excuse tandis que j'envoie mon rapport TOUT VA BIEN, STATU QUO, sans expliquer que c'est ce dont il s'agit.

— Désolée, je devais répondre à mon ami Ed pour un truc, dis-je.

— Ed, c'était le type blond aux obsèques, celui qui a lu le texte ?

— Oui !

— C'est ton ex, c'est ça ?

— Ed ? Non non non, pas mon ex. Non.

— Ah.

— C'est ce qu'on appelle… « aller à la pêche aux infos » ? dis-je, et Fin me rend mon sourire.

— Non, ça s'appelle faire la conversation, tu poses poliment une question et la personne est libre de répondre « ça ne te regarde pas », répond Finlay, des guillemets bien tangibles dans son intonation.

Il sirote son verre et je lève les yeux au plafond.

— Oh ! très malin. Tu poses la question parce que tu as entendu notre engueulade à la veillée ?

— C'était assez houleux, mais je ne suis pas sûr d'avoir suivi ce qu'il s'était passé. Tu as lu une lettre ? Une lettre prise dans la boîte d'affaires personnelles que tu ne comptais pas regarder, mais eh, ça n'a plus aucune importance…

Fin prend une pose comique style « regard au loin en portant le verre à ses lèvres » et je m'esclaffe, le ventre noué par un sentiment de culpabilité. Je suis encore un peu sonnée qu'il soit capable de tant de légèreté ; comme un pote qui s'installe à un piano dans la rue et vous joue une *Sonate « Clair de lune »* parfaite.

— Ça a été mon seul moment de faiblesse, protesté-je aussitôt. Qui, comme tu en as été témoin, m'est revenu en pleine figure, côté karma, alors pas besoin de t'embêter à me le rappeler.

— Certes. Donc si ce n'est pas ton ex, en quoi est-ce un problème qu'il ait couché avec ma sœur ? Tu n'es pas obligée de me le dire si tu n'as pas envie.

Je déglutis péniblement, à la fois parce qu'il en sait beaucoup et parce qu'il me pose une question que je me suis moi-même posée avec embarras.

— C'est compliqué…

— Nous sommes dans une de ces situations hors du commun où nous nous voyons non-stop pendant quelques jours, puis plus jamais de la vie, alors ce qui serait indiscret en temps normal ne l'est pas vraiment, si ? dit Finlay.

— Oui ! C'est comme un amour de vacances sans amour et sans vacances, dis-je avec l'aplomb de celle qui a descendu un demi-centimètre d'alcool parfumé à l'orange.

Je parle de la lettre à Ed qui s'est perdue en chemin, à la fac, de Hester, des fiançailles, du sentiment qu'il y avait une entente entre nous, de ma découverte à propos de Susie, remise dans son contexte. Je résume tout ce qu'a dit Ed quand il est venu chez moi pour s'expliquer et gaver le chat avec des bâtonnets à mâcher. Ça fait tellement de bien d'en parler à quelqu'un que mes confessions l'emportent sur mon hésitation et ma gêne.

Fin écoute toute l'histoire et dit, à la fin :

— Je comprends pourquoi tu étais contrariée.

Je souffle.

— Merci.

— Tu veux mon avis ?

— Oui, dis-je, et je me prépare, car Finlay est assez intelligent pour qu'on ait l'impression qu'il a raison, même s'il se trompe.

— Ton copain Ed a eu le beurre et l'argent du beurre.

Je hausse les sourcils.

— Il a eu exactement ce qu'il voulait de chacune de vous, non ? poursuit-il. Ton adoration, un engagement solide de sa fiancée, une aventure sans lendemain avec Susie. Cela vous a toutes blessées de manières différentes. En ce qui concerne Susie, cela n'a affecté que son souvenir, à notre connaissance. Mais qui sait. Elle devait s'en vouloir terriblement de te l'avoir caché.

— Oui, j'imagine.

— Il a choisi d'entamer une histoire avec toi, il a choisi d'y mettre un terme, il a choisi de commencer à fréquenter quelqu'un d'autre et de te laisser le découvrir comme tu l'as découvert. Il a choisi de la tromper. Et pourtant il n'assume pas ces actes comme des choix, mais comme un manque de chance. Méfie-toi du mec-le-plus-gentil-de-la-pièce, qui ne croit pas que ses échecs sont les mêmes que ceux des autres.

Je réprime un sourire : ce n'est pas Fin qu'on accusera d'être le mec-le-plus-gentil-de-la-pièce.

— Hmmm. Enfin, je suis sûre qu'il n'en avait pas l'*intention* au début… avec moi, avec Susie. Même avec Hester, puisqu'il pensait que je n'avais pas répondu…

Bon sang, je m'agace toute seule en m'entendant parler. *Lâche l'affaire, Eve.*

— Les intentions, ce n'est pas si pertinent que ça, pour cerner tes adversaires. Si j'ai appris une chose, c'est que le mal qui est fait avec la volonté consciente et assumée de faire du mal représente environ deux pour cent de l'ensemble. Cela ne concerne grosso modo que les dictateurs, tueurs en série, et profs d'EPS.

Finlay marque une pause, au grand soulagement de mon cerveau en surchauffe. Je ne crois pas qu'on m'ait donné autant d'informations à traiter d'un coup depuis le bachotage d'histoire pour le bac.

— C'est bon, non ? Fort, mais bon. (Il prend une autre gorgée d'old fashioned.) Tu ne te doutais absolument pas de cette histoire avec ma sœur ? reprend-il.

— Non. Ce qui me désespère c'est que je ne pourrai jamais lui demander pourquoi elle l'a fait, alors qu'elle savait ce que je ressentais pour Ed. Elle dirait qu'elle était bourrée, j'imagine. Que pourrait-elle dire d'autre ? J'ai l'impression que ce n'est pas tout. Elle aurait pu se taper n'importe qui. C'est lui qu'elle a choisi.

— Je crois savoir pourquoi elle l'a fait.

— Pourquoi ?

— Parce qu'elle était jalouse.

— Quoi ? Mais elle n'a jamais été attirée par Ed.

— Jalouse de toi, pas de lui. Jalouse des sentiments entre vous. La jalousie et l'envie se manifestent de bien des manières. Et puis, s'il y avait de l'action quelque part, ma sœur en voulait sa part, dit Fin en souriant. Crois-moi, j'ai partagé un coffre à jouets avec elle.

Je me trouve déloyale de me servir de Fin comme caisse de résonance, et ses réflexions sont trop justes pour que je me sente à l'aise.

Je n'arrive pas à croire que tu écoutes mon branleur de frère dire du mal de moi ! YEURK… je t'en prie, ne me dis pas qu'il te plaît ? ! C'est bon, je vais dégueuler.

Ed, dans des toilettes ? je lui réponds durement, et elle se tait.

Je ramasse un sous-verre.

— Elle pensait que l'amour tragique que je vouais à Ed était exactement ça, cependant, tragique, donc sans issue. Pourquoi l'aurait-elle envié ?

— Si je peux me permettre, même si cela ne fait que très peu de temps qu'on se connaît : tu sembles prendre les gens au mot, ce qui est une très belle qualité, mais ça te prive de réponses, parfois. Susie se moquait de beaucoup de choses, mais ce n'était pas nécessairement représentatif de ce qu'elle ressentait, au fond. De ce que je sais, elle n'est jamais tombée amoureuse de personne. Tu étais amoureuse, et cela devait la fasciner. Ce qui se passait avec Ed… elle essayait probablement de le comprendre. Elle explorait, elle essayait de ressentir ce que tu ressentais. Elle fouillait dans ton placard pendant que tu n'étais pas là.

Je sirote mon verre et pense : je suis en train de danser le tango en amateur avec un danseur professionnel. Son analyse est une série d'explosions contrôlées.

— Elle « fouillait » ?

— Oui, émotionnellement, elle expérimentait. Tu étais avec ton ex pendant cette histoire avec Ed ? Celui qui est sur la côte Ouest maintenant ? Comment cela coexistait avec tes sentiments pour Ed ?

Je déglutis et hausse les épaules, mais je sens émerger une culpabilité enfouie. Je réponds :

— Comme toute flamme que tu entretiens longtemps, j'imagine. J'ai rangé la flamme dans un placard pendant ce temps et il ne restait plus qu'une faible lueur. Quand ça s'est terminé entre Mark et moi, elle était encore là. Mark m'a accusée de ne pas être prête à quitter le groupe pour déménager avec lui à Londres. Il parlait surtout de Susie, mais je me demanderai toujours si Ed a été un facteur, lui aussi. Sûrement, d'une certaine manière.

— Quelle était la raison de ton refus à l'époque ?

— Eh bien… Mark était un journaliste ambitieux, super-talentueux, drôle et taciturne. Je l'admirais plus que je ne l'aimais. Je suis passée du badinage au bureau au verre dans un pub, du pub au coup d'un soir, puis du coup d'un soir à une relation. Tout cela était alimenté par l'espoir et la volonté d'avoir enfin trouvé l'amour de ma vie. Mais lorsqu'il a voulu que j'abandonne ma vie pour une vie avec lui, c'était trop. La fête était finie. Je m'étais bernée moi-même et Mark avec. C'était salaud de ma part. Mais je n'en avais pas l'intention… (Je me tais et souris.) Ha. Comme tu l'as dit. Bon sang, ça me paraît tellement clair vu sous cet angle.

Fin me sourit à son tour.

— Oui, les relations… C'est si facile à comprendre avec le recul. Surtout quand on les décrit à une tierce personne au bar d'un hôtel, autour d'un cocktail classique avec quatre mesures d'alcool et une écorce de fruit.

Mon téléphone clignote : un message WhatsApp d'Ed. Je fais glisser mon doigt sur l'écran pour l'ouvrir.

Content d'avoir de tes nouvelles, Harris. Justin me dit que tu t'es mise sur ton trente et un pour un dîner aux chandelles ? ! Le frangin pense que tu vas trouver son père au fond d'un bas en soie ? X

C'est si abjectement manipulateur. Il combine à la jalousie d'un petit-ami la possibilité de nier si je la lui reprochais, en se faisant passer pour le Meilleur Ami inquiet. J'éprouve un sentiment proche du mépris.

Quelle place Ed pense-t-il me faire, après son mariage, ou dans leur future vie de famille ? C'est comme s'il me piégeait dans le rôle de Janeane Garofalo, dans le film *Entre chiens et chats*, dans un jeu de séduction dont il sait intimement qu'il était voué à l'échec depuis le début. Il va épouser Uma Thurman. C'est l'espoir qui tue.

— Et toi alors ? dis-je, m'autorisant désormais à laisser libre cours à ma curiosité. Toi et… Rowena ? Romilly !

— Ah.

Fin sourit, un sourire penaud qui lui plisse les yeux. Il baisse la tête sur son verre, ses cheveux tombent vers l'avant, et mon cœur fait boum, que ça me plaise ou non.

— C'est mon ex, comme je l'ai déjà dit.

— Son appel m'a donné l'impression que c'est une ex pas tout à fait détachée.

— Oui, ton impression est bonne. J'ai rompu au printemps, mais elle est convaincue que je vais changer d'avis.

— C'est le cas ?

— Aïe. Un autre verre, avant que je me lance ? La même chose, merci, dit Fin au barman après que j'ai confirmé d'un hochement de tête. Non, je ne vais pas changer d'avis, mais j'ai du mal à renoncer au lien que j'ai noué avec son fils de cinq ans. Et puis, elle a dit un truc pendant notre dispute de rupture que je ne peux pas oublier. Je n'en dors pas de la nuit.

— Était-ce… « c'est ça la vie, bordel de merde, une tâche dégueulasse après l'autre » ? Al Swearengen dans *Deadwood*.

Fin rit, il est pris d'un vrai fou rire, et je sais que j'ai percé son épaisse carapace pour de bon. Susie aussi aurait trouvé ça drôle.

— Elle a dit… ah, merci.

La deuxième tournée arrive. Fin attend que le barman s'éloigne.

— Elle a dit… « tu ne veux pas de moi parce que je te fais trop penser à toi ».

— Oh.

— Mmm.

— Que voulait-elle dire ?

— Elle voulait dire – elle l'a même dit – que je suis un dur, un cynique, et que je n'ai plus foi en autrui. Mais que je cherche une personne optimiste, gentille, douce, pour retrouver tout ça. Une femme que, selon elle, je mangerais toute crue avant de me curer les dents avec ses os, si je la trouve un jour.

— *Oh.*

Malgré le peu que j'en sais, il semblerait que Romilly l'ait parfaitement cerné.

— Et elle a ajouté « une fille douce et lumineuse qui n'a pas la tchatche », dit-il en souriant.

— Pas la tchatche ?

— Pas d'esprit, pas de repartie, pas d'étincelle. Qui ne peut pas me faire rire.

— Elle pensait à quelqu'un en particulier ?

— Non. C'était Romilly tout craché d'être révulsée par la simple *pensée* de la personne que je fréquenterais après elle.

— Pourquoi tu n'en dors pas la nuit ?

— Parce que j'aurai quarante ans dans quatre ans, et j'ai peur qu'elle ait raison. Quand tu refuses quelque chose qui a de bons côtés, mais n'est pas assez bien pour toi, tu fais le pari de trouver mieux un jour, non ? Tu restes ou tu tentes le coup. Je deviens assez vieux pour le dire : j'ai peut-être eu tort sur mon choix.

— Putain, on dirait ma mère ! Ne dis pas que ma mère avait raison pour Mark !

— Eh bien. Elle a épousé un « rot humain ». Tu pourrais être tout aussi conciliante.

Je me mets à rire si fort que le barman se retourne vers nous.

Le téléphone de Fin, posé sur le bar, s'illumine soudain. Ce n'est pas seulement un appel, c'est un FaceTime. L'image d'une femme rousse apparaît, seule, puis elle est bousculée par un petit garçon roux. Je songe : il n'est pas un peu tard pour qu'un enfant soit encore debout ? Puis je me rappelle que New York a plusieurs heures de retard sur nous.

— Oh ! quand on parle du loup, s'écrie Fin avec un sursaut en voyant le visage de Romilly. Je ferais mieux de répondre.

— Bien sûr, dis-je en vidant la fin de mon verre avant de descendre de mon tabouret.

— On se retrouve dans le hall à 9 heures pour aller visiter Leith ?

— Ça marche !

À l'étage, je regagne ma chambre, enfile mon pyjama, extrais toutes les épingles de mes cheveux et les brosse sous le néon de la salle de bains.

Alors que je traverse la chambre à pas feutrés, je vois mon téléphone s'illuminer sur la table de nuit. Je le prends – c'est un appelant inconnu, un numéro international avec des chiffres étranges.

Je décroche, par pure curiosité.

32

Je suis allongée sur le lit, le visage trempé de larmes, mon téléphone toujours à la main. Une lumière verte clignote inopinément sur le téléphone de la chambre, à côté du lit. Pour la deuxième fois en vingt minutes ce soir, j'enfreins mes propres règles et réponds sans regarder qui m'appelle.

— Allô ? dis-je d'une petite voix.

— Salut, c'est moi, dit Fin. Je ne t'ai pas réveillée ?

— Non.

— Tu n'aurais pas un chargeur d'iPhone en rab par hasard ? Le mien est tout effiloché et la batterie descend d'un pour cent par demi-heure.

Je me redresse et jette un œil à ma valise ouverte.

— Oh. Je crois bien que si.

— Je peux venir le chercher ?

Je dois réprimer un sanglot pour articuler un « oui », qui ressemble plus à un couinement qu'à un mot.

— Tu vas bien ? demande-t-il.

— Pas vraiment.

Fin marque une pause.

— J'arrive tout de suite.

On frappe doucement à la porte quelques minutes plus tard, et il est là, en T-shirt et pantalon de jogging. Même avec des chaussettes de marche, ça lui va bien.

— Qu'est-ce qui ne va pas ? demande-t-il quand je lui tends le chargeur.

J'essaie de parler mais fonds en larmes, couvrant mon visage d'une main. Fin entre et ferme doucement la porte derrière lui.

— Mark a appelé, dis-je quand je retrouve la force de parler. Mon ex. Des États-Unis. Il a vu passer un truc sur Facebook aujourd'hui à propos de Susie et m'a appelée pour savoir comment j'allais. Il était si choqué que ça m'a de nouveau bouleversée moi aussi.

Fin hoche gravement la tête.

— Oui. Le dire aux gens, en parler, c'est une série de contrecoups.

— Oui ! Il était si compatissant, ça a tout relâché.

Pendant notre conversation, j'entendais les reniflements et les pleurs occasionnels d'un nouveau-né, et la voix inconnue d'une femme le consolant. La connexion avait cette étrange résonance de la longue distance.

Debout dans le décor inconnu de ce grand hôtel, j'ai vécu ce que Susie et moi appelions le « coup de projecteur dans la cour de prison ». Quand vous êtes pris dans une lumière aveuglante et implacable d'une inspection à laquelle vous ne vous êtes pas préparé.

Je ne voulais pas être avec Mark. Pourtant, étrangement, le fait qu'il soit si loin sous des cieux plus cléments alors que je suis ici, dans ce lieu plus froid et plus solitaire, enveloppée de tant de chagrin… j'ai eu l'impression que ma vie s'était complètement désagrégée depuis que j'avais refusé de partager la sienne. J'avais l'impression d'être jugée par une puissance supérieure.

— Les souvenirs que Mark avait de Susie m'ont fait réfléchir à ce que nous étions, dis-je, entendant ma voix tremblotante dans le silence feutré de la chambre d'hôtel insonorisée. À un temps révolu. Quand on courait à droite à gauche, à vingt ans, quand il y avait de l'espoir et que les choix étaient encore à faire et que Susie était avec nous. Quand j'aurais pu la prévenir de ne pas descendre plus tôt des taxis pour fumer. Tout est fini, dis-je en levant vers Fin mes yeux remplis de larmes, m'essuyant vainement le visage du revers de la manche de mon pyjama. Au final, rien n'a marché. Mes amis étaient la seule partie de ma vie que j'avais réussie et maintenant tout est cauchemardesque, bizarre et foutu pour toujours.

Finlay fronce les sourcils, l'air soucieux, mais me laisse parler.

— J'ai l'impression d'avoir vieilli du jour au lendemain. Je sais que c'est vaniteux de dire ça alors que Susie n'a eu que trente-quatre ans. Tout ce que j'ai c'est de la peine, des regrets, et un boulot de merde où je tape des trucs stupides dans des cases.

— Ce ne sera pas toujours comme ça, Eve, dit doucement Fin. La vie a ses coups durs.

— Qu'est-ce qui va changer pour moi ?

Fin m'adresse un sourire triste.

— Ça dépend surtout de toi.

— Ouais. Je n'ai pas tellement foi en l'Avenir. La moi du Passé est une connasse. (Je marque une pause pour inspirer, fébrile.) Susie me manque tellement, dis-je. Elle me manque tellement, et j'ai passé tout ce temps à être inutilement en colère contre elle... et tu avais raison, elle fouinait avec Ed, comme j'ai fouiné dans sa vie en lisant cette lettre. Oh mon Dieu... je veux juste qu'elle soit là pour lui dire désolée, pour lui dire *je suis désolée*. Pour tout. Et que je l'aime tellement, si fort, et que rien d'autre ne compte. Mais je ne lui parlerai plus jamais, Finlay. Game over.

Je sanglote sans retenue, et Finlay me prend dans ses bras.

Je décide de me laisser aller contre lui. Je ne vais pas étancher mes larmes par gêne. Je ne vais pas me contenir pour paraître plus féminine ou plus jolie. Secouée de sanglots, je chiale dans son T-shirt jusqu'à ce qu'il lui colle à la peau. Son corps semble sec et musclé sous le tissu, tranchant nettement avec la mollesse de ma poitrine. Je n'ai jamais été aussi proche d'un physique athlétique. Mes partenaires, même s'ils avaient l'air mince habillés, ont toujours eu ce côté grassouillet so British, à cause de la bière et du curry. Comme moi.

— Elle me manque aussi, dit-il dans mes cheveux.

— Vraiment ?

Je lève la tête vers lui. Je cligne des yeux et me concentre suffisamment pour voir que les siens sont remplis de larmes.

— Je ne savais pas trop si c'était le cas.

— Si, dit-il à voix basse. Beaucoup. Pas comme toi, une relation que je n'avais pas ne peut pas me manquer. Ça faisait longtemps qu'elle me manquait. Mais c'est comme si j'avais perdu une partie de moi, de mon passé. Tant de choses que seule Susie a partagées avec moi. J'étais déjà très seul, mais je me rends compte aujourd'hui que ce n'était pas le cas. Pas comme aujourd'hui. Et comme toi, il y a des choses entre nous qui ne seront jamais résolues. Après que la police m'a appelé, je suis resté assis en silence, avant les larmes. Je n'étais pas prêt. Ce n'était pas comme ça que ça devait finir. Je sais que tu n'as vu que la colère. Je pense qu'il y avait encore de l'amour, en dessous. Ou un lien, du moins, quel que soit le nom qu'on lui donne. Je sais que c'était le cas pour moi. Je me suis rendu compte que je m'étais toujours accroché à l'idée d'un jour futur où on se réconcilierait. Que la situation entre nous ne durerait pas toute l'éternité, tu vois ? Il s'est avéré que si.

Je n'ai jamais entendu Finlay, ou quiconque, d'ailleurs, me faire un aveu si brut.

— Je suis désolée d'être comme ça, dis-je dans le profond silence qui suit.

— Comme quoi ?

— Je ne voulais pas suggérer que ma perte était plus grande que la tienne.

— Je sais bien. Viens t'asseoir, ajoute Finlay en me guidant jusqu'au lit. Que dirais-tu d'une tasse de thé au lait avec beaucoup de sucre ? C'est ce que ma mère proposerait.

— Ce serait parfait, dis-je en souriant.

Je le pense vraiment. Fin va remplir la bouilloire dans la salle de bains, fouille dans la réserve de sachets de thé et de pots en plastique de lait UHT, fait tinter les tasses en porcelaine.

— Pourquoi la télé est allumée sans le son ? demande-t-il, remarquant l'image dansant dans l'obscurité.

— Je l'ai allumée et je ne savais pas comment l'éteindre.

— Le rugby silencieux à Twickenham est étrangement hypnotique.

Fin me tend une tasse, faisant preuve de bonnes manières en tournant l'anse vers moi. À son allure, on jurerait qu'il a fréquenté une école huppée, et non la mienne. C'est un Gatsby.

— Merci.

— Tu veux être seule, ou je peux rester un peu ?

— Reste ! Si ça te va.

— Bien sûr.

Fin verse de l'eau chaude sur un sachet de thé, le fait tremper, puis le retire, et vient vers le lit, qui est si grand qu'il peut s'y allonger et zapper sans qu'on ait l'impression d'être au lit ensemble.

En buvant, je me rends compte qu'en plus d'être dans un profond trouble émotionnel j'étais à moitié ivre et déshydratée. À la moitié de la tasse, je me sens déjà bien plus stable.

Finlay tend la télécommande et parcourt rapidement les chaînes. Pendant quelques secondes, un mannequin avec un bouc et un chignon portant un immense pantalon de golf défile sur un podium avec une veste sur l'épaule, avant de s'arrêter, de tourner sur lui-même et d'avancer à nouveau d'un pas décidé.

— Oh bordel. Où est le bouton pour éteindre ce truc ? !

Finlay brandit la télécommande en faisant semblant d'appuyer frénétiquement dessus avec colère tout en gardant un visage impassible, et je glousse de plaisir, à la fois à cause de l'incident et parce que Fin en rigole.

J'ai une toute petite révélation à faire : je l'aime bien. Je ne suis pas sûre de lui faire confiance, mais je l'aime bien.

— Oh mon Dieu, tu sais faire ça ? dis-je.

— Quoi, marcher ? Oui. Merci.

— Je peux voir une de tes photos de mode ? Il y en a sur Internet ?

— Non, trop vieux, j'en ai bien peur. Matériel d'archives. Ils utilisaient encore des Brownie.

Je ris de plus belle. C'était la légèreté dont j'avais besoin.

— Tu as fait des « campagnes » célèbres, comme on dit ?

En riant, je me suis involontairement rapprochée de Finlay. Nos bras se touchent presque, et aucun de nous ne remet de la distance entre nos corps.

— Hmmm, je ne te répondrai pas. Sinon tu chercheras.

— Tu as dit qu'il n'y avait de photos de toi nulle part !

— J'ai menti, comme le font les gens quand ils ne veulent pas que des femmes problématiques sachent des choses.

— Problématiques, haha.

Il soulève ses hanches pour sortir son téléphone de la poche de son pantalon, l'allume et appuie sur quelques boutons, en prenant soin de me cacher son écran.

— Je crois qu'il y en avait une pour une marque de whisky qui faisait très *Mad Men*, que je ne détestais pas…

Mon pouls accélère un peu, comme je comprends qu'il fait ça non seulement pour me faire plaisir, mais aussi pour m'impressionner. Je n'avais pas envisagé une seconde qu'en le taquinant un peu il me montrerait quelque chose. Mais j'ai plus de pouvoir que je ne le pensais.

Fin plaque l'écran de son téléphone contre son torse.

— Bien, je te la montre, mais la barre de recherche *a été masquée pour une bonne raison* !

Il aboie ces mots en prenant une voix-de-prof-quand-la-sonnerie-retentit et je ris encore sottement quand il tourne le téléphone vers moi et que je le maintiens, ma main sur la sienne, pour examiner l'image. Elle a un tel effet sur moi que j'aurais presque préféré ne pas avoir provoqué tout ça.

Finlay Hart dans un costume cintré foncé, un bras posé sur le dossier d'une banquette en cuir, un verre à whisky avec des glaçons dans l'autre main, regardant droit vers l'objectif avec dans les yeux un air de défi irascible semblant dire « viens donc me sauter ». Il a les cheveux courts, noir charbon, et sa peau semble briller de l'intérieur.

— Tu es *incroyable*, dis-je dans un souffle. Sérieux. Je ne sais pas pourquoi ça te gêne. Je ferais encadrer ce truc, moi.

— Si ça te remonte le moral, alors peut-être que ça en valait la peine, dit-il, charmeur, avant de remettre son téléphone dans sa poche pour siroter son thé.

— Tu es une énigme, Finlay Hart.

Il abaisse sa tasse en tournant le visage vers moi, et nos regards se mêlent sous la lueur vacillante de la télévision.

— Je ne veux pas être une énigme.

— Que veux-tu être ?

— C'est l'éternelle question, non ?

Nous faisons tous les deux semblant de regarder le film sur lequel son choix s'est arrêté – des gens qui sortent leur torse par les vitres de voitures pour tirer sur la police, une course-poursuite dans les rues endormies de Los Angeles. Je crois que nous avons la tête ailleurs, l'un comme l'autre.

— Ça t'arrive de te demander ce que ça ferait, de laisser tomber tout… ça, avec quelqu'un ? finit par demander Fin.

Il fait un grand geste pour désigner son visage, ses épaules et tout son torse, qui me laisse perplexe.

— Les défenses et les supercheries et tous ces trucs qu'on fait pour impressionner les autres, explique-t-il. D'être pleinement toi-même sans… sans peur, je dirais. Sans craindre la façon dont tu es perçu. Sans essayer de contrôler l'impression que tu donnes. Honnêteté totale.

Le souvenir désagréable de moi à califourchon sur Zack, m'apprêtant à faire semblant d'être celle qui lui plairait, me revient à l'esprit.

— Non, dis-je. Je devrais peut-être.

— Pour ce que ça vaut, si tu pouvais te voir comme je te vois, je ne crois pas que tu penserais que tu es une ratée, Evelyn.

— Vraiment ?

— Vraiment. Je vois une personne qui a tout pour elle. La seule chose qu'il te manque, c'est de la confiance en toi.

— Merci, dis-je.

Je range soigneusement ce compliment dans mon esprit pour pouvoir le déballer et l'apprécier pleinement une fois qu'il sera parti.

— Tu ne t'en tires pas mal non plus.

— Ha. C'est ce que je me suis dit. C'est tellement bizarre d'être de retour ici. Je me rends compte que j'y ai laissé une partie de moi-même. Comme si tu te libérais d'un piège à ours mais que tu y laissais une moitié de jambe. Tu es libre, mais tu boîtes.

— En quoi était-ce un piège à ours ?

— Je t'ai demandé si tu avais déjà envisagé de laisser tomber tous les faux-semblants, répond-il en souriant. Je n'ai pas dit que j'étais prêt à le faire moi-même.

— Haha. « Je ne veux pas être une énigme », dit l'homme qui parle en langage codé.

— Je crois que ce que je voulais dire, c'est : je ne veux pas être une énigme pour toi.

— Pourquoi ?

Nous sommes côte à côte sur un lit et il baisse les yeux vers moi, sans ciller. Je ressens une envie soudaine de soulever son T-shirt. Attends attends attends… on ne va pas s'embrasser… si ? Je suis nerveuse et, pourtant, je m'en rends compte, très réceptive à ce retournement de situation. J'admire sa silhouette dans la pénombre, si proche que je sens son gel douche. Je me penche et nous nous touchons, mon sein droit contre son bras. C'est le maximum d'encouragement que je peux lui donner, avec mes terminaisons nerveuses, sans l'agripper. Il m'intimide encore trop pour ça.

— Je devrais aller me coucher, dit Fin d'une voix un peu plus forte, en s'écartant pour se redresser.

— D'accord.

Il marque une pause, fait basculer ses jambes sur le côté du lit, et se lève.

— À demain matin, Eve.

Il traverse la chambre à pas feutrés et la porte se referme avec un petit clic derrière lui. Eh bah. C'est retombé comme un soufflé.

J'éteins la lampe de chevet et reste allongée sans bouger, écoutant les bruits ambiants du centre-ville d'Édimbourg à cette heure tardive.

C'était quoi, ça ? Beaucoup de regards intenses, des photos de lui en Don Draper, « je ne veux pas être une énigme pour toi », et puis, bye-bye.

Peut-être voulait-il s'assurer qu'il pouvait m'avoir s'il le souhaitait.

Je me rappelle notre premier baiser quand on était gamins, moi qui demandais : « Tu voudrais le faire avec moi ? »

J'avais reçu une réponse affirmative directe, à l'époque.

Comment mes talents de séductrice ont-ils pu se dégrader à ce point, depuis ?

Alors que je sombre dans le sommeil, je songe : on est quand même au Waldorf, la réception doit bien avoir un chargeur d'iPhone. Voulait-il me revoir ce soir ? Avait-il une idée derrière la tête – j'en doute fortement – avant que je fonde en larmes ? Si la réponse est oui, pourquoi se lever et partir, ensuite ? Non. Ce sont les cocktails qui me racontent des mensonges flatteurs.

J'imagine rapporter à Susie les propos de son frère sur la réconciliation qu'il espérait toujours. Je l'imagine triturer sa manche, avec cette expression de consternation bougonne, sauf que cette moue renfrognée ne serait pas factice, pour une fois. Elle ne supporterait pas qu'on lui demande de ressentir autre chose que de la colère, je crois. La douleur et la tristesse feraient une brève apparition.

J'y croirai quand je le verrai, Eve.

Puis elle changerait de sujet.

33

Le lendemain matin, j'appréhende de voir Finlay. Il n'y a rien de plus difficile, après un moment embarrassant, que la seconde à laquelle vos regards se croisent avant de se dire bonjour, seconde où vous vous mettez à nu à travers la gêne de votre expression.

Va-t-il endosser le rôle de « psy américain » et vouloir en parler ? Je n'espère pas. Je veux la version anglaise : on fourre tout dans la boîte à gants et on n'en parle plus jamais. Je n'ai ni envie ni besoin que Finlay Hart m'explique avec tristesse pourquoi il n'a pas voulu m'embrasser malgré ce fastueux décor, le old fashioned ingéré, l'absence totale de conditions, alors que quelqu'un d'autre lavera les draps et que nous ne serons plus sur le même continent d'ici une semaine.

Les secondes s'égrènent dans le hall et ma nervosité va grandissant : se fait-il un devoir de mâle alpha de me faire attendre ? Quand il est presque 9 h 30, je me dis que quelque chose cloche et l'appelle sur son portable. Ça sonne dans le vide. Je demande à la réception de le contacter dans sa chambre.

— Je suis désolée, madame, je n'obtiens pas de réponse, m'indique la femme au rouge à lèvres vif et à la blouse à lavallière.

Je regarde ma montre. 9 h 35. Me suis-je trompée d'heure ? Cela n'explique pas pourquoi il ne répond pas. A-t-il eu un tuyau sur son père et filé à l'aube ? Mais pourquoi ne pas répondre à son portable, dans ce cas ? Ou m'envoyer un message ? Il ne me reste plus qu'à monter voir par moi-même et à tambouriner à la porte pour vérifier s'il ne s'est pas rendormi.

Je traverse le hall et monte dans un ascenseur vide. Quelques secondes plus tard, les portes s'ouvrent sur le troisième étage avec un ding, et je suis les flèches pour trouver la bonne section de la garenne de couloirs, jusqu'à la 312.

Je tourne à un coin et manque de pousser un cri face au spectacle qui m'attend. Finlay Hart, dos à la porte de sa chambre, entièrement nu à l'exception d'un bout de serviette qu'il tend en travers de son entrejambe pour protéger son intimité. Le coton couvre l'essentiel, mais s'arrête juste avant sa hanche nue, montrant qu'il ne porte rien d'autre. Je comprends que le reste de la serviette est de l'autre côté de la porte, imposant à Fin ces demi-mesures.

— Eve ! hurle-t-il en tendant la main comme s'il voulait arrêter la circulation.

— C'est quoi ce bordel ? !

Je lève les yeux vers le plafond et les protège d'une main.

— Et bonjour à vous, monsieur !

— On a frappé à ma porte quand je sortais de la douche, je suis allé ouvrir, mais il n'y avait personne. La porte s'est refermée sur moi en coinçant ma serviette !

— Tu t'es retrouvé Gros-Jean comme devant, en somme, dis-je. Même si je ne peux pas dire s'il est gros ou non, ton devant, hahaha.

— Très drôle. Tu peux aller chercher une autre clé à la réception pour que je puisse ouvrir cette foutue porte, s'il te plaît ?

— OK, pas de souci. Mais avant ça, j'ai quelque chose à dire, et je vais rétablir le contact visuel – mes yeux resteront scrupuleusement au niveau de ton visage. Tu es prêt ?

— Tu voudrais établir un contact visuel avec quoi d'autre, bordel ?

— Hahaha. Maintenant que tu poses la question…

Je m'aventure à regarder le visage furieux et rouge écarlate de

Finlay. Il doit aller à la salle de muscu, car je n'ai vu de torse pareil que dans les magazines que Justin achète.

— Qu'est-ce que tu voulais dire ?

— Tu veux mon manteau ? proposé-je en remuant ma capuche en fourrure rouge.

— Non, je ne veux pas de ton putain de manteau ! La clé, tout de suite ! s'emporte Fin, et je pouffe.

Plus il s'indigne, plus cette scène « Cachez cette quéquette que je ne saurais voir » est drôle.

— C'était une offre généreuse. Je me serais coltiné un passage au pressing si tu avais frotté tes bijoux de famille contre le tissu, dis-je avant d'éclater de rire, puis je tourne les talons pour repartir de là où je suis venue.

Je ricane pendant tout le trajet dans l'ascenseur et dans le hall, et même quand je demande une autre clé magnétique à la réception en expliquant le contretemps.

— Nous pouvons envoyer un membre du personnel, dit la femme au rouge à lèvres, réticente à l'idée de me laisser partir avec une clé de chambre.

— Je crois qu'il vaut mieux que ce soit moi, sinon il va s'énerver et dire qu'on ne respecte pas son intimité. Sérieusement, ne vous donnez pas cette peine, la supplié-je.

Après une courte négociation, nécessitant qu'elle vérifie que Fin et moi sommes arrivés ensemble, en tapant sur des claviers et en consultant ses dossiers, et qu'on peut m'accorder l'accès à sa chambre, elle me tend une enveloppe avec une carte.

Je remonte, toujours le sourire aux lèvres.

— T'es allée la chercher où, putain, à Delhi ? ! hurle Fin alors que je reparais dans le couloir et m'effondre, pliée en deux de rire.

— Arrête de t'énerver alors que tu es nu, c'est trop drôle, ahahahhaa.

Je lui tends la carte, qu'il m'arrache de sa main libre.

— Ça va être la danse des voiles, hein, dis-je en comprenant que

Fin va devoir se tourner pour utiliser la carte tout en restant derrière sa serviette. Et quand il ouvrira la porte, la serviette va-t-elle tomber ?

— Oui, c'est pourquoi tu vas te retourner, s'il te plaît, dit Fin.

— On est tous nus sous nos vêtements, il n'y a pas de quoi avoir honte, dis-je en poussant un soupir exagéré mais en m'exécutant.

Quelques secondes plus tard, j'entends qu'il y a du chahut derrière moi, on jure, et une femme pousse un cri. Je me retourne : deux femmes d'une soixantaine d'années s'agrippent l'une à l'autre, tandis qu'un Fin nu comme un ver disparaît dans la chambre dans un flou rose furtif et claque la porte derrière lui.

— Quel plaisir inattendu ! s'écrie une des femmes. Mieux que des sièges à la corbeille pour voir *Mamma Mia !*

— Petite veinarde, dit l'autre femme.

Le trajet jusqu'à Leith se fait principalement en silence, avec Pulp à plein volume à la radio. Dommage que ce soit *Do You Remember the First Time ?*, qui me semble être un commentaire confondant. De toute façon, Fin et moi sommes dans le genre d'ambiance où toute chanson semblerait lourde de sous-entendus, sauf *Hi Ho Silver Lining*. Et encore.

Nous nous garons et le téléphone de Finlay nous guide jusqu'à la vieille demeure de son oncle, à cinq minutes à pied. Bien plus petite que la demeure familiale, c'est une maison mitoyenne carrée en pierre, toute simple mais jolie. Elle me fait penser à la mienne.

Je commente cette différence avec la propriété précédente.

— Ouais. Tu te souviens de la dépendance aux jeux de mon grand-père ? Celle de mon oncle Don était pire, et avec moins d'argent à gaspiller, explique Fin. Son truc, c'était les chevaux. Leith a décollé depuis qu'il a acheté, sa maison a certainement pris de la valeur.

— Il ne s'est pas marié ? N'a pas eu d'enfants ?

— Non, il disait qu'il ne pouvait pas se le permettre. Il avait certainement raison.

Nous avons frappé avec le heurtoir en cuivre à la porte dont la peinture vert menthe s'écaille, mais soit les occupants de l'ancienne résidence de l'oncle Don ne sont pas là, soit ils ne veulent pas nous parler.

— Pourquoi ton père et lui se sont fâchés ? dis-je alors que nous regagnons la rue principale.

— Pour des questions d'argent. Mon grand-père est mort avant ma grand-mère, et il y a eu une terrible dispute entre les deux frères pour savoir dans quelle maison de retraite elle devait aller, et même si elle devait aller en maison de retraite. Don zieutait l'héritage de mon grand-père et était favorable à ce qu'ils limitent les dépenses pour ma grand-mère. Les deux frères avaient toujours été à couteaux tirés, pour être honnête. Je me rappelle ne pas avoir été surpris quand on a arrêté de monter à Édimbourg pour les vacances.

Nous descendons vers les quais et je m'extasie devant les petites boutiques indépendantes et les endroits branchés où aller boire un verre et manger. Finlay marche avec les mains dans les poches de son manteau, ne m'adressant la parole que pour répondre à mes questions. La bruine commence à tomber, et je relève ma capuche.

— Tu fais la tête ? dis-je, sous mon halo de duvet rouge sang, après cinq ou six observations pour entamer la conversation qui se sont soldées par des échecs.

— Non.

— Tu ne dis pas grand-chose.

— Peut-être que, vu les événements de la journée, je n'ai pas très envie de discuter.

— Vu les événements de la journée ?

— Oh ! je ne sais pas, Eve, qu'a-t-il bien pu se passer aujourd'hui ?

— Le Serviettegate ? ! dis-je.

Finlay me fusille du regard.

— Ça ne vaut pas la peine de bouder ! dis-je.

Ça le gêne tant que ça ? Il était mannequin ! Est-ce que ce n'est pas le principe, d'exhiber son corps sous le nez de tout le monde ?

— Je ne boude pas, je ne suis pas d'humeur bavarde et joyeuse, c'est tout. Si tu m'avais montré tes fesses ce matin, comment tu te sentirais ?

— Euh… (Je réfléchis.) Gênée, j'imagine… mais je…

— Voilà. Gênée, me coupe-t-il.

— D'accord. Je ne pensais pas que tu serais gêné.

— Bien sûr que non, parce que tu ne me crois pas capable d'éprouver des émotions normales.

— Mais si, dis-je en fronçant les sourcils.

— Non. Tu penses que je suis un cyborg, un genre de machine de guerre venu tout droit du passé pour m'en prendre à ma sœur.

— C'est une référence à *Terminator.*

— À l'évidence.

— Il a été envoyé du futur. Et il est nu quand il débarque, donc…

Je souris et Fin applaudit lentement, les mains gantées de cuir.

— Merci. Mais pourquoi ça te dérange ?

— Je suis PUDIQUE, s'exclame Fin, je suis une personne pudique, d'accord ? Sur beaucoup de choses. Pourquoi c'est si difficile à comprendre ?

— Je ne m'en rendais pas compte.

— Manifestement.

N'ai-je pas le droit d'être pudique moi aussi, puisque j'ai eu droit hier soir à un rejet plutôt clair après des avances plutôt évidentes ?

— Parlons de gêne, si tu veux bien, dis-je.

Je m'apprête à me justifier et à me mettre dans l'embarras, mais quand il faut il faut, on ne fait pas d'omelette sans casser d'œufs.

— Tu te comportes comme si c'était tout un drame, mais je n'ai même pas vu ton engin, je ne me suis même pas attardée sur ta région pubienne…

Je marque une pause ; je me demande si je n'ai pas parlé un peu trop fort, et le regard perplexe de deux passants tout emmitouflés me donne ma réponse. Fin regarde au loin d'un air furieux.

— J'ai vu, genre, cinq centimètres de ta hanche VIP très importante…

— VIP veut déjà dire « very important person », donc ce que tu dis n'a aucun sens, marmonne Fin.

Je l'ignore et poursuis :

— Et rien de tout ça n'était ma faute. Si on parlait plutôt du fait qu'hier soir on a…

Je suis interrompue, par bonheur, par la sonnerie du téléphone de Finlay.

— Allô, Ann ?

Il s'écarte un peu pour répondre à l'appel, à peine hors de portée de voix.

Je trépigne sur place en attendant qu'il raccroche.

— C'était Ann, la femme de ménage de papa. Mon père l'a contactée. Elle n'a pas réussi à lui faire dire où il logeait exactement, mais il a dit qu'il était allé voir ma tante Tricia.

— Ta tante ? J'ignorais que tu avais une tante dans le coin.

— Parce que ce n'est pas vraiment le cas.

— Qu'est-ce que ça veut dire ?

Je commence à me lasser des devinettes de la famille Hart.

— Elle s'est brouillée avec mon père il y a des années. Quand Susie et moi étions ados. Environ deux ans avant mon oncle.

— Ta famille n'est qu'une longue succession d'embrouilles, hein ?

— M'en parle pas.

— Mais ton père est allé la voir ?

— Apparemment. Ce qui veut dire qu'elle doit toujours habiter la même maison.

— Pourquoi ai-je la désagréable impression que ça va virer à « appelons la tata qui nous déteste » ? dis-je.

Fin grimace.

— Elle s'est peut-être adoucie avec l'âge. On dirait bien qu'elle a laissé mon père entrer. Et il lui a peut-être appris où il logeait. Donc…

Je hausse les épaules et les laisse retomber.

— On dirait bien qu'il faut passer la voir, rétorqué-je en faisant la grimace.

— Écoute, je vais être franc avec toi : oui, ma tante Trish fait peur. Mais je pense que tu lui plairas. Elle aimait beaucoup Susie. Elle trouvera sans doute que toi aussi tu as « du tempérament », comme elle dit. Si tu voulais bien être au top de ton charme, elle *pourrait* nous révéler où se trouve mon père. Laisse-lui croire que tu es de son côté, quoi qu'elle me dise.

— Tu veux que je fasse ma bête iridescente, m'écrié-je sans réfléchir.

— *Quoi ?* demande Fin.

— Oh ! désolée. C'est une blague qu'on avait avec Susie. J'étais obsédée par la femme de F. Scott Fitzgerald, Zelda, quand on était au lycée. J'ai lu cette histoire où Zelda était décrite comme une belle du Sud mondaine et rebelle, à une fête. On disait qu'elle était « une belle iridescente » et j'ai lu « bête ». Donc, Susie et moi avions l'habitude de dire, dès qu'on devait tout donner pour impressionner, qu'on allait faire nos bêtes iridescentes.

Fin secoue la tête, l'air de penser « si tu le dis ».

— C'est cela. Oui, s'il te plaît, fais ta bête iridescente, Evelyn.

34

Fin tend le cou par-dessus l'appuie-tête pour reculer tandis que le radar de la voiture fait « bip-bip-bip ». La large rue géorgienne en arc de cercle, avec ses grands arbres luxuriants trempés de pluie, est une adresse d'une élégance folle, et j'ai un mauvais pressentiment. Je crois qu'on ne peut pas la faire à l'envers au genre d'individus qui résident derrière ces portes vernies, dans leurs immenses tranches d'imposition.

Notre conversation sur le trajet jusqu'ici n'a nullement dissipé mes craintes.

— C'était une grosse embrouille ?

— Disons les choses ainsi : la dernière fois qu'on en a entendu parler, ma tante se faisait poser un pacemaker. Mon père a déclaré : « J'espère que son chirurgien a la tremblote. »

— La vache. Chaque fois que je disais « je ne le souhaiterais pas à mon pire ennemi », Susie répliquait : « Moi si, c'est pour ça que c'est mon pire ennemi. »

— Ha. C'est très susiesque. Mon père et elle avaient beaucoup en commun dans leur façon de voir les choses.

— Tu crois que ton père se rappelle que lui et sa sœur étaient fâchés ?

— Aucune idée. On va bientôt le savoir.

Fin sonne à la porte jaune canari de la maison de ville, qui, contrairement à la dernière porte devant laquelle nous nous sommes tenus, est en parfait état. La haute demeure me fait l'impression d'être la personnification de la tante Tricia se dressant au-dessus de moi. Nous entendons des bruits de pas à l'intérieur, puis la porte est ouverte par une femme aux cheveux argentés très courts. Elle porte l'uniforme semi-officiel des femmes de plus de soixante ans de la petite bourgeoisie mouvance « université de lettres et de sciences humaines » : collier tibétain XXL en corail et turquoise, haut ample en jersey de couleur neutre, cardigan en jersey et pantalon large en lin.

— Tiens tiens, dit-elle avec un accent anglais de la haute en croisant les bras. Après le père, le déluge ! Qu'est-ce qui pourrait te pousser à venir me voir après tout ce temps, Finlay ? C'est bien toi, n'est-ce pas ? Tu étais dans l'équipe de football des moins de quinze ans, la dernière fois que je t'ai vu.

— Oui. Bonjour, tante Tricia, répond-il. Je vais t'expliquer. Voici mon amie Eve. La meilleure amie de Susie, pour être tout à fait précis.

— Enchantée, dit-elle d'un ton brusque en remontant ses lunettes de vue sur l'arête de son nez pour me jauger rapidement. Qu'est-ce que ça a voir avec moi ?

— Nous cherchons mon père. On nous a appris qu'il est venu te voir et on se demandait s'il t'avait dit où il logeait à Édimbourg.

— Alors tu as pensé que tu allais tout simplement te pointer chez moi après… voyons voir. Ça fait combien de temps ?

— Vingt ans ?

— Vingt-deux, mais qui tient le compte ? À part moi. Pourquoi ne pas m'avoir appelée avant ?

— Je n'ai pas ton numéro.

— Il doit bien être dans l'annuaire.

— Désolé, il m'a semblé que ce n'était pas une conversation à avoir par téléphone.

Un ange passe, et notre bienvenue reste en suspens.

— Allez, entrez, dit-elle avec un soupir exaspéré.

C'est presque une désillusion d'obtenir une audience avec elle ;

j'avais espéré qu'une fois qu'elle aurait établi son hostilité ça deviendrait sanglant, mais tant pis.

Nous la suivons dans un couloir d'un blanc si brillant que j'ai l'impression d'être dans une galerie d'art moderne. Le sol est marron mélasse et il y a des orchidées papillons dans des pots en verre garnis de galets sur une table d'appoint. Dans le salon au plafond haut dans lequel nous arrivons, tout est blanc là aussi, à part les deux canapés moelleux en lin, de couleur pourpre, royale. Il n'y a quasiment rien d'autre dans la pièce, hormis un panier en osier rempli de bûches pour la cheminée à foyer ouvert et un énorme lampadaire avec un abat-jour en chrome brillant en forme de bol.

C'est un peu tôt pour juger Tatie Tricia puisque cela ne fait que quarante secondes que je la connais, mais la maison semble être à l'image de sa propriétaire. Une blancheur éblouissante à vous donner la migraine, ponctuée de meubles qui semblent vous agresser. On ne nous propose pas à boire.

— C'est terrible, pour ta sœur, dit Tricia, sans grande émotion.

— Affreux.

— J'ai parlé avec Susie il y a quelques années. Après la mort de votre mère.

— Ah oui ?

— Elle a dit que tu n'avais pas pris la peine de venir quand ta mère était malade.

Je jette un regard inquiet à Finlay, qui ne cille pas.

— Ce n'est pas tout à fait vrai.

Tricia pouffe.

— Oh ! allons, Finlay. Susie a dit que tu n'avais pas fait le déplacement avant l'enterrement.

— Ce n'est pas que je n'ai pas pris la peine de venir, je ne savais pas qu'elle était malade. Peut-être que Susie ignorait ce que mes parents m'avaient ou ne m'avaient pas dit, mais je n'ai découvert que ma mère était en phase terminale que deux mois après tout le monde. Pourquoi mentirais-je ?

— Oh ! euh… laisse-moi réfléchir. Pour ne pas passer pour une brute sans cœur devant une jolie fille ? rétorque-t-elle en faisant un geste dans ma direction. Tu veux dire que ta sœur n'aurait pas passé un coup de fil pour te prévenir, alors que ta mère était en train de mourir ?

— Comme je l'ai dit, je ne sais pas ce que Susie a cru, insiste Fin. Peut-être pensait-elle que je faisais la sourde oreille. Mais en tout cas, elle ne l'a pas fait. Nous n'étions pas proches, elle et moi.

— *Effectivement.* Et maintenant tu cavales après ton père, avec lequel tu es brouillé aussi. Pourquoi ?

— Je ne le crois pas à même de voyager seul, et je veux le faire évaluer pour un éventuel placement en institution avant de rentrer aux États-Unis.

— Vraiment, dit Tricia en croisant les jambes. *Vraiment ?* La maison serait vendue dans ce scénario, n'est-ce pas ?

Je ne sais plus où me mettre.

— J'imagine. Dans quel état était-il quand il est venu te voir ?

— Il semblait avoir toute sa tête pendant les quelques premières minutes, puis j'ai peu à peu compris qu'il était gâteux. Il pense que nous sommes encore jeunes, lui et moi.

— C'est ça. Il est en phase pour tous les aspects pratiques du quotidien mais, en termes de… d'architecture mentale plus large, c'est comme s'il avait vingt ans de moins. (Fin marque une pause.) A-t-il dit où il était descendu ?

— J'aimerais pouvoir croire que tes intentions sont louables, Fin. Sincèrement, dit Tricia en retirant des peluches imaginaires de ses genoux.

— Comment t'expliques-tu le jugement que tu portes sur moi, au juste ? demande Fin, l'air renfrogné à présent. Tu t'es disputée avec mon père, tu as coupé les ponts avec ma famille. Mais tu me reproches de ne pas m'entendre avec eux ? Je suis coupable de la même chose que toi, non ?

— Je ne supportais pas ton père. Je ne me suis pas disputée

avec ta mère et ta sœur. Mais, malheureusement pour toi, je sais ce que tu as fait subir à ta famille.

Fin se passe la main dans les cheveux et paraît faire de son mieux pour garder son sang-froid.

— Tu n'en avais rien à faire de tes parents, continue-t-elle. C'est un fait, j'en ai bien peur. À présent que tu es le seul qui reste, si tu insistes pour contrôler la vie de ton père, je me demande si cela a un rapport avec son testament.

Le visage de Fin se teinte d'une pâleur mortelle.

— Ce n'est pas le cas, mais il semblerait que ma parole n'ait aucune valeur.

Je me rappelle ma mission.

— Veuillez m'excuser, je ne connais aucun détail de ces conflits familiaux, Susie ne m'en a jamais parlé… et lui non plus, dis-je en désignant Fin. Je ne suis sur aucun testament, et je n'ai nulle envie d'y figurer. Mais si nous ne retrouvons pas M. Hart – et ne nous assurons pas qu'il va bien –, il pourrait avoir toutes sortes d'ennuis à errer dans une grande ville dans son état. Je sais que Susie voudrait que je le ramène chez lui. C'est la seule raison de ma présence ici.

— Gentil flic, méchant flic, c'est ça ? commente Trish.

— Je ne suis pas flic, dis-je, bêtement.

Et je ne comprends pas les métaphores.

— De quelque sorte que ce soit, ajouté-je. Je n'ai dit que la vérité. Je veux seulement faire ce qu'il y a de mieux pour le bien-être de M. Hart.

Tricia me regarde avec la bouche en cul de poule et je présuppose que je vais à mon tour être l'objet de son dédain. Je suis déconcertée quand elle marmonne, à contrecœur :

— Il a dit qu'il était dans un hôtel dont le nom m'échappe, c'est la vérité. Donnez-moi votre numéro et, si ça me revient, je vous préviendrai.

Elle s'adresse à moi spécifiquement. Elle se lève, farfouille dans un tiroir et me tend un stylo et un bloc-notes.

J'y inscris soigneusement mon numéro tandis que Finlay se lève pour partir. Alors que je m'apprête à le suivre, Tricia m'attrape discrètement par le bras. Finlay disparaît dans le couloir, et elle me retient, d'une poigne d'acier.

— Ne lui faites pas confiance, me siffle-t-elle avant de me relâcher. Je suis sérieuse. Si vous avez un minimum de jugeote, je vous conseille de vous enfuir loin de ce garçon.

— Pourquoi ? dis-je, un peu tremblante.

— Il a détruit cette famille. Je l'ai vu de mes yeux. C'est un poison. Même ses parents le reconnaissaient. *Un poison.*

— D'accord… mais pourquoi ? Je veux dire, pourquoi les aurait-il traités ainsi ?

— Certaines personnes naissent mauvaises, répond Tricia. Je ne doute pas qu'il a fait le beau parleur, et il a le physique. Mais les apparences peuvent être trompeuses.

— Oui.

Elle secoue la tête, l'air aigri. Je le comprends comme : « Vous ne m'écouterez pas, c'est sûr. »

Mon esprit bouillonne et mon cœur tambourine alors que je regarde la voiture, dont le moteur tourne déjà sur la place de parking. J'ai dédaigné Ed et ses inquiétudes, mais à présent je n'en mène pas large. En venant ici en tant qu'invitée de Finlay, j'ai cédé une part importante de mon pouvoir. Je l'ai fait sans savoir à qui je cédais ce pouvoir. Et si je m'étais réellement associée à un acte – ou une personne – malveillant ? Il ne me fait pas cette impression, mais peut-être que ce n'est que l'arrogance de croire que je l'aurais deviné. Nous pensons tous que nos systèmes de sécurité sont infaillibles, jusqu'à ce qu'ils ne le soient plus. On croit tous le savoir quand on nous ment. Je n'ai pas repéré les mensonges de Susie. Me suis-je autant fourvoyée avec Fin ?

— Que t'a dit ma tante ? demande Fin lorsque je m'installe côté passager.

— De ne pas te faire confiance, dis-je en attachant ma ceinture en espérant que mes mains ne trahissent pas toute l'adrénaline qui pulse dans mes veines.

— Je t'avais prévenue qu'elle était venimeuse.

— L'est-elle vraiment ?

Je me tourne vers Fin, ma nervosité prenant le dessus.

— C'était quoi, ces histoires sur ta mère ?

— Des conneries.

— Alors je ne connais personne d'autre sur qui pèse autant de conneries.

— Tant mieux pour les autres.

— Ni qui soit autant accusé par ses proches et êtres chers.

— Tricia n'est ni proche ni chère.

— Qui sont tes êtres chers alors ?

Qui vit trente-six ans de sa vie sans qu'une seule personne puisse dire du bien de lui ?

Fin serre les dents.

— Comme je l'ai dit, dans ma famille, je suis la grippe espagnole.

— Le problème de la grippe espagnole, Fin, c'est qu'elle a quand même tué des millions de gens.

— Que je comprenne bien : est-ce que la femme que nous venons de rencontrer t'a donné l'impression d'être une source fiable ? Est-ce que tu la choisirais pour témoigner en ta faveur un jour ?

— Non, bien sûr que non. Mais…

— Mais quoi ?

— Elle m'a dit qu'il ne fallait pas que je reste avec toi, et elle n'a pas été tendre.

— Ça ne va plus durer longtemps.

Finlay regarde par le pare-brise, et j'ai l'étrange sensation de l'avoir blessé. Je m'attendais à la colère, au dédain, ou même à la menace – mais pas à le blesser. Je ne pensais pas qu'il puisse être blessé. Ou est-ce qu'il joue la comédie ?

On tape bruyamment à la vitre côté conducteur, et nous sautons tous les deux au plafond.

C'est la tante Trish. Fin baisse la vitre avec un « ziiiiiip ».

— Le Waldorf, dit-elle. Ça m'est revenu. Le Waldorf, sur Princes Street.

— Merci, fait Fin, mais Tricia a déjà tourné les talons pour rentrer chez elle.

35

Au moins, nous demander comment il est possible que M. Hart soit descendu au même hôtel que nous nous empêche de trop nous attarder sur les sous-entendus de Tricia.

Je ne sais pas pourquoi elle m'a autant fait peur, alors qu'elle n'a rien dit de plus que Susie autour d'une pinte au Gladdy, avec moins de jurons. Peut-être parce que je me rapproche de Fin. Avant, il était un récit folklorique, un changelin, le gobelin échangé contre le vrai bébé dans le berceau et qu'ils ont élevé par erreur. Pas l'homme au volant d'une Merco de location à cet instant même, un homme auquel je me suis sottement attachée, et oui, dont je me suis même entichée. J'avais prédit que ça détonnerait quand la version âgée de Finlay referait surface. Est-ce ce qu'il se passe ?

Mais Tricia était si sûre d'elle. Personne ne condamnerait si durement son neveu à moins d'avoir une bonne raison, si ? Est-il vrai que sa mère ne lui a pas dit qu'elle était mourante et que Susie ne l'a pas contacté non plus ? C'est une accusation si lourde, et celles qui pourraient réfuter ou expliquer tout cela sont mortes. Et son père incapable de s'en souvenir.

Je fouille mes archives mentales à la recherche d'une mention de Tricia par Susie, et ne me rappelle que quelque chose à propos d'un « vrai ptérodactyle ». Mais sa tante était fâchée avec son père aussi, donc ce n'est pas nécessairement une confirmation de l'opinion de Fin.

— Si toutefois mon père loge bel et bien au Waldorf, bien sûr, déclare Fin en regardant dans son rétroviseur à un feu, lorsque j'émerge de mes pensées. Il n'était peut-être pas au point sur les détails.

— Il ne semble pas avoir de problème de sens de l'orientation, cela dit.

— C'est vrai.

— Mon contact à la réception devait me prévenir de son arrivée ! m'écrié-je pour dire quelque chose.

— Sauf que ton ami était un réceptionniste parmi au moins cinq, sur ce seul créneau horaire. Nous avions une chance sur cinq. Selon l'équipe en place.

— C'est vrai.

Nous nous arrêtons devant l'hôtel. Fin remet ses clés au voiturier puis fait un signe de tête en direction de la porte tambour pour dire « toi d'abord ». Pour la première fois du voyage, la tension n'est plus liée à notre objectif, elle est entre nous.

— Par où on commence ? dis-je à Fin alors que nous parcourons le hall des yeux.

— Ici, répond Fin.

M. Hart est à quelques mètres de nous, en manteau, son sac de voyage aux pieds.

Je n'ai pas le temps de me demander si, ni comment, je dois me présenter, puisqu'une expression chaleureuse illumine son visage lorsqu'il me reconnaît.

— Eve ? ! Mais qu'est-ce que tu fais là ? demande-t-il, tout sourire.

Quelle triste ironie, qu'il perde la tête mais qu'il aille si bien physiquement. Il est si peu différent de l'image du papa de *Mary Poppins* grand et responsable que j'ai gardée de mon enfance.

— Avec ton jeune ami, ajoute-t-il, admettant la présence d'un Finlay muet.

— Euh… Je fais mes courses de Noël ! dis-je au débotté. Et vous ?

— Je suis venu voir ma famille, mais je suis sur le départ.

— Vous avez vu votre frère ? dis-je bêtement.

— Oui, mon frère et ma sœur habitent ici. Je n'ai pas pu joindre mon frère cela dit, il semble être absent.

— Ah... Comment va votre sœur ?

— Oh ! rien de nouveau sous le soleil. Quelle est cette réplique de *Frasier* déjà ? Une sculpture sur glace à un buffet de mariage serait plus chaleureuse. Avec Patricia, les crevettes seraient bien au frais, c'est certain.

Je ris, aussi surprise qu'amusée – qu'il ait cerné Tricia et se souvienne de répliques de vieilles sitcoms. C'est aussi le M. Hart de mes souvenirs – celui qui secouait son journal et nous lançait d'affectueuses remarques caustiques à Susie et moi alors que nous filions faire nos bêtises.

Je demande :

— Vous rentrez à Nottingham ?

— Oui, oui je rentre... (Il regarde sa montre.) Si ça roule bien, je pense être là-bas pour le thé.

— Oh ! quelle coïncidence, nous aussi ! dis-je en me tournant vers Finlay, qui hoche la tête.

On s'attendait à devoir le convaincre de rentrer, on pensait avoir un coup d'avance sur M. Hart dans notre super plan d'attaque, et le renversement de situation nous laisse tous deux pantois.

— On fait la course ? lance gaiement M. Hart. Ah, merci ! dit-il ensuite à un employé de l'hôtel qui lui fait signe qu'il a ses clés de voiture.

— Soyez prudent sur la route ! dis-je en le regardant s'éloigner, impuissante.

Je me tourne vers Finlay pour qu'il se prononce sur la situation, et il hausse les épaules.

— Eh bien, « Visit Scotland », opération *Rapatrier Iain Hart* est un succès fracassant, dit Fin alors que nous regardons son père passer la porte tambour. Je n'ose pas me demander ce qu'il se serait passé si nous n'avions pas été là, ajoute-t-il avec ironie.

— Devrions-nous essayer de l'arrêter ?

Finlay hausse les épaules.

— Il a un permis de conduire en règle et le désir de partir, et puis, comment récupérerait-on sa voiture ? L'objectif principal était de le ramener à la maison en un seul morceau et sans qu'il se soit inscrit dans un système de vente pyramidale. D'après ce que nous savons, l'objectif sera bientôt atteint.

Le détachement dans sa voix m'indique que le Finlay Hart qui m'a dit que je pouvais prendre ma vie en main si je le voulais et m'a montré de vieilles photos sur son téléphone a levé le camp, du moins pour le moment. La fenêtre s'est refermée. Apparemment, j'ai pris le parti de Tricia en doutant de lui.

— J'imagine.

Il existe un mot pour décrire ce que je ressens : « désillusion ». C'est la fin de notre quête, mais cette fin est différente de ce que j'avais imaginé. Aurais-je préféré que ce soit laborieux, avoir l'impression que j'avais sauvé M. Hart ? Non, bien sûr que non.

— Tu peux boucler ta valise et me retrouver ici dans quinze minutes ?

— Oui.

— D'accord, vas-y, je vais régler la note.

En montant dans l'ascenseur, je devrais me sentir plus légère.

Au lieu de ça, j'ai comme une pierre dans le ventre, un rocher, un poids qui me pèse.

Le mot prononcé par la tante Tricia tourne dans ma tête, encore et encore. Presque comme s'il me narguait, me demandant si je vais ou non la croire. Me demandant ce que je vais en faire.

J'appuie sur le bouton du premier étage.

Rien. Je ne vais rien en faire, parce que, d'ici quelques heures, je n'aurai plus à revoir Finlay Hart de ma vie, et c'est une énigme que je ne résoudrai jamais. Je suis certaine que Susie a emporté la dernière pièce du puzzle dans sa tombe. L'ascenseur émet un ding, premier étage.

« Poison. »

L'humeur du trajet de retour en Angleterre est maussade. Au moins, nous ne sommes pas obligés de nous regarder, et nous avons un objectif commun. Je joue avec la radio, ou la clim', et Finlay fait une remarque banale de temps en temps sur la circulation. Dans l'ensemble, le GPS doit parler autant que nous.

— Je me sens bête de t'avoir traînée jusque là-bas pour une discussion de deux minutes avec mon père, dit soudain Fin alors que nous passons Leicester.

Je sais qu'il sous-entend : « Tu as vu tout ce linge sale, tout ça pour quoi ? »

Je me rappelle à quel point cela l'avait mis hors de lui de me voir chez son père, la semaine précédant les obsèques de Susie. Aller dans de bons restaurants, c'était faire de nécessité vertu.

— Franchement, ce n'est pas grave, dis-je. Je n'ai pas des tonnes de trucs géniaux à faire de mes congés, de toute façon. C'est toujours bien de changer d'air.

— Je ne crois pas que « changer d'air » s'applique au fait de se prendre les problèmes de ma famille dysfonctionnelle en pleine figure, rétorque-t-il avec une grimace.

Oh ! il est encore en train de penser à la rencontre avec sa tante, comme moi. Ça doit faire partie des quinze minutes les plus bizarres de ma vie.

— Tu crois que tu vas rester dans ta boîte… comment ça s'appelle ? *La Ville la nuit* ? demande Fin.

— Pour le moment, oui. J'ai un crédit à rembourser et un chat à élever. La question, c'est plutôt : est-ce que *La Ville la nuit* va rester chez moi. Il n'y a pas mille façons de gagner sa vie en écrivant des saloperies ces temps-ci.

— Qu'est-ce que tu aimerais faire ? C'est quoi, ton job de rêve ? Écrire, j'imagine ?

— Oui, tu vois ces longs reportages dans le *New York Times*, ou comme on en faisait dans *Vanity Fair* ? Des milliers de mots, merveilleusement écrits, par des journalistes qui avaient des mois pour creuser leur sujet. De vieux scandales hollywoodiens à la villa Pickfair, ou une investigation sur un crime, tu vois ? Du genre qui finit en bouquin. Comme celui sur le Golden State Killer.

— Tu vois la vie du bon côté, hein ? plaisante Finlay.

— Eh bien, il y a des chansons de The Cure sur moi, dis-je avant de pouvoir m'en empêcher.

Fin sourit, mais rougit aussitôt. Je me demande s'il regrette de m'avoir avoué ce souvenir. Je me demande ce qu'il a dit et fait par pure spontanéité. Je me demande d'où sortait cette conversation « est-ce que tu aimerais parfois arrêter de jouer la comédie ».

— Plus sérieusement, oui, je vois ce que tu veux dire, reprend-il. Sur l'écriture. Ça a vraiment l'air chouette. Comment tu accèdes à tout ça ?

— Je n'en ai aucune idée, dis-je. Et puis il faudrait une machine à remonter dans le temps pour retrouver l'âge d'or de la presse écrite et des budgets corrects.

— J'aurais bien besoin d'une machine à remonter dans le temps. Il y a de la place pour deux ?

— Je redoute l'utilisation que tu pourrais en faire, dit-je avec un sourire pour désamorcer toute pique.

— Moi aussi, je redoute l'utilisation que je pourrais en faire.

Un silence éloquent s'installe. J'ai l'impression de devoir le briser, d'autant que c'est certainement la dernière fois de ma vie que je verrai le frère de Susie.

— On retournerait tous les deux quelques mois en arrière pour dire à Susie de regarder de l'autre côté, n'est-ce pas ? demandé-je sans détour, la peine me rendant fruste.

— Oui, répond Finlay en me regardant. On le ferait tous les deux.

Après un autre silence, il dit :

— Merci.

— De quoi ?

— De partir du principe que je ne voulais pas que ma sœur meure.

— C'est… évident, non ?

— Le membre de ma famille que nous avons rencontré avant de retrouver mon père ne serait pas de cet avis, commente Fin en resserrant ses mains autour du volant, scrutant la route avec intensité.

S'il était un mannequin si parfait sur cette photo, c'est grâce à sa capacité de revêtir une expression vide et dure. On ne sait jamais à quoi il pense.

— Elle t'a accusé de négligence, mais elle ne penserait tout de même pas que tu voulais que Susie… ?

C'est une idée si ubuesque que je ne suis même pas capable de finir ma phrase.

— Oui, la barre est vraiment si basse, dit Fin d'une voix tendue. Je pensais que c'était sous-entendu dans la conversation qui a suivi : « La grippe espagnole a tué des millions de gens. »

Il quitte la route des yeux pour m'adresser un rictus ironique en disant cela.

Qu'on me répète mes mots hors contexte me fait bouillir.

— C'était ton analogie, je ne voulais pas dire que tu étais littéralement capable de meurtre ! Je n'ai jamais pensé une seule seconde que tu voudrais du mal à Susie, m'écrié-je.

Je suis contente que cela soit vrai au moins, malgré mes insinuations « Finlay Hart est un tueur » faites dans un café en ne plaisantant qu'à moitié, il y a tout juste quelques semaines. Et je le comparais secrètement à un assassin sur le trajet aller.

— C'est insensé.

Finlay me regarde et m'adresse un sourire triste.

— À nouveau, désolé de t'avoir ainsi exposée à ma famille, dit-il, mettant fin à la conversation de manière diplomatique.

Je suis tiraillée entre une affection complexe et une sensation perceptible de regret. Je demande :

— Je peux te poser une question personnelle ? La règle habituelle du « ça ne te regarde pas » s'applique.

— Oui, répond Fin, les yeux toujours braqués sur la route.

— Pourquoi ta mère ne t'a pas dit qu'elle était mourante ?

Il y a une pause épouvantable pendant laquelle j'ai peur d'avoir posé une question affreuse.

— … Parce que j'étais la dernière personne qu'elle voulait voir pendant le peu de temps qu'il lui restait, j'imagine, dit Fin. Littéralement, puisque je n'ai été prévenu que lorsqu'elle est entrée en centre de soins palliatifs. J'étais tellement énervé, vexé. J'ai attendu une semaine avant de rentrer. Et elle était déjà partie. Ma tante avait raison. Ce que Susie a dit était vrai. Je ne suis venu que pour l'enterrement.

Je me risque à couler un regard vers lui et, pendant une fraction de seconde, je crois voir des larmes briller dans ses yeux, mais en un clin d'œil, elles ont disparu.

— Désolée, dis-je doucement, impuissamment.

Je veux lui demander la raison de l'indifférence de sa mère, mais c'est une question trop lourde à poser, si aucune explication n'est offerte.

Je sais désormais pourquoi j'ai ressenti un tel vide après que nous avons retrouvé M. Hart – il était le but de notre mission, et pourtant il a fini par m'apparaître comme une interruption. J'étais en train de percer un mystère, et le processus s'est arrêté net. Je passerai le reste de ma vie à me demander ce qui se cachait derrière les écrans.

Estime-toi heureuse !

Pour la première fois, l'intervention de ma Susie imaginaire m'agace. Je veux la mettre au défi – je n'arrive pas à concilier son Fin avec ce Fin. Il manque quelque chose dans cette histoire, et je vais risquer cette opinion : je ne crois pas que ce soit son cœur.

— C'est ici ? dit Fin en faisant remonter la voiture le long de ma rue, en direction de ma maison.

— Oui, c'est ici, fais-je, résignée.

Il se gare, éteint le moteur, et je crois qu'il va dire quelque chose, mais il détache sa ceinture pour pouvoir sortir et sortir ma valise du coffre.

— Merci pour ton aide, dit-il après avoir refermé le coffre.

— Je n'ai pas été d'une grande aide, en fait. Désolée.

— Si, au contraire.

— Merci.

— Prends soin de toi, Eve. Et si jamais tu viens à Brooklyn et que tu ne sais pas où dormir…

— Idem, mais pour Carrington, dis-je en désignant ma maison, et nous éclatons de rire.

— Attention, je pourrais te prendre au mot, riposte Fin, et j'espère que mon expression reste ferme et neutre alors qu'il me regarde par en dessous.

Je tends la main pour qu'il la serre, surtout pour trouver une façon de clore le voyage. Fin la regarde, la prend, et s'en sert pour me tirer contre lui dans une étreinte brève mais puissante. Ne pouvant pas glisser mon autre bras autour de lui à cause de ma valise, je presse mon visage contre son torse. Il sent follement bon pour un homme qui vient de passer cinq heures dans une voiture. Pourquoi est-il si reconnaissant envers moi ? Il met ça sur le compte des bonnes manières, mais je sais dans mes tripes qu'il y a plus que ça. Est-ce parce que bien s'entendre avec la meilleure amie de Susie est ce qui le rapprochera le plus d'une réconciliation avec sa sœur ?

Il part sans dire un mot de plus, sans se retourner, et je ne connaîtrai jamais la réponse.

36

Le timing peu opportun d'Édimbourg me ramène au travail un mercredi, ce que personne ne fait jamais, et je dois faire comme si c'était mon plan depuis le début, sans parler de ce qu'était mon « plan » au juste.

— Je pensais que tu ne revenais pas avant la semaine prochaine !

Cette remarque que Lucy lance innocemment me met dans l'embarras. Heureusement, l'explication que je marmonne, à savoir « On a eu une promo sur Wowcher, donc on ne pouvait pas choisir les dates », semble faire l'affaire.

— Quel hôtel ? demande Lucy.

— Le Waldorf.

— Bordel de nouilles, le *Waldorf* fait des promos ? s'étonne Phil.

Phil me regarde tel un suricate par-dessus son écran, lequel est entouré de guirlandes lumineuses tandis que lui est déguisé en lutin, avec un pantalon trois fois trop grand et une grosse ceinture remontée très haut. Dès qu'on arrive en décembre, Phil – allant étrangement à l'encontre de sa personnalité d'ours mal léché – adopte toute la panoplie de Noël et insiste pour grignoter des Quality Street en permanence.

— Airbnb a dû vraiment impacter le secteur, dis-je avec un hochement de tête savant.

— T'y es allée avec un petit ami ? demande Phil.

— Non, ami.

— Pas sûr que je gaspillerais Noël au Waldorf avec une amie, déclare Lucy. Je pourrais être aussi bourrée au Travelodge[1] et dépenser mon argent en chaussures.

— Ce n'était pas *une* amie, Lucy, rétorque Seth en me souriant. C'est juste que ce n'est pas un petit ami, je me trompe ?

— Oh ! belle déduction, dit Phil en nous regardant tour à tour. Ne nous prends pas pour des idiots, Harris !

— Phil, tu portes un bonnet à rayures avec un grelot, une paire d'oreilles pointues en caoutchouc et un T-shirt qui dit JE SUIS UN LUTIN DU PÈRE NOËL.

J'ouvre l'écran du jour.

TEQUILA ! Elle vous rend heureux. Ou très malade. Pas d'entre-deux avec la tequila, n'est-ce pas ?

Venez apprendre à préparer des margaritas avec Les Rois de la tequila.

Mon Dieu, c'est tellement abrutissant. À tel point que je cherche « cours d'écriture créative » sur Google pendant ma pause déjeuner et fais semblant d'être encore en vacances le soir en me commandant indien, menant un combat perdu d'avance contre Roger qui fourre son nez dans les récipients en aluminium remplis de pois chiches au curry.

J'hésite à écrire à Fin pour savoir comment va son père, mais toutes mes ébauches me semblent maladroites, artificielles, et ce n'est pas tellement mes oignons.

C'est étrange : c'est comme si le voyage en Écosse avait fait souffler un vent nouveau sur ma vie et que j'ai à présent pleinement conscience de la touffeur de ces pièces. Finlay Hart a peut-être un tas de défauts, mais il sait aller de l'avant. Même les plafonds de ma

1. Chaîne hôtelière britannique.

maison me semblent plus bas. Peut-être est-ce l'effet inévitable du Waldorf.

Le vendredi soir, je descends du bureau à pied pour aller à la gare, en tirant ma valise et luttant avec un sac de courses rempli à ras bord, grâce à un message WhatsApp de Justin en milieu d'après-midi à propos de la logistique d'organisation de son anniversaire :

EEEEEEV ! Trop hâte de te voir ce soir. Est-ce que tu peux apporter si possible un gros poulet fermier, des grandes allumettes, du Schweppes Light (devine qui on a mis au régime pour le mariage ? Un indice : c'est pas la mariée) et un litre de crème fraîche ? JE T'AIME TOUT ÇA TOUT ÇA. xxx

Je dois prendre un train en heure de pointe pour Derby, puis attendre en frissonnant qu'un taxi vienne me chercher pour m'emmener au cottage au milieu de nulle part. Je suis nulle pour évaluer les distances et je n'ai pas pensé à prendre un Uber, ce qui fait que le taxi local me coûte un paquet de thune pour quarante-cinq minutes de trajet.

Quand nous nous garons enfin dans une flaque de boue devant le portail en bois, je meurs de faim et maudis intérieurement Justin de ne pas avoir organisé son anniversaire chez Pizza Express comme une personne normale. Je pourrais être joyeusement pétée au blanc maison et avoir le ventre rempli de pizza balls en ce moment même. Justin m'avait prévenue qu'ils auraient certainement mangé avant que j'arrive, puisque j'arrive tard, ce qui est aussi bien vu mon retard catastrophique.

Le cottage a quatre cents ans, au dire de Justin, et on y accède par une pente périlleuse après avoir ouvert le portail et refermé le portail – et pourquoi diable n'y a-t-il pas d'éclairage extérieur ? !

— Putain de ploucs ! crié-je en trébuchant dans la boue, glissant sur les fesses jusqu'à la porte.

— Oyez ! Je crois reconnaître les manières impeccables d'une ancienne élève du Cheltenham Ladies' College…

Un éclat de lumière apparaît dans la nuit noire devant moi (j'oublie toujours qu'il fait un noir total à la campagne) et auréole Justin, qui porte un bonnet à pompon et tient un grand verre de rouge à la main.

— Ça fait un peu *Withnail et moi*[1], non ? Bienvenue à Crow Crag ! Calme-toi, Leonard, ce n'est qu'Eve ! dit-il au chien, que je ne vois pas mais entends.

— Tu ferais mieux de me servir la même chose, et plus vite que ça, dis-je.

Je peine à gagner la porte, retire mes chaussures sales avec les pieds, enlève mon manteau, et tends le lourd sac de courses à Justin.

— Oh ! t'es un ange. Charles et Diana sont par ici, tu trouveras la bouteille de vin et les verres dans la cuisine au passage. Suis le chien format sac à main.

Je me penche pour caresser Leonard, qui bondit à mes pieds. Les poutres du cottage sont si basses que je dois me baisser pour passer les portes. Dans le salon, Ed et Hester lèvent les yeux vers moi, parfait couple de magazine, côte à côte dans leurs gros pulls à la lueur du feu qui craque dans la cheminée.

— Bonsoir, Eve ! chantonnent-ils tandis que Leonard reprend sa place dans un fauteuil.

Je les salue en levant mon verre, soulagée que la dispute de la veillée remonte à suffisamment longtemps pour qu'on fasse comme si de rien n'était. Ed m'adresse un regard un peu gêné, et je souris pour lui assurer que tout va bien. Aussi bien que possible.

Justin m'apporte une assiette de ragoût à la purée, et on me demande de faire un résumé d'Édimbourg entre deux bouchées.

1. Film culte au Royaume-Uni, cette comédie grinçante suit l'histoire de deux acteurs désabusés qui partent se changer les idées dans un cottage isolé, en pleine campagne.

J'en fais un rapport bref et positif.

— Comment était le frangin, il a gardé son amabilité à la Nosferatu ?

— Plutôt un Oui-feratu pour moi, dit Justin.

Je n'ai pas réfléchi à l'avance à ce que j'allais répondre à ce genre de questions, auxquelles je pouvais pourtant m'attendre. J'avais l'esprit occupé par des tâches plus importantes. Comme me souvenir du regard que m'a lancé Finlay Hart dans une chambre d'hôtel plongée dans la pénombre.

— Il était… bien, en fait. J'ai fini par beaucoup l'apprécier. Je pense qu'il était sur la défensive quand nous l'avons rencontré, parce qu'il savait qu'on aurait une mauvaise opinion de lui.

— On avait une mauvaise opinion parce que Susie nous a dit que c'était un vrai connard. Échec et mat.

— Qui crois-tu mettre en échec, moi ? demandé-je à Ed.

— Lui, principalement.

— Eh bien, je le connais mieux.

— Quoi, après quelques jours à vous balader à Arthur's Seat, tu affirmes que tu le connais mieux que sa propre sœur ? se moque Ed.

— Peut-être, en un sens, oui, dis-je en voyant le front d'Ed se plisser davantage, trahissant son incrédulité.

— Quoi ? ! crache-t-il.

— Tu veux dire que tu le connais mieux parce que Susie n'a jamais couché avec lui ? me demande Justin en pressant ses mains l'une contre l'autre en signe de prière. Est-ce que tu t'es *assise* sur le siège d'Arthur ? Je t'en supplie, dis-moi que oui, et rapporte-moi des nouvelles du Nouveau Monde érotique. Ma vie sexuelle est sur des parpaings, là.

— Désolée de te décevoir, mais non, dis-je en évitant le regard d'Ed, évitant ainsi de jauger sa réaction ou son soulagement.

C'est nouveau. Ça m'est égal de savoir ce qu'en pense Ed ? Son opinion a été mon étoile Polaire pendant longtemps. Je teste de nouveau mes sentiments à cet égard… *il est jaloux, ça ne te fait rien ?* Non, rien du tout.

— Hahaha, elle ne nous le dirait pas si elle l'avait fait, Justin, intervient Hester.

Je la regarde : elle joue avec une mèche de ses cheveux d'un blond or près de son oreille, croisant ses jambes galbées dans un jean noir moulant, sa bouche éclatante peinte de son rouge à lèvres Mac préféré, « Lady Danger ». Hester est tellement décorative, putain.

Je vois parfaitement au tic sarcastique de sa bouche cramoisie qu'elle ne m'a pas pardonnée pour la prise de bec à la veillée et que cela a au contraire débloqué un nouveau niveau d'inimitié. *Challenge accepted.* Dans les pugilats entre femmes, ne vous fiez jamais aux vœux pieux des hommes.

Ed fronce les sourcils en descendant son vin.

— Je vous le dirais. Pourquoi est-ce que je vous le cacherais ? dis-je.

— Parce que tout le monde le trouve odieux, répond Hester en haussant une épaule, avant de se servir un autre verre de vin.

— Si je voulais coucher avec lui, ça me serait égal que vous le trouviez odieux, riposté-je.

La conversation est passée de bavardage insouciant à lourds sous-entendus, dans un sens comme dans l'autre.

— Si tu le dis, marmonne Hester.

Elle tape les coussins du canapé d'une main avant de s'y réinstaller.

— Oui, je le dis. Puisque je connais mon processus de prise de décision mieux que toi.

— Ça c'est bien vrai, grommelle-t-elle dans sa barbe.

Justin a l'air déconcerté par cet appel immédiat à la guerre.

Ed garde les yeux rageusement rivés sur le feu de cheminée en descendant son vin. Je ne crois pas qu'il pense que j'ai couché avec Finlay, ce qui signifie que c'est le simple fait que je l'apprécie qui met Ed dans une telle colère. Pensait-il vraiment avoir le droit de me contrôler ?

— Susie le méprisait, déclare-t-il.

— Tu m'as demandé mon avis sur lui, pas celui de Susie, dis-je d'un ton tranchant.

— Qu'est-ce qui te fait penser qu'elle se serait trompée sur lui ?

— Elle n'avait pas raison sur tout, dis-je en regardant Ed dans les yeux.

Il sent la menace et ne répond rien.

— Elle n'a pas dit qu'il avait été mannequin ? demande Justin à la hâte, désespéré.

— Je croyais qu'il était psychiatre ? dit Hester.

— Il est *quoi* ? ! tonne Ed, ravi d'avoir un nouvel angle d'attaque, des flammes de plaisir satanique dansant dans les yeux. C'est un mannequin-slash-psy. Parlez-moi de votre relation avec votre… – Ed tourne la tête, puis la ramène avec une moue exagérée – … *père.*

— Il est psychologue et, pour être honnête, il semble avoir réussi avec brio. Il ne manque pas de thunes, dis-je en rendant mon assiette vide à Justin.

Autant provoquer Ed sans raison, à ce stade.

— Il soigne des personnes très célèbres, si célèbres qu'il n'a pas pu me dire leurs noms.

— Pratique. Les gosses de riches réussissent toujours, riposte Ed en haussant les épaules.

— À ce compte-là, Susie était une gosse de riches.

— Oui, mais je ne crois pas qu'elle le niait.

— En quoi Fin l'a-t-il nié ?

— Il sera encore plus riche quand papa sera parti. Tu as fini par découvrir s'il faisait des manigances pour changer le testament de son père ? me demande Justin.

— Non, dis-je.

Je suis indécise sur ce point. J'imagine mal Fin se dresser derrière son père gâteux pour l'encourager à signer sur une ligne en pointillé, mais il faut dire qu'il s'est passé beaucoup de choses que je n'aurais jamais imaginées.

— Bon sang, ce pauvre petit vieux, reprend Ed. Il a perdu sa femme, sa fille et la boule, et un jour la décision d'arrêter les machines reviendra à ce gars-là.

— Tu veux un dessert, Eve ? propose Justin de sa voix guillerette de ménagère « détendons-l'atmosphère-si-vous-voulez-bien ». C'est un gland pâtissier avec un glaçage rose.

— Tu plaisantes ?

Leonard saute de son fauteuil et se met à aboyer.

— Je ne plaisante pas, et mon goinfre de fils non plus.

Ed et Hester sont les premiers à aller se coucher, dans la chambre parentale avec salle de bains attenante à l'avant du cottage, assez loin pour qu'on ne craigne pas de les déranger en restant debout.

Justin a posé une lampe-tempête sur la table de pique-nique dehors dans le noir glacial, pour pouvoir fumer. Il m'a encouragée à m'emmitoufler dans mon manteau et a rerempli mon verre.

— Dix minutes, grand max. C'est mon *week-end d'anniversaire.*

— Cet accueil est aussi chaleureux que celui que m'ont accordé Ed et Hester, dis-je dans un murmure en claquant des dents.

Je caresse Leonard, qui pousse des cris plaintifs et finit par retourner à l'intérieur.

— Il y a de l'ambiance entre ces deux-là, dit Justin à voix basse avant de tordre sa bouche pour souffler sa fumée sur le côté. Hier soir, c'était « tu peux me passer le sel, S'IL TE PLAÎT ». J'ai l'impression que planifier un mariage en quelques mois chrono les épuise. Je ne comprends pas l'urgence. Hester n'a pas arrêté de picoler, donc ce n'est pas *ça*.

— Tu es au courant pour ma dispute avec Hester à la veillée ?

Justin secoue la tête.

— Accroche-toi…

Je raconte tout à Justin, de la lettre perdue dans le dégât des eaux à la découverte, la veille des obsèques, de celle de Susie dans une boîte à secrets qui évoquait la baise à Rock City.

— Je sais que tu étais au courant pour Susie, mais, moi, je n'en savais rien.

Ces révélations ne me sont pas difficiles, peut-être parce que je me suis entraînée avec Finlay. Pour la première fois, je prends pleinement conscience que j'aurais dû dire à Susie, à Justin, et même à Ed ce que je ressentais, à l'époque où ça avait de l'importance. Cette information puisait sa source de nuisance perpétuelle en partie dans son inexpression.

Une fois encore, je teste mes sentiments : j'imagine Ed et Susie enlacés dans des toilettes, les longues jambes de Susie enroulées autour de lui, les grognements primitifs d'Ed. Non… rien ? Un genre de curiosité anthropologique, mais aucune affliction. Oui, je me sens bête qu'on m'ait caché la vérité pour me protéger, comme si j'étais un genre de Mrs Rochester[1] fragile et hystérique. Mais je n'ai pas cette impression qu'un médecin aux mains froides m'arrache l'estomac. Peut-être parce que j'ai bu beaucoup de vin.

— Tu ne le savais pas ? Je pensais qu'on était tous au courant mais qu'on n'en parlerait plus jamais. Le coït le plus macabre depuis Steve Coogan et Courtney Love. Brrrr.

— Non. Susie ne me l'a jamais dit parce qu'elle pensait que j'étais amoureuse d'Ed.

— C'était le cas ? demande Justin.

— Oui.

— Et aujourd'hui ?

— … Je ne sais pas.

— Holà, laisse-moi prendre un cendrier, là, dit Justin à présent que s'organise une conversation de fin de soirée profonde et sérieuse. Pourquoi j'ai choisi une maison non-fumeurs ? J'ai fait passer le wi-fi en priorité. Personne n'a besoin de ces conneries « havre de paix et de tranquillité complètement coupé du monde ».

— Elles doivent toutes être non-fumeurs maintenant. Et puis, tu ne viens pas d'arrêter de fumer ?

— J'ai repris le jour où Susie est morte.

1. Personnage de *Jane Eyre*, de Charlotte Brontë.

Justin revient avec une tasse à café et y dépose sa cendre de cigarette.

— Plongeons dans ce Grand Non-Dit. Je pensais que c'était mutuel, et Susie aussi, reprend Justin. On disait tout le temps : « Pourquoi Ed ne lui dit pas ? Le choix n'est pas cornélien ! »

— Vraiment ?

Cela réconforte un peu mon ego.

— Qu'est-ce qui vous faisait croire qu'on était amoureux ? Flûte, j'étais si transparente que ça ?

— Hahaha, s'exclame Justin avant de tirer sur sa cigarette. Non, ce n'était pas un truc en particulier. Plutôt votre façon de vous regarder, la tension sexuelle. Ed était obnubilé par toi en première. C'est aussi pour ça que j'ai été si surpris qu'il se case dès la première année de fac, j'ai cru que c'était pour rebondir après t'avoir loupée. Et puis… voilà. Tu connais la suite de l'histoire. De l'*Hestoire*.

— Pourquoi Susie ne m'a jamais rien dit ?

— Parce qu'elle devait penser que ça te mettrait mal à l'aise ? Et une fois qu'elle avait couché avec Ed sous l'emprise de l'alcool, c'était bien trop dangereux d'un point de vue politique. Je veux dire, si j'ai fait un truc dont j'ai honte, je l'évite comme la peste, après. Le déni est un mécanisme de défense largement sous-estimé.

— J'imagine. Pourquoi crois-tu que c'est arrivé ? Ed et Susie.

— Parce que les jeunes de vingt-quatre ans ne pensent qu'à ça ? Je ne sais pas. Pour moi, c'était sûr qu'Ed finirait avec une de vous deux, depuis le jour où on vous a rencontrées. Nous nous aimions tous, et l'amour, c'est salissant.

Je ris. J'aurais aimé discuter de tout ça avec Justin plus tôt.

— Suze aimait savoir qu'elle pouvait avoir tous ceux qu'elle voulait, et Ed n'est pas du genre à repousser l'attention d'une femme.

— Même au risque de me blesser ? dis-je, plus comme une affirmation qu'une question. Je sais que je n'avais aucun droit sur lui. Ce n'est plus de la contrariété ni de la colère, c'est juste que je ne comprends pas pourquoi.

— Hmmm, oui, mais. Suze avait un côté impitoyable, dit Justin, les yeux rouges dans la lueur de la bougie. Moi aussi. On le reconnaissait l'un chez l'autre. Je veux me souvenir d'elle telle qu'elle était vraiment et, telle qu'elle était vraiment, elle avait des côtés moins jolis.

Je hoche la tête, et songe à ce qu'a conceptualisé Finlay, que Susie est entrée par effraction pour mener l'enquête. Que notre différentiel clé était que j'étais éperdument amoureuse en permanence, tandis que Susie ne savait pas ce que ça faisait de l'être.

Je pensais que perdre Susie puis découvrir ce secret impliquaient forcément que je ne saurais jamais pourquoi elle avait couché avec Ed. Au fond de moi, je suis persuadée d'avoir une réponse plus complète grâce à la vision de Finlay que celle que m'aurait donnée Susie.

Je contemple les collines d'un noir d'encre autour de nous, ponctuées seulement par les tuiles illuminées de jaune ici et là sur les maisons alentour. Je ressens un surprenant pincement au cœur de ne pas être près de Finlay. Ça me manque de regarder ce visage fermé, d'une beauté hostile, en me demandant ce qu'il va dire ensuite. Ce qu'il se passe dans sa tête. Finlay Hart me manque, n'est-ce pas étrange ?

J'entends Susie dire : *Perverse !*

— Je voulais te demander si tu approuves quelque chose, dit Justin. Je vais reprendre contact avec Francis.

— Francis, ton ex ?

— Oui. J'ai eu une révélation. Il était super, et je l'ai traité comme de la merde.

— D'accord.

— Je n'étais pas prêt pour être en couple. Je le suis aujourd'hui. Mais je ne sais pas si revenir en rampant un an après, en arguant que je suis plus vieux, plus sage et en deuil, c'est pas se foutre de la gueule de celui qui était déjà un être humain parfaitement équilibré à trente ans et qui a dû m'écouter dire que je n'avais pas couché avec assez de mecs pour me caser.

— Il n'y a qu'une façon de le savoir. Ne laisse pas ta fierté primer sur ta chance en amour, dis-je.

— Ce n'est pas scandaleux comme approche ? Le postulat de départ n'est pas vexant ?

— Pas pour moi, mais c'est à Francis de décider.

Justin hoche la tête.

Nous sursautons tous les deux quand la porte s'ouvre derrière nous et qu'Ed, en robe de chambre, passe sa tête par l'ouverture.

— Vous ne mourez pas de froid ?

— On allait rentrer, mon besoin de nicotine est satisfait, dit Justin. On t'a réveillé ?

— Non, j'arrivais pas à dormir, répond Ed.

Je rentre la lampe-tempête dans la cuisine, et Justin nous propose du whisky.

— Je vais finir mon vin, merci, dis-je en levant la paume de la main.

Je ne suis pas arrivée à trente-quatre ans sans connaître la règle des week-ends entre amis et autres enterrements de vie de jeune fille – tout le monde boit à outrance le premier soir et est en capacité réduite pour le reste du séjour.

— Alors, vous refaites le monde ? demande Ed.

— On a beaucoup de chagrin à noyer, d'une manière ou d'une autre, dit Justin avant de lever son verre. À Suze. Qui aurait fumé une clope avec moi et serait en train d'essayer de faire une boule de neige.

Nous trinquons et je ressens ce vide si pesant au creux du ventre, parce que j'ai passé un autre cap dans mon chagrin – j'ai oublié de remarquer l'absence de Susie. J'ai pris son absence pour acquise. Nous sommes plus calmes sans elle, l'énergie ne vibre pas de la même manière.

Nous parlons de choses et d'autres, mais cette prise de conscience m'a fait dessoûler. Et puis, il y a un truc qui cloche dans notre dynamique de groupe.

Ed n'arrête pas de me lancer des regards furtifs. J'ai l'impression qu'il est nerveux en ma présence, qu'il cherche mon attention, ou mon assentiment.

— Je vais vous laisser entre mecs, dis-je en caressant les oreilles de Leonard.

Ed semble déconfit.

— Ça ne te ressemble pas de te coucher en premier ?

— Je me ménage.

Au lit, la couette qui sent « chez les autres » remontée jusqu'au menton, j'entends les pas de Justin et d'Ed faire craquer l'escalier en bois quand ils montent se coucher.

Je sais pourquoi Ed se comporte bizarrement. Il pense devoir faire des efforts pour récupérer ce qu'il prenait autrefois pour acquis. Il a peut-être raison.

37

Je me réveille tôt et d'humeur constructive, et je me fais des tresses, ce que je n'ai pas fait depuis des années – à cause des hommes dans les publicités qui tiraient dessus comme pour sonner les cloches, je craignais que cela ne soit pris comme un appel à l'attention masculine. Alors que je fais passer d'épaisses mèches de cheveux entre mes doigts, je pense à Finlay Hart disant qu'à ses yeux je n'étais pas une ratée. Il doit prendre l'avion aujourd'hui, ou demain. Il est peut-être dans le ciel en ce moment même.

Je me représente mentalement l'image de Finlay Hart en train de vérifier à quelle porte est annoncé son avion, de poser sa montre en cuir dans le plateau à la sécurité, de se préparer à monter à bord : j'en ai le ventre noué.

Cet élancement me pousse à me rejouer le procès des Gens contre Finlay Hart pour la énième fois. « Poison. » Le Fin que j'ai rencontré, et celui de mes souvenirs d'enfance, peut se montrer distant, voire déconnecté. Peut-être même solitaire. « Tu avais l'air très soucieux, pour une enfant. Peut-être que j'étais bien placé pour le savoir. » Avec toute cette animosité qui tourbillonne autour de lui, tout ce que je détecte chez lui, c'est une tristesse insupportable. Et dans cette histoire de grippe espagnole, était-il la maladie ou ses symptômes ? Ou les deux ?

Je l'apprécie. Je ressens pour lui une affinité que je ne peux pas m'expliquer, et je crois que c'est réciproque. C'est là où il voulait en venir en me parlant de la chanson entendue au jukebox de ce bar hipster à New York.

Je descends sans un bruit et fais une montagne d'œufs brouillés avant que les autres ne se réveillent, galvanisée par ce sentiment agréable d'être debout et utile quand tout le monde dort.

Malheureusement, c'est Hester qui se lève en premier, mais cela nous fait probablement du bien d'être forcées de nous faire la conversation – avec raideur – pendant les quinze minutes qui s'écoulent avant qu'Ed entre dans la salle à manger, rougi par la douche.

— C'est toi qui as fait tout ça ? Je suis impressionné, dit-il en apportant une autre assiette de pain grillé sur la table.

Je hausse les épaules.

— Oh ! tu sais, je me suis réveillée tôt, je ne sais pas pourquoi.

— Et tu as trouvé le temps de te faire la coiffure de Dorothy dans *Le Magicien d'Oz*, dit-il.

Je prends soin de passer de l'autre côté de la table pour m'asseoir à côté de Hester, de peur qu'il ne tire sur mes tresses pour plaisanter.

— On te le pardonne parce que tu as l'air si jeune.

Hester fusille Ed du regard.

— C'était des couettes, pas des tresses.

— Ah oui, fait Ed, puis il boit son jus d'orange.

— Et moi qui me ronge les sangs pour ma coiffure pour le mariage, je parie que je pourrais mettre un bonnet, tu t'en ficherais, dit-elle.

— Hahaha. Et les demoiselles d'honneur avec des chapeaux Guinness en mousse.

Justin entre dans son pyjama de grand-père, bâillant, Leonard à ses pieds, aboyant.

— Oui, Leonard, il y a une boîte de Chum dans notre valise, si Ed ne l'a pas mangée. Calme-toi.

— Bonjour les garçons ! dis-je. Les œufs sont au chaud dans le four.

— Putain, t'es sous amphétamines ? Je te croyais *wiccane*. Je ne pensais pas que tu te lèverais avant qu'il refasse nuit.

Je glousse. Ce samedi a quelque chose d'étrange et je sais ce que c'est. Pour la première fois depuis la mort de Susie, je ressens une lueur de bonheur. C'est un bonheur très faible, comme une ampoule qui clignote, mais il n'empêche qu'un sentiment semblable au bonheur s'allume et s'éteint en moi.

« La seule chose qu'il te manque, c'est de la confiance en toi. »

Est-ce vrai ? Je m'accroche à cette idée et en trace les contours rassurants, comme une pierre polie dans ma poche.

Après le petit déjeuner, nous nous couvrons bien et allons faire un tour, oubliant que cette période de l'année est totalement inhospitalière pour une bande de citadins ahuris qui se baladent dans la nature sauvage sans protection suffisante ni chaussures adaptées. C'est marrant pendant deux heures, puis une certaine fatigue s'installe et nous sommes toujours au milieu de nulle part. Nous comprenons que nous sommes franchement paumés, par opposition à gentiment paumés.

Ed a ouvert Google Maps sur son téléphone et Hester est debout à côté de lui, se serrant dans ses propres bras, menton contre la poitrine. Justin tourne sur lui-même au loin, les bras grands écartés, tandis que Leonard court en rond autour de lui sur ses petites pattes bondissantes. Justin crie :

— On est partis en vacances par erreur !

— Il est déjà bourré ? me demande Ed, agacé.

L'intervention de Susie me manque à cet instant ; elle aurait su gérer l'exubérance de Justin et la misanthropie bougonne d'Ed en une ou deux répliques bien senties.

À vrai dire, en montant les collines et en descendant les vallées d'un pas lourd, j'ai compris la méthode dans la folie rurale de Justin. Quand j'inspire l'air frais à pleins poumons et me concentre sur le mouvement de mon corps, le chagrin s'atténue. Faire du sport, ça aide.

— Bien, selon mon téléphone, il y a une petite taverne ou auberge dans cette direction, dit Ed en montrant l'horizon. Si Dieu le veut, nous devrions y arriver avant la nuit.

— Tu plaisantes ? lance Hester.

— Oui, c'est à une vingtaine de minutes, si on se bouge les fesses.

— Putain, merci.

Je me rends compte que je n'ai pas entendu Ed et Hester échanger un seul mot gentil depuis mon arrivée. Comment ça se fait ? Ils devraient être en pleine euphorie prémariage, non ?

Comme promis par Ed, nous trouvons un point de ravitaillement dans un pub de village où nous mangeons des petits pains blancs spongieux avec du fromage râpé – et Leonard aussi, en douce –, de la salade iceberg avec des poivrons verts et une tonne de frites grasses faites à la friteuse des années 1970, le tout arrosé de pintes d'une bière brune qui a un goût de crackers et de chaussettes. Entre la faim, la fatigue et les séquelles de la petite panique qui nous a tous saisis avant de trouver cet endroit, c'est un festin grandiose.

Après avoir été trempés jusqu'aux os sur le chemin du retour, Leonard emmitouflé dans le manteau de Justin avec juste la tête qui dépasse, nous arrivons enfin au cottage. Ed fait le feu et Justin sort une bouteille de champagne du frigo.

— Au fait, je sais que c'est un sujet un peu lourd, mais nous devons décider de ce que nous voulons faire des cendres de Susie, dit Ed en s'époussetant les mains.

Justin pose quatre flûtes sur le coffre marin qui fait office de table basse dans le salon.

— C'est plus difficile de trouver un endroit pour une personne qui n'aimait pas trop le grand air, non ? dis-je. On ne peut pas vraiment disperser Susie au Searcys Bar de St Pancras. On pourrait aussi demander à Finlay ce qu'il veut.

— Ça lui serait égal, dit Ed.

— Je ne crois pas. Dans tous les cas, il a voix au chapitre.

— Il n'a même pas été foutu d'aller au crématorium pour réclamer l'urne.

— Il habite aux États-Unis. Comment aurait-il pu le faire si tu l'avais déjà demandée ?

Ed marque un temps d'arrêt.

— Que s'est-il passé au juste à Édimbourg pour que tu passes de « son psychopathe de frère essaie de détourner la fortune de son père » à « ça lui tiendrait à cœur, c'est un mannequin-slash-charlatan sensible qui est canon en leggins pour hommes » ? dit Ed en prenant une voix aiguë pour imiter la mienne. Ou ai-je répondu à ma propre question ?

— C'est bon, j'en ai assez, putain, s'écrie Hester, sa voix tranchant l'air comme un scalpel nous foutant la chair de poule.

— Assez de quoi ? demande Ed avec prudence.

— De ton obsession pour elle.

Hester me pointe du doigt sans me regarder.

Un silence sinistre se fait.

38

— Vous avez, ou avez eu, une liaison, c'est ça ? demande-t-elle, les bras croisés.

Elle vibre comme une personne shootée par l'adrénaline de la révélation destructrice qu'elle retient depuis longtemps et s'apprête à faire.

Ed, rouge comme une tomate, s'écrie :

— Non !

— Oh que non, dis-je, m'éclaircissant la gorge.

On croirait que le monde entier a mis les bruits de fond en silencieux et que la scène se déroule en Dolby Surround, comme au cinéma.

— Oh ! comme si j'allais croire un mot de ce que tu dis, me lance Hester. Avec tes grands yeux tristes et tes digressions tellement amusantes, à essayer de camper la femme à chat pathétique éternelle célibataire, une Velma[1] de vide-grenier. T'es une putain de plaie en robe à pois, ma vieille.

Justin, qui est en train de retirer l'aluminium du bouchon de champagne, a les yeux qui lui sortent de la tête, comme la fois où il a pris trop de psychotropes à Glastonbury. Nous sommes tous en train d'éprouver une sensation similaire à une chute libre dans une cage d'ascenseur.

1. Personnage de la série *Scooby-Doo*.

— Holà, ne parle pas à Eve comme ça ! s'indigne Justin. Prends-toi le bec avec Ed, mais ne nous mêle pas à ça.

— Tu as loupé le moment où c'est elle qui s'en est mêlée comme une grande, putain ! crie Hester, et nous nous recroquevillons sur nous-mêmes. Pourquoi vous vous disputiez, à la veillée ? poursuit-elle en nous regardant, Ed et moi. Quand je me suis avancée vers vous, vous aviez une conversation animée. Ed avait l'air sur la défensive. Quand je vous ai rejoints, vous vous êtes tous les deux arrêtés en faisant comme si tout allait bien. Puis Eve était si remontée qu'elle s'en est pris à moi, sans raison.

Je m'accorde une demi-seconde pour admirer sa façon de me le rabâcher.

— La journée avait été longue. Nous étions tous les deux épuisés, je ne m'en souviens même pas, je crois que c'était une question administrative…, répond Ed.

— *Une question administrative.* Que vous ne pouviez pas partager avec moi ? Est-ce que tu crois que tu vas te débarrasser de moi si facilement, Ed ? Tu crois que je suis stupide ? C'était une veillée pour une de tes meilleures amies. Tu avais lu un texte, qu'*elle* avait écrit, dit-elle en me regardant, comme si ce fait en lui-même était douteux. Je ne vois aucune raison pour laquelle vous auriez pu vous disputer dans un moment pareil, sinon pour quelque chose de grave.

J'ai des fourmis dans tout le corps et les mains moites. J'ai envie d'essayer de couvrir Ed, mais je ne sais pas si je dois le faire, et je ne sais pas comment faire.

— Est-ce que tu vas me le dire ? me demande-t-elle. Ou toi non plus, tu ne te souviens pas de cette « question administrative » ? dit-elle en mimant des guillemets. Est-ce que cette question administrative portait sur les fois où vous vous retrouviez à, oh je ne sais pas, au hasard au Mercure, dans mon dos ? Ou est-ce que vous alliez dans ta grotte de vieille fille ?

J'ouvre la bouche, mais rien n'en sort.

— On se disputait parce que j'ai couché avec Susie, dit Ed, et le temps s'arrête. Une fois, il y a dix ans.

— Quoi ? dit Hester, estomaquée.

Ses yeux se posent tour à tour sur Ed et moi, pour voir si c'est une tactique – rejeter la faute sur la femme qui ne peut pas nier.

— Alors pourquoi Eve était-elle en colère ?

— Parce qu'on le lui a caché. Elle l'a appris dans une lettre qu'elle a trouvée dans les affaires personnelles de Susie. Eve était hors d'elle en ton nom et insistait pour que je te le dise avant qu'on se marie.

Je suis impressionnée par la vitesse à laquelle Ed a inventé ce mensonge pour me protéger. Hester a visiblement du mal à comprendre qu'elle avait le bon crime, l'infidélité, mais la mauvaise criminelle et la mauvaise époque. Que je ne sois pas impliquée lui semble inconcevable. Ce n'est pas tout à fait irraisonnable, je crois. Ça m'a fait la même chose.

— Une fois, il y a dix ans ? répète-t-elle.

— Oui. Quand tu travaillais en Suisse.

— Je crois qu'on devrait les laisser discuter tous les deux, intervient Justin.

— Allons dehors, dit Ed à Hester, et bien que je doute qu'elle ait envie de suivre le moindre de ses ordres, elle est trop sonnée pour discuter.

Ils s'éclipsent dans la cuisine et la porte du jardin se ferme derrière eux.

Justin s'assied sur le canapé à côté de moi et nous soupirons bruyamment, puis nous nous regardons en secouant la tête.

— C'est trop tôt pour dire que « T'es une putain de plaie en robe à pois, ma vieille » était une réplique incroyable ? murmure Justin.

— Ma « grotte de vieille fille » ! On pourrait faire graver ça sur un rondin de bois vieilli et le pendre devant ma porte ? dis-je, et Justin éclate de rire.

Le bruit de la porte qui s'ouvre nous indique qu'Ed et Hester ont fini de discuter plus tôt que nous le pensions. Nous nous levons instinctivement et allons dans la salle à manger.

— J'avais peut-être tort sur la liaison mais, franchement, allez vous faire foutre, tous les deux, dit Hester, les cheveux en bataille et les yeux brillants. Vous n'avez jamais été mes amis et n'avez fait que nuire à notre relation.

Nous encaissons, apathiques. Elle retire sa bague de fiançailles, la jette sur la table et se rue dans l'escalier, tapant des pieds comme sur un tambour, Ed sur les talons.

— Je le méritais, mais toi, tu as fait quoi pour le mériter ? dis-je à Justin.

Je lance un regard à Leonard, alangui sur une chaise longue, imperturbable dans son sommeil.

— Hester ! Hester ?

Ed lui court après sur le palier. Justin et moi l'écoutons la suivre, crispés, et essayer de la raisonner alors qu'elle fait ses bagages. Cinq minutes plus tard, Hester quitte la maison comme une tornade blonde.

— Tu as bu de la bière à midi, es-tu vraiment en état de conduire ? ! lui crie Ed, en dehors de notre champ de vision.

Nous entendons le rugissement d'un moteur, les roues qui tournent dans la boue, et le bruit d'une ex-fiancée qui part en trombe.

Ed revient, les yeux écarquillés, encore tremblant à cause de l'adrénaline de la confrontation et de la rapidité avec laquelle ses fiançailles ont pris fin.

— Vous vous êtes réconciliés ? demande Justin.

— Ha ha, dit Ed.

Il ramasse la bague sur la table et la met dans sa poche.

— Au passage, et je sais bien que ce n'est pas le plus important, mais Hester était censée nous ramener, fait remarquer Justin.

— On pourrait lui demander si elle peut venir nous chercher demain ? dis-je.

— Je suis ravi que ça vous amuse, bordel, marmonne Ed, offensé, mais manquant d'autorité morale pour être en colère.

— Désolée, dis-je.

— Excuse-nous, on sait que tu es en train d'en baver. Mais Eve et moi on s'en est pris plein la gueule et on vient de pulvériser mon week-end d'anniversaire, donc je crois qu'on a le droit à un peu d'humour noir, non ? dit Justin, entre sang-froid et agacement.

— Ouais, souffle Ed en se frottant les yeux. Désolé. On s'est séparés. Comme vous l'avez peut-être compris.

— Elle a vraiment décidé d'en finir, tu ne penses pas pouvoir recoller les morceaux ? dis-je.

— Non, réplique Ed en braquant un regard décidé vers nous. C'est moi qui y ai mis un terme. Il était temps.

Aucun de nous ne sait quoi répondre à ça.

— Justin. Je peux parler à Eve, seul à seule ?

— Eh bien, joyeux anniversaire, Justin ! s'écrie-t-il. Oui, oui, j'avais bien envie de fumer une clope dehors sur le banc de toute façon.

Il met son manteau et son bonnet à pompon et attrape le Moët oublié.

— Je vais boire au goulot, comme un clochard qui a gagné au tiercé.

— Je suis désolé, me dit Ed, une fois Justin sorti. C'était mon merdier à cent pour cent et tu as été entraînée de force dedans. Désolé pour les méchancetés que Hester a balancées, elle n'était pas elle-même.

— Ed, dis-je d'un ton poli. Je crois qu'à ce stade tu peux être honnête et admettre qu'elle ne m'aimait pas. La mèche est vendue. Elle était elle-même. Et j'avouerai que je ne l'ai jamais aimée non plus. Voilà. C'est fait.

Il m'adresse un sourire triste.

— Je ne lui en veux pas, dis-je. Je crois que son aversion était justifiée. Je n'ai jamais été son amie, c'est vrai. J'étais une menace pour sa relation avec toi.

— Tu n'es pas responsable de cette crise de nerfs. Ça faisait un moment que ça montait.

— Oh ?

Ed fourre ses mains dans ses poches.

— Je ne sais pas si on devrait s'asseoir. Mais ça paraît stupide, non ? J'ai l'impression de présider une réunion.

— On peut rester debout.

Il parle à voix basse, tendu, et j'ai un très mauvais pressentiment. J'ai envie d'un verre de champagne et de préserver ce qu'il reste du week-end. Ed, lui, se prépare à vivre un moment charnière.

— Au début, je pensais que ça n'allait pas entre Hester et moi après nos fiançailles parce que je n'avais pas trop eu le choix, ni le temps d'y réfléchir. J'avais l'impression de ne pas maîtriser la situation. Mais au fur et à mesure que ça empirait, j'ai compris – ce n'était pas les fiançailles qui nous avaient changés. C'était la mort de Susie.

« Perdre quelqu'un comme nous avons perdu Susie, avec une telle brutalité… Tout devient plus clair, soudain. Je maintenais un statu quo qui ne me rendait pas vraiment, pas réellement heureux. Mais j'avais l'impression de devoir le maintenir. Je ne pensais pas avoir le droit d'être heureux, pas comme je l'entendais, dit-il en me regardant dans les yeux. Parce que y parvenir impliquait de blesser d'autres personnes. Il valait mieux rester là où j'étais, faire au mieux. »

Les bras croisés, je ne dis rien.

— Mes sentiments pour toi, Eve, ils ont toujours été là. Je les avais mis de côté. Je pensais avoir loupé le coche, un point c'est tout. Tu étais ma meilleure amie, et je devais m'en contenter.

Je ne dis toujours rien.

— Mais voir la vie de Susie s'arrêter brutalement à trente-quatre ans. Cette injustice. Ça te fait revenir à l'essentiel et te demander si tu vis le peu de temps dont tu disposes comme tu le veux vraiment. Ce n'était pas mon cas. Hester a senti que je m'éloignais. Ça atteignait un point critique, et puis quand tu es arrivée…

Il marque une pause.

— Ce n'est pas dans ces circonstances que j'avais imaginé dire ces mots. Mais je ne sais pas trop ce que j'avais imaginé. Je t'aime, Eve. Je t'ai toujours aimée. Ça n'a pas changé depuis notre adolescence.

Une pause. Je hoche la tête, puisqu'une réaction semble indispensable. Le silence se prolonge et je comprends que je dois le combler.

— Que suis-je censée répondre ?

Ed secoue la tête.

— Ce que tu veux. Rien. J'étais arrivé au point où je devais te le dire, c'est tout. Je n'attends rien en retour.

J'y réfléchis. Autrefois, il n'y a pas si longtemps, sa confession aurait été tout ce que j'avais espéré en secret, offert sur un plateau. Pourtant ce n'est pas comme ça que je l'avais imaginé non plus. Notamment parce que Ed n'a pas *choisi* ce moment, mais qu'il s'en *sert*.

Je réponds :

— Tu attends bien quelque chose, pourtant, n'est-ce pas ? L'idée, c'est que j'y réfléchisse et que j'aie moi aussi envie d'être avec toi, enfin. C'est pour ça que tu t'es placé en sauveur, en te sacrifiant à propos de notre dispute. Ce n'était pas pour épargner Hester. C'était pour préparer cet appel que tu me lances.

Ed secoue la tête.

— Je te protégeais du courroux de Hester. C'est moi qui l'ai causé, c'est moi qui dois le subir.

— Mais pas seulement aujourd'hui. Tu m'as toujours gardée sous le coude. Je suis ton plan B. Et nous y voilà, ton plan A est au beau milieu de Peak District, et le moment de me confesser ton amour est enfin arrivé. C'est Hester qui est à l'origine de cette décision, pas toi.

— Mon plan B ? Tu me fais passer pour un gredin qui se frise la moustache, dit Ed avec un petit rire désabusé. Ma vie s'est délitée devant toi, comme une voiture de clown dont les portes tombent. Rien de tout ça n'était dans mes plans. Ni A ni B. Hester a senti que j'étais amoureux de toi et que je ne pouvais pas y faire grand-chose, parce que c'est la vérité.

L'observation de Fin sur Ed disant que ce dernier se place toujours dans le rôle de la victime me revient tout à coup.

— Quand tu t'es fiancé, au pub, dis-je. Je ne suis pas rentrée directement chez moi après. Je suis allée dans un bar et j'ai failli coucher avec un type qui y bosse.

— Et… ?

— C'était pour me faire du mal, pour ne pas avoir à penser au fait que tu allais épouser Hester. Pour te tromper, nous tromper, tromper notre grande passion inexprimée. J'en aurais parlé, ou laissé Susie en parler, plus tard. Pour voir si tu réagirais. Je voulais te rendre jaloux. Je voulais que tu saches que je l'avais fait et que ça te fasse ressentir quelque chose. J'étais prête à coucher avec un mec avec qui je n'avais aucune envie de coucher, pour les deux secondes de confirmation dans tes yeux avant que tu changes de sujet. Ce qui n'est pas rien, dit à voix haute.

Ed fronce les sourcils. Je continue :

— Je pensais que nous étions profondément amoureux, de la même manière. Pendant toutes ces années, la grande illusion de cet amour dépendait de ma foi en cette croyance. Mais tu sais pourquoi nous ne l'étions pas, loin de là ? Je l'ai enfin compris. Parce que tu n'en as jamais souffert. Depuis la disparition de la lettre, ce qui s'est passé a été douloureux pour moi. Mais jusqu'à aujourd'hui, jusqu'à ce que Hester perde patience avec ces histoires de ménage à trois, ça n'a jamais impacté ta vie. Au contraire, ça te plaisait. Cette tragédie secrète, la fille que tu avais sous le coude. Cette petite comédie romantique qui se jouait. Tes câlins pour me consoler en disant « viens par ici toi », qui duraient un peu trop longtemps. Tu adorais ma façon de te regarder. Tu dis que tu tiens à moi, mais ce que ça m'a fait t'est toujours passé au-dessus. Tu es une personne sensible, perspicace. Tu devais bien te douter qu'il y avait des soirs où je rentrais chez moi et fondais en larmes, si tu y réfléchissais un peu. Mais tu prenais garde à ne jamais y penser.

La sueur perle sur ma lèvre supérieure quand je reprends mon souffle, mais je ne regrette pas un mot de ce que je viens de dire.

— Oh mon Dieu, dit Ed. Ça fait un paquet de trucs auxquels penser. Et je vais réfléchir à tout ça, bien sûr.

Le petit numéro du mec-le-plus-gentil-de-la-pièce, en réponse à ma mise en lumière, est tellement inapproprié. C'est, encore une fois, une manière pour lui de ne pas y réfléchir.

— Je n'ai jamais considéré notre amitié comme une façon de te faire languir, Eve.

— Je sais bien. Ne pas y réfléchir, c'est ce qui te permettait de le faire.

— À t'entendre on croirait que je suis le seul fautif. Mais aucun de nous n'a abordé le sujet. Aucun de nous n'a dit : et si nous nous mettions ensemble ?

— C'est vrai, et j'aurais pu le faire, mais tu étais en couple avec Hester. Je pensais que c'était à toi de changer d'avis, parce que j'étais tout le temps disponible. C'était ce qui t'allait le mieux, que je me languisse. Comment Hester a appelé ça ? « Éternelle célibataire. » Je ne crois pas que ce soit une coïncidence totale que tu aies couché avec Susie juste après que j'ai rencontré Mark.

— Oh ! franchement, pourquoi ce n'en serait pas une… ?

— Pour les mêmes raisons qui m'ont poussée à essayer de coucher avec le barman le soir où tu t'es fiancé.

— J'étais un lâche vis-à-vis de toi, Eve. C'est la vérité, dit Ed en se frottant les tempes. Le fait que la lettre se perde a tout gâché entre nous, pas vrai ?

Je secoue la tête.

— Ha, non, c'est ce que je pensais. Je voulais à tout prix croire que c'était le… c'est quoi l'expression qu'ils utilisent dans le cinéma ? Le MacGuffin du mythe de nos origines. Nous étions des âmes sœurs, séparées par les circonstances. La vérité, c'est que tu ne m'as pas choisie, Ed. C'est tout. (Je hausse les épaules.) Tu ne me voulais pas assez fort quand me choisir est devenu plus difficile. Tu ne t'es même pas risqué à m'appeler, ou à attendre un trimestre, pour vérifier pourquoi je n'avais pas répondu. Tu sais quoi ? Ce n'est pas grave. Je comprends, nous étions jeunes. J'assume ma part de victimisation de moi-même dans cette affaire, et tu peux assumer la tienne. Mais arrêtons de rejeter la faute sur le manque de bol ou les quiproquos.

— Les gens ne sont pas toujours courageux. Ils font des erreurs. Il n'empêche que tu étais ma meilleure amie.

— Non, Susie était ma meilleure amie. Nous, nous sommes des amis proches, avec cette manipulation en plus. Une amitié non-améliorée. Tu as sorti l'adjectif « meilleur » de ton chapeau quand j'ai découvert que tu avais couché avec Susie, et que j'avais besoin de redevenir spéciale à tes yeux. Parce que tu savais qu'un mec qui couche avec la meilleure amie n'est le prince charmant de personne. Et c'est ce que tu voulais être, peu importe le prix que je payais.

Ed est sur le cul. J'ai gardé mon sang-froid, mais je trouve tout cela bien trop libérateur pour mâcher mes mots.

— Cela me sidère que tu puisses penser que j'aurais volontairement…

— Ce n'est pas volontaire dans le sens où tu complotes, rétorqué-je, lui coupant la parole. C'est l'instinct. Le problème avec tes mensonges, Ed, c'est que tu les dis si vite et avec une telle aisance que tu ne te vois pas les élaborer. Tu les crois toi-même. Il n'y a qu'à voir ta façon d'altérer l'histoire de notre dispute devant Hester à l'instant pour en retirer un avantage.

Ed reste muet pendant un moment, puis :

— Tu me fais passer pour un vrai monstre.

— Tu n'es pas un monstre. Tu es celui qui endosse toujours naturellement la responsabilité, l'adulte responsable et celui qui lit les cartes, mais qui refuse de prendre ses propres responsabilités avec les femmes.

— C'est une sacrée journée de découverte de soi, dit Ed après une courte pause. Je suis sincèrement désolé de t'avoir blessée. Je n'en avais pas l'intention.

Je n'avais jamais envisagé l'histoire entre Ed et moi comme un cercle. Je pensais qu'elle était ouverte, qu'elle durerait toujours. Et pourtant, voilà où nous en sommes : lui qui m'avoue enfin ses sentiments, et moi qui tourne la page. Je suis contente. Ma vie a manqué de tels moments.

— J'accepte tes excuses. Je suis sûre que tu comprends pourquoi je pense mériter mieux qu'un homme qui a passé seize ans à mesurer si j'en valais la peine.

Ed a l'air un peu sous le choc mais ne trouve rien à dire.

Un lourd silence se fait entre nous. La poignée de la porte tourne et Justin apparaît, se frottant les mains, Leonard trottinant devant lui.

— Désolé. D'un côté, vous sembliez être en plein *Jerry Springer Show.* De l'autre, je me suis enfilé une demi-bouteille de champagne, je n'ai plus que douze pour cent de batterie, et ma bite est une stalactite.

— Ce n'est rien, dis-je en regardant Ed. On avait fini.

39

— Tu crois qu'il va bien ? demande Justin. Est-ce que je coupe l'oignon assez fin ?

Je tends le cou pour zieuter la planche à découper. Nous préparons le rôti du dimanche tandis qu'Ed est parti faire un tour pour « se vider la tête ».

— Je crois et oui. C'est pour mettre sous le poulet.

— Ah, pour qu'ils absorbent le *weltschmerz* du poulet ?

— Tu veux parler du *schmaltz* ?

— Oh. Oui. C'est quoi le *weltschmerz* ?

Justin s'essuie les mains sur un torchon et prend son téléphone.

— « Mot allemand pour désigner un sentiment de mélancolie ou de lassitude du monde. » J'aimerais bien que ces oignons absorbent tout ça pour nous.

Je ris et me reconcentre sur l'épluchage des pommes de terre.

La soirée d'hier a été assez austère. Nous avons regardé un film – *Les Hommes du président* – et fait semblant de parler du Watergate alors que tout le monde ne pensait qu'à l'Hestergate. Ed était, bien entendu, mal à l'aise en ma présence, il gardait ses distances, tandis que je m'efforçais de me comporter le plus normalement possible pour bien faire comprendre que je ne voulais pas de rupture amicale.

Aujourd'hui, Ed a passé beaucoup de temps au téléphone au

fond du jardin, le front plissé, puis il est parti en excursion solitaire, sans doute en état de *weltschmerz*.

— Je crois qu'on peut dire que c'était la pire idée du monde de réserver un week-end à la campagne avec un couple en guerre et l'amour secret du fiancé, dans la première vague de chagrin qui suit la disparition d'une amie chère, dit Justin. Ça plante le décor parfait pour un film d'horreur.

— J'ai passé un bon week-end. Leonard aussi, dis-je en agitant mon économe en direction du chien, assis à la fenêtre de la cuisine.

— Je crois comprendre que le drame d'hier soir entre Ed et toi, c'était lui qui s'autoproclamait prince charmant et te proposait sa main ? Et toi qui disais non merci, tu préférais épouser le prince Andrew ?

— Oui, grosso modo.

— Il aurait pu te passer la bague au doigt direct, en plus.

— Je lui conseillerais de jeter cet anneau dans le feu du Mordor.

— Putain, j'espère qu'il ne va pas se remettre avec elle.

— Tu crois qu'il le fera ?

Je me réjouis en secret de pouvoir poser la question sans que cela m'affecte le moins du monde. C'est une liberté enivrante.

— Je ne sais pas, mais le fait qu'il te demande illico presto en mariage ne semble pas indiquer une volonté de rester célibataire, et il lui a beaucoup parlé aujourd'hui.

— Ils possèdent une maison, une voiture et avaient réservé pas mal de prestataires pour le mariage. Il faut se désengager de beaucoup de choses.

— Je ne crois pas qu'ils débattent de qui va appeler le traiteur, toi si ? dit Justin en passant aux carottes.

— Tu penses qu'ils pourraient se remettre de l'infidélité avec Susie ? Je crois que j'en serais incapable, à la place de Hester.

— Hester aurait eu envie de la tuer, dit Justin en brandissant son couteau. Mais notre habile Susie avait tout prévu, manifestement.

— Justin ! m'écrié-je, et il éclate de rire.

— Elle se bidonne au paradis chaque fois que j'en lâche une comme ça. C'est ma manière de la garder auprès de nous. (Il marque une pause.) Je ne crois pas que Suze serait le point de friction, maintenant. Je crois que Hester exigerait plutôt qu'il se débarrasse de nous. Ou de toi, au moins.

— Après ce que je lui ai dit hier soir, je n'en voudrais pas à Ed s'il décide qu'il vaut mieux choisir son couple.

— Je ne suis pas aussi généreux. S'il se remet avec elle et te fout dans les choux, il peut m'oublier aussi tant qu'il y est.

Je veux rester amie avec Ed, je crois. Mais pas à n'importe quel prix. Cette notion semble très simple, et pourtant cela m'a pris toute ma vie d'adulte pour le comprendre. J'ai subi la perte inimaginable de Susie, jusque-là, et cela m'a donné de la force, et de la perspective.

— Ça avance ? Il y a un truc qui sent super bon, dit Ed en se pliant presque en deux pour passer la porte de la cuisine.

— C'est ma tarte à la pêche, répond Justin.

— Eve, je peux te parler un instant ? Ce ne sera pas long, ajoute Ed, et Justin détourne vite la tête avant de lâcher une saloperie.

Je m'essuie les mains sur mon tablier et le suis à l'extérieur, refermant la porte derrière moi. Bon sang, ce qu'il fait froid. Va-t-il m'annoncer officiellement que c'est terminé ?

— Je veux que tu saches que j'ai réfléchi à tout ce que tu as dit. Tu avais raison. Je t'ai manipulée, sans vraiment le vouloir. J'adorais penser que tu étais amoureuse de moi, je l'ai encouragé, et ne me suis jamais demandé si ça te blessait. J'ai volontairement brouillé les limites entre amitié, désir et amour, parce que c'était agréable pour moi, et que par conséquent je pensais que c'était innocent.

Il prend une profonde respiration et je sens son extrême nervosité.

— Puis avec les soucis entre Hester et moi, et l'idée que tu étais partie avec cet enfoiré ultra-canon la semaine dernière, je me suis mis à me torturer. J'ai compris, dit Ed en montrant le paysage, au milieu de ce champ, à l'instant, en me hissant sur l'échalier pour essayer de passer de l'autre côté, que ce que j'ai ressenti quand tu étais en Écosse – j'étais à bout de nerfs, j'avais perdu l'appétit, et tout le tintouin – c'est ce que je t'ai fait subir pendant tout ce temps.

Je souris.

— J'ai gardé l'appétit, dans l'ensemble, mais oui, plus ou moins.

— Hier soir j'ai dit que j'étais désolé, mais seulement par automatisme de défense. C'était la première fois que j'étais confronté à mon comportement, et mon instinct était de nier et de parer. Mais il y a une chose sur laquelle je n'ai pas menti : tu es ma meilleure amie. Il y avait une motivation que je n'avais pas examinée, peut-être, au moment où je te l'ai dit, mais c'est la vérité. Je veux que tu saches que, du fond du cœur, je voudrais qu'on reste amis. Mais sans aucune zone grise ni arrière-pensées. Je comprendrai si tu n'en as pas envie.

— Espèce de sale type éloquent, dis-je, à la fois gênée, satisfaite, soulagée.

— Ça fait une heure que je répète, et je me suis appuyé sur tout mon entraînement à l'école.

— Bien sûr que je veux qu'on reste amis, dis-je, et nous nous tombons dans les bras, avec larmes et soupirs. Il faut du courage pour s'en prendre plein la poire alors que tu étais au sol hier soir, et être capable de dire ça le lendemain matin.

— Il m'a surtout fallu du courage pour reconnaître la vérité.

Une fois que nous avons séché nos larmes, je tends la main pour qu'Ed la serre, ce qu'il fait.

— On s'est réconciliés ! dis-je à Justin en revenant dans la cuisine.

Je ne veux pas qu'il se sente obligé de déchiffrer le climat, encore une fois.

— Totalement réconciliés. On s'est tout dit.

— Bien, approuve Justin. Tu peux fêter ça en nous préparant des gin-tonics. Tu vas te remettre avec Hester ? demande-t-il à Ed.

— Non, dit Ed. Qu'est-ce qui te fait croire ça ?

— Le fatalisme.

— Essaie d'avoir un peu foi en moi. Surtout après ce que Hester vous a dit à tous les deux hier soir. C'est du passé.

— Nous ne voudrions pas que tu aies l'impression de devoir faire un choix, précisé-je.

— Moi si, dit Justin en jetant le torchon sur son épaule.

Ed met la table et nous sommes agréablement ivres dès les crevettes en entrée.

Après un festin d'anniversaire gargantuesque, Ed appelle une compagnie de taxis locale pour nous ramener à la maison.

— C'est ma faute, c'est à moi de régler le problème, explique-t-il.

— Ça ne les dérange pas de prendre Leonard ? demande Justin.

— Non, d'après ce qu'ils ont dit.

Mais, une heure plus tard, nous sommes aux prises avec le chauffeur de taxi.

— Enroulez-le dans une serviette, sinon vous payez une caution de nettoyage, à vous de voir ! s'exclame Reg de chez Valley Cars. J'ai un doberman qui a chié sur toute la banquette arrière et le nettoyage a coûté cent cinquante livres.

— Leonard vous semble avoir la capacité intestinale d'un doberman ? contre Justin.

— Si vous voulez mon avis, il ressemble à un Muppet qui a fait de la prison, dit Reg.

— Oh ! mec, vous dépassez les bornes, proteste Ed. Il n'a eu que du sursis.

— J'ai une serviette qu'on peut utiliser ! dis-je frénétiquement, en ouvrant ma valise, par crainte de voir imploser ma meilleure chance de rentrer chez moi.

40

Sur la route, je reçois un message WhatsApp. Finlay Hart ? ! Mon estomac bondit de joie et la dopamine inonde mon corps. J'étais justement en train de lui écrire pour prendre poliment des nouvelles, principalement parce que je ne peux pas résister à l'envie de le recontacter. Je suis presque sûre que cela ne veut rien dire, que ce n'est pas un signe qu'il m'écrive maintenant alors que j'étais en train de taper « Salut j'espère que tu es bien rentré et que tout est rentré dans l'ordre avec ton père ». Presque.

Je voulais te prévenir : mon père a eu son évaluation, et la gériatre estime qu'il peut rester chez lui en toute sécurité, mais avec les visites régulières d'un auxiliaire de vie.

J'espère que tu as passé un bon week-end. Dans le Derbyshire, c'est ça ?

Finlay x

J'efface ce que j'avais tapé. Seul Leonard emmitouflé sur les genoux de Justin – qui somnole –, comme E.T. dans sa couverture, regarde mes mains bouger de ses yeux perçants.

Je suis heureuse de l'apprendre. Oui, le Derbyshire ! Ça a été assez explosif. Hester, la fiancée d'Ed, nous a accusés d'entretenir une liaison, Ed a avoué son aventure avec

Susie, Hester et Ed se sont séparés, Hester a disparu à l'horizon dans la BMW qui devait nous ramener à la maison. Ed m'a déclaré son amour, j'ai dit à Ed ses quatre vérités sur « le beurre et l'argent du beurre ». Il l'a bien pris, il faut le reconnaître. Là on est entassés dans un taxi, avec *Absolute Beginners* de David Bowie à fond et un petit chien enveloppé dans une serviette, à prier pour qu'il ne défèque pas. Tout cela a été étrangement cathartique. x

Sacré déballage, Evelyn : content pour la catharsis, mes pensées et prières t'accompagnent rapport à la défécation. J'ai toujours la Merco, j'aurais pu venir vous chercher si tu m'avais demandé ! x

J'ai pris le premier « x » pour une politesse, mais des bisous répétés ? C'est une autre histoire. Tout comme la proposition de venir nous chercher.

Merci ! On est trois, avec des bagages et un chien croisé chihuahua-yorkshire qui s'appelle Leonard, cela dit 😊... attends, tu es toujours en Angleterre ? x

Oui, ça aurait été la course sinon, j'ai décalé mon vol d'une semaine. Vous trois, les bagages et le chien qui s'appelle Leonard auraient été les bienvenus. Tes amis sont mes amis, tout ça. x

C'est très aimable de ta part, Fin, merci. Au fait, j'ai acheté du shortbread à ton père en Écosse, j'ai oublié de te le dire. Je suis son dealer de biscuits. Je peux passer les déposer après le boulot demain ? Vers 18h ? x

Oui, pas de problème. J'ai laissé la femme de ménage gérer les visites, mais je vais peut-être profiter de ta venue pour passer faire coucou ? x

Oui, s'il te plaît, puisque c'était exactement ce que j'espérais et complotais, en vraie crapule.

Bien sûr ! À demain. x

Juste pour être sûr, as-tu dit à Ed que toi aussi tu étais amoureuse de lui ? C'est ce qu'on appelle « aller à la pêche aux infos ». 😉 x

Mon cœur s'emballe.

Non, parce que ce n'est plus le cas. x

Tant mieux pour toi. x

Oui, c'est ce que je me dis aussi. x

— Tu as l'air bien… pétillante, tout à coup ? remarque Justin, qui s'est réveillé, en me coulant un regard en coin. C'est qui ? demande-t-il en montrant mon téléphone. Et comment tu fais pour avoir du réseau ?

— Un ami.

— FINLAY HART ? ! articule-t-il en silence et avec exagération, et je rougis-souris coupablement.

Mon téléphone sonne : un SMS de Justin.

🎶🎶🎶 C'est ce que Susie aurait voulu. x

Je souris de plus belle et fredonne avec David Bowie :

« If our love song / Could fly over mountains »

41

Le lendemain soir, je remarque la présence rassurante de la Volvo du pater familias dans l'allée alors que je me dirige vers la porte de l'ancienne maison de famille de Susie, serrant ma boîte de shortbread à motifs tartan contre moi.

— Bonjour ! dis-je avec enthousiasme mais nervosité quand M. Hart vient ouvrir la porte. Désolée de passer encore sans prévenir, mais je vous ai acheté ça à Édimbourg.

Je tends la boîte, et il la prend.

— Oh ! quelle délicate attention, Eve, dit-il. Il va falloir que je commence à faire attention à ma ligne ! Veux-tu une tasse de thé ? Je viens de mettre l'eau à chauffer.

J'accepte volontiers et le suis à l'intérieur.

Un rapide coup d'œil dans la maison m'indique que tout va bien. La femme de ménage a laissé tout propre.

Nous venons de nous asseoir dans le salon quand on sonne à la porte.

— Tu es venue accompagnée ? demande M. Hart en se levant pour aller ouvrir.

— Oh ! Finlay devait peut-être se joindre à nous, dis-je.

— Oui, bien sûr, ton jeune ami, me lance M. Hart depuis le couloir.

— Bonjour, dit Finlay en enroulant ses écouteurs autour de son téléphone quand il entre dans la pièce en tenue de sport, lissant ses cheveux trempés de sueur en arrière, le visage rouge.

— Bonjour, dis-je en me levant.

— Vous prendrez également du thé ? demande M. Hart à Finlay.

— Oui, s'il vous plaît. Avec du lait, sans sucre, dit Fin alors que M. Hart retourne à la cuisine.

— Je n'ai pas oublié !

Je regarde Fin et il me regarde. Nous nous dévisageons tous les deux, et alors que les secondes passent, je me rends compte que nous n'essayons ni l'un ni l'autre de masquer qu'il s'agit d'un regard transi de désir mutuel. Tout dans son visage est si follement charmant, à cet instant, que je suis incapable de parler.

La beauté n'est pas un agencement de traits, même pour des traits aussi parfaits que ceux de Finlay Hart. C'est un sentiment. C'est ce qu'on ressent dans la fraction de seconde où l'on se rend compte tout à coup qu'on est en train de tomber amoureux de quelqu'un. Le bruit sec de la dernière pièce du puzzle qui se met en place, la cascade de pièces du jackpot à la machine à sous, la bonne chanson qui passe et vous emporte dès les premières notes. Cette conviction de comprendre le sens de l'univers, en un instant. *Bien sûr. Tu es là où je devrais être. Tu es ici.*

— Comment vas-tu ? finit par me demander Fin.

Nous affichons tous deux un large sourire face à l'absurdité d'avoir déclaré nos sentiments sans avoir prononcé un mot. J'ai hâte de lui parler pour de vrai quand nous sortirons d'ici. J'ai hâte, tout court.

— Thé et shortbread ! annonce M. Hart en poussant la porte du salon avec son pied, puisqu'il a entre les mains un plateau à thé cliquetant, qu'il pose sur un repose-pied.

La maison des Hart est le genre d'intérieur à avoir des repose-pieds assortis au canapé.

Nous parlons de tout et de rien, Fin sirote son thé en me regardant par-dessus le rebord de sa tasse, et jamais je n'ai éprouvé de sentiments si tumultueux face à quelqu'un qui me regarde par-dessus le rebord de sa tasse de thé.

— Puis-je utiliser les toilettes ? demande Fin à M. Hart au bout de dix minutes.

Même s'il a effectivement une envie pressante, il veut certainement faire un état des lieux, pour voir notamment s'il n'y a pas des appareils électriques dans la baignoire, au hasard.

M. Hart indique à Finlay où sont les toilettes qu'il a dû utiliser pendant vingt ans.

À son retour, Finlay a l'air troublé. J'articule « Quoi ? », mais il secoue la tête.

Après avoir parlé plus de rien que de tout, Fin demande :

— D'où vient la lampe sur le palier, au fait ? Elle me semble familière.

— Oh ! c'est ma femme qui s'occupe de la décoration, répond M. Hart en riant.

Fin s'éclaircit la gorge et m'adresse un regard furtif.

— Elle ressemble beaucoup à l'hôtel où nous étions.

— Vraiment ? Lequel ?

— Le Caledonian. À Édimbourg.

— Que sous-entendez-vous, au juste ? dit son père.

— Rien, je… me demandais d'où elle venait, c'est tout. Vous vous rappelez quand vous l'avez achetée ?

M. Hart ne répond pas tout de suite.

— Vous me traitez de menteur ? dit-il d'une voix grave, plate, qui tire une sonnette d'alarme en moi.

— Non…

— On dirait bien que si.

M. Hart se lève et, alarmés, Fin et moi l'imitons.

— JE NE SUIS PAS UN MAUDIT VOLEUR ! vocifère M. Hart au visage de Finlay, et le volume de sa voix me fait sauter au plafond.

Je ne pensais pas qu'un être humain pouvait crier aussi fort, a fortiori un homme approchant les soixante-dix ans, sans entraînement vocal ni crescendo. Chose incroyable, Fin ne tressaille pas.

Il recule d'un pas, respirant bruyamment. Il ferme les yeux, flanche légèrement et, l'espace d'un instant, j'ai l'impression qu'il va tomber à la renverse.

— Ça va ? dis-je en me précipitant vers lui, posant une main sur son bras.

Il ne répond pas, les yeux toujours clos, et semble suffoquer. Son visage vire au gris. Est-ce qu'il fait une crise cardiaque ? *C'est une crise d'angoisse*, me souffle une voix intérieure.

M. Hart a allumé la télévision et se rassied, sans faire attention à nous.

— Et si on allait prendre l'air ? dis-je, et Fin parvient à acquiescer en inclinant imperceptiblement la tête.

Je l'aide à traverser la cuisine jusqu'à la porte de derrière, et cherche à tâtons la clé de la porte-fenêtre.

Je l'ouvre et nous descendons péniblement les marches menant au jardin, moi soutenant Fin tant bien que mal. Je ne veux pas qu'il tombe dans les pommes sur une surface dure. Je me fracasserais volontiers le crâne pour amortir sa chute. Je le sais.

Dans le patio, Fin s'assied directement sur la pierre, adossé à une chaise de jardin en fer forgé. Je m'assieds près de lui, les jambes tendues le long des siennes.

— Tu te sens mieux ?

Fin murmure que oui, et je glisse ma main dans la sienne. Il a la peau glacée, mais serre ma main. Il inspire l'air frais à pleins poumons.

Au bout d'un moment, son souffle est régulier et son teint a retrouvé une couleur saine.

Je pose ma tête contre son épaule. Il passe son bras autour de ma taille.

Je demande :

— Es-tu prêt à me révéler ce que tu ne m'as pas encore dit ?

Je ne sais pas d'où me viennent ces mots – ils voyagent de mon subconscient à ma bouche, contournant totalement ma décision consciente de les taire.

— Oui, répond Fin sans hésiter.

42

Les hortensias rose vif de mes souvenirs d'été sont toujours là, mais leurs fleurs ne sont plus que des pétales d'un brun rouillé qui se délitent dans les profondeurs de l'hiver. Les lumières de la minuterie clignotent dans le crépuscule au milieu des parterres de fleurs.

Fin se met à parler.

— La première fois que mon père m'a frappé, j'avais six ans. Peut-être sept. Je ne savais pas ce que j'avais fait de mal. Je me souviens surtout de ma confusion. Plus que de la douleur, ou du choc de la violence. Je savais qu'on me considérait comme un garçon intelligent mais, curieusement, je n'arrivais pas à comprendre ce que j'avais fait pour me faire cogner dessus ainsi. Comme un problème de maths que je n'arrivais pas à résoudre. Après cette première fois, ça s'est produit environ une fois par mois, jusqu'à mes onze ou douze ans, je crois. Quand j'ai été assez grand pour me défendre, ou pour le dire autour de moi – à des gens qui auraient pu causer des problèmes, par exemple des professeurs. Avant ça, je me torturais l'esprit à me dire que la seule façon d'éviter ça était d'ajuster mon comportement.

« Il y a aussi eu une période de six mois environ où ça s'est arrêté, quand j'avais dix ans, que j'ai mise après coup sur le compte de la liaison que mon père entretenait avec une secrétaire de sa boîte. La période où il m'a laissé tranquille coïncidait avec des disputes houleuses entre mon père et ma mère, beaucoup de portes claquées, et la mention de « cette salope de Christina » par ma mère, qui l'a fait virer. »

Finlay m'adresse un sourire ironique, mais je ne suis pas encore prête pour l'ironie.

— Je le sentais toujours quand j'allais me faire battre, j'avais appris à repérer les signes. Il avait cette lueur malveillante dans les yeux, ou bien il avait bu. Ou il rentrait du boulot de mauvaise humeur. Il cherchait quelque chose à me reprocher, s'énervait contre moi pour justifier son geste. C'était comme un exutoire qu'il s'accordait, mais il était d'une prudence irréprochable. C'était toujours dans une chambre à l'étage avec la porte fermée, et aussi discrètement que possible. La plupart du temps, il ne me faisait pas de bleus. Pas de ceinture ni rien. Aucune marque. Il avait déjà réfléchi à comment il pourrait se faire coincer, et c'est tordu, mais cela m'apporte une certaine paix. Je n'ai pas besoin de me demander s'il voulait me faire du mal, que je souffre en silence et qu'on ne me croie pas si je le racontais à quelqu'un. Je le sais avec certitude. C'était peut-être un besoin irrationnel en lui, mais qu'il contrôlait de manière très rigoureuse et rationnelle.

Mon visage est bouillant dans le froid glacial. Je dois retirer ma main de celle de Fin et la frotter sur ma jupe.

— Ce jour-là, quand tu m'as attendu pendant la balade à vélo, dis-je. Quand Susie et Gloria nous ont distancés. Tu te souviens de cette journée ? Il t'a frappé à cause de ça, non ?

J'ai la bouche sèche. Je revois l'intensité de la colère de M. Hart, et la soumission apathique de Finlay alors que son père le tirait à l'intérieur.

Je sens les larmes me monter aux yeux mais me retiens, je ne veux pas pleurer, je ne veux pas retourner la situation et que Finlay doive me consoler.

— Oui, mais ce n'était pas parce que j'étais resté avec toi. Si je t'avais laissée seule, il m'aurait frappé pour ça aussi. Il élaborait des récits d'où je sortais toujours perdant. Comme je l'ai dit, quand il le voulait, il trouvait toujours une cause.

Je hoche la tête.

— Je comprends.

Sauf que je ne comprends pas, mais alors pas du tout.

— À treize ans, comme cela faisait un moment qu'il ne m'avait pas frappé, j'ai trouvé le courage de raconter à ma mère ce qu'il s'était passé. Mais mon père lui faisait croire depuis un moment que je tenais des propos calomnieux, que j'étais un perturbateur. Si tu diabolises un enfant, il a tendance à devenir un peu diabolique, et ça rend la tâche de plus en plus facile. C'était un agresseur suffisamment intelligent pour me discréditer. Je ne pouvais pas bien faire, Susie ne pouvait pas mal faire, c'était toujours comme ça. Donc, tout de suite, ma mère a répondu que je mentais, que c'était affreux de dire ça de mon père, et comment osais-je. Elle a même assené : « C'est tout toi, ça. »

— Elle ne t'a vraiment pas cru ?

— Au contraire, je crois qu'elle m'a cru. Je ne vais pas la mettre hors de cause et dire qu'elle pensait que ce n'était pas vrai. Je pense qu'elle devait savoir, instinctivement, que c'était vrai. Ma mère était attachée à notre statut social, à notre maison, à nos vacances. Elle accordait de l'importance aux apparences. Regarde comment cette affaire a été gérée. Je parie que Susie ne t'a jamais parlé de tout ça, hein ?

Je secoue la tête.

— Et voilà. On nous avait martelé qu'on ne parle pas des squelettes dans le placard. Si on apprenait que mon père frappait son jeune fils, ça aurait tout détruit. Quand j'ai dit à ma mère qu'il m'avait battu pendant des années, elle a estimé qu'il fallait en jeter un par-dessus bord, lui ou moi. Le choix n'a pas été difficile. Ma mère a choisi mon père.

Une douleur vive me transperce la poitrine.

— Frappait-il Susie ?

Fin secoue la tête.

— Jamais, pas que je sache en tout cas. Ni ma mère. Je pense que je l'aurais su. Il était gaga de Susie. Quel que soit le mécanisme psychologique que je déclenchais en lui, ce n'était pas le cas de Susie. Je me suis demandé à de nombreuses reprises : si Iain Hart avait eu deux filles, aurait-il levé une seule fois la main sur ses enfants ? Qui sait ? Peut-être que cela aurait été différent avec un fils différent. Peut-être qu'il me détestait, tout simplement.

— Ce n'est pas ta faute. Aucunement.

— Je sais, répond Fin en reprenant ma main et la serrant. Il m'a fallu du temps, changer de continent, un peu de désintox, et une thérapie à la note salée, mais désormais je le sais.

— Putain, dis-je. Pendant tout ce temps. On te dépeignait comme une personne horrible…

— Susie ne t'a pas menti, déclare Fin en se tournant vers moi. Je ne veux pas que tu lui en veuilles. Je dis toujours à mes clients de ne jamais utiliser le mot « abîmé », mais je l'étais, Eve. À l'adolescence, j'ai clairement fait comprendre que tout ce que je voulais, c'était me casser loin de cette famille dès que possible. Susie m'a vu me comporter comme un salaud au fur et à mesure que nous grandissions. Je ne me comportais comme ça qu'à la maison, parce que j'étais suffisamment intelligent pour savoir que l'école était ma rampe de lancement pour me tirer d'ici. Comme mon cher papa, je savais que je devais le cacher au reste du monde.

— Tu n'as jamais essayé de dire à Susie ce qu'il s'était passé ?

— Si, une fois. Un jour, pour nous punir, papa nous a enfermés dans le placard. On était tout petits. C'est la seule fois où je l'ai vu s'emporter contre Susie. Elle faisait de l'hyperventilation, elle n'arrivait plus à respirer, c'était horrible. C'est pour ça que je ne voulais pas qu'elle soit enterrée.

Je sais que Fin n'essaie pas de marquer un point, mais il le marque quand même.

— Je pensais que cet acte de sadisme serait la petite preuve dont j'avais besoin pour qu'elle me croie.

« On était au pub, pas longtemps avant mon départ pour Londres.

J'ai pris une profonde respiration et dit que papa m'avait maltraité. Elle n'en a pas fait cas. « Allons, Finlay, ne dramatise pas, tout de suite les grands mots. Toi aussi tu as été un vrai salaud avec lui, tu le sais. Je me rappelle vos disputes. Je me rappelle quand tu as coupé sa carte de crédit en deux. Ou saccagé sa réserve d'alcool. Quoi, tu as pris une petite fessée de temps en temps ? Eh bah, papa est de la vieille école, il croit qu'on peut encore faire ça. Oui, il a dû penser qu'on devait traiter différemment un garçon. Surtout un voyou casse-cou comme toi. » C'était comme regarder des pierres rebondir sur un verre incassable.

« Elle avait dix-sept ans, moi dix-neuf, et j'avais trop attendu. La vision de son enfance n'allait pas changer en une conversation. Elle n'allait pas faire basculer l'image qu'elle avait de notre père pour y correspondre. Comme elle me l'a bien fait comprendre, je n'étais pas une victime qui inspirait la sympathie. Je comprenais ce qu'elle voulait dire. »

— Ce n'est pas ta faute si personne ne voulait t'écouter, murmuré-je d'une voix rauque.

— J'ai eu beaucoup de temps pour réfléchir à ce qui s'est passé entre Susie et moi. Tu sais comment c'est, quand tu es en retard pour retrouver quelqu'un : au début la personne qui t'attend est ennuyée, puis elle s'énerve. Elle s'inquiète. Les excuses et les explications que tu devras fournir en arrivant prennent de plus en plus d'importance à chaque minute qui passe. Et l'autre personne finit par abandonner, et partir. Elle ne t'attend plus. C'était ça, ma relation avec Susie. Quand j'ai été enfin prêt à parler et à lui expliquer pourquoi j'avais été un pauvre type au comportement destructeur, elle était partie. Je l'avais fait attendre trop longtemps pour que ce que j'avais à raconter l'intéresse, ou qu'elle y croie. Cela ne veut pas dire que je n'aurais pas dû essayer davantage. Je regrette de ne pas avoir persévéré. Je me demandais si ses journaux intimes renfermaient un indice prouvant qu'elle le savait, qu'elle avait repensé à cette conversation que nous avions eue sur papa, et reconsidéré les choses.

— C'est pour ça que tu les voulais ?

— Oui.

Je dois lui dire. Il ne doit pas penser qu'il m'a révélé tout ça et que je refuse quand même de les lui donner.

— Merde, Fin. Je les ai détruits. Avant Édimbourg. J'étais en colère contre Susie et tu insistais, alors j'ai pensé que je devais faire quelque chose d'irrévocable. Tu avais raison. Je n'avais aucun droit, ni aucune idée de ce avec quoi j'interférais. Putain, je suis tellement désolée...

Je ne crains pas la réaction de Fin, je suis trop choquée et dégoûtée par ce que j'ai fait pour ça. Je *veux* qu'il me pourrisse, je le mérite.

— Eh, ce n'est rien, répond Fin d'un ton égal, j'avais changé d'avis de toute façon. C'était une impulsion, dans la première vague de chagrin, parce que je savais que je n'aurais jamais l'occasion de lui poser la question. Je ne crois pas que j'aurais dû lire ses journaux intimes. (Une pause.) Mon comportement envers toi, à ce sujet... c'était un aperçu de la colère mal placée à laquelle Susie avait dû s'habituer.

— Susie aurait été de ton côté, si elle avait su ce que je sais, dis-je avec conviction. Ça aurait été difficile à encaisser, mais elle aurait fini par comprendre. Elle détestait les brutes. Tu te souviens de l'histoire des chaussures, dans l'oraison funèbre ?

— J'espère que tu as raison. Apprendre à te connaître m'a permis de me reconnecter un peu avec elle. J'ai presque l'impression que c'est Susie, de l'au-delà, qui exulte – *tu vois, Finlay ?!* Moi aussi, je l'avais mal jugée.

— Haha, pourquoi ?

— Je pensais que c'était une princesse arrogante qui, comparée à moi, avait eu la vie facile. Que la technique « diviser pour mieux régner » de mon père avait fonctionné. Mais elle t'avait gardée comme meilleure amie, ce qui veut dire qu'elle était restée la petite sœur de mes souvenirs. Turbulente, irascible quand on l'emmerde, mais hilarante et pétrie de bonnes intentions.

— C'est un bon résumé de Susie, dis-je d'un ton mal assuré.

Puis ma respiration devient haletante, et ma vision se trouble de larmes.

— Chaque fois que tu lances une de tes piques, j'ai l'impression de l'entendre rire comme une baleine. Grâce à toi, je suis fier d'elle. Tu es mon lien avec une Susie que je n'ai pas pu connaître.

Finlay parvient à peine à finir sa phrase avant que les larmes prennent le dessus, et nous nous serrons l'un contre l'autre, nous agrippons l'un à l'autre, comme si le sol allait trembler sous nos fesses.

Quand nous nous ressaisissons, nous prenons conscience du froid et de la pénombre qui règnent à présent dans le jardin.

— Tu as déjà eu ce genre de crise ? dis-je doucement en essuyant mes larmes. C'était une crise d'angoisse ?

— Oui, mais ça faisait des années que je n'en avais pas fait. Vu le coût des soins de santé aux États-Unis, j'ai vite appris des techniques de respiration pour ne pas finir aux urgences à chaque fois. La réaction de mon père m'a fait un électrochoc inattendu, voilà tout. Je n'ai jamais aimé revenir entre ces murs.

— Évidemment. Moi aussi, il m'a choquée. (Pause.) Il y a encore une chose que je ne comprends pas. Pourquoi est-ce que tu l'aides ? Pourquoi ne pas rentrer à New York en disant ciao, électrocute-toi dans ta baignoire pour ce que j'en ai à foutre ? C'est ce que je ferais à ta place.

— Pour pouvoir tourner la page. Je n'ai pas eu cette chance avec ma mère, ne l'aurai jamais avec ma sœur. Et quand Susie m'a appris que mon père commençait à perdre la mémoire, j'ai compris que cet enfoiré m'empêcherait de le mettre face à ce qu'il m'a fait. J'ai évacué la haine, la colère et la suffisance quand j'avais vingt ans. Aujourd'hui, je comprends mieux comment retirer le nœud qu'est Iain Hart autour de mon cou. Il s'avère que les chrétiens tiennent quelque chose avec cette notion de pardon. Si je m'occupe bien de lui, lui trouve une maison de retraite, m'assure qu'il est accompagné en fin de vie, ce sera la preuve ultime que je ne suis pas lui. J'aurai la conscience tranquille quand il mourra. À mes yeux, c'est une victoire.

— Tu es meilleur que moi.

— Oh que non, réplique Finlay en posant ses yeux bleu foncé sur moi.

Je défaille. Tout le monde devrait avoir quelqu'un qui le regarde comme Fin me regarde, au moins une fois dans sa vie.

— Bien. J'ai besoin d'une minute seul pour me reprendre, tu veux aller lui dire au revoir ? demande Fin en se relevant et s'époussetant les mains. Voilà les clés de la voiture. Je suis garé à quelques rues et je suis venu en courant. Je ne viens jamais ici sans véhicule, pour pouvoir prendre la fuite.

— Je ne passe pas la porte d'entrée en te laissant seul avec lui. Hors de question.

— Viens ici, dit Fin, et il me serre si fort contre lui que j'en ai le souffle coupé. S'il essayait de me frapper maintenant qu'il est sénile et que je fais plus d'un mètre quatre-vingts, ça finirait mal pour lui. Je ne suis pas en danger, physiquement. J'ai subi un choc tout à l'heure, c'est tout.

— Je sais que je fais une bien piètre protectrice et que je porte une jupe avec des écureuils qui dansent dessus… mais… laisse-moi te sauver ! dis-je, entre rires et larmes.

— Ah, mais, vois-tu, Evelyn Harris… tu l'as déjà fait, répond Fin en posant sa main sur ma joue.

Au moment de passer la porte d'entrée, j'entends le murmure de la télévision et je ne peux m'empêcher d'entrer dans le salon pour le regarder, une dernière fois.

M. Hart lève les yeux, tout sourire.

— Eve ! Vous êtes encore dehors, tous les deux ? De quoi vous discutez comme ça ?

— Il m'a appris que ce n'était pas lui, le « poison ». C'est vous, dis-je dans un souffle.

— Je te demande pardon ? répond M. Hart avant de se retourner vers la télé.

— C'est à Fin qu'il faut demander pardon, dis-je.

43

Nous ne parlons pas beaucoup pendant le trajet jusque chez moi. Quand nous nous garons devant la maison, Roger apparaît à la fenêtre et gratte la vitre, parvenant même à me faire de gros yeux félins. *C'est à cette heure-là qu'on rentre, jeune fille ? Et qui est ce garçon, je vous prie ?*

— Eh coucou, j'ignorais que tu avais un locataire, dit Finlay. Belle bête, il est à toi ?

— Non, je ne sais pas comment Roger « Tourtière » est entré ici, répliqué-je en souriant. Nom cucul dont je ne suis pas entièrement responsable.

— Ça sort d'une émission de télé que je n'ai jamais vue ? demande Fin.

— Histoire un peu longue. Pour une autre fois. Ta sœur est impliquée.

— Tu te rappelles qui était le tueur dans *Twin Peaks* ? reprend Fin. C'était le père, le méchant. Régulièrement possédé par une entité démoniaque. Parfaitement aimant le reste du temps.

— Merde…

— C'est pour ça que j'ai voulu savoir pourquoi tu avais choisi la musique de la série.

— Pure coïncidence, malheureusement. Sauf que Susie n'arrêtait pas de dire qu'elle était Laura Palmer. Maintenant, je me demanderai toujours pourquoi. Fin, j'ai toujours son téléphone. Tu le veux ?

Fin éteint le moteur et déboucle sa ceinture, puis il se tourne pour me regarder.

— Non, franchement. Ce serait déplacé, et ça ne me rendrait pas service. Si quelqu'un doit avoir ses affaires, c'est toi. Comme nous l'avons établi, tu étais l'amour de sa vie.

Finlay Hart me regarde droit dans les yeux, je fonds de l'intérieur.

Je regarde sa main posée sur le levier de vitesse.

— Tu veux entrer pour que je te présente Roger ? dis-je, le souffle coupé par l'anticipation et la peur.

— Oui, répond Fin sans me quitter des yeux. Mais il faut que tu le saches. Il y a un problème si je fais ça. Tu te rappelles à Édimbourg, quand j'ai dit : et si je tombais le masque, si j'arrêtais de me poser des questions ? Et si je te disais la vérité sur ce que je pense ? Et si j'arrêtais de jouer les Gatsby et prenais le risque qu'une femme apprenne vraiment à me connaître, et qu'elle me rejette ?

— C'est gonflé de ta part de parler de rejet ! Tu as dit tout ça juste avant de me regarder comme si tu allais m'embrasser, puis tu as détalé comme si cette idée te faisait horreur.

Fin éclate de rire, un de ses rires qui lui plissent le yeux et changent son visage tout entier.

— Cette idée ne me faisait pas horreur, bien au contraire, mais ne vois-tu pas à quel point cela aurait été malsain si je l'avais fait ? Je t'avais emmenée de force à la recherche de mon père dans un autre pays, je t'avais pris une chambre d'hôtel. Tu venais juste de sécher tes larmes. Tu imagines, s'il s'était passé quelque chose, ce que tu aurais pensé de mes réelles intentions depuis le début ? Ou bien tu te serais dit que je ne t'avais réconfortée que pour profiter de toi.

— Je n'avais pas songé à ça. Je n'ai pas du tout douté de tes motivations.

— Je sais. Je voulais qu'il en reste ainsi.

Je souris, et m'émerveille du virage qu'a pris mon sentiment sur

Finlay Hart. Je mettrais ma vie entre ses mains à présent. Ce qui est tout aussi bien.

— Honnêteté totale, OK, je commence, et après c'est ton tour, dit Fin pour que je me prépare. J'essaie de concilier les choses suivantes. Si j'entre chez toi, je pense que tu le sais, je n'aurais plus jamais envie de partir.

Je déglutis.

— Je voudrais que tu me dises que tu ressens la même chose, mais je ne veux pas te faire de mal : je dois prendre l'avion pour rentrer en Amérique dans quelques jours, même si je n'en ai aucune envie. Je ne peux pas rester ici car mon travail n'est pas ici. Je ne peux pas te demander de me suivre, bien que j'aie profondément envie que tu viennes avec moi, si c'est ce que tu veux. Déraciner ainsi la vie de quelqu'un est injuste. Je ne sais pas comment faire en sorte que ça marche, mais je refuse de ne pas essayer. Alors oui, je veux rencontrer Roger. Mais rencontrer Roger est lourd de significations. Parce que si ce ne doit être que quelques jours très mouvementés, je pense que nous devrions nous mettre d'accord. Même si cela ne rendra pas mon départ plus facile. Voilà. À toi maintenant.

Il y a une pause comme je m'éclaircis la gorge en espérant que je serai capable de parler.

— Ouais, pareil, dis-je avec désinvolture, et nous rions tous les deux si fort quand la tension retombe que nous avons les larmes aux yeux. Je crois… (Je marque une pause.) Je crois que quand tu réfléchis à tout ce que nous avons surmonté, être assis ici, dans cette voiture, ensemble, s'être trouvés… je ne crois pas qu'on devrait laisser la distance entre l'Angleterre et New York nous faire obstacle. Nous verrons bien comment gérer la suite. Nous sommes arrivés jusque-là. Nous sommes ensemble. C'est ce qui compte.

Fin se penche et m'embrasse, et je passe mes mains dans ses cheveux et lui rends son baiser, doucement puis plus passionnément, le sentant réagir.

— Ce serait peut-être plus facile si tu détachais ta ceinture, murmure Finlay en la pointant du doigt, entortillée en travers de ma poitrine comme si j'étais dans un harnais pour enfant.

Je pouffe.

— Tu sais quand j'ai su que j'étais amoureux de toi ? dit-il. Quand je t'ai retrouvée dans le hall pour aller dîner. Tu traversais le hall, les jambes arquées sur tes talons, tel un Gumby dans *Monthy Python*. C'était comme si un orchestre s'était mis à jouer et les étoiles à briller.

— Vraiment ?

— Soit ça, soit le moment où tu as hurlé sur les quais de Leith que tu n'avais pas vu ma zone pubienne. J'étais soulagé, d'ailleurs.

— C'est le pire truc imaginable alors, que je te voie nu ?

— Mon Vietnam à moi. Que ça ne se produise jamais.

Je ris et tends la main vers la poignée.

— Pourquoi ai-je l'impression qu'on se comprend si bien, Evelyn ? Je suis censé être celui qui possède les réponses pour ce genre de choses, dit Fin en me regardant, quasi en admiration. C'est comme si toute ma vie n'avait été qu'un chemin pour revenir jusqu'à toi.

J'ai eu du temps pour y réfléchir, allongée sur mon lit dans le cottage en écoutant la pluie sur le toit. Pour penser au fait que Finlay ne m'avait jamais abandonnée, que ce soit pendant les balades à vélo, enfants, ou dans les chambres d'hôtel, une fois adultes.

— À cause de la leçon qu'on s'est apprise mutuellement, dis-je.

— Laquelle ?

— La guérison.

44

Trois mois plus tard

La voix tonitruante du maître du jeu perce le brouhaha des conversations.

— Dans la série comique de BBC *The Office*, la branche Slough fusionne avec une seconde branche de la compagnie de vente de papier. Où est basée cette branche. *Où est, basée cette branche ?*

Pourquoi les animateurs de quiz marquent-ils une pause aux endroits les plus étranges dans leurs phrases ?

— Reading, siffle Justin en plantant son doigt sur la feuille.

— Ricky Gervais est originaire de Reading, c'est pour ça que tu penses à ça, dis-je.

— Ça ne doit pas être une grande ville, murmure Ed en plongeant la main dans un sachet de Frazzles. L'équivalent de Slough.

Il jette un Frazzle à Leonard, qui se réveille, l'avale et se rendort aussitôt. Je chuchote :

— C'est là d'où vient le mec qui danse à la John Travolta.

— C'est-à-dire Reading, insiste Justin.

— Non ! Soutiens-moi, Francis.

Francis hoche la tête.

— C'est trop grand, Reading.

— Merci.

— Et pas assez marrant, quelque part.

— C'est assez marrant, Slough ? pouffe Justin.

— Intrinsèquement, oui, dit Ed. Imagine Vic Reeves le chanter avec une voix mélodramatique… « la pute venait de SLOUGH » ! Trop drôle.

— Swindon, propose Finlay.

Nous nous tournons tous vers lui, surpris.

— Tu habites à New York, tu ne connais pas notre culture G, dis-je.

— Ça a commencé à être diffusé bien avant que je quitte l'Angleterre, et on a la BBC là-bas.

— Swindon ? T'es sûr ? dis-je.

— Oui, affirme Finlay avant de prendre une gorgée de bière.

Il se plaint des « trois kilos carringtoniens » qu'il a pris depuis qu'on s'est mis ensemble, il y a trois mois. Étant celle qui tourne souvent la tête en se brossant les dents pour le mater sous la douche, je peux affirmer que cela lui va bien.

— Bien, c'était la dernière question, dit l'animateur. Puis nous ferons une courte pause, et je reviendrai avec les scores.

— Tu repars quand, cette fois, Fin ? demande Justin.

— Mercredi. J'ai atteint la limite courtoise des consultations par Skype, pour le moment. Eve me rejoint la semaine suivante pour son mois à New York.

Il tend la main pour me caresser la nuque, sous ma queue-de-cheval.

— Je vais lui montrer tous les lieux touristiques, cette fois, je n'avais pas eu le temps de le faire jusqu'à maintenant.

— J'ai hâte. Rog et moi on va trop s'éclater, dit Ed en faisant le signe des cornes avec sa main. Slash regarder plein d'épisodes de *Queer Eye* et manger du poulet frit de chez Dixy.

— Je te suis vraiment reconnaissante de garder Rog et la maison, dis-je.

— Tout le plaisir est pour moi. Ta maison bat mon appart' à plates coutures.

Hester en a fait baver à Ed concernant la vente de leur maison, et il a fini par déclarer forfait en tant qu'acheteur pour le moment.

Il loue un appartement, mais c'est un vrai appart' de mec – vélo dégueu contre le radiateur et zéro photos aux murs. Il s'est inscrit sur Tinder et a déjà eu quelques rendez-vous tragi-comiques. Les choses ont bien changé : Justin et moi dans des relations sérieuses ; Ed, célibataire.

— Ta boss est d'accord pour ton congé sabbatique ? demande Ed.

— À peu près, dis-je. Elle a signé.

— Chut ! nous coupe Francis. Les résultats !

— Ça sent la victoire, lance Ed. Respirez-moi ça, mes salauds.

— Si on gagnait chaque fois que tu disais ça, Ed, on serait bannis du quiz comme Ben Affleck des casinos de Las Vegas.

— Vraiment, pourquoi ? Parce qu'il est riche ? demande Ed.

— Ils ne te virent pas parce que tu es riche, mais si tu es trop bon au black jack, explique Fin. C'est pour ça que c'est toujours la maison qui gagne.

— Il comptait les cartes, dis-je.

— Il ne les comptait pas, il m'a dit que…, commence Fin, puis il se tait, les yeux écarquillés face à nos expressions sidérées. Je veux dire, j'ai lu dans les journaux qu'il avait dit que…

Nous poussons tous des cris hystériques.

— Très bien, voici les réponses…, annonce le maître du jeu, et nous échangeons notre feuille avec la table voisine pour le décompte des points. Nous devrions bien nous en sortir, par rapport à d'habitude.

— Et enfin… j'ai demandé avec quelle branche celle de Slough fusionne dans *The Office* ?

— Si c'est Reading, je vous déteste tous, dit Justin.

— Il s'agit, évidemment, de Swindon. *Sunny Swindon.*

— Oui ! s'écrie Ed. Bien joué, Finlay.

Nous rééchangeons nos feuilles.

— Quarante-six ! dis-je.

— Parfait ! Qui a obtenu… cinquante sur cinquante ! beugle l'animateur.

Nous sommes tendus, Francis et moi nous tenons fort par la main, les yeux fermés.

— Quarante-neuf ?

Silence.

— Quarante-huit ?

Silence.

— Quarante-sept ?

Les Anoraks compressibles ont bien dû avoir quarante-sept, non ? Silence.

J'ouvre les yeux.

— Qui a obtenu… quarante-six ?

Nous nous regardons les uns les autres.

— Nous ! Nous ! crions-nous à l'unisson, réveillant Leonard.

Malheureusement, les Anoraks compressibles ont crié, eux aussi.

— Veuillez apporter vos feuilles, s'il vous plaît, dit l'animateur, et Francis se lève en vitesse pour aller faire vérifier notre score.

Au bout de quelques minutes, l'animateur lance :

— Mesdames et messieurs, il semblerait que nous ayons une égalité. Vous savez ce que ça veut dire : une question décisive. Chaque équipe va nommer un de ses membres, qui va me rejoindre ici. Je vous poserai une question, une seule et unique question, à laquelle seuls les deux membres désignés pourront répondre. Le premier à me donner la bonne réponse fait gagner son équipe.

Les Anoraks envoient leur meilleur homme, qui ressemble à un sorcier malfaisant, lui tapant dans le dos alors qu'il monte sur l'estrade.

— Vas-y, Tony !

Nous nous regardons les uns les autres.

— Eve, dit Fin. Tu es de taille à relever le défi. Va nous chercher ce trophée.

— Oh ! non, je suis nulle.

— Pas du tout. Va, dit Fin, et Ed, Justin et Francis m'encouragent.

— La voici, la question subsidiaire. Rappelez-vous, criez, parce que c'est la réponse la plus rapide qui l'emporte, si elle est correcte.

La ballade *I Will Always Love You* de la regrettée Whitney Houston a fait un carton en 1992, en restant quatorze semaines en tête du classement Billboard. Cependant, ce n'est pas Whitney qui l'a écrite. Qui en est l'auteur ?

— BARRY GIBB ! hurle Tony des Anoraks compressibles, comme s'il s'était pris un coup de taser, sous les acclamations de ses amis qui se sont crus au stade de foot.

— Je crains que ce ne soit incorrect, dit l'animateur quand le vacarme se calme enfin. La demoiselle voudrait-elle proposer une réponse ?

Je regarde les visages pleins d'espoir de mon équipe, leurs poings serrés. Finlay me fait un clin d'œil.

— Est-ce que c'est… Dolly Parton ? dis-je.

— Nous avons une gagnante ! s'écrie le maître du jeu, et mon coin du Gladstone explose de joie.

— Félicitations à l'équipe…

Il ramasse notre feuille de jeu et plisse les yeux à travers ses lunettes pour lire notre nom d'équipe.

— Les Perdants de Susie.

45

Après

Tu étais de nouveau en vie cette nuit.

Ce n'était pas un cauchemar, Suze – ça, j'en ai fait des tas –, c'était juste un autre monde, parfaitement identique à celui-ci, à un affreux détail près. Ta présence. Ta présence, que je tenais pour acquise.

Dans cet autre monde, j'étais assise à un bureau d'école à tes côtés, au bord d'une autoroute très fréquentée, et nous organisions gaiement des vacances au ski. Les voitures qui passaient à toute vitesse faisaient trembler la table, mais cela ne nous dérangeait pas. « Et pourquoi pas la Suisse ? » demandais-tu. Nous avions des projets.

(Je me demande si la Suisse est un truc subconscient, parce que c'est là qu'était Hester quand Ed et toi… Ha ha, et d'ailleurs en échange ? tu n'as pas le droit de te plaindre à propos de Finlay. J't'ai bien eue. Ne discute pas. Tu sais que je suis là pour toi.)

J'ai fini par comprendre qu'il en sera toujours ainsi. Tu ne seras jamais derrière moi, Susie. Tu ne seras jamais quelque chose qui est arrivé. Tu seras toujours à mes côtés.

J'attrape maladroitement mon téléphone dans le noir, remonte les conversations, et trouve le dernier message de Susie. Ces quelques mots dans une bulle sur mon écran. Cela me paraît toujours impossible, que ce soit des derniers mots. Qu'elle ne soit pas là, derrière cet écran, à exister hors de ma vue. À attendre un signal.

Je tape une réponse :

TELLEMENT de choses à te dire. On se parle vite. Je t'aime. xxx

De l'autre côté de la pièce, où j'ai mis son téléphone à charger, une lueur apparaît, comme pour me répondre.

Je t'aime aussi, ma bête iridescente. xxx
P-S Je dois quand même dire, mon frère, BERK

On est heureux ensemble, cela dit ! 😉

Je sais pas si c'est pas encore PLUS berk. C'est ce que le prof de géo, M. Pulteney, a dit quand on a découvert que sa femme et lui étaient nudistes, tu te rappelles ?

Je ris pour moi-même. J'entendrai toujours Susie dans ma tête. C'est une conversation ininterrompue. À vie.

Fin se réveille.

— Ça va ? J'ai vu une lumière s'allumer ?

— Tout va bien.

— Le chat n'est pas seulement lourd, il est trempé ! dit Fin en remarquant la présence de Roger, qui miaule pour défendre son territoire.

— Roger restera Roger.

Finlay m'enlace, et nous restons allongés en silence, écoutant le bruissement des feuilles de l'autre côté de la vitre.

— Je crois qu'il s'est arrêté de pleuvoir, dit-il.

Je me retourne face à lui.

— Moi aussi.

Remerciements

Beaucoup de gratitude éditoriale pour ce roman : d'abord, à mon éditrice Martha Ashby, qui a non seulement fait preuve d'un enthousiasme prodigieux à l'étape préparatoire, mais qui, avant de partir en congé maternité, a répondu à un long appel téléphonique où je gémissais que j'avais été trop ambitieuse. Elle m'a calmement informée que non, que j'allais continuer et que ce serait super. Sans ces mots, ce livre ne serait pas là, donc merci pour ta foi. Je suis reconnaissante également envers mes talentueuses éditrices intérimaires pendant cette bonne vieille année 2020 bien compliquée, Lynne Drew et Sophie Burks, avec qui cela a été un plaisir de travailler, grâce à leur bonne humeur et leur approche placide. J'ai notamment apprécié qu'elles me poussent à amener chaque premier jet là où il devait aller, sans jamais avoir la sensation qu'on m'y forçait. Merci à vous toutes, mesdames, j'ai hâte de trinquer quand ce sera de nouveau autorisé. Et merci à toutes les équipes HarperCollins, à la fois au Royaume-Uni et aux États-Unis, pour leur soutien et leurs énergies, cela me manque de ne pas vous voir !

Merci à mon agent, Doug Kean, c'est toujours un régal de travailler avec lui. C'est comme si nous étions mariés, sauf qu'on ne se dispute pas sur le choix de la table basse.

À mon comité de lecture de premier jet : Tara, Sean, Katie, Laura, je ne pourrais pas faire ça sans vous. Mention spéciale à Kristy Berry pour avoir préservé ma santé mentale. Merci à Carol Clements pour ses conseils experts patients sur les testaments et validations. Si j'ai déformé quoi que ce soit, je suis la seule responsable.

Et merci à Alex, à qui revient la tâche pas toujours joyeuse mais parfaitement essentielle de me dire d'arrêter mon catastrophisme, de tenir bon, et que c'est peut-être un peu tard pour être encore en pyjama.

Vous avez aimé
Avec toi, les rêves fleurissent sous la neige ?
Découvrez les autres romans
de Mhairi McFarlane

Tournez vite la page pour découvrir un extrait
de *Et ne t'avise pas de m'embrasser…*

Harper
Collins
POCHE

Extrait

1

Dan
À quelle heure tu penses rentrer, ce soir ? Grosso modo ?

Laurie
Aucune idée. BIENTÔT, J'ESPÈRE.

Dan
Tu espères ?

Laurie
Je te donne un indice… Boisson de prédilection de tout le monde : prosecco avec une framboise dedans. 😋

Dan
Je croyais que tu aimais le prosecco. Et les framboises.

Laurie
J'adore ! C'est ce que j'ai pris. 😊 Mais ça me ressemble pas, ce genre de soirée filles. Elles appellent ça des « bubulles coquines ». 😴

Dan
Tu râles parce que les autres aussi aiment ça ? Ça me viendrait pas à l'idée de critiquer une sortie entre potes au motif que « tout le monde a commandé la même chose à boire ». 😊

Laurie
Sauf quand tu dis que tu détestes les enterrements de

vie de garçon qui « commencent par dix pintes de Stella descendues dès 7 heures du mat au Gatwick Spoons[1] ».

Dan
Tu peux pas t'empêcher de jouer les avocates, hein ?

Laurie
HA ! La formulation exacte, c'est : « Tu m'as pris en flag, Loz ! » 😉

Dan écrit…

Dan écrit…

Vu aujourd'hui à 21 h 18

Dan avait dû changer d'avis en cours de réponse. Laurie mit son portable en veille, puis le rangea dans son sac.

Évidemment, tout alcool était bon à boire, rien qui cloche avec ce cliché. Cette conversation était plutôt de la bravade sous couvert d'humour caustique. C'était aussi un signal de détresse. Elle était perdue en mer, et son téléphone lui faisait l'effet d'une bouée de sauvetage. Cette soirée était un flash-back désagréable de l'époque du collège. Elle revivait les émotions des repas à la cantine, quand elle était la fille d'une mère célibataire, sans argent ni coolitude.

Jusqu'à présent, les filles avaient discuté des mérites du *microblading* pour restructurer ses sourcils (« Ashley, de Stag Communications, ressemble maintenant à Colin Farrell »), débattu pour savoir si Marcus Fairbright-Page, de KPMG, était un salaud susceptible de briser les cœurs et les sommiers (d'après les infos de Laurie, la réponse était un oui catégorique, mais il était clair qu'un verdict de sa part n'était pas souhaité), puis évalué combien de *burpees* on pouvait enchaîner pendant une séance de fractionné à la salle de sport (aucune idée, vraiment).

Elles étaient toutes éblouissantes, alliant sophistication et fémi-

1. Pub de la chaîne Wetherspoon à l'aéroport de Gatwick.

nité. Pomponnées avec soin et apprêtées pour leur exposition au public. Laurie, elle, se sentait comme un pigeon au plumage terne, dans une volière pleine d'oiseaux tropicaux en train de gazouiller.

Emily lui était sacrément redevable. Cette soirée était le fruit d'une conversation qui se renouvelait tous les trois mois environ : sa meilleure amie, à la tête d'une agence de relations publiques, la suppliait de se joindre à son équipe et elle, dans le but de « rendre ça moins chiant, sinon, on passera notre temps à discuter des nouveaux clients ». Emily, en tant que P-DG et hôtesse, présidait la tablée. Usant de sa carte bancaire pro, elle distribuait autour d'elle olives Nocellara et amandes. Comme elle était l'une des dernières arrivées, Laurie était à l'autre bout.

— Alors… C'était qui ? lui demanda Suzanne.

Assise à sa droite, Suzanne avait de magnifiques cheveux mi-longs couleur crème anglaise, et le regard inquisiteur d'un agent des douanes.

Laurie se tourna vers elle, masquant son agacement derrière un sourire digne d'une poupée de ventriloque.

— Qui donc ?

— Au téléphone ! Tu avais l'air carrément à fond !

Suzanne leva ses yeux de biche vers le plafond. Mimant une expression un peu simiesque, à la fois niaise et hypnotisée, elle se mit à bouger les mains sur un portable imaginaire. Puis elle partit d'un grand rire enfantin et alcoolisé, à la sonorité potentiellement cruelle.

— Mon petit ami, répondit Laurie.

Elle trouvait ce terme un peu bêta, mais « compagnon » avait un côté guindé et ennuyeux. D'autant que c'était déjà sûrement ce que son interlocutrice pensait d'elle.

— Aaaah… C'est le tout début ? demanda Suzanne, lissant ses cheveux de princesse sur ses oreilles, avant de porter la flûte à ses lèvres.

— Ah non, pas vraiment, fit Laurie avec un léger rire. On est ensemble depuis nos dix-huit ans. On s'est rencontrés à la fac.

— J'hallucine ! Mais ça te fait *quel âge* ?

Extrait

Laurie sentit les muscles de son ventre se crisper.

— Trente-six ans.

— J'HALLUCINE, s'exclama à nouveau Suzanne, assez fort pour attirer l'attention de quelques-unes des autres femmes. Et vous êtes ensemble depuis tout ce temps ? Pas d'aventures ? Pas de pauses ? Genre… c'est ton premier petit copain ?

— Ouais.

— Je n'aurais *jamais* pu faire ça. Oh là là ! Waouh ! Est-ce qu'il a été…

Elle baissa la voix avant de poursuivre :

— … ton tout premier ?

Intérieurement, Laurie grimaça.

— Un peu personnel, comme question, après deux verres, non ?

Mais Suzanne était sur sa lancée.

— Punaise ! Pour de *vrai* ? ! In-cro-yable !

Elle parlait avec entrain, comme si elle était drôle, et pas moralisatrice, lubrique et tout simplement détestable.

— Et vous n'êtes pas mariés ?

— Non.

— Tu as envie de l'être ?

— Pas vraiment, fit Laurie en haussant les épaules. Je ne suis ni pour ni contre le mariage.

— Peut-être quand vous aurez des enfants…

Oh ! très subtil… *Va te faire foutre, pétasse !*

— Et toi, tu es mariée ? demanda-t-elle.

— Non !

Suzanne secoua la tête, faisant ondoyer sa belle chevelure.

— Ce qui est sûr, c'est que je veux être mariée avant mes trente ans. Il m'en reste encore quatre pour trouver mon prince charmant.

— Pourquoi avant trente ans ?

— C'est juste que je n'ai pas envie de finir vieille fille.

Elle marqua une pause.

— Sans vouloir te vexer.

Extrait

— Pas de souci.

Laurie envisagea un instant de dire : « Tu sais que c'est vraiment malpoli de ta part ? Ce n'est pas en ajoutant "sans vouloir te vexer" à la fin d'une phrase que ça va atténuer l'insulte », avant de peser le pour et le contre, comme toute bonne Britannique. Dix petites secondes de triomphe ne valaient pas les heures de gêne et d'hostilité qui allaient suivre.

— Où est-ce que tu fais faire ton bronzage ? Il est somptueux, remarqua Carly.

Vêtue d'un haut à paillettes, elle était assise de l'autre côté de Suzanne. Laurie retint à grand-peine un ricanement incrédule. C'était quoi, la prochaine question ? « Qui a fait ta permanente ? » ?

Elle ne savait même pas pourquoi elle éprouvait encore de l'incrédulité, depuis le temps. Si elle avait perçu une livre sterling chaque fois que quelqu'un avait fait une remarque sur sa couleur de peau, elle aurait eu moins d'argent à emprunter pour sa maison à Chorlton[1]. Les gens qui évoluaient en société avec une apparence conventionnelle, la peau blanche, une taille normale et tous leurs membres, ne se rendaient pas compte combien certains pouvaient être décomplexés dans leur façon d'aborder les différences physiques apparentes.

— Ma mère vient de Martinique, indiqua-t-elle.

Elle attendit qu'un signe de mortification apparaisse sur le visage de Carly.

En vain.

— Quoi ?

— Martinique ! Ma mère vient de Martinique ! répéta Laurie d'une voix aiguë, pour se faire entendre par-dessus la musique.

Elle désigna son visage. Était-ce si difficile d'identifier une personne de couleur à la lueur d'une bougie ?

— Ta mère s'appelle *Martine Eek* ? s'exclama Carly.

1. Banlieue résidentielle située au sud de Manchester.

Extrait

Et puis merde…

— Je vais me chercher un old fashioned, déclara Laurie en se levant brusquement.

Elles n'avaient qu'à se moquer d'elle et de son cocktail à l'ancienne.

Puis elle les aperçut, par le plus grand des hasards, à travers la foule mouvante. Elle ne put retenir un sourire, en proie à la joie ignoble de voir quelque chose qu'elle n'était pas censée voir, sur une banquette, à cinq ou six mètres d'elle.

Son collègue Jamie Carter était de sortie avec une splendide jeune femme. Jusqu'ici, rien que de très prévisible. Mais ce n'était pas une jolie inconnue, loin de là. Il s'agissait, et Laurie en était sûre à quatre-vingt-dix-neuf pour-cent, de la nièce du patron. Quelqu'un dont il n'était pas censé s'approcher, puisqu'il avait reçu un avertissement à ce propos la veille de l'arrivée d'Eve. En termes de ragots de bureau, c'était de la dynamite. De la dynamite qui pouvait même s'achever par un licenciement, si M. Salter était d'humeur particulièrement protectrice.

Cette mesure avait été la source de beaucoup d'amusement au bureau : Jamie était une vraie menace, du style « avec lui, gardez vos filles sous clé ».

— Ça vaudrait le coup d'équiper Carter d'une GoPro, à en croire les rumeurs, avait-elle fait remarquer en s'esclaffant. La vie secrète du matou de la boîte.

Tout en parlant, elle piochait dans un sac de raisins cramoisis sans pépins. La stagiaire, Jasmine, était devenue aussi rouge que les fruits, révélant sans le vouloir son béguin pour lui.

Eh bien, quel que soit ce que ses supérieurs lui avaient dit, le message était drôlement bien passé. Jamie se trouvait en solo avec l'étudiante en droit de vingt-quatre ans, à siroter un havana club dans un bar, moins d'une semaine plus tard.

Laurie ne pouvait s'empêcher d'admirer son cran. Et elle ne serait sûrement pas la seule.

En dehors de ce choix risqué de compagne de soirée, The Refuge était exactement le genre d'endroits où elle se serait attendue à voir un homme comme Jamie un vendredi soir. *Good Times,* de Chic, passait à plein volume, et l'œuvre d'art au-dessus de leur tête, un panorama de cheminées d'usines en noir et blanc sur le carrelage mural, indiquait « *The Glamour of Manchester* ». Eve et lui étaient en harmonie avec le décor.

Le bar, un espace fastueux grand comme une cathédrale, situé dans un hôtel du XIXe siècle, se trouvait à moins d'un quart d'heure de marche de leur bureau sur Deansgate. Ce n'était pas comme si Jamie était en infiltration. Pourquoi prendre un tel risque ?

Il s'était peut-être dit qu'il ne risquait pas d'être surpris ici par l'un de leurs collègues, que ce soient les barbons ou les jeunes banlieusardes sexy. Oui, c'était sûrement ça. D'après le peu qu'elle savait de lui, il aimait jouer avec le hasard. La probabilité qu'il la remarque au milieu d'un groupe de femmes à l'autre bout de la pièce était faible.

D'après ce qu'elle voyait, Jamie était dans son élément, son beau visage animé tandis qu'il parlait. À un moment de son récit, il se posa la main sur le front d'un geste théâtral, en signe de désarroi ou de honte. Eve craquait pour lui un peu plus à chaque seconde. Elle avait presque les yeux en forme d'étoiles, comme un émoji. (Ne portait-il pas des lunettes, d'habitude ? Vanité, quand tu nous tiens…)

Jamie était manifestement un expert en la matière, un chasseur accompli dans son habitat naturel. Eve savait-elle qu'elle était l'antilope du week-end ? Rien de moins sûr.

Il avait les cheveux courts, sombres et bouclés, et ses pommettes étaient taillées à la serpe. À en juger par sa chemise blanche aux manches retroussées, ils étaient venus ici directement après le travail. Et Eve… Hum, Eve savait qu'elle avait un rencard. Elle portait un tailleur-pantalon à rayures bleu marine, la veste en moins, un chemisier en soie rouge, des pendants d'oreilles et des talons aiguilles couleur ketchup, coordonnés avec son haut. Ses ballerines spéciales bureau avaient sûrement été reléguées dans son énorme sac. (Un Birkin d'Hermès ? Ah, la joie d'avoir un oncle fortuné…)

Extrait

En les observant, Laurie fut parcourue d'un frisson d'admiration. Ils semblaient tous deux tellement à leur place ici, dans le bruit et le fracas de tous ces jeunes gens radieux, avec leurs rites de séduction, leur ventre plat et leur assurance effrontée !

Imagine être célibataire, songea-t-elle. *Imagine devoir rentrer avec quelqu'un que tu ne connais pas et te déshabiller devant lui.* Quelle horreur… Faire ça par hobby, comme Jamie Carter, n'était pas du tout dans sa nature. Heureusement qu'elle avait Dan. Heureusement que, en rentrant chez elle, elle retrouvait quelqu'un qui était son chez-elle.

Alors qu'elle faisait la queue au bar, derrière quatre rangées de personnes assoiffées, elle réfléchit au phénomène Jamie Carter.

Son arrivée dans son cabinet d'avocats avait provoqué des remous dès la première semaine, comme c'était le cas avec tous les hommes particulièrement séduisants. Comme c'était le cas avec n'importe qui dans des bureaux où les employés ressemblaient à des animaux en captivité, et se nourrissaient de distractions. La mort de la pause-cigarette à l'ère moderne avait créé une solution de remplacement : éplucher les profils de réseaux sociaux pour trouver des sujets de discussion. Elle se félicitait en permanence d'avoir une vie trop ennuyeuse pour attirer les curieux.

Au début, les avocates de Salter & Rowson s'étaient répandues en murmures excités aux fontaines à eau : elles s'extasiaient du fait qu'un beau spécimen comme Jamie soit célibataire et se demandaient si c'était un bon parti, comme si elles vivaient dans un roman de Jane Austen. Selon les termes de Diana, il n'avait pas de « casseroles », ce qui était une horrible façon de faire référence aux ex-conjoints et aux enfants.

Au bout d'un moment, les murmures excités avaient porté sur d'autres aspects : apparemment, Jamie n'avait pas envie de sortir avec quelqu'un en particulier, mais il s'était volatilisé dans la nuit avec X ou Y (X ou Y étant le plus souvent une jolie stagiaire, comme Eve, ou l'amie d'une employée). Pour Laurie, ce comportement n'avait rien de surprenant pour un homme ayant beaucoup d'options et rien à perdre.

Quel âge avait-il ? Trente ans ? Il avait non seulement envie d'enchaîner les rencards, mais aussi de gravir les échelons professionnels, à en croire l'autre salve de murmures le concernant.

La seule particularité, dans sa réputation de baiseur en série, était qu'il choisissait ses cibles intelligemment. Les stagiaires avaient toujours fini leur stage, l'amie d'amie n'était jamais une amie proche, et ce que les Russes appelaient *kompromat*[1] était, le concernant, presque inexistant. Par conséquent, même s'il était un homme à femmes avéré, il n'était jamais accusé d'avoir brisé le cœur de qui que ce soit, et aucune maîtresse bafouée ne critiquait ses prouesses sexuelles. Jamie Carter évitait toujours les ennuis. Jusqu'à ce jour, peut-être.

1. Documents compromettants concernant un politicien ou une autre figure publique.

Mettez des paillettes dans votre Noël
avec notre sélection de romances parfaites
pour la fin d'année !

Composé et édité par HarperCollins France.

Achevé d'imprimer en octobre 2021.

FIRMIN-DIDOT

à Mesnil-sur-l'Estrée (Eure)

Dépôt légal : novembre 2021.

Pour limiter l'empreinte environnementale de ses livres, HarperCollins France s'engage à n'utiliser que du papier fabriqué à partir de bois provenant de forêts gérées durablement et de manière responsable.

Imprimé en France